시카 울프

시야 장편소설

fio
ret

시카 울프 외전

초판 1쇄 인쇄 2017년 6월 21일
초판 2쇄 발행 2018년 9월 21일

지은이 시야
발행인 오영배
기획 박성인
책임편집 편집부
디자인 권지연
일러스트 은화
제작 조하늬

펴낸곳 (주)삼양출판사 · 피오렛
주소 서울시 강북구 도봉로 173
대표 전화 02-980-2112 **팩스** / 02-983-0660
편집부 전화 02-980-2116 **팩스** / 02-983-8201
블로그 blog.naver.com/dan_gul
출판등록 1999년 3월 11일 제9-00046호

ISBN 979-11-283-9177-4 (04810) / 979-11-283-9173-6 (세트)

fio ret 은 (주)삼양출판사의 로맨스 판타지 문학 브랜드입니다.

ROMANCE FANTASY STORY
시야 장편소설

시카 울프

외전

fio
ret

contents

1장 인간의 탐욕은 끝이 없고   007

2장 에메랄드 팔찌   119

3장 마지막까지   225

번외 괴물의 시대   379

번외 휴가   391

번외 예감   425

1장

인간의 탐욕은 끝이 없고

마법사와 마스터.

약혼 관계이기도 한 남녀 한 쌍의 용병팀.

방랑자 카서스 리안.

용주(龍主) 시카 울프.

일 년이 채 지나지도 않아서 그들은 제국에서 가장 유명한 인사가 되었다.

　─둘이 해결하지 못하는 일이라면, 그 누가 와도 마찬가지다.

이런 오만하다면 오만하기 그지없는 말과 함께 각종 소문이 떠돌아다녔다. 드래곤을 한 방에 쓰러트렸다느니, 그게 아니라 드래곤이 엎드려 굴종했다느니, 둘이 같이 거대한 바다 마수를 날려 버렸다느니 하는 소문들이었다.

음유시인이자 저잣거리 연극에 단골 소재가 된 둘의 이야기는, 두 사람이 미남 미녀라는 것도 한몫했다.

시카는 이 상황이 민망해서 죽을 것 같았지만, 그래도 마법사에 대한 좋은 인식이 퍼지고 있어서 그냥 감내하기로 했다.

커피 향기.

시카는 그 향기에 눈을 떴다. 꾸물꾸물 따뜻한 이불 속에서 나가고 싶지 않아 이불 안으로 파고들다가 다시 향기에 끌려 고개를 내민다.

'카서스 일어났구나.'

시카는 기지개를 쭉 켰다. 그녀의 왼쪽 네 번째 손가락에서 에메랄드 반지가 반짝였다.

'약혼반지.'

저절로 웃음이 나왔다. 카서스와 약혼한 지 이제 반년쯤 지났다. 약혼이라고 해도 항상 붙어 다니니 결혼 생활과 크게 다를 바가 없이 느껴졌다.

'추워.'

힐끗 바라보니 벽난로 앞에 걸려 있는 두툼한 가운이 눈에 들어와서 그녀는 몸을 일으켜 얼른 뜨끈한 가운으로 몸을 감쌌다.

슬쩍 창문을 열어보고 시카는 눈을 휘둥그레 떴다.

그녀가 후다닥 아래층으로 달려갔다.

"카서스, 밖에 눈 왔어!"

"응, 엄청 왔더라. 커피 마실래?"

"응, 마실래. 아직도 내리고 있잖아?"

시카는 창문가로 다가갔다. 창문 턱 한 뼘 아래까지 눈이 쌓여 있었다. 간밤에 어마어마하게 내린 모양이었다.

창문에 코끝을 밀어붙인 채로 밖을 보고 있으니 카서스가 그녀의 가운 위에 담요를 한 겹 더 덮어 주고 커피잔을 내주며 물었다.

"그렇게 신기해?"

"얼음탑에는 눈이 안 내리니까."

"작년에 봤었잖아?"

"남부는 이렇게 안 쌓이잖아?"

"아, 하기야 그렇지."

카서스가 고개를 끄덕였다.

지금 둘이 머무는 곳은 북부에 가까운 숲 속이었다. 카서스가 귀족의 사냥터였던 그 숲을 사들인 후에 사냥터지기의 오두막을 깔끔하게 개조해서 둘만의 별장으로 사용하고 있었다. 원래 오두막이었던 곳인지라 그렇게 넓지는 않았지만 두 사람이 생활하는 데에는 불편함이 없었다.

숲 가운데에 위치하는 오두막 주변에는 아무것도 없었다. 사냥터였던 만큼 들짐승들의 수는 꽤 되었고, 종종 늑대의 긴 울음소리도 들을 수 있었다. 시카는 창밖을 바라보았다.

온통 새하얗게 변한 숲 속은 그 자체로도 신비한 매력을 뿜어내고 있었다.

시카가 근질근질한 얼굴로 말했다.

"나 나가 볼래."

"단단히 입고, 그리고 먼저 아침 먹고."

"응."

시카는 고개를 끄덕였다.

카서스와 함께 아침을 먹고, 시카는 털모자에 털부츠까지 단단히 겨울용 복장을 차려입었다. 카서스가 그녀의 옷차림을 체크한 뒤에 물었다.

"눈신 신을 줄 알아?"

"모르는데."

"좋아, 배우면 되지."

카서스는 고개를 끄덕이고 창문을 열었다. 현관까지 눈이 쌓여서 열 수가 없으니, 창문으로 나가는 게 상책이었다. 시카는 창틀을 밟고 조심스럽게 눈에 발을 디뎠다가—

푹 빠졌다.

푹 하체가 눈밭에 들어가서 시카는 "어어어." 했다가 마구 웃기 시작했다.

"이게 뭐야, 다리가 안 움직여. 안 빠져."

카서스가 웃으며 눈 위에 똑바로 섰다. 시카는 눈을 휘둥그레 뜨고 팔을 버둥거리며 말했다.

"어떻게 카서스는 서는 거야? 눈신? 그게 눈신이야? 그냥 부츠

같은데?"

"이게 눈신이야."

카서스가 손에 들고 있는 둥글고 넓적한 틀을 가리키며 말했다. 그가 허리를 숙여 시카를 붙잡고 무를 뽑듯이 단숨에 뽑아냈다. 시카가 헐떡이며 물었다.

"그러면 어떻게 서 있는데?"

"마스터니까. 오러로."

"아, 진짜 치사해. 마스터는 치사해."

"마법사도 마법사의 방법이 있지 않겠어? 없다면, 인간의 지혜인 눈신을 신읍시다."

시카는 "치사해, 치사해." 하면서도 카서스가 다시 창문 안쪽에 내려주는 대로 얌전하게 안겨 있었다. 시카는 털부츠를 눈신에 단단히 고정해서 신었다. 그녀의 부츠는 얼마 전에 잡은 바다 마수의 가죽으로 만든 건데, 방수가 되는 부드러운 가죽이라 안에 털을 덧댄 겨울용 부츠와 여름용 장화 두 가지를 만들었다. 시카는 그렇게 눈신을 신고 다시 창틀에 올라서서 조심스럽게 한 발 내디뎠다.

뽀드득.

새 눈이 밟히는 소리와 함께 역시나 발이 쑥 들어가 시카는 놀랐다.

"카서스? 이거 계속 들어가."

"원래 눈신 신어도 좀 들어가. 눈 표면에 서 있을 수는 없잖아? 괜찮으니까 반대쪽 발도 내려봐."

카서스의 말에 시카는 에잇 하고 창틀에서 나머지 발을 떼어 눈에 디뎠다. 쑥 하고 몸이 들어갔지만, 확실히 처음만큼 푹 빠지는 건 아니었다. 시카는 한숨을 내쉬었다. 그녀가 균형을 잡으며 익숙해지려고 비틀비틀 눈신을 신고 걸음마를 갓 뗀 아이처럼 걷는 사이 카서스는 뒤쪽 창고에서 눈썰매를 가지고 나왔다.

"익숙해졌어?"

"응."

시카는 이제 약간 땀까지 흘리고 있었다.

"그럼 갈까?"

"어딜?"

"썰매 타러."

저쪽 언덕 위로. 카서스의 말에 시카의 고개가 위로 올라갔다.

"저기까지?"

"못 가겠으면 중간에 안아 줄게."

"아냐, 할 수 있을 거야."

시카는 주먹을 불끈 쥐었다. '할 수 있어.'가 아니라 '할 수 있을 거야.' 하는 말이 자기 자신을 믿지 못하는 것 같아 카서스는 슬그머니 웃다가, 말없이 손을 내밀어 그녀의 손을 잡아주며 말했다.

"잡고 가는 게 더 편할 거야."

"응."

다음에는 스틱도 만들어야겠다, 하고 생각하며 카서스는 걷기 시작했다. 시카는 푹푹 빠지는 자신과 달리 눈 위에 발자국도

남기지 않고 사뿐사뿐 걷는 카서스를 보며 억울함을 느꼈지만,
어쩔 수 없는 일이었다.

"마스터는 진짜 치사해."

"마스터라고 다 나처럼 걷는 건 아니거든?"

카서스의 말에 시카는 허리를 펴고 숨을 고르며 물었다.

"정말?"

쉬어 가자는 뜻이라 카서스도 멈춰 서서 고개를 끄덕였다.

"같은 마법사라도 다 똑같은 마법을 쓰는 건 아니잖아. 우리
도 마찬가지야. 마스터마다 오러 운용 방식이 다 달라서……. 시
그리드가 오러를 날리는 기술 봤어?"

"음. 보지는 못했지만, 얘기는 들었어."

"그건 지금 시그리드밖에 못 하잖아. 그녀의 오러 운용 방식
은 그녀만의 것이니까. 그리고 아마 눈밭을 이렇게 걷는 것도 나
뿐일걸."

씩 웃으며 카서스가 빙그르르 한 바퀴 돌았다. 마치 얼음판
위에서 도는 것 같은 동작이었지만, 눈에는 흠 하나 가지 않았
다.

시카는 하아 하고 길게 숨을 내쉬었다. 구름처럼 그녀의 숨이
뚜렷하게 나타났다가 안개처럼 사그라졌다.

"그래요, 내 약혼자가 워낙 잘났어야죠."

"응, 내가 좀 잘났지."

씩 웃으며 말하고 카서스가 시카를 번쩍 안아 들었다. 시카가
놀라 "카서스?" 하고 외치자 카서스가 말했다.

"이런 식으로 가다가 꼭대기에 도착하면 해가 질 것 같아서."

"안 져! 내가 걸을 수 있어!"

"두 번째 올라올 때 걸어, 두 번째."

"……또 올라오는 거야?"

시카의 말에 떨림이 묻어나서 카서스는 크게 웃어 버렸다. 카서스는 지금까지와는 비교도 되지 않는 속도로 쑥쑥 걸어서 언덕 꼭대기에 올라섰다. 그가 시카를 내려놓고 썰매를 내려놓았다.

"타."

카서스의 말에 시카는 조심스럽게 썰매에 올라탔다. 카서스가 그녀의 뒤쪽에 탔다. 카서스가 물었다.

"썰매 타 본 적은?"

"처음이야."

"그러면 조종을 시카에게 맡길 수는 없겠네. 내가 할게."

"응."

시카는 앉고서 생각보다도 더 가팔라 보이는 경사에 숨을 삼켰다. 그나마 카서스가 등 뒤에 딱 붙어 있고, 그의 다리가 그녀의 다리와 붙어 있어서 그게 안심이 되었다.

"무서울 것 같아."

그녀가 작게 중얼거리자 카서스가 몸을 흔들어 썰매를 앞으로 밀며 말했다.

"재미있을 거야. 꽉 잡아."

흔들거리며 조금씩 썰매가 앞으로 나가자 시카는 썰매 손잡이를 꽉 잡았고 다음 순간, 썰매가 앞으로 기울어지며 스르륵 미끄러져 나갔다.

무게 덕분에 순식간에 속도가 붙었다. 중간에 살짝 위로 솟구친 눈더미를 지날 때 몸이 붕 뜨는 기분이라 시카는 비명인지 웃음인지 모를 것을 터트리며 몸을 뒤로 뺐다. 뒤쪽에 카서스가 단단히 버텨 줘서 다행이었다.

그렇게 살짝살짝 몸이 뜨는 듯한 스릴과 중간중간 속력이 늦춰지는 구간이 있어서 시카는 정신을 차리기 시작했다. 휙휙 겨울바람이 뺨을 스치고 지나가는 것이 기분 좋았다. 썰매가 미끄러지는 것도 즐거웠다.

순식간에 다시 집 앞 평평한 곳까지 돌아온 썰매를 카서스가 발을 걸어 멈춰 세웠다.

"어때?"

카서스가 묻자 시카는 웃으며 휙 뒤를 돌아보았다. 그녀의 연보라색 눈이 불꽃 튀듯 반짝였다.

"한 번 더!"

"좋아."

저기를 다시 올라가야 하지만.

시카는 두 번째 올라갈 때는 반드시 좌표를 알아두겠다고 생각한 후에, 썰매에서 일어나 다시 걸어서 올라가기 시작했다.

그렇게 몇 번 더 썰매를 타고 용기를 얻은 시카는 자기가 썰매를 조종해 보겠다고 했고 카서스는 흔쾌히 허락했다.

몇 번이나 썰매가 뒤집혀서 구른 후에야 시카는 제대로 썰매를 조종할 수 있었다. 하지만 마지막으로 타고 내려올 때도 거나 하게 굴러 버렸다.

둘 다 흰 설탕에 굴려진 도넛 같은 모양새가 되어 킬킬거리고 웃었다. 카서스가 그녀를 꼭 안은 채로 구른 데다가 갓 내린 눈은 솜보다 더 푹신푹신해서 아프거나 하지는 않았다.

둘은 끌어안은 채로 빙글빙글 눈 위를 구르다가, 서로에게 눈을 집어넣거나 눈을 던지는 장난을 하곤 곧 털썩 쓰러졌다. 아니, 체력이 고갈된 시카가 먼저 쓰러졌다는 게 옳을 것이다. 시카는 눈밭에 누워 숨을 헐떡이며 하늘을 바라보았다.

겨울 하늘은 쩡 소리가 날 것처럼 투명한 빛깔을 띠고 있었다.

카서스가 자신의 옷에서 눈을 털며 말했다.

"이제 들어가자."

"응."

대답하는데 멀리 작은 점이 눈에 들어왔다. 새인가, 하고 보는데 점점 그것이 가까워지더니 바로 머리 위를 돌았다.

삐이익—

긴 새의 울음소리.

카서스가 고글을 다시 쓰며 하늘을 보았다.

"전서매다."

그의 말에 시카가 갸웃하며 "무슨 일이 있나?" 하고 중얼거렸다. 카서스가 고글을 올리고 글쎄? 하며 손가락을 입안에 넣어 길고 날카로운 휘파람 소리를 냈다.

시카도 시도해 봤었지만, 절대로 저 소리가 나오지 않았다. 그래서 대신 그녀는 자신을 위한 새 피리를 만들었다.

삐이이익—

카서스의 휘파람에 답하듯 한 번 더 길게 운 매가 아래로 하강하기 시작했다. 카서스는 팔을 높이 치켜들었고 새는 멋지게 선회해서 그의 팔에 내려앉았다.

시카는 감탄하며 그 장면을 보았다. 자신은 아무래도 저 커다란 매가 팔에 내려앉을 때 고개를 피하며 움찔해 버리는데 카서스는 한 폭의 그림 같다.

카서스가 매의 발에 묶인 통을 풀어냈다. 시카는 얼른 자리에서 일어나며 말했다.

"새장이랑 쓰개 가져올게."

"일단 밥 먼저 주고."

"응."

시카는 고개를 끄덕이고는 창문 쪽으로 다가갔다. 그녀는 외투를 벗어 빠르게 파팍 털고 모자도 벗어서 털고 눈신도 벗은 후에 안으로 들어갔다. 집 안에 물웅덩이라도 만들세라 그녀는 눈이 녹기 전에 재빠른 솜씨로 옷들을 털고 벽난로 쪽에 나란히 걸었다.

그녀가 다락에서 쓰개를 챙겨 내려왔을 때는 카서스도 들어와 있었다. 둘은 매에게 물과 음식을 먹이고, 새장에 넣어 작은 쓰개를 씌웠다. 쓰지 않으면 흥분해서 날뛰다가 새장 안에서 다칠 수도 있기 때문이었다.

"뭐라고 쓰여 있어?"

시카가 묻자 카서스가 쪽지를 시카에게 건넸다. 용병들 사이에 쓰이는 암구호다. 학자인 시카는 일주일 만에 이걸 외우고 해독했다.

"마수? 카서스 광산 쪽에?"

"응, 원래 광산에 마수가 많이 나타나기는 하는데……. 인명 피해가 꽤 심각하게 날 정도면……."

"빨리 가 봐야 하는 거 아냐?"

"그러네. 휴가도 끝이로군."

"아쉽네."

시카가 어깨를 늘어트리자 카서스가 "다음에 또 오자." 하고 말했고 시카는 고개를 끄덕였다. 다행히도 광산은 여기서 그렇게 멀지는 않았다.

물론 거리야 두 사람에게는 별문제가 되지 않았지만 말이다.

"오늘까지는 있다가 가자. 어차피 매도 쉬어야 하고."

카서스의 말에 시카가 "매도 함께 이동하면 안 돼?" 하고 물었고 그는 고개를 저었다.

"방향 감각이 이상해질걸?"

"하긴. 동물은 순간 이동이라는 걸 이해하지 못할 테니까."

"훈련하는 데 큰 비용과 시간이 들어가니까, 혹시 모를 일은 안 하는 게 좋지."

그의 말에 시카도 동의했다. 게다가 아침부터 운동해서 지칠 대로 지쳐서, 당장 움직이자고 했으면 좀 힘들었을 것이다. 횃대에 얌전히 앉아 있는 매를 한 번 보고 시카가 말했다.

"그럼 일단 뭐 좀 먹자. 배고파~"

　　　　　*　　　*　　　*

　　카서스의 광산은 '지미 씨'에 의해서 운영되고 있었다. 지미, 라고 카서스가 친근하게 부르는 사람은 예전에 울프 상회의 대리인으로서―아니 사실은 지금도― 활동하고 있는 사람이었다.

　　하지만 시카는 그를 볼 때마다 꼭꼭 '씨'라고 존칭을 붙여 줘야 할 느낌을 받고는 했다. 아니, 더 솔직히 말하면 '지미'라는 이름은 그에게 어울리지 않았다.

　　갈색의 머리카락을 한 올도 남김없이 싹싹 뒤로 붙이고서, 단정하게 자른 콧수염에, 외알 안경까지 끼고 있는 지미 씨는 40대 중년 남성이었다.

　　"오셨습니까?"

　　지미는 깍듯하게 카서스에게 인사를 했다. 차림새만 보면 지미가 고용주고 카서스가 고용인 같은 모습이라, 위화감이 느껴졌다.

　　"오랜만이야. 만인가?"

　　"그야 삼 개월이 얼마나 길게 느껴지느냐에 따라서 다르겠지요. 울프 양도 어서 오십시오."

　　"네, 안녕하세요."

　　시카는 싱긋 웃으며 마주 인사했다. 지미가 자리를 권해서 두 사람은 약간 딱딱하게 느껴지는 소파에 앉았다.

　　카서스는 바로 본론으로 들어갔다.

"광산에 상당한 급의 마수가 나온다고?"

"네, 더 심각한 건 목격자가 없다는 겁니다."

"흠?"

카서스가 흥미롭다는 듯 깍지를 끼며 소파에 몸을 쭉 기댔다. 더 말해 보라는 듯한 모습이었다. 지미가 자리에서 일어나 잘 정돈된 글씨로 쓰인 보고서를 카서스에게 내주고 그가 읽는 동안 설명했다.

"혼자가 된 일꾼들이 한 명씩 실종되더니, 엉망이 되어 나타나는 겁니다. 처음에는 운이 없는 짐승 짓인가 했는데, 이게 벌써 다섯 명째니 공포가 일꾼들 사이에 가득 퍼져 있습니다. 눈에 보이지 않는 마수라는 말도 나오고 있고 말입니다."

"그렇군. 인간이라면 이런 식으로 사람을 죽이지는 않지."

카서스가 중얼거렸다. 시카가 궁금해 기웃거리자 그가 보고서를 시카도 볼 수 있게 했다. 카서스는 발견한 시체를 묘사한 구절을 가리켰고 시카는 눈을 찌푸렸다.

"그리고 보통 짐승도 이런 짓은 안 해."

"그래."

시카의 말에 카서스는 동의했다. 만약에 상대가 새끼 있는 암곰이라도 분노케 했다면 모를까, 그렇지 않으면 이런 식의 시체는 만들어지지 않는다.

"그래서 일꾼들이 파업에 들어간 거야?"

"네, 그래서 원석 수급에 차질이 빚어지고 있고요. 만약 이 사태가 계속 진행된다면 저희는 상당한 위약금을 물고, 그 때문에 광산을 매각해야 할 겁니다."

"그렇군."

카서스는 별일 아니라는 듯 고개를 끄덕였다. 돈도, 명예도. 그는 관심 없었다. 그런 것에 관심을 가지면 몸이 무거워진다.

사람과의 관계는 그나마 좀 나아졌지만, 다른 것에 대해서는 여전한 태도인 그였다.

언제든지 잘라 버려도 상관없게.

그나마 여기까지 신경을 쓰는 건 오로지 시카 때문이었다. 그녀를 잘 먹이고 잘 입히고, 잘 재우고 등등의 것들이 그의 즐거움이니까. 그러니 광산이 팔리든 말든 그런 건 큰 문제가 아니지만, 사람이 죽는 건 전혀 다른 차원의 문제다.

"최대한 빨리 해결하지."

지미의 얼굴에 안도의 기색이 스쳤다. 카서스는 시카에게 보고서를 넘겨주었고, 시카는 휙휙 얼마 되지 않는 분량의 보고서를 스치듯 훑으며 넘겼다.

"주인님이 왔다는 걸 알면, 일꾼들도 안심할 겁니다."

"그거 다행이네. 일이 끝날 때까지는 여럿이서 모여 있으라고 해."

"이미 그러고 있습니다. 어디를 갈 때는 이인 일조로 움직이게 하고 있고요."

"현명하군."

카서스가 빙긋 웃으며 말하고 자리에서 일어났다. 지미가 따라 일어나며 말했다.

"그리고 사망자 유족에 대한 보상은……."

"원하는 대로 해. 지미는 항상 후하니까, 난 그거 좋던데."

카서스의 말에 지미가 희미하게 웃으며 "알겠습니다." 하고 고개를 숙였다. 사무실을 나오는 카서스의 뒤를 시카가 졸졸 따라 나왔다.

"눈에 안 보이는 마수일까?"

"글쎄. 한 번도 들어 본 적은 없지만, 가능성이 있어. 그리고 눈에 띄지 않는 게 아니라 일반인의 눈에 보이지 않는 것뿐일 수도 있고."

"예를 들면?"

"예전에— 죽음의 겨울 때—"

"죽음의 겨울?"

시카가 갸웃하며 묻자 카서스가 "아, 모르나?" 하고 간단하게 설명했다.

"서부 쪽에 마수들이 엄청나게 나와서, 한바탕 전쟁을 치렀었어. 그게 십 년 전인가? 하필 겨울이라. 진짜 최악이었지. 보급도 어렵고. 그때 나도 용병으로 들어가 있었고. 거기서 베라무드랑 우툴루를 만난 거야."

"그랬구나."

시카가 어두운 얼굴로 대답했다. 카서스가 싱긋 웃으며 "지금은 살아 있으니까 괜찮아." 하고 말해서 시카도 그제야 웃었다. 카서스가 이어 말했다.

"그런데 그때, 좀 귀찮은 놈이 있었어."

"귀찮은?"

"음, 납작하게 생겨서 크기는 사람 머리만 한가? 그런데 길게 넝쿨 같은 게 튀어나와서 사람을 찌르고, 잡아서 바닥에 내팽개치고, 그랬지."

시카는 입을 벌렸다.

"납작 덩굴. 마수 책에서 본 적 있어. 활자로 봤을 때도 성가시고 잔인하다고 생각했는데—"

"직관적인 이름을 붙였네. 그런 책도 있나 보지? 맞아. 죽음의 겨울에 나온 마수야. 그때 이후로는 나도 본 적이 없네. 그런 게 하나 건너왔을 수도 있고."

"그렇구나."

하긴 그렇다면 일꾼들이 목격하지 못한 것도 당연했다. 그런 일을 하는 마수라면 보통 커다란 크기일 거라고 생각을 할 테니까.

"내게 힘이 남아 있었다면 '불러' 볼 수 있었을 텐데."

시카의 물음에 카서스가 "그리고서 죽일 수 있겠어?" 하고 물었고 시카는 "그런가." 하고 중얼거렸다.

드래곤을 돌려보낸 것을 마지막으로 그녀 안에 있던 마수의 힘은 완전히 사라졌다. 이 길을 선택하기는 했지만, 가끔 아쉬운 생각이 들 때도 있었다.

'하지만 없어진 게 나은 것 같아.'

시카와 카서스의 주된 임무는 마수를 상대하는 것이었으니 말이다. 만약에 마수의 힘이 남아 있다면 어쩌면 동조할 일이 생길지도 모른다. 죽여야 하는 상대와 동조되는 건 상당히 끔찍한 일일 테지.

시카의 생각에 드래곤은 상당한 지적 생명체였기에 가능한 거고, 다른 마수들은 아마 그런 식으로 동조되는 게 아니라 자신이 일방적으로 지배하지 않을까 싶었다.

하지만 그렇다고 해도 그런 식으로 불러내서 죽이고 싶지는 않았다. 물론 그게 가장 빠르고 깔끔한 길이지만, 마수에게서 받은 힘인 이상 그걸 마수를 해치는 데는 사용하고 싶지 않달까?

'이런 생각을 해 봐야 어차피 없어진 힘이지만.'

그래서 잘되었다고, 그녀는 생각했다. 평생 가지고 있었던 것이니 아쉬운 마음이 없는 건 아니지만 그보다 시원한 마음이 더 컸다.

게다가 검은 마력이 빠져나가면서 타 버린 자리가 천천히 회복되면서 거기에 보통의 마력이 차오르기 시작했다. 기본적으로 마력량이 많은 시카였는데, 그 이상을 가지게 되니 이제는 마력량으로는 그녀를 상대할 사람이 없었다.

'하지만 그러다 보니 섬세하게 마력을 쓰기보다는 자꾸 양으로 밀어붙이게 된단 말야. 이런 버릇은 고쳐야 하는데.'

시카는 마음속으로 그렇게 생각하고 이어 물었다.

"그러면 어떻게 찾아낼 거야?"

"하나씩, 추적해 봐야지. 아니면, 시카의 추적 마법에 의지하거나?"

"좋아."

시카가 싱긋 웃으며 고개를 끄덕였다.

지팡이에 박힌 다이아몬드가 눈부시게 빛났다.

황금색 마법진에서 뿜어지는 금색 빛이 다이아몬드에 반사되어 사방으로 반짝임을 뿌리고 있었다. 그러나 마법을 끝낸 시카는 어두운 얼굴이었다.

"왜?"

카서스의 물음에 시카가 고개를 흔들며 말했다.

"안 잡혀."

"안 잡혀?"

"응. 마수나 그런 흔적이 잡히지 않아. 왜지?"

"추적 마법에서 몸을 숨길 수 있는 건가……."

카서스의 중얼거림에 시카가 한숨을 내쉬고 말했다.

"미안, 도움이 안 되네."

"아냐. 나도 너무 시카에게만 의지했었지. 오랜만에 눈을 써보지 뭐."

"눈?"

"발자국이나 흔적을 하나씩 추적해 나가는 거."

카서스가 빙긋 웃으며 말해서 시카는 "그런 거 책에서만 나오는 거 아니었어?" 하고 중얼거렸고 카서스는 웃었다.

"아냐, 실제로 있는 기술이라고. 훌륭한 추적자는, 낙엽에서도 흔적을 찾아내는 법이지."

"그렇다면 맡길게."

시카는 그렇게 말하며 고개를 깊게 끄덕였다.

카서스는 주변을 돌아보았다. 시체가 있었던 곳부터 시작해서 나선형을 그려 가며 꼼꼼히 주변을 살피고, 납작 엎드려서 들여다보고, 여러 가지 행동을 했다.

북부라 눈이 잔뜩 쌓여 있는 만큼 그게 무슨 소용이 있나, 싶었지만 시카는 멍하니 카서스가 하는 양을 바라보았다.

한참 주변을 살핀 카서스의 얼굴이 살짝 굳어 있었다.

"다음 장소로 가자."

"어, 응."

아무것도 못 찾았나? 하고 시카는 그의 뒤를 따라갔다.

그렇게 다섯 곳을 모두 돌고 나자 카서스의 얼굴은 완전히 굳어 있었다. 그는 말없이 팔짱을 끼고 눈밭을 바라보았다.

시카는 카서스가 아무런 증거도 찾지 못한 건가, 하고 그를 힐끔거렸다.

마법으로도 추적이 되지 않는 마수이니, 일반인이 추적하지 못하는 것도 당연했다. 그런데 그걸로 자존심이 상했거나 한 건가.

이런 상황은 처음이라 시카는 뭐라고 해야 할지 알 수가 없었다.

항상 자신감이 넘치는 모습만 보았었고, 게다가 조금 전에 호언장담했으니 더 민망하게 느껴지는 건지도 모른다.

"카서스? 괜찮아……?"

시카의 물음에 카서스가 생각에서 깨어나 그녀를 바라보고 희미하게 웃었다.

"아, 미안. 생각이 좀 복잡해서."

"추적이 잘 안 돼? 하지만 마법도 안 통하니까, 아무런 흔적도 남기지 않는 걸 수도 있고—"

시카의 말에 카서스가 "아." 하고 눈을 크게 떴다가 웃었다.

"그럴 수도 있겠는데, 그건 아닌 것 같아."

"아니야?"

시카가 의아해져서 물었고 카서스는 고개를 끄덕였다. 그가 눈을 찌푸리며 말했다.

"내 생각에는 사람인 것 같아."

"사람? 하지만— 사람이 어떻게 그런 식으로—"

"적당한 도구만 있다면 불가능한 것도 아냐. 죽인 다음에 팔다리를 찢는다, 하는 것도 두 사람 정도면 어떻게든 가능하고."

"그런 끔찍한 짓을…… 왜……?"

도대체 왜 그런 짓까지 한단 말인가?

"마수의 소행으로 보이고 싶었겠지."

말하고 카서스가 "핫." 하고 짧게 비웃음 같은 소리를 내고 입꼬리를 비틀어 올렸다.

"마스터와 마법사의 눈을 속일 수 있을 거라 생각했단 말이지? 대단한 배짱인데."

"그럼 이제 어떻게 할 거야?"

시카의 물음에 카서스가 "으음—" 하고 고민하다가 말했다.

"일단 다시 지미랑 얘기해 보자."

시카는 고개를 끄덕이고 카서스에게 손을 내밀었다. 그가 손을 잡자마자 시카는 순간 이동을 했다.

지미가 묵고 있는 곳은 광산에서 약간 떨어진 곳에 있는 사무실 건물이었다. 광산 근처라고 해도, 광산 일꾼들을 위한 숙소가 여기저기 세워져 있어서 그렇게 헹하지는 않았다. 카서스는 사무실 문을 두들기고 안으로 들어갔다.

지미는 생각보다도 일찍 온 두 사람을 보고 놀라 물었다.

"무슨 일이 있으십니까?"

"이 광산 운영을 중단시키려고 할 만한 원한을 가진 사람이 누가 있을까?"

카서스의 질문에 지미는 눈썹을 슥 올렸다가 외알 안경을 고쳐 쓰며 말했다.

"그야 물론 첫 번째는 주인님께 이 광산이 있는 산을 판 테드 백작이지요."

"아, 역시."

"누군가가 꾸민 일 같습니까?"

지미의 말에 카서스는 고개를 끄덕였다.

"마수가 아니라 인간 상대라. 더 골치 아프군요."

"더 골치 아프지."

"골치 아파?"

시카가 묻자 지미가 대답했다.

"마수야 한 번 잡으면 끝이지만, 인간은 계속 도전할 테니까요."

"그놈의 도전 정신을 꺾어 줘야 하니."

"하지만 상대는 백작입니다……."

"일단은 그 녀석이 했다는 확신이 있어야겠지. 첫 번째로, 이일을 하는 놈들을 잡아서 족치는 수밖에."

일단 첫 번째, 하고 카서스가 손가락을 하나 꼽았다.

"그리고 적이 누군지 확실해지면, 싸울 방법은 그때 자연히 나오겠지."

두 번째는 그때 생각하자고.

카서스의 말에 지미가 "그게 좋겠지요." 하고 고개를 끄덕였다. 카서스가 잠시 고민하다가 시카를 돌아보며 말했다.

"시카, 레오랑 교대할래?"

"어?"

레오는 현재 수도에 있는 시카의 집에 머물고 있었다. 굳이 말하자면 두 사람이 집에 없을 때가 많다 보니 그걸 위한 관리자, 아니면 집사로 고용되어 있다고 할까?

어지간한 도둑들은 가뿐히 쫓아낼 수 있을 테니, 든든한 고용인이었다.

그걸 지금 바꾸자고, 카서스가 말하고 있는 거다.

"나보다 레오가 도움이 될까?"

머뭇거리며 시카가 말했다. 물론 그녀가 대인 싸움에는 그렇게 강한 편이 아니기는 하지만, 그래도 이런 식으로 물러나는 건좀 싫었다.

"그것도 있기는 하지만……."

카서스가 머뭇머뭇 말했다.

"시카에게 인간을 공격하라거나 죽이게 하고 싶지 않아."

그건 선이다.

한 번 넘으면 영원히 돌아올 수 없다. 넘는 순간 자신의 안에서 무엇인가가 완전히 변하고, 그건 절대, 절대로 다시 돌아오지 않는다.

카서스는 시카에게 그 선을 넘게 하고 싶지 않았다.

카서스의 말에 시카는 뭐라고 하려는 듯 눈을 찌푸렸다가 입을 딱 다물었다. 그리고 다시 입을 열었다.

"난 이미 한 번 사람을 죽였어."

카서스가 그 말에 반박했다.

"그건 자기방어라고 하는 거야."

"그럼 이것도 마찬가지야."

카서스를 공격하는 건 날 공격하는 것과 마찬가지야.

시카의 주장에 카서스는 "그 말은 기쁜데, 이건 뭐라고 해야 하나." 하고 끙끙거렸고 시카는 팔짱을 꼈다.

결국, 카서스가 고개를 끄덕였다.

"알았어, 시카가 원하는 대로 해."

"응. 그렇다면 따라갈래."

시카는 결연한 얼굴로 답했다. 카서스는 "알았어." 하고 더는 반대 없이 간결히 대답했다. 시카는 길게 숨을 들이마셨다.

"항상 보호막 쳐 두는 거 잊지 마."

"알았어. 카서스 것도 잊지 않을게."

"아니, 나는 됐어."

"왜?"

"그거 안에서 밖으로도 못 나가잖아?"

"그건…… 그렇지?"

"반응 느려져서 불편해."

단호한 말에 시카는 어쩔 수 없지, 하고 고개를 끄덕였다. 자신이 마스터의 반응을 따라가면서 보호막을 해제했다가 다시 걸었다가 할 수는 없다.

'그걸 따라가면 내가 마스터지.'

생각하고 시카는 가볍게 한숨을 내쉬었다.

"그러면, 무장도 좀 바꿔야 하고."

카서스는 생각에 잠겼다. 지금 장비하고 있는 것들은 마수용이고, 사람 상대하는 건 또 다르니 장비를 바꿔야 했다.

"집에 들렀다가 올까?"

시카의 말에 카서스가 "마력 괜찮아?" 하고 물었고 시카가 자신의 가슴을 두들기며 씩 웃었다.

"맡겨 둬."

* * *

레오는 눈 쌓인 지붕을 쓸어내리고 있었다.

전날 눈이 꽤 내려서 지붕도, 정원도 눈에 묻혀 있었다. 어차피 할 일도 없으니, 눈 쓰는 것 정도는 소일거리다.

그때 미세한 파장이 느껴졌고, 레오는 시카가 돌아온 걸 알았다.

레오는 지붕에서 죽 미끄러져서 가볍게 아래로 뛰어내렸다. 정원에서 "여기도 눈이 왔네?" 하는 시카의 목소리가 들려왔다.

"오셨습니까?"

레오가 인사하자 시카가 "안녕, 레오." 하고 손을 흔들며 웃었다. 카서스도 싱긋 웃어 보이고는 말했다.

"잠깐 무장만 바꾸려고 들른 거야."

"무장을요?"

레오가 한 걸음 앞서가 현관문을 열어 주며 물었다.

"잡을 게 사람인지라."

카서스는 중얼거리고 안으로 들어가 지하의 무기고로 향했다. 무기에 그렇게 구애받지 않는 그였지만, 죽이는 것과 사로잡는 것은 다르니 어쩔 수 없었다.

그사이에 시카는 거실로 들어와 소파에 앉았다.

"무슨 일입니까?"

레오의 물음에 시카는 "그게―" 하고 간단히 이야기를 털어놨다. 그 말을 다 들은 레오가 고개를 갸웃하며 말했다.

"얼마 전에 저택을 습격한 사람과도 관련이 있을지 모르겠군요."

"어? 습격당했어?!"

놀란 시카가 묻자 레오가 고개를 끄덕였다.

"물론 적당히 처리하기는 했습니다만."

시카는 그 적당히가, 적어도 자신의 정원에 거름이 되었다는 말이 아니기를 바라며 물었다.

"다친 곳은 없어? 괜찮아?"

"괜찮습니다. 평범한 인간은 제 상대가 안 되지요."

겸손하게, 레오는 눈을 내리깔며 대답했다.

"다행이다."

시카는 안도하며 가슴을 쓸어내렸다. 그때 지하실에서 올라온 카서스가 물었다.

"뭐가 다행이야?"

"어떤 사람들이 저택을 습격했었대."

"뭐?"

시카의 말에 카서스의 목소리가 올라갔다. 레오가 카서스에게 말했다.

"셋이 한 팀이었습니다. 옷이나 몸에 다른 표식도 없었습니다."

"단서가 될 만한 게 전혀 없었다는 말이네. 셋이서 한 팀이라고?"

"네."

카서스가 가볍게 웃었다.

"레오가 우리 관리자라서 다행이네."

"사실, 관리자가 이런 일까지 하게 될 줄은 몰랐는데 말입니다."

내용은 업무가 과하다(?)라는 것 같지만, 목소리는 느긋했다.

사실, 레오를 원하는 곳은 여럿 있었다. 하지만 그의 살상력을 요구하지 않는 일자리를 제시한 건 오직 시카뿐이었다. '월급은 다른 일에 비하면 적겠지만.' 하고 좀 민망스러워하며 말이다.

레오는 그걸 즐거워하며 기꺼이 그 일을 받아들였다. 하지만 관리자 일이 지나치게 평온한 면도 있었다. 그러니 이런 부가적인 일은 그에겐 나름 조미료였다.

"그럼 이제 광산 쪽에서 사람을 잡으실 건가요?"

"응, 혹시 여기로 다시 사람이 오면―"

"살려 둘 수 있으면 살려 두겠습니다."

"고마워."

카서스는 빙긋 웃고 시카의 손을 잡았다. 이동하자는 신호다. 마지막으로 시카는 걱정스러운 어조로 레오를 향해 말했다.

"그래도 너무 무리는 하지 마. 나중에 보자."

"네, 다녀오세요."

인사를 끝내자마자 둘의 모습이 사라졌다. 레오는 참으로 편리한 능력이라고 생각했다. 물론 하루에도 여러 번 저렇게 이동할 수 있는 사람은 그녀뿐이겠지만 말이다.

레오는 기분이 나아져서 다시 지붕으로 올라갔다.

저녁에 다시 손님이 올지도 모른다는 사실이 그를 들뜨게 하였다.

과거에는 인간이었고, 지금도 시카의 주장에 의하면 인간이겠지만, 자신에게는 확실히 마수의 면모가 있다.

약간의 설렘을 느끼며 레오는 다시 눈을 쓸기 시작했다.

시카는 약간 어지러움을 느꼈다.

'우와, 역시 그 거리를 왕복하는 건 좀 힘드네.'

게다가 이미 오두막에서 광산까지도 이동한 상황이었다. 카서스가 민감하게 그녀의 이상을 포착했다.

"괜찮아? 앉아서 쉬어."

그의 제안을 거절할 이유가 없어 시카는 근처 벤치에 앉았다.

"뭐 마실 거라도 가져올까? 따뜻한 거? 차가운 거?"

"괜찮아. 조금 어지러운 것뿐이야."

카서스의 호들갑에 시카가 손을 저으며 웃었다.

"그래도. 오늘은 쉬는 게 좋겠다. 미안, 내가 너무 이동을 쉽게 하자고 했어."

카서스가 눈썹을 모으며 하는 말에, 시카가 자리에서 일어나며 "진짜로 괜찮아." 하고 대답했다. 그녀의 말에 그는 눈을 가늘게 떴다.

믿지 않는다는 얼굴이다.

"시카는 툭 하면 무리하니까, 안 돼."

"무리하는 거 아닌데."

"마력을 쓰는 건 몸이잖아. 시카는 체력이 약하니까."

"마법사는 다 그래."

시카가 입을 비죽이며 작게 말했다. 카서스가 "다른 마법사는 상관없잖아? 넌 체력 좀 키워야 해." 하고 낮게 말했다.

시카는 잠시 침묵하다가 고개를 끄덕였다.

'맞아. 마법사는 다 그러니까 나까지 그래해야 한다는 법은 없지.'

게다가 사실 아르카나를 생각하면, 시카의 체력이 낮기는 했다. 물론 아르카나는 남자고 자신은 여자지만—

'그래도 기초 체력은 있어야지. 확실히 마력량은 많은데, 몸이 그걸 감당하지 못하고 있으니 말야.'

마력이 많으면 뭐하는가? 그걸 사용할 몸의 내구도 역시 중요하다.

시카는 그렇게 생각하며 가볍게 숨을 내쉬고 말했다.

"알았어. 열심히 운동할게—"

대답하고 그녀는 체력을 키우기 위한 첫 번째 미션을 던졌다.

"나 따뜻한 코코아."

먹어야 체력이 붙겠지요.

카서스는 그녀의 말에 웃었다.

"알았어. 일단 추우니까 안으로 들어가자."

"응."

사무실로 들어가니 지미는 그사이 어디를 나갔는지 보이지 않았지만, 카서스는 능숙하게 직접 코코아를 타서 시카에게 건네주었다. 지미가 핫초코를 마시는 건 상상이 가지 않으니, 이건 손님을 위한 게 아닐까?

시카는 알록달록한 머그잔을 어루만지며 언 손을 녹였다. 그녀가 빈 사무실을 바라보며 중얼거리듯 물었다.

"지미 씨는 어디 가신 걸까?"

"글쎄. 잠깐 나간 게 아닐까? 곧 돌아오겠지. 뭐."

비서나 부관리인을 두지 않아서 사무실은 텅 비어 있었다. 카서스는 난로로 다가가 부지깽이로 앞을 열어 안에 나무와 석탄을 적당히 더 던져 넣고 문을 닫았다.

화덕 위, 주전자에서 슬슬 물이 끓는 소리가 나고 있었다. 시카가 물었다.

"그런데 카서스, 사람은 어떻게 잡을 거야?"

"어떻게?"

"음, 그러니까 찾아서 잡아야 하잖아."

"아니, 나타나기를 기다릴 거야."

카서스의 말에 시카는 눈을 깜박이고 물었다.

"막 추적하고 그러는 게 아니라? 그런데 사람이 그랬다는 건 어떻게 알았어?"

"흔적을 지운 흔적이 있었어."

그 말에 시카가 고개를 갸웃하자 카서스가 웃으며 설명했다.

"마수라면 자신의 흔적이 남든 말든 신경 쓰지 않았을 거야. 그리고 시카의 추리처럼 흔적을 남기지 않는 마수라면, 정말로 아무런 흔적도 없었겠지. 하지만—"

카서스가 뭐라고 설명을 해야 할까 고민하다가 말했다.

"눈에 남아 있는 흔적을 지우기 위해서, 살짝 쓸어서 덮은, 그런 흔적이 남아 있었어. 그리고 흔적을 지우는 건 인간뿐이니까."

시카는 흔적을 지우기 위한 흔적이라니, 하며 혀를 내둘렀다. 자신이 보기에는 그냥 휑한 눈밭이었는데 말이다.

"그러면 그렇게 남은 흔적을 추적할 수는 없어?"

"아무래도 힘들지. 그러는 시카야말로 인간을 추적할 수는 없어?"

"인간은 특정되지 않는걸."

시카의 말에 이번에는 카서스가 설명이 필요하다는 듯 갸웃했다.

"마수는 이 세계의 생물이 아니니까 특정한 파장이 남지만, 인간은 그렇지 않아. 인간 각자 각자의 다른 파장을 추적하려면, 엄청나게 복잡하니까. 게다가 여기는 사람도 많잖아. 진짜, 정말로 불가능. 아니면 그 사람을 특정할 수 있는 표식을 내가 미리 붙여 놨어야 해."

시카가 손사래를 치며 말했다.

"그 장소에서 무슨 일이 있었는지 다시 본다든가—"

"반사할 만한 물체가 없으면 안 돼."

"눈?"

"얼음 정도가 되지 않으면 무리야."

"아쉽네."

"마법은 만능이 아니니까."

어느새, 아르카나의 말버릇이 옮아 버린 시카였다. 하지만 마법사가 아닌 일반인들과 섞여 살다 보니 이게 입버릇이 되는 것도 당연하다 싶었다.

카서스는 그 말에 고개를 끄덕이며 "사실, 마법이 만능이 아니라서 다행이라고 생각해." 하고 대답했다. 시카가 웃으며 말했다.

"맞아. 신도 아닌데, 만능이라는 힘을 인간이 가지는 건 누구에게도 좋지 않은 것 같아."

"맞아. 아마 나뿐이 아니라 다른 사람도 마찬가지일걸."

마법사에 대한 경계도, 마법사가 할 수 있는 일의 한계가 뚜렷해질수록 낮아진다.

"다른 사람 손에 있는 만능열쇠란, 경계의 대상일 뿐이지."

카서스의 말에 시카는 고개를 끄덕였다.

"맞아."

그때 약간 요란스럽게, 사무실 뒷문이 열리는 소리가 났다. 지미라면 이렇게 벌컥 문을 열지 않을 거라 저도 모르게 두 사람은 동시에 자리에서 일어났다. 카서스가 한 발 앞으로 나가 시카의 앞을 가로막았다.

뒷문을 통해 들어온 것은 지미였다. 그는 창백한 얼굴로 사무실에 들어와 두 사람을 발견하곤 안도하는 얼굴로 빠르게 다가왔다.

"계셨습니까?"

"무슨 일이 있어?"

카서스가 물었다.

"혹시 우리가 없는 그 잠깐 사이에 사건이 터졌다거나―"

"아닙니다. 아니, 맞다고 해야 할지도 모르겠군요."

무슨 말이야? 하는 듯 카서스가 고개를 기울이자 지미가 품에서 편지를 꺼내며 말했다.

"에메랄드 광산에서도 여기와 똑같은 일이 벌어지고 있다고 합니다."

카서스는 그에게서 편지를 받아 들어 열어 보았다.

에메랄드 광산은 현재 버나드라는 사람에 의해서 관리되고 있었는데, 그가 요즘 광산에서 마수가 나타난다는 내용을 적어서 보낸 것이다.

그 나타나는 방식이 이곳과 똑같았다.

"양동 작전인가."

카서스는 혀를 찼다.

"아니, 양동도 아니고 삼동 아냐? 레오 말을 들어 보면."

시카의 말에 카서스는 "그렇군." 하고 고개를 끄덕였다. 광산에 욕심을 낸 백작이 벌인 짓이라고 가볍게 생각했는데, 그렇게 가벼운 원한은 아니었던 모양이다.

생각해 보면 만약에 레오가 아니라 다른 평범한 사람이 집을 맡아 주고 있다가 살해당했다면, 그것도 큰일이었을 것이다.

카서스가 생각에 잠겨서 편지를 바라보았다. 그가 생각하는 시간이 길어지자 시카는 식은 코코아를 단숨에 마시고 말했다.

"내가 여기 남을게. 카서스가 그쪽으로 가."

"따로따로 나뉘자고?"

"하지만 방법이 없잖아? 같이 갔다가 만약에 이쪽에 또 피해자가 나오면 어떻게 해?"

시카의 말에 카서스가 샐쭉하니 말했다.

"시카는 걱정도 안 돼?"

"내 몸은 내가 지킬 수 있어."

"그게 아니라, 나 말야. 나 혼자 보내면서 걱정되지 않아?"

"어어—?"

시카는 당황했다. 카서스가 고개를 흔들며 말했다.

"그렇구나, 마스터니까 좀 위험해도 괜찮다. 이거지. 하지만 나도 무적은 아니고, 죽거나 다치지 않는 것도 아닌데."

"아니, 그게—"

'너 혼자 남으면 위험해서 안 돼.'라고 했다면 '난 괜찮아.'라고 할 텐데 '나 혼자 가면 위험해서 안 돼.'라니 말문이 막히는 시카였다.

여기서는 뭐라고 대답을 해 줘야 하는 걸까.

결국, 시카는 솔직하게 대답하기로 했다.

"당연히 걱정되지. 한 번도 안 한 적 없어."

시카의 말에 카서스가 슬그머니 "그런데도 혼자 보낼 거야?" 하고 물었고 시카는 깊게 숨을 들이마시고 말했다.

"하지만 카서스를 믿어."

시카의 연보라색 눈이 똑바로 카서스를 바라보았다. 흔들림이 조금도 없는 그 눈에 카서스는 한숨을 내쉬고 말했다.

"반지 연결해 둬."

"알았어. 그리고 걱정하지 마. 상대를 잡으러 다니지는 않을게."

시카가 빙긋 웃었다.

"그냥 이 주변에 쭉 경계 마법을 걸어 두고 나타나는지 지켜볼 생각이야."

시카의 말에 카서스는 한결 안도가 되어 "그래." 하고 대답했다. 그가 손을 뻗어 그녀의 머리를 토닥거리자 시카는 피식 웃었다.

그의 소매 사이로 뱀 모양의 에메랄드 팔찌가 반짝 빛났다.

'정말로 카서스는 찾지 않을 생각인가?'

팔찌를 보며 시카는 문득 그런 생각을 했다.

보통 팔찌가 아닌, 마법이 걸린 팔찌라 얼음탑에 묻거나 자료를 찾아보면 관련 정보가 나올 터였다. 하지만 카서스는 거절했다.

애매한 유예나 허락이 아닌 확실한 거절이라 시카도 더는 찾아보지 않았다. 단지 혹시 해로운 마법이 걸려 있을까 봐 팔찌에 걸린 마법을 살펴봤지만, 딱히 그런 기미는 보이지 않았다.

정확하게 어떤 마법이 걸려 있는지 찾아내려면 좀 더 시간을 들여야 했기에 찾아볼 수는 없었지만 말이다.

'하지만 오래된 마법 체계였어.'

현재의 발달된 마법이 아닌 좀 더 오래된, 최소 50년에서 최대 200년 전에 걸린 마법인 것 같았다.

그걸 생각하면 카서스의 아버지가 보통 사람은 아니었다는 걸 짐작할 수 있었다. 그걸 카서스에게 이야기했는데도 카서스는 별 관심이 없어 보였다.

'그리고 카서스가 싫다면, 나도 싫은 거니까.'

시카는 그렇게 생각하며 그의 팔찌에서 시선을 뗐다.

"내가 에메랄드 광산까지 보내줄게."

"마력 괜찮아?"

카서스의 말에 시카는 엄지와 검지로 'O'를 만들어 보였다.

"한 사람을 보내는 것 정도는 괜찮아, 충분해."

"알았어. 그럼 좀 의지할까. 이거 너무 익숙해져서 큰일인데."

말과 마차를 타고 이 주 이상 걸릴 거리를 한 번에 다니는 것에 익숙해져서 큰일이다.

카서스는 그렇게 말하며 허리를 숙여 그녀의 이마에 키스해 주었다. 그게 간지러워서 시카는 눈을 가늘게 뜨고 키득거리며 웃고 그의 허리를 꼭 끌어안았다가 놓아주었다. 그녀가 지팡이를 꺼내 들었다.

같이 가는 것이 아니니 좀 더 정교한 조절이 필요했다.

"연락해."

카서스가 다시 한 번 말했고 시카는 고개를 끄덕였다.

"알았어. 걱정하지 마."

손을 흔들자 카서스도 마주 손을 흔들었고 곧 그의 모습이 사라졌다.

그가 시야에서 사라지자마자 시카는 아쉬움을 느꼈다. 자신이 등을 떠밀어서 보내 놓고는 이렇게 또 약한 마음이라니.

하지만 자신과 카서스는 한 팀이고, 자신은 한 사람— 아니, 그 이상의 몫을 하는 S급 용병이다. 그 명패가 부끄럽지 않도록.

시카는 그렇게 생각하고 지미를 돌아보았다.

"그럼 잘 부탁드릴게요."

"저야말로 잘 부탁드립니다."

"사람들이 아직 숙소에 있나요? 일하러 나가지는 않았고요?"

"네, 그렇습니다."

"그렇다면 한 사람씩 만나보고 싶은데, 가능할까요?"

"물론입니다. 이유를 여쭤 봐도 될까요?"

"제 경계 마법에 걸리지 않도록 표식을 붙여 놓으려고요. 일꾼이 아닌 사람이 제 영역에 들어오면, 전 바로 알게 되겠죠."

그 말에 지미가 놀랍다는 듯 고개를 끄덕이고 말했다.

"그거 편리하군요."

"한 명씩 만나 봐야 한다는 단점이 있지만요."

시카의 말에 지미가 희미하게 웃고 회중시계를 꺼내 보며 말했다.

"그러면 서두르는 게 좋겠습니다. 일꾼의 수는 꽤 되니까요."

"네."

대답하고 시카는 슬쩍, 에메랄드 반지를 돌렸다.

이제 두 사람 모두 사용법에 익숙해져서, 쓸데없는 생각까지 밀고 들어오지 않게 능숙한 사용이 가능했다.

—**잘 도착했어?**

시카가 걱정되는 걸 묻자 카서스가 웃음기 섞인 대답을 했다.

—**당연하지.**

그가 보는 에메랄드 광산 쪽 풍경이 슬쩍 흘러들어 왔다. 시카가 말했다.

—**난 이제 일 시작할 거야.**

—**그래. 여기도 상황은 비슷해. 흔적부터 좀 추적해 봐야겠지.**

—**알았어.**

—**무슨 일 있으면 바로 말해.**

카서스가 걱정스럽게 말해 시카는,

—**카서스도.**

하고 덧붙였고 카서스는 웃었다.

웃는 소리를 귀로 듣는 것과, 웃는 기척을 머릿속을 느끼는 건 완전히 다르다. 시카는 둘 다 좋았다.

—그래.

카서스는 대답했고 시카는,

—나중에 다시 연결할게.

하고는 연결을 끊었다.

사건을 조사한다는 핑계로 숙소마다 돌면서 한 사람씩 만나 간단한 질문을 던지는 척하면서, 실제로는 표식을 하나씩 달아 주는 일은 생각보다 더 오래 걸렸다. 실제로 두려움을 호소하는 사람들을 만나니 이야기가 길어졌던 것이다.

일이 끝났을 때는 이미 해가 진 후였다. 사람을 만나서 이야기하는 것도 힘든 일인지라 시카는 완전히 지쳐서 사무실 난로 앞에 풀썩 앉았다. 지미가 그녀에게 말했다.

"위로 올라가서 쉬시죠. 저녁도 곧 올리겠습니다."

"고마워요. 지미 씨도 쉬세요."

"전 마저 장부를 정리할 예정이라."

"너무 일만 하시는 거 아니에요?"

시카가 놀라 물었지만 지미는 "다른 할 일도 없으니까요." 하고 대답했다. 일을 하는 게 그 나름의 불안 해소법인가 하고 시카는 고개를 끄덕였다.

사무실 이 층에는 방이 세 개 있었다. 시카는 가장 안쪽 방으로 들어갔다. 벽난로가 꺼져 있어 공기는 차가웠다. 시카는 난로 안에 장작과 석탄을 우르르 넣고 에잇, 하고 마법으로 불을 붙였다.

순식간에 불이 커지면서 공기가 뜨거워졌다.

벽난로 앞에 멍하니 한참 앉아 있다가 지미가 가져다준 샌드위치로 저녁을 먹고 시카는 창가로 다가갔다.

사무실은 가장 높은 곳에 있어서, 저 아래쪽 일꾼들 숙소 굴뚝에서 연기가 나오는 것과 불이 깜박이는 게 보였다.

눈밭과 어우러진 그 광경은 한편으로는 서정적으로 보였다.

시카는 눈을 감고 천천히 경계 마법을 펼쳤다. 안개처럼 사방을 더듬으며 마법은 원형으로 퍼져 나갔다. 마법에 표식이 없는 무언가가 걸리지 않았다.

'그 사이에 침입자가 들어오지는 않은 것 같네.'

안도하며 시카는 창문에 하아― 하고 입김을 불었다.

새하얀 김이 서리자 거기에 슥슥 '카서스 보고 싶다.' 하고 적었다가 소매로 슥 지우고는 슬쩍 시계를 보았다.

'지금쯤이면 카서스도 저녁 먹고 있지 않을까?'

카서스에게서 다른 연락은 없었으니 별일이 없는 거겠지. 그렇다면 말을 걸어도 되지 않을까.

시카는 그렇게 생각하며 슬그머니 반지를 만지작거렸다.

―카서스?

조심스럽게 부르자,

―시카 보고 싶어.

하는 투덜거리는 소리가 돌아와 시카는 웃었다.

―나도 보고 싶어.

—거기는 어때?

—응, 지금 막 경계 마법 걸었는데 침입자가 있다는 신호는 없네.

—그렇군.

—카서스는 저녁 먹었어?

—아니 아직. 시카는?

—난 먹었지. 카서스도 얼른 먹어.

—그래야지.

—거기도 역시 사람이 한 일 같아?

—응, 다행히도 여기는 피해자가 많지 않지만. 버나드가 빨리 연락해서 다행이지.

카서스는 길게 한숨을 내쉬었다.

그리고 두 사람은 평범한 연인이 할 법한 달콤한 대화를 한참 나눴다. 졸음이 밀려와 시카가 꾸벅꾸벅 졸기 시작하자 카서스는 그녀에게 자라고 종용했고 시카는 하품하며 연결을 끊었다.

아직도 경계 마법에 뭔가 걸리는 건 없다.

'이대로 아무 일 없이 지나가려나?'

시카는 그렇게 생각하며 마지막으로 벽난로를 살피고 침대로 꾸물꾸물 기어 들어갔다. 지팡이는 품에 안은 채로였다. 뭔가가 경계 마법에 걸린다면, 지팡이가 소리를 내서 알려 줄 것이다.

새벽에 시카는 자는 둥 마는 둥이었다.

두 번이나 울려서 깨었는데, 한 번은 토끼였고 한 번은 사슴이었다. 겨울이라 먹을 것이 없어서 여기까지 내려온 모양이었다.

'일정 크기 이상의 생명체는 다 걸리니까.'

시카는 멍한 머리로 그렇게 생각했다. 덕분에 신경이 예민해져서 잠이 들 듯 말 듯한 상태로 밤을 지새운 것이다.

'뜨거운 커피가 필요해.'

아주 진한 커피가.

그거랑 초콜릿칩 쿠키…….

'가방에 쿠키 단지를 넣었던가?'

시카는 그렇게 생각하며 꾸물꾸물 침대에서 내려왔다. 카서스가 항상 침대로 커피 가져다줬었는데, 하는 생각을 하며 시카는 길게 기지개를 켰다. 일단 그녀는 벽에 걸어 둔 작은 가방으로 다가가 주섬주섬 가방 안을 뒤졌다.

전에 쿠키를 많이 구워서 안에다가 넣어 뒀던 것 같은데…….

'있다!'

시카는 쿠키 단지를 꺼냈다. 단지를 테이블 위에 올려 두고 시카는 주전자를 찾았다. 물을 끓이고 커피를 가지러 내려가야겠다, 하고 있는데 거친 노크 소리가 들려왔다.

시카는 놀라 얼른 문을 열었다.

지미가 굳은 얼굴로 서 있었다. 그녀가 무슨 일이냐고 묻기도 전에 그가 대답했다.

"사람이 죽었습니다."

시카는 잠이 확 달아나는 걸 느꼈다.

"간밤에 말인가요?"

그녀의 질문에 지미는 고개를 끄덕였고 시카는 신음을 삼켰다.

"그러면 범인은 우리 안에 있군요."

*　　*　　*

카서스는 눈을 가늘게 떴다.

차가운 바람이 뺨을 때렸다. 그의 청색 머리카락이 겨울바람에 세차게 날렸다. 내리는 눈이 수직이 아니라 거의 수평에 가깝게 바람에 밀려서 내리고 있었다.

'하필.'

쯧 하고 혀를 차고 카서스는 고글을 썼다. 이런 눈 폭풍에 흔적이 남을 리가 없다. 추적은 여기서 끝이다. 카서스는 반지를 바라보았다.

'날씨가 이래서 안 되려나?'

마력의 근원은 에테르고, 에테르는 자연의 힘이다.

그러니 이런 식으로 에테르가 크게 요동칠 만한 일―지금 같은 눈 폭풍 속에서는 잘 작동이 되지 않을 수도 있다고 시카가 설명했었다.

―시카? 시카?

불러 보았지만, 역시나 대답은 돌아오지 않는다. 북부의 눈 폭풍은 언제 시작하고 언제 멈출지 알 수가 없었다.

지금처럼 갑자기 시작되어서 눈앞의 손도 보기 어려울 정도로 눈이 몰아치고 나면 얼어 죽는 사람이 부지기수였다. 집 앞 1M 정도 앞에 웅크리고 죽어 있다던가, 하는 이야기도 흔했다.

한두 시간이면 그치기도 하고 사나흘, 일주일씩 이어지기도 했다.

카서스는 돌아가야 할 방향을 돌아보았다.

새하얀 눈뿐, 아무것도 보이지 않는다. 보통이라면 여기서 헤매다가 죽을 것이다. 하지만 카서스는 마스터고, 기척을 읽는 능력이 있다.

카서스는 빠른 걸음으로 눈을 뚫고 걸어가기 시작했다. 눈에 얼음 알갱이가 섞여서 고글에 부딪치며 따닥거리는 요란한 소리를 냈다.

사무실 문을 열고 들어가자 관리인인 버나드가 창백한 얼굴로 마중 나왔다.

"눈 폭풍에 갇히신 줄 알았습니다."

새하얀 눈 뭉치처럼 된 카서스가 고글을 올리고 눈을 털어내며 말했다.

"마스터니까 살아왔지."

오만한 말이지만 버나드는 희미하게 미소 지었다. 이런 상황에서는 이렇게 자신만만한, 기댈 수 있는 상사가 필요했다.

"흔적은 찾으셨습니까?"

"눈이 와서 놓쳤어. 수는 적은 것 같은데⋯⋯. 이 눈 폭풍에 그치들도 죽어 버리면 좋으련만."

카서스의 말에 버나드가 "그랬으면 좋겠군요." 하고 고개를 끄덕였다. 지긋한 중년인 그는 희끗희끗한 밝은 갈색 머리를 가지고 있었다. 단정하게 입는다고 했지만, 현장 노동자였음이 드러나는 그의 소박함이 큰 매력이었다.

눈을 털어내고 카서스는 벽난로 앞으로 다가섰다.

'뭔가 찜찜하단 말야.'

십여 년을 전투에서 굴러온, 그리고 거기서 살아남게 해 준 감이 뭔가를 경고하고 있었다. 뒤통수가 간질간질한 기분을 느끼며 카서스는 자신이 놓친 게 무엇인지 하나씩 점검해 보았다.

1. 마수의 소행으로 위장.
2. 광산과 집, 세 군데를 동시에 공격.
3. 흔적을 지운 흔적이 남아 있음.

"아."

카서스가 눈을 깜박였다.

저 세 가지 어디에서도 암살자가 외부에서 왔다, 하는 보장은 없었다. 생각해 보면 여기까지 와서, 이 눈 폭풍이 자주 몰아치는 북부의 숲에 숨어 있다가 사람을 사냥한다?

그러다가 정말로 눈 폭풍 때문에 죽을 것이다.

'암살자가 마스터가 아니라면 말이지.'

그리고 당연히, 마스터가 암살자를 하는 일은 없다. 용병도 겨우 자신 한 사람 아닌가?

"버나드."

"네."

"직원 명부 좀."

"직원 명부를 말인가요?"

"응, 어쩌면 범인이 섞여 있을지도 모른다는 생각이 들어서."

"네에?"

그가 깜짝 놀라 펄쩍 뛰었다. 버나드는 당혹스러운 얼굴로 말했다.

"하지만, 다들 평범한 사람들인데요. 암살자라니―"

"그야 암살자가 이마에 '암살자'라고 쓰고 다니지는 않지."

대꾸하고 카서스는 아, 하고 덧붙였다.

"버나드가 일을 잘못했다는 이야기는 아냐. 하지만 뭔가 좀 특이한 사항이 있거나, 연고자가 없는 사람이 있다면 알려 주겠어?"

"네, 알겠습니다."

탓하지 않겠다는 말에 그의 얼굴이 살짝 밝아졌다. 버나드는 얼른 직원 명부를 가지고 나왔다. 그가 명부를 펼치며 말했다.

"겨울철이라, 사실 남아 있는 인부들이 많지는 않습니다."

"그래도 우리는 꽤 많은 편이지 않아?"

"네에, 숙소도 있고― 월급도 짭짤하니까요."

일 년 내내 일정한 수요의 광물을 캐낸다는 것이 이 광산의 장점이었다. 그만큼 북부에서 일하기 힘든 겨울에는 특별히 더 신경을 쓰고 말이다.

'많지 않다고 해도 오십여 명…….'

하지만 또 그렇게 많지도 않은 숫자다. 이 정도면 한 명씩 면담해도 하루면 끝난다.

'암살자가 광부 일을 오랫동안 잘하려나?'

아니, 그 전에 그 백작 놈팡이가 오랫동안 공을 들여서 이 일을 진행했을까?

암살자라면 돈이 얼마나 많이 드는데.

게다가 일류 암살자면 소리도 없이 다가와 사람을 슥삭, 한다고 알려졌지만 자신은 마스터다. 마스터에게 들키지 않게 다가와 슥삭 할 수 있는 암살자는 같은 마스터가 아니면 존재할 수가 없다.

아니면 같이 죽을 걸 각오하고 나서거나.

'그렇다면 오랫동안 광산 일을 하면서 숨어 있지는 않았겠지.'

"여기서 최근 한 달 안에 들어온 사람만 추리면?"

카서스의 물음에 버나드는 다섯 명 정도 되는 사람을 추려냈다.

"좋아. 그럼 이 사람들을 좀 건드려 봐야겠군."

카서스는 씩 웃으며 종이를 받아 들었다. 그리고 눈 폭풍 때문에 밖이 전혀 보이지 않는 창문을 바라보고 한숨을 내쉬었다.

"폭풍이 끝나면."

그는 몇 번 손을 흔들어 보았다. 괜히 반지 알을 이리저리 돌려도 보았지만, 여전히 연결 불가 상태였다.

'시카에게 이 사실을 알려야 하는데.'

그쪽에도 아직 암살자가 있을지 모른다. 일꾼들 속에 숨어 있다면, 혹여 시카가 방심했다가 찔리기라도 하면?

카서스는 불안감을 억지로 내리눌렀다.

아냐, 시카는 괜찮을 거야. 그녀는 자기 몸 정도는 챙길 수 있어.

빨리, 빨리 폭풍이 그쳤으면.

카서스는 그렇게 바라며 눈을 꾹 감았다.

겨울바람에 부서진 나무문이 덜컹거리고 있었다. 경첩도 벌어져 있어서 잘못하면 문짝이 통째로 날아갈 것 같았다.

시카는 목도리를 살짝 잡아 내리고 주변을 둘러보았다. 새하얀 입김이 뭉게구름처럼 번졌다. 일꾼들이 겁에 질린 얼굴로 나와 서성거리고 있었다.

시카가 지미에게 물었다.

"시신은 치웠나요?"

"아뇨, 그게— 시신이 없습니다."

"없다고요? 그렇다면 죽었다는 건 어떻게 알죠?"

"문도 이렇고, 내부도 들어가 보면 아시겠지만 엉망이니까요. 마수가 물어갔다면, 죽은 것이 확실합니다."

지미의 말에 시카는 눈을 가늘게 뜨고 집을 바라보며 물었다.

"언제 발견한 건가요?"

"아침에 발견했습니다."

"그 전에 문이 이렇게 덜컹거리는데 소리를 못 들은 건가요?"

"다들 겁에 질려 있었으니까요. 나와 볼 생각을 못 했죠. 그리고 겨울밤에는 모두가 일찍 잠듭니다."

"아니면, 아침에서야 문을 부쉈던지요."

그녀의 발언에 지미는 놀란 얼굴을 했다가 표정을 굳혔다. 그녀가 무슨 이야기를 하는지 눈치챈 것이다.

시카는 집 안으로 들어갔다.

겨울철 임시 숙소지만 그래도 나름 갖출 것을 갖추고 지어진 집이었다. 나무로 되어 있어서 웃풍이 강하기는 하지만 그래도 틈새가 벌어진 곳은 없었고, 가운데에 난로도 놓여 있었다. 바로 그 근처에 침대가 놓여 있는 원룸이었는데, 지금은 모든 것이 엉망이었다.

침대는 쓰러져 있고, 연통은 날아갔으며, 발톱으로 헤집은 것처럼 모든 게 찢겨 있었다. 피도 여기저기 흩뿌려져 있었다.

'하지만 난로를 부수지는 않았어.'

난로가 쓰러졌다면 분명히 불이 났을 것이다. 불이 났다면 일부러 마수의 습격처럼 만들어 둔 증거도 사라졌겠지.

시카는 바닥에 떨어져 산산조각이 난 거울 조각을 바라보고 웃었다.

'거울이 있다면 이야기는 간단하지.'

시카가 지미에게 물었다.

"여기서 묵었던 사람이면 존과 길버트가 맞죠?"

"네, 맞습니다."

"그 두 사람은 언제 광산에 들어왔나요?"

"한 달 전쯤, 겨울이 시작될 무렵에 찾아왔지요. 겨울철에는 일꾼을 구하기가 어려운 데다가, 경력자라서 바로 채용을 했습니다."

지미의 설명에 시카는 고개를 끄덕이고 말했다.

"밖에 나와 있는 일꾼들을 안으로 들어가라고 해 주세요."

"알겠습니다, 하지만 이걸로 광부들이 떠나갈지도 모르겠습니다."

"제가 범인을 잡을 거라고 말해 둬요."

시카는 자신만만하게 말했다. 카서스의 옆에서 보고 배운 바, 의뢰인 앞에서는 항상 자신감이 넘치는 게 중요했다.

당연하게도, 자신이 없는 사람에게 일을 맡길 사람은 아무도 없을 것이다.

시카의 말에 지미는 고개를 굳게 끄덕이며 말했다.

"알겠습니다."

그가 나가서 일꾼들을 달래어 아침 식당으로 보내는 동안, 시카는 지팡이를 꺼내어 들었다.

'이 사람들이 암살자일 거야.'

마수라면 절대로 사람을 물어가지 않는다.

마수가 왜 그런 짓을 한단 말인가? 그리고 만약에 마수가 숙소까지 들어왔다면, 시카가 모를 리가 없다. 암살자가 외부에서 들어온 것도 아니다.

그렇다면 지금 사라진 이 두 사람이 유력한 용의자였다.

심증은 확실하고 물증도 어느 정도 있지만, 시카는 마지막으로 한 번 더 확인해 봐야 했다.

확인이란 몇 번을 해도 좋은 거니까.

시카가 낮게 주문을 외우고 빛나는 지팡이로 가볍게 거울 조각을 툭 쳤다.

허공에 영상이 비치기 시작했다. 거울이라 그런지 생각보다 더 깨끗한 화질로 영상이 나왔다.

두 남자가 단검으로 여기저기를 찢고 있었다. 시카는 뒤로 물러서서 그 광경을 바라보았다.

벽에 발톱 자국을 새기던 남자—자신을 존이라고 소개했던—가 말했다.

"이게 마지막인가?"

"그래."

존의 말에 또 다른 남자—길버트—가 대꾸했다. 그는 피를 뿌리고 있었다.

"마수로 위장해서 광부들을 죽여 달라니, 참 웃기는 짓이야. 겨울이라 고생했네."

"맞지도 않는 광부 일도 그랬지. 하여간 짭짤한 일이었어."

길버트가 고개를 흔들며 말했다. 존이 킬킬거리고 웃었다.

"짭짤한 게 당연하지. 상대가 방랑자와 용주잖아. 아까 그년이 우리 숙소로 찾아왔을 때는 완전 쫄았는데. 낌새를 챈 것 같던?"

"전혀. 보니까 세상 물정 하나도 모르게 생겼더구먼."

길버트의 말에 존이 흐흐 웃었다.

"몸매 죽이더구먼. 방랑자는 맨날 깔아뭉개겠지? 좋겠네."

그 뒤로 시카를 상대로 한 음담패설이 이어졌다. 카서스가 들었다면 두 사람의 혀를 뽑아 버릴 만한 소리들이었다.

시카는 깊게 숨을 들이마셨다.

'이 새끼들이 진짜. 눈앞에 있었으면 콱!'

지팡이로 머리를 후려갈겨 줬을 거다. 다이아몬드로 얻어맞다니, 그건 상당히 호사스러운 고통일 테지만, 아픈 건 아픈 거니까.

두 사람의 대화는 음담패설 이후로 이어졌다.

"방랑자가 왔을 때는 쫄았는데, 마법사만 남아서 다행이야."

"그러게 말야. 얼른 가자고. 제길, 얼어 죽겠네. 엿 같은 북부의 추위 같으니."

시카는 짜증을 꾹 눌러 참았다.

하여간 이 사람들은 죽은 게 아니었다. 마수에게 납치된 것처럼 꾸미고, 자신들은 이곳을 떠난 것이다.

'다시 돌아오지는 않겠지. 대체 왜 이런 짓을 한 걸까?'

시카는 고개를 갸웃했다.

'게다가 암살자라는 게 원래 이렇게 나불나불 입을 잘 놀리나.'

암살자라면 과묵할 거라는 인상이 있었는데 말이다. 하긴, 그런 것 자체가 편견일지도 모른다. 암살자라고 해도 그냥 사람 죽이는 게 업일 뿐인 보통 사람(?)이니까. 수다스러울 수도 있지.

시카 자신이 아는 거라고는 책에서 본 게 전부니까, 최대한 편견을 배제하기로 했다.

'그렇다면.'

시카는 입꼬리를 비틀어 올렸다.

이제 이놈들만 잡으면 된다. 어젯밤에 표식은 다 달아 놨으니, 추적하는 건 어렵지 않은 일이었다. 추적해서 붙잡은 후에 의뢰인을 탈탈 털게 해야지.

'아, 그 전에 일단 카서스에게 알려야겠지?'

시카는 에메랄드 반지를 가볍게 돌렸다. 하지만 연결이 되지 않았다. 시카는 반지를 흔들었다. 하지만 상황은 마찬가지였다.

'연결이 안 되네.'

카서스에게 무슨 일이 생긴 걸까?

걱정이 그녀의 마음속에 차올랐다.

'아냐, 그럴 리가 없어.'

그는 마스터니까. 그렇다면 현재 눈 폭풍이나 에테르 폭풍 같은 다른 것으로 인해, 연결이 되지 않고 있을 가능성이 컸다.

특히 광산 근처는 에테르 폭풍이 잘 일어나니까, 연결 상태가 좋지 않은 경우가 많았다.

'거기다 겨울이니까 눈 폭풍이 일어났을 가능성도 커.'

두 가지가 겹쳤다면 완전히 연결이 끊기는 것도 무리는 아니다. 시카는 그렇게 생각하며 마음을 가다듬었다.

'어차피 보고 싶으면 마법으로 뿅 가면 되니까.'

지금 가 볼까, 하다가 시카는 관뒀다. 건너편에 에테르 폭풍이 있다면 순간 이동이 잘못될 가능성도 있었다. 이 겨울에 어디에 처박히는 건 사양이다.

'게다가 추적해서 붙잡는 것 정도는 카서스가 없어도 할 수 있고.'

그도 그쪽에서 해야 할 일이 있으니, 자신도 자신의 몫을 할 예정이었다. 시카는 그렇게 생각하고 밖으로 나왔다.

지미가 밖에서 기다리고 있었다. 시카가 놀라 말했다.

"지미 씨, 추운데 들어가 계시지 그러셨어요?"

"아직 일이 끝나지 않으셨는데, 들어가 볼 수는 없지요."

정중한 어투로 말하고 그가 물었다.

"일은 잘 끝나셨습니까?"

"네, 이 사람들이 범인이에요. 지금부터 추적할 예정이고요."

지미는 현명하게 '혼자서 말인가요?' 같은 말은 입에 담지 않았다. 대신 그는 "주인님께는 알리셨습니까?" 하고 질문을 던졌다. 시카가 고개를 살짝 저었다.

"아뇨, 연락이 닿지 않아서요. 하지만 추적해서 잡는 것 정도는 혼자서도 가능하니까요. 지미는 사람들에게 이게 마수가 아니라 인간의 소행이라는 걸 알려 주세요."

그것만으로도 동요가 가라앉으리라.

마수라는 정체불명의 괴물이 아니라, 상대가 인간이니 말이다. 게다가 정체도 밝혀졌고.

시카의 말에 지미는 잠시 생각하다 고개를 끄덕였다.

시카가 빙긋 웃고 털 달린 방한모자를 잡아당겨 깊게 눌러쓰며 말했다.

"그러면 저녁까지는 돌아올게요."

"알겠습니다."

지미가 고개를 끄덕이자 시카는 빛무리만 남기고 그 자리에서 사라졌다. 봐도 봐도 신기한 광경이라 지미는 빛무리가 완전히 사라질 때까지 허공을 바라보다가 안으로 들어갔다.

시카는 앞에 가고 있는 두 사람을 바라보았다.

한참 앞에서 두 사람은 부지런히 걸어가고 있었다. 흰옷을 입고 있어서, 시야에 들어왔다가 사라지기를 반복했다. 만약 추적 마법이 걸린 게 아니었다면 진즉에 놓쳤을 거다.

'그러면 잡아 볼까.'

시카는 지팡이를 앞으로 내밀었다. 개발 기간은 꽤 오래 걸렸지만, 그만큼 숱하게 써먹은 마비 마법이었다.

"꿀라오."

그녀의 마법 주문이 입에서 나가기가 무섭게, 앞서가던 한 사람이 나무토막처럼 굳더니 옆으로 쓰러졌다. 옆 사람이 깜짝 놀라 반응하기도 전에 시카는 다시 마법을 날렸다. 두 사람은 마치 조각상처럼 눈밭에 나뒹굴었다. 잠시 둘의 움직임을 바라보다가, 시카는 모습을 드러냈다.

다가가니 두 사람은 눈만 이리저리 굴리며 주변을 바라보고 있었다.

잡았다, 하는 약간의 성취감을 느끼며 시카는 가방에서 밧줄을 꺼냈다.

"일단 이걸로―"

묶어야지, 하는데 뭔가가 옆구리를 강하게 때렸다. 통증이 몰려와 시카는 숨을 삼켰다. 뭐지? 하고 옆구리를 내려다보기도 전에 두 번째 통증이 등에서 느껴졌다.

시카는 눈밭에 무릎을 꿇었다.

'아.'

옆구리를 파고든 화살깃이 보였다. 통증에 눈앞이 빙빙 도는데 몇 번 더 등이 아파 왔다. 시카는 이를 악물고 그대로 순간 이동을 했다.

좌표를 설정할 정신이 없었다. 그냥 이곳에서 멀리.

시카는 모르는 숲길에 떨어졌다. 꽤 높은 허공에서 바닥으로 내팽개쳐져서 시카는 비명을 삼키며 숨을 헐떡였다.

'아파, 뜨거워.'

손발이 달달 떨렸다. 시카는 옆구리에 박힌 화살대를 잡았다. 이걸 잡아 뽑아야 한다. 차마, 그대로는 할 수가 없어서 시카는 통증을 없애는 마법을 자신에게 걸었다. 그것만으로도 살 것 같았다.

하지만 통증은 몸이 알려 주는 중요한 신호이기도 하다. 무통증인 상태로 오래 있다가는 이유도 모른 채 쓰러져 죽어 버린다.

시카는 화살대를 잡아 뽑았다. 살점과 함께 촉이 뽑혀 나왔다. 상처에 회복 마법을 걸고 시카는 숨을 헐떡이며 촉을 보았다.

고리 모양으로 생겨서, 뺐을 때 상당한 상처를 주는 촉이었다.

'그리고 활이 아니었어. 쿼렐이구나.'

석궁용 화살이었다. 시카는 등으로 손을 뻗었다. 몇 방이나 맞은 거야?

깃이 몇 개인가 만져졌다. 하지만 등에 있는 화살을 스스로 뽑을 수는 없었다.

"커헉, 쿨럭—"

시카는 피를 토했다. 시뻘건 피가 흰 눈 위로 뚝뚝 떨어졌다. 숨에서 휘파람 소리가 났다. 하나가 폐에 명중한 모양이다.

'멍청이, 멍청이. 보호막을 쳤어야지.'

시카는 후회하며 눈 위에 엎드렸다. 어지럽다. 이대로 화살촉이 꽂힌 채로 치료해 버리면, 나중에 화살을 제거할 때 배로 고생할 터였다.

'카서스.'

어떻게든 그가 있는 곳으로 가서—

실수했다고 하고…….

자꾸 생각이 흐릿해져 시카는 일단 순간 이동을 했다. 이동하자마자 그녀는 땅에 나뒹굴었다. 바람이 강해서 서 있을 수가 없었다.

'눈 폭풍—!'

사방이 새하얀 색이었다. 눈 알갱이가 얼굴을 때려 눈을 뜨기가 힘들다. 마법 때문에 고통은 없지만, 눈앞은 점점 더 흐릿해지고, 몸을 움직이는 게 힘들어졌다.

이제는 자리에서 일어나는 것조차 힘들었다. 게다가 어디로 가야 할지조차 알 수가 없었다.

"카서스—"

시카는 울음 섞인 목소리로 그를 불렀다.

"그래 봐야 안 들려. 시카가 완전히 엉뚱한 곳으로 텔레포트 했거든."

익숙한 목소리에 시카는 입을 벌리고 상대를 바라보았다. 눈 폭풍 속에서 새하얀 머리카락이 휘날리고, 선명한 붉은 눈이 반짝였다.

"로렌스……?"

로렌스는 싱긋 웃고는 손을 내밀었다. 시카는 그 손을 붙잡았다. 비틀거리며 일어서는 그녀를 부축해 주며 로렌스가 말했다.

"방어막을 칠 수 있겠어?"

시카는 고개를 끄덕이고 방어막을 쳤다. 눈 폭풍이 막히자, 그제야 살 것 같았다.

"시카, 입술이 새파래. 얼굴도. 통각을 없애는 건 좋은데 냉점, 온점까지 다 막아서야― 얼어 죽어. 하긴 그 전에 출혈 과다로 죽으려나."

"진짜 로렌스야?"

시카는 다시 물었고 그는 말없이 웃었다.

"어떨까? 자, 가자."

시카의 손을 잡고 그는 앞장서서 걷기 시작했다. 시카는 홀린 듯이 그의 뒤를 따라 걸었다. 비틀비틀하거나 무릎이 굽혀져서 푹 쓰러질 것 같을 때마다 로렌스가 붙잡아 주었다. 숨쉬기가 점점 더 힘들어졌다. 방어막을 유지하기가 힘들어져 막이 일부 뚫렸다가 생기기를 반복했다.

기침을 할 때마다 피가 계속 흘러나와 시카는 바닥을 바라보았다. 자신이 지나온 자리에 점점이 붉은 자국이 나 있다.

그리고 로렌스의 발자국은 없었다.

시카는 눈앞의 그가 환상인지 아닌지 알 수가 없었다. 로렌스

가 멈춰 섰다.

'다, 온 거야?'

시카는 무릎의 힘이 풀려 풀썩 주저앉았다. 로렌스가 말했다.

"난 여기까지야. 이제 불러도 돼."

로렌스가 부드럽게 시카의 뺨을 어루만졌다. 그의 손이 뜨겁게 느껴졌다.

"얼른, 시카."

그리고 그는 사라졌다. 시카는 눈을 깜박였다. 사방은 여전히 새하얀 색이었고, 눈 폭풍이 부는 소리만 쏴아아 하고 모래 폭풍 소리처럼 들릴 뿐이었다.

시카는 목소리를 냈다.

"카서스, 카서스, 카— 커헉."

시카는 밭은기침을 했다. 그럴 때마다 목구멍에서 피가 울컥울컥 올라왔다. 눈물이 나왔다. 몸이 무겁고, 졸리다.

자면 안 된다는 건 알지만, 시야의 가장자리가 점점 검게 물들어 가면서—

"시카!"

눈 폭풍의 강렬한 소음을 가르고 상대의 목소리가 들려왔다. 시카는 입을 뻐끔거렸다. 목소리가 크게 나오지 않았다.

"카……서스……."

어떻게든 소리를 내야 하는데, 그래야 카서스가 들을 텐데. 다시 부르려고 했지만 끄르륵 하는 소리만 올라왔다.

"시카!"

하지만 카서스는 그녀를 찾아냈다. 그가 눈앞에 와서야 모습을 볼 수 있었다.

"맙소사."

카서스의 얼굴이 눈만큼 희게 질렸다. 그가 그녀를 조심스럽게 안아 들었다.

"시카? 자지 마. 정신 차려. 다 왔어. 잘했어. 잘 참았어. 조금만 더 버텨. 응?"

카서스는 빠르게 걷기 시작했다. 최대한 시카를 흔들리지 않게 하면서, 상처를 건들지 않으려고 노력하면서 말이다.

문고리를 꽉 잡고 기다리던 버나드는 카서스가 시카를 안고 등장하자 놀라 허둥지둥 문을 열었다. 두 사람이 건물 안으로 들어오자마자 버나드는 있는 힘껏 문을 닫았다. 쾅! 소리와 함께 실내가 조용해졌다. 눈이 창문을 때리는 소리는 여전했지만 말이다.

카서스는 벽난로 앞 양털 러그에 시카를 내려놓았다. 등에 깊숙이 박힌 쿼렐을 보자 저절로 이를 악물게 되었다.

"시카? 깨어 있어?"

하지만 시카는 완전히 축 늘어져서 정신이 없는 상태였다. 카서스는 주머니에서 단도를 꺼내 들어 그녀의 옷을 찢었다.

허둥지둥 붕대와 수건, 뜨거운 물을 가져온 버나드가 드러난 시카의 피투성이 등을 보고 얼른 고개를 돌렸다. 카서스는 단도를 불에 그슬리려다가 말았다.

그냥 뜨거운 물에 적신 수건으로 단도를 한 번 닦고, 카서스는 시카의 상처를 쨌다. 쨌고, 촉을 제거하는 일을 반복해서 3개의

퀴렐을 제거하고 그는 수건으로 상처를 압박했다.

"시카, 일어나."

카서스가 시카의 뺨을 가볍게 두들겼다. 시카의 마법을 믿고 소독 없이 촉을 빼냈으니, 이제 시카가 깨어서 마법으로 스스로를 치료해야 했다.

가혹하지만, 그게 최선이다.

"시카. 시카 울프."

카서스가 한숨을 내쉬고 버나드에게 각성제를 가져오게 했다. 시카의 코밑에 각성제를 들이대자 시카의 눈꺼풀이 꿈틀거렸다. 그녀가 흐느낌을 삼키며 눈을 떴다.

"아파—"

"그야 칼로 쑤셔서 화살촉을 빼냈으니까."

카서스의 말이 차가워서 시카는 눈물을 뚝뚝 떨구며 그를 바라보았다. 카서스, 화났나? 하지만 그걸 생각하기에는 등이 너무 아팠다.

아니, 전신이 아팠다.

"마법으로 고쳐야 해. 정신 차려. 집중해."

카서스의 말에 시카는 지팡이를 불렀다. 손끝에 지팡이가 닿자마자 그녀는 회복 주문을 외웠다. 제대로 하는 건지는 알 수 없었지만, 순식간에 통증은 사라졌다.

"더 다친 곳은?"

카서스의 물음에 시카는 고개를 저었고 카서스가 길고 긴 안도의 한숨을 내쉬며 수건으로 말라붙은 피를 닦아 냈다. 그리고 카서스는 시카의 양팔 밑으로 손을 넣어 그녀를 끌어안았다. 시카는 몇 번 더 기침을 했다.

상처는 고쳐도, 폐에 고인 피를 빼낼 수는 없고, 없어진 피를 보충할 수도 없다. 그녀의 입에서 몇 번 더 울컥하고 피가 올라왔다.

시카가 말했다.

"카서스, 옷, 더러워져……."

"상관없어."

카서스의 손이 기침하는 시카의 등을 부드럽게 두들겼다. 시카는 빈혈로 머리가 빙글빙글 도는 걸 느끼며 그의 옷자락을 꼭 잡았다.

맨몸으로 두꺼운 옷을 입은 카서스를 끌어안자, 가죽옷 냄새와 겨울눈 냄새가 났다. 시카는 그의 후드에 달린 푹신한 털에 얼굴을 비비며 그를 끌어안았다.

카서스가 새로 물을 적셔서 그녀의 입가를 닦아 주었다. 시카는 몇 번 더 피를 토해 내는 기침을 했다. 그러고 나자 호흡이 그럭저럭 편안해졌다.

그래도 아직 가릉가릉하는 소리를 내며 시카는 그의 품에 안겨 있었다.

카서스가 그녀의 등을 쓸다가 눈을 찌푸리고 말했다.

"흉터?"

"아, 살짝 남았어? 마법 쓸 때 집중해서 치료해야 하거든. 그런데, 집중을 잘 못하는 상황이라서……. 심해?"

"심하지는 않은데."

약한 흰 선 같은 게 살짝 남았을 뿐, 잘 들여다보지 않으면 알 수 없었지만 그래도 카서스는 민감하게 그걸 포착했다.

"크흠, 크흠—"

멀찍이서 버나드가 시선을 돌린 채 헛기침 소리를 내자 시카가 놀라 카서스에게 더욱 찰싹 달라붙었다. 카서스가 자신의 외투 단추를 풀며 말했다.

"여기에 손 넣어."

카서스가 한쪽 팔을 빼며 말해서 시카는 그쪽에 팔을 끼워 넣었고 카서스는 슬쩍 몸을 돌려 빠져나오며 반대쪽 소매에도 시카가 손을 끼워 넣게 했다. 즉, 그의 옷을 시카가 거꾸로 입은 것이다. 등으로 간 앞판의 단추를 잠가 준 후 시카가 일어나는 걸 도와주었다. 후드의 털이 시야를 가리는 데다가 카서스의 옷이 그녀의 몸보다 훨씬 커서 옷이 자꾸 흘러내린다. 소매 밖으로 그녀의 손끝이 간신히 튀어나오는 길이라 시카는 옷을 추스르며 인사했다.

"안녕하세요, 버나드 씨."

"나으셔서 정말 다행입니다. 마법은 대단하군요."

버나드가 그제야 시선을 똑바로 들며 허허 사람 좋게 웃었다. 시카는 자신의 엉망이 된 옷을 슬프게 바라보았다.

마음에 드는 겨울 외투였는데.

'아, 맞아.'

"지금 바로 가야 해."

시카가 덥석 카서스의 옷깃을 잡았다.

"어?"

카서스가 그녀를 돌아보자 시카가 빠르게 말했다.

"내가 쫓아가던 범인에게 마비 마법을 걸어 뒀어."

그 말만으로도 카서스는 사태를 파악했다.

"죽었을 거야. 그리고 넌 쉬어야 해."

그 몸으로 어딜 간다고?

카서스가 냉정하게 말했다. 시카가 고개를 저었다.

"아냐, 내가 다쳐서 그 사람들 마법이 풀렸을 거야. 그러면 안 죽었을 거 아냐? 하지만 추적 마법은 아직 살아 있으니까—"

시카는 필사적이었다. 자신이 실수한 것을 어떻게든 만회하고 싶었다.

약간 어지럽기는 하지만 심한 정도는 아니다. 그녀가 호소하는 눈으로 카서스를 바라보자 그는 할 수 없이 고개를 끄덕였다.

"좋아, 그럼. 가 보자."

카서스의 말에 시카는 고개를 끄덕이고 그 자리에서 바로 날았다. 그녀가 출발했던 장소로 돌아와 시카는 "어." 하고 짧은 소리를 냈다.

두 사람 모두 죽어 있었다.

쿼렐이 정확하게 그들의 심장을 관통해 있었다. 피가 눈을 흥건히 적시고 있었다. 카서스는 눈을 가늘게 뜨고 주변을 둘러보았다.

"왜—"

"미끼였던 거야."

카서스의 말에 시카는 그를 올려다보았다.

"시카를, 아니면 누구든 외부로 끌어낼."

시카의 얼굴이 일그러졌다. 그녀가 소매로 얼굴을 가리고 말했다.

"화내도 괜찮아."

"……."

"완전히 멍청한 짓을 했어. 카서스가 화내도 돼."

"……화 안 낼 거야."

카서스는 한숨을 내쉬었다. 시카가 "하지만, 화났잖아." 하고 말했다. 여전히 소매로 얼굴은 가린 채였다.

"배운 교훈을 두 개 말해 봐."

카서스의 말에 시카는 머뭇거리다가 말했다.

"반드시 팀으로 움직일 것. 그리고 언제나 보호막은 치고 있을 것."

"잘 배웠지?"

그의 말에 시카는 슬쩍 손을 내렸다. 웃고 있지는 않았지만, 화가 난 것 같지도 않았다. 시카는 양손을 공손하게 모으며 "응, 다시는 실수하지 않을 거야." 하고 대답했다.

카서스는 그런 시카를 내려다보았다.

솔직히 말하면 역시 이런 일은 시키고 싶지 않다. 그녀는 안전한 장소에서 편안하게, 세상 물정 따위 아무것도 모르는 채로 있어 줬으면 했다.

하지만 그건 자신의 지독한 이기심이다.

그녀는 자신의 소유물이 아니며, 애완동물도 아니고, 취향대로 키우는 식물도 아니다.

'그리고 시카는 같은 실수는 두 번 안 하니까.'

카서스는 숨을 길게 내쉬었다.

자신 역시 죽을 고비를 수십 차례 넘겼다. 게다가 시카 같은 경우는 마수를 상대한 경험이 대부분이지 인간을 상대로 한 경험은 적다.

실수하는 게 당연하고, 실수하면 죽을 고비가 되는 게 당연하다. 하지만 살아 있고, 두 번 다시 어리석은 실수는 하지 않을 거다.

카서스는 그걸로 만족하기로 했다. 여기서 시카의 잘못을 물고 늘어지며 따져 봐야 양쪽 모두에게 좋은 게 없었다.

마이너스적인 소리를 해 봐야 도움이 되지 않는다.

"그러면 외부에 사람이 숨어 있었단 말일까?"

시카의 말에 카서스는 상념에서 깨어나 시카를 바라보았다. 시카가 말했다.

"어젯밤에 광산에서 일하는 사람 모두에게 표식을 달아 뒀거든."

"공격한 사람이 달아 둔 사람이라면 알았을 거라는 거야?"

"으— 아니, 생각해 보니 그건 아냐. 아파서 그건 생각 못 했어. 하지만—"

시카가 지팡이를 꺼냈다.

"지금 어떻게 움직이는지는 볼 수 있지."

"좋아. 하지만, 일단 어디로 들어가서. 추워."

카서스의 말에 시카는 자신이 카서스의 외투를 빼앗아 입고 있다는 걸 깨닫고 놀라 말했다.

"얼른 돌아가자. 아, 그런데 눈 폭풍― 으으―"

"그냥 지미의 사무실로 가자고."

"응."

시카는 다시 껑충 공간을 뛰어넘었다. 사무실에서 초조하게 기다리던 지미가 자리에서 벌떡 일어났다.

"어서 오십시오―"

인사를 하던 그는 둘의 옷차림이 이상한 걸 발견했다. 시카가 카서스를 난로 앞으로 밀어 두고 말했다.

"난 옷 갈아입고 올게."

"응."

카서스는 고개를 끄덕였다. 그녀가 위층으로 올라가자 지미가 말했다.

"두 분이 함께 오셔서 다행입니다. 오늘 혼자서 추적하시겠다고 하셔서 조금 걱정을 했습니다."

카서스가 피식 웃으며 "그 걱정이 틀린 게 아닌데." 하고 뒷목을 문질렀다.

"무슨 일이 있으셨습니까?"

"조금."

지미의 질문에 카서스는 적당히 대답했고 지미는 현명한 고용인의 자세를 지켜서 더는 캐묻지 않았다. 곧 다시 계단을 내려오는 경쾌한 발소리가 나고 시카가 아래층으로 달려 내려왔다.

그녀가 쑥 벗은 외투를 카서스에게 건넸다.

"빌려줘서 고마워."

"별말씀을."

카서스는 받아 든 외투를 소파에 휙 던졌다. 걷기가 귀찮아, 하는 동작이라 시카는 눈썹을 치켜 올렸지만 잔소리를 하지는 않았다. 대신 시카는 지팡이를 치켜들었다. 그러자 그의 옷이 휙 하고 날아가 벽에 얌전히 걸렸다. 카서스는 "오." 하고 가볍게 손뼉을 쳤고 시카는 픽 웃었다.

시카는 소파 앞 테이블로 다가갔다. 대리석으로 만들어진 테이블을 가볍게 두들기자 붉은색 점이 여러 개 생겼다.

"이게 추적 마크가 달린 사람들?"

"응."

시카가 고개를 끄덕였다.

붉은 점은 삼삼오오 모여서 거의 움직이지 않고 있었다. 시카가 말했다.

"나, 아니면 카서스. 둘 중에 누구를 불러내어 죽이려고 한 건지는 모르겠지만, 그게 최후의 수단이었을 거야."

동료의 목숨까지 희생 값으로 치렀으니 말이다.

카서스도 거기에는 동의했다. 암살자라면 동료의 목숨도 아무렇지 않게 버리는, 이라고 생각하기 쉽지만 그런 암살자를 한 명 키우는 데 들어가는 비용과 시간을 생각하면 절대로 그렇게 버리지 못한다.

"마법사나 마스터를 죽일 생각이 아니었으면 말야."

카서스는 잠시 생각해 보았다.

자신이라면 그 퀘렐을 피할 수 있었을까?

"시카. 화살이 연속해서 날아왔었어?"

"응."

"연발 석궁이라. 그런 걸 구하는 것도 어려운데 말야."

용병으로 구를 만큼 구른 카서스도 연발 석궁을 쓰는 상대는 한두 번밖에 만나 본 적이 없었다. 시카가 움직이는 점을 바라보다가 말했다.

"카서스."

"응."

"범인은 나를 노린 거야."

시카의 말에 카서스는 그녀를 바라보았다. 시카는 생각에 잠긴 얼굴로 움직이는 점을 바라보며 말했다.

"카서스는 그 퀘렐을 피했을 거야. 아니면 최소한 카서스를 잡기 위해서라면 독을 발랐을 거라고 생각해. 스쳐도 즉사하게. 하지만 내가 맞은 거에는 독이 없었어."

카서스는 그녀의 이야기에 귀를 기울였다.

"하지만 굳이 널 노릴 만한 이유가 있을까?"

살인에서 무엇보다도 중요한 것은 동기다.

"광산을 망하게 하려는 거라면, 굳이 널 노릴 필요는 없다고 생각해. 물론, 내가 널 잃으면 맛이 갈 테고, 광산 따위 알 게 뭐야가 되겠지만. 내가 그렇게 널 아끼는 걸 아는 사람이면, 복수가 무서워서라도 그렇게 못할걸?"

미친 마스터를 암살자와 고문자로 자신의 집에 초빙하고 싶은 사람은 없을 테니 말이다. 시카는 "또 그런 소리." 하고 눈을 찡그리고 말했다.

"그러니까, 아예 동기부터 잘못 잡은 게 아닐까?"

"백작이 범인이 아니라고?"

카서스의 말에 시카가 고개를 끄덕였다. 그녀가 목소리를 낮춰서 말했다.

"내가 전에 광산 경영 도와주겠다고 했었던 거, 기억나?"

그녀의 말에 카서스의 눈으로 이채가 스쳤다. 완전히 잊고 있었던 일이었다. 시카가 '너무 한 사람에게 맡겨서도 안 돼.' 하고는 자신이 장부를 정리해 주겠다고 했었던 일이었다.

아무 생각 없이 알겠다고 하고, 장부 사본을 부탁해 놓고서는 일이 바빠 까맣게 잊고 있었다.

카서스의 목소리가 더 낮아졌다.

"그럼 범인이 지미라고?"

"아니면 버나드나."

시카가 정정해 주었다. 카서스가 턱을 문지르며 "그럴 듯한데." 하고 고개를 끄덕였다. 백작이 암살자를 잔뜩 고용해서 광산을 망하게 한다는 것도 나쁘지 않은 추리였지만, 그것 가지고는 시카를 노린 게 이해되지 않는다.

처음부터 시카를 목적으로, 일행을 분산시키는 거였다면 이

해가 되었다.

암살자가 사람을 쉽게 죽일 수 있었던 것 역시 관리자가 도왔다고 하면 쉽게 풀렸다.

"상당히 횡령하고 있었나 보지."

카서스의 중얼거림에 시카가 한숨을 내쉬듯 말했다.

"그런 게 아닐까?"

"그러면 하나씩 심문해 볼까."

"어?"

시카가 놀라 그를 바라보았다. 카서스가 거침없이 말했다.

"지미, 잠깐만 이리 와 봐."

지미는 의아한 얼굴로 테이블 근처로 다가왔다. 그가 대리석의 점들을 보고 신기하게 말했다.

"이게 여기서 일하는 사람들이군요. 무언가 제가 도울 일이 있습니까?"

"혹시 광산의 돈을 횡령했어?"

카서스는 돌리지 않고 직설적으로 물었다. 지미의 눈이 커졌다. 그가 한참을 카서스를 바라보다가 말했다.

"아닙니다."

"아니라는데."

카서스가 시카를 돌아보며 말하자 시카는 기가 찬 얼굴을 했다가 못마땅하다는 얼굴을 했다. 그렇게 본인 면전에서 직설적으로 이야기한 것이 마음에 들지 않았지만, 이런 일은 한시를 다투는 일이니까 어쩔 수 없는 걸지도 모른다.

그녀는 대답했다.

"아니야."

"그럼 버나드인가?"

그 말에 시카는 고개를 갸웃했다.

"남은 건 그쪽뿐이지 않아?"

카서스가 비릿하게 웃었다. 시카조차도 움찔하게 만드는 그런 미소였다. 피 냄새를 맡은 상어가 저런 식으로 웃을까?

"미안, 지미. 의심해서. 하지만 그럴 만한 정황이라."

카서스의 말에 지미는 얼굴을 굳혔지만 고개를 저었다.

"아닙니다."

카서스가 그런 그에게 말했다.

"안 그래도 지미에게 할 이야기가 있었는데, 잠깐만. 버나드 만나고 와서 할게."

"네."

지미의 대답은 딱딱했고 시카는 이렇게나 급작스럽게 밀어붙이는 카서스를 바라보았다. 카서스가 "그럼 어떻게 하면 기분 나쁘지 않게 물어봐? 사람 목숨 달린 일에?" 하고 되물었고 시카는 푹푹 한숨을 내쉬었다.

그녀가 지미에게 말했다.

"죄송해요, 지미 씨."

"아닙니다. 주인님의 말씀이 맞지요. 사람의 목숨이 달린 일이니까요."

그의 표정에 큰 변화가 없어서, 시카는 그가 정말로 기분이 나쁜 건지 아니면 비꼬는 건지 알 수가 없었다. 하지만 그동안 성실했던 지미 씨를 생각하면, 비꼬는 것은 아닌 것 같아 그녀는 몇 번 더 사과했다.

시카가 카서스에게 말했다.

"하지만 그쪽 눈 폭풍이 끝나고 가는 게 좋아. 나도 아까 순간 이동 실패했단 말야, 만약에ㅡ"

로렌스가 도와주지 않았다면.

그 말을 하려다가 시카는 입을 다물었다. 그것은 자신의 머릿속 환상이었을까? 아니면 실제였을까?

알 수 없는 일이었다.

시카는 머리카락을 쓸어 넘기고 천천히 말했다.

"그래도 급하다고 하면 가겠지만, 일단 이 작전은 실패한 거잖아. 더 이상 피해는 없을 거라고 생각해. 만약에 다른 꿍꿍이가 있어도 눈 폭풍 속에서는 어떻게 하지 못할 거고."

시카의 말에 카서스는 가볍게 입술을 깨물었다가 고개를 끄덕였다.

그녀의 말에 틀린 것은 없었다.

"버나드 씨가 횡령이라니."

지미는 잘 다듬어진 콧수염을 만지작거렸다.

"그럴 분으로는 보이지 않았는데 말입니다."

"범인 주변 사람은 꼭 그런 이야기를 하더라."

카서스의 말에 지미는 "하긴, 그렇군요." 하고 고개를 끄덕였다.

시카 역시 사람 좋아 보이는 그가 횡령을 하고, 그걸 덮기 위해서 사람을 죽이고 자신을 죽이려고 했다고는 믿을 수가 없었다.

'하긴, 돈 때문에 잭슨은 날 팔기도 했는걸.'

가족 같던 그도 도박 빚 때문에 자신을 팔았는데, 남이라면 더 그렇겠지.

카서스는 손을 뻗어 시카의 얼굴을 쓰다듬고 한숨을 푹 내쉬었다.

"미안. 생각해 보면 너 오늘 부상도 입고, 순간 이동도 여러 번 했는데."

"그건 괜찮아."

"아니, 그게 안 괜찮은 거야."

시카가 다쳤다는 것에 너무 화가 나서, 시카 본인에 대한 케어를 잊어버리다니. 본말전도도 이런 본말전도가 없다. 카서스가 말했다.

"그러면 올라가서 쉬어."

"카서스는?"

"난 밖에 좀 돌아보고 오려고."

아까 그 시체가 있었던 곳을 다시 조사해 볼 요량이었다. 그 말에 시카가 "같이 가." 하고 말했다. 카서스가 시카의 머리카락을 살짝 넘겨주며 말했다.

"안 돼. 넌 오늘 휴식이야. 흘린 피는 마법으로도 보충 못 한다며."

"그건, 그렇지만—"

"휴식."

"그럼 카서스도—"

"흔적이 지워질지도 모르니까 나가 봐야 해."

카서스의 말에 시카는 불만스럽게 뺨을 부풀렸다가 어깨를 늘어트렸다. 대신 그녀는 카서스의 팔찌에 손을 뻗었다. 그녀의 손이 다가가자 뱀 모양 팔찌는 살아 있는 것처럼 고개를 들었다. 시카의 손바닥이 밝게 빛났다.

그녀가 낮게 주문을 읊조렸고 금색 빛이 팔찌로 스며들었다가 사라졌다. 뱀은 다시 얌전히 고개를 내려놓았다. 카서스는 신기한 얼굴로 그걸 바라보았다. 시카는 숨을 길게 내쉬었다. 이걸로 오늘 쓸 마력이 전부 바닥났다.

"즉사를 면하게 해 주는 마법이야."

"고마운 마법이네."

카서스는 그렇게 중얼거리고 허리를 숙여 그녀의 이마에 키스하며 이어 말했다.

"당분 좀 보충하고 쉬어. 얼른 갔다 올게."

"다녀와."

시카의 배웅을 받으며 카서스는 문을 나섰다.

문을 닫자마자 그의 표정이 일변했다. 차가운 표정으로 카서스는 날듯이 눈 위를 달려 아까 시체가 있던 장소에 도착했다. 쓰러진 각도와 화살이 날아온 방향으로 카서스는 똑바로 걸어갔다.

'그래, 이 눈밭에서 마스터도 아닌데 흔적을 남기지 않을 리가 없지.'

카서스는 살짝 눌린 자국을 찾아냈다. 석궁을 쏘려고 한쪽 무릎을 꿇고 자세를 잡을 때, 흔적을 남기지 않기 위해 나무판을 눈 위에 놓고 그 위에서 무게를 분산시킨 것이다.

하지만 그의 연녹색 눈동자는 놓치지 않고 흔적을 따라갔다.

'베라무드가 있었다면 좋았을걸.'

카서스는 눈이 좋은 동료를 생각하며 약간의 아쉬움을 느꼈다. 하지만 친구는 지금쯤 아내와 함께 깨가 쏟아지고 있겠지.

'깨.'

생각하며 카서스는 슬픈 기분이었다. 자신도 얼른, 시카를 약혼녀가 아니라 아내라고 소개하고 싶었다. 대체 돈을 얼마나 모으면 되는 거냐고 그녀에게 묻고 자신이 대신 의뢰를 주고 싶기까지 했지만, 그는 꾹 참았다.

대신 그는 추적에 집중했다.

'그러고 보니 몸을 숨기는 마법은 없나? 시카에게 부탁해 봐야겠다.'

투명해지는 마법이라든가, 하는 생각을 하며 카서스는 점점 더 숲의 안쪽으로 들어갔다. 어느 순간 흔적이 끊어졌고 카서스는 나무를 올려다보았다.

'나무를 탔나 보군.'

그는 히죽 웃었다.

"나를 그냥 그런 추적자로 보면 섭섭하지."

시카는 담요를 두르고 벽난로 앞, 소파에 앉아 꾸벅꾸벅 졸기 시작했다. 지미는 그걸 보고 안으로 들어가서 자라고 할까, 하다가 괜히 살짝 잠든 걸 깨우기가 싫어서 슬그머니 벽난로 앞에 가림막을 쳤다.

얼굴로 바로 열기가 가는 걸 막아주는 가림막이었다.

그때 문 열리는 소리가 나자 시카가 팟 고개를 들었다. 마치 주인이 온 것을 알아챈 강아지 같은 모습이다. 그녀가 졸린 눈을 비비는데 카서스가 살짝 문을 열고 물었다.

"시카, 자?"

시카는 소파에서 몸을 일으켰다.

"아니, 안 자."

"미안, 늦었지."

카서스의 사과에 시카가 고개를 저었다. 체크무늬 담요가 어깨에서 흘러 떨어지는 걸 시카는 다시 추슬렀다. 카서스가 졸음이 가득한 그녀의 얼굴을 보고 말했다.

"들어가서 자."

"어떻게 됐어? 잡았어?"

"응, 잡았어."

그 말에 시카가 눈을 동그랗게 떴다. 잠이 싹 달아났다.

"그래서? 어떻게 됐어? 뭐래? 의뢰인을 알아냈어?"

"아니— 죽어 버렸어."

카서스가 하하 웃으며 말했다. 시카는 머뭇거리다가 그에게로 다가갔다. 카서스가 조심스럽게 말했다.

"옷 더러워."

"응—"

시카는 그에게서 겨울 냄새와 피비린내를 동시에 맡을 수 있었다.

"그냥 죽어 버렸어?"

그녀의 질문에 카서스는 고개를 저었다.

"응, 의뢰주를 끝까지 말하지 않더라고."

"그랬구나."

카서스의 솜씨에 대해서는 모르지만, 그의 손에서도 입을 열지 않았다면 아마 알아내지 못하는 거였겠지.

시카가 중얼거렸다.

"내가 만나 봤으면 좋았을걸."

"별로, 보여 주고 싶은 건 아닌데."

"하지만 정신 계통 마법이나……."

"그건 거는 쪽도 부하가 걸린다며. 됐어, 그런 거."

그 말에 시카는 그를 바라보았다가 작게 하품했다. 카서스가 "들어가서 자." 하고 말했고 시카는 고개를 끄덕였다.

"내일쯤이면 눈 폭풍도 끝날 것 같아."

"이렇게 멀리 떨어져 있는데도 아는 거야?"

"알지. 마법사니까."

시카는 씩 웃고 위층으로 올라갔다. 카서스가 껄끄럽게 생각하는데 굳이 달라붙어 있고 싶지 않았다. 대신 그가 씻고 나오면 달라붙어야지.

그렇게 생각하면서 침대로 파고들어 갔지만, 하루의 피곤은 그녀를 그대로 잠들게 하기에 충분했다. 씻고 나온 카서스는 시카가 잠들어 있는 걸 내려다보았다.

그는 침대에 앉았다. 싸구려 침대가 기울어지는데도, 시카는 세상모르고 잠들어 있었다. 카서스는 그녀의 뺨을 손끝으로 아주 살짝, 크림을 만지듯 어루만졌다.

'오늘 널 잃을 뻔했어.'

생각하면 심장이 꽉 조여 온다. 사실, 암살자에게 했던 짓은 분풀이다. 시카를 죽이려고 했던 자를 향한 살의를 참을 수가 없었다.

그리고 그렇게 피를 잔뜩 묻힌 손으로 너에게 돌아왔다.

카서스는 한숨을 내쉬었다.

마구 응석 부리게 하고 싶다.

세상 물정 같은 거 하나도 모르게, 이기적이고 오만한 아가씨라도 좋아.

물건을 사는 것도 모르고, 문밖의 모든 것에 서툴러서 자신이 없으면 아무 곳도 가지 못했으면 좋겠다.

썩어 버릴 정도로 달콤하고 상냥하게 대해 주고 싶어.

카서스는 피식 웃었다.

하지만 내가 사랑하는 사람은 사랑스러우면서도 의연하고, 휘어져도 꺾이지 않고, 더럽혀져도 물들지 않지.

"잘 자, 시카."

카서스는 작게 속삭이고 흔들리는 등불을 껐다.

　　　　　　*　　　*　　　*

　시카는 눈을 떴다.

　날씨가 아주 좋을 거라는 예상이 들었다. 에테르의 흐름이 안정적이고 선명하다. 시카는 침대에서 몸을 일으키다가 보기 드문 것을 발견했다.

　'카서스, 자고 있어!'

　평소에는 시카가 일어나면 따라서 금방 일어나거나 아니면 자신보다 먼저 일어나 있는 경우가 많은 터라, 시카가 침대에서 자는 그의 모습을 보는 것은 드문 일이었다.

　시카는 히죽 웃으며 그를 바라보았다.

　'직모 부러워.'

　그의 청색 머리카락을 만져 보고 싶었지만, 시카는 꾹 참았다. 그랬다가는 분명히 카서스가 눈을 뜰 거다.

　'마스터인 쪽이 좋았을까?'

　시카는 둘 다 마스터인 시그리드와 베라무드 커플을 떠올렸다. 같이 검을 다루니 자신들보다 더 통하는 게 많은 것처럼 느껴져서 부러웠다.

　'이렇게 독차지하고 있는데도.'

　아마 세상에서 카서스를 가장 많이 차지하고 있는 사람은 시카 자신일 거다. 그런데도 더, 더, 더욱더, 완전히 차지하고 싶다는 이 흉포한 욕망은 어디서 오는 걸까?

　카서스는 자신을 귀엽다고 사랑스럽다고 해 주지만, 사실은 그렇지 않다. 마수의 힘은 사라졌지만, 마수인 자신이 어딘가에 남아 있는 것 같은 그런 느낌이었다.

'이런 건 이상한 걸까?'

그녀가 봐 온 사랑 이야기는 따뜻하고 부드러울 뿐이었다. 어디에서도 이런 거칠고 사납고 날카로운 것들이 솟아 나온다고 말해 주지 않았다.

시카는 손을 뻗어 카서스의 눈을 가렸다. 움찔하고 카서스의 근육이 수축했다가 이완하는 게 느껴졌다. 잠에서 깬 그가 잠긴 목소리로 느릿하게 말했다.

"뭐 하는 거야?"

"눈 가리기."

"그러니까 왜?"

"내 얼굴 보여 주는 게 싫어서?"

그녀의 말에 카서스는 생각하듯 고개를 살짝 기웃했다.

"왜?"

'내 마음속이 다 들킬 것 같아.'

그 말을 꾹 누르며 시카는 고개를 숙여 그의 입술에 입을 맞췄다. 카서스가 손을 뻗어 그녀의 머리를 감쌌다. 머리카락을 파고드는 그의 손을 느끼며 시카는 눈을 감았다.

몇 번 거듭 키스하고 카서스가 말했다.

"안 보이니까 불편해."

아직도 시카의 손은 그의 눈을 가린 채였다. 시카가 말했다.

"치우면 키스는 끝이야."

그 말에 카서스는 "불공평해." 하고는 투덜거리더니 손을 뻗어 그녀의 눈을 가렸다. 앗 하는 사이에 그녀와 그의 위치가 뒤바뀌었다.

눈이 가려지고 침대에 눌려서 시카는 거듭 키스를 받았다. 눈꺼풀을 누르는 커다란 손의 뜨거움, 어둠, 겹치는 입술.

시카의 손이 풀리자 카서스는 키스를 멈추고 그녀의 눈을 가린 자신의 손도 풀었다. 마주 보고 그가 씩 웃었다.

"좋은 아침. 잘 잤어?"

"응. 카서스는?"

"잘 잤지."

카서스가 침대에서 몸을 일으켰다. 시카가 그 뒤를 따라 내려오며 말했다.

"지금이라도 출발할 수 있어."

"응, 그러면 아침 먹기 전에 해결할까."

카서스는 그렇게 말하며 머리를 올려 묶었다. 시카는 달려가 그의 머리카락을 붙잡았다. 아까는 만지지 못했으니, 지금이 만질 때다.

서늘하고 부드러운 감촉을 마음껏 만끽하며 시카가 말했다.

"그럼 얼른 옷 갈아입을게."

"단단히 챙겨 입어."

"응."

시카는 고개를 끄덕이고는 얼른 파티션 뒤로 들어갔다. 이제 그녀는 계절별로 옷을 잔뜩 가지고 있었다. 옷을 사들이다 보니 자신의 취향도 알게 되어서 요즘은 마음에 드는 옷을 구매하는 재미에 푹 빠져 있었다.

'단단히 챙겨 입으라'는 말은 얼핏 들으면 추우니 싸매라는 말 같지만, 용병인 둘 사이에서는 방호복을 잘 입으라는 뜻이기도 하다.

시카는 마수 가죽으로 만든 방호복을 걸치고, 위에 다시 방한복을 입었다. 꽁꽁 싸매고 나니 이제 실내에서는 더울 정도였다.

시카는 지팡이를 꺼내 들었다.

'마력이 덜 찼네?'

그러고 보니 어제 마력을 전부 다 썼었지.

아마 상처 때문에 제대로 쓰지 못하고 거의 퍼붓다시피 한 데다가, 마지막에 카서스에게 걸어 주었던 마법이 상당해서였다.

'마력이 다 차 있지 않은 건 오랜만인데.'

하지만 걱정은 되지 않았다. 그녀의 마력량은 다른 마법사의 서너 배는 되니까 말이다.

'게다가 다이아몬드도 있고.'

시카는 지팡이를 바라보며 빙긋 웃고는 카서스에게 손을 내밀었다.

"가자."

카서스가 웃으며 그녀에게 손을 뻗었다.

"난 그럴 때가 좋더라."

"응?"

"시카가 '가자.'라고 할 때. 왜인지 날 어디로든지 데려다줄 것 같은 기분이야."

"하하, 어디로든지 데려다줄 수 있어. 좌표만 알면."

덧붙인 말에 카서스가 "그건 아쉽네." 하고 말했고 시카는 이어 말했다.

"그리고, 카서스가 있는 곳이라면 언제든 갈 수 있으니까— 그것만으로도 충분해."

그의 연녹색 눈동자가 동그래지는 걸 보고 시카는 그가 대꾸할 시간도 주지 않고 그대로 이동했다.

둘은 바로 버나드의 사무실 앞으로 이동했다. 언제 그랬냐는 듯이 눈 폭풍은 멈춰 있었다. 폭풍이 지나가면 눈이 쌓일 것 같지만 그렇지 않다.

바람이 너무 강해서 쌓인 눈도 흩어질 정도였다. 오히려 사람들은 눈이 쌓이기를 바랐다. 그러면 그 눈이 바람을 막아 줄 테니 말이다.

군데군데 눈이 남아 있기는 하지만 쌓인 정도는 아니었다. 카서스는 거칠게 사무실 문을 열었다. 문이 열리는 요란한 소리에, 위층에서 자고 있던 버나드가 잠옷 차림으로 몽둥이를 들고 뛰어 내려왔다.

그가 카서스와 시카를 보고 눈을 껌벅였다. 카서스가 다가가 그의 멱살을 잡아 올렸다. 퉁퉁한 그의 몸이 쑥 딸려 올라갔다.

버나드가 놀라 컥컥거리며 말했다.

"왜, 왜 이러십니까?"

"암살자를 고용해 시카를 죽이려 해서?"

"예에—?"

숨이 막혀 그의 얼굴이 시뻘게졌다. 그가 버둥거리며 말했다.

"그런, 적 없습니다, 전—!"

카서스는 눈썹을 치켜 올렸다가 시카를 돌아보았다. 시카는 눈을 동그랗게 뜬 채로 고개를 끄덕였다.

사람의 말에서 참과 거짓을 분별하는 마법은, 그가 사실을 말한다고 알려 주고 있었다.

카서스가 손을 풀자 버나드가 땅에 쿵 하고 떨어졌다. 그가 밭은기침을 하며 목을 문질렀다.

"이게 무슨 짓입니까, 암살자라뇨?"

카서스가 그의 앞에 쭈그려 앉으며 물었다.

"장부를 횡령한 거 아냐?"

"회, 횡령이라니요!"

버나드의 얼굴에 당혹감이 가득 차올랐다. 카서스가 고개를 갸웃했다.

"정말로? 장부가 깨끗하다고?"

"그건— 그게—"

갑자기 버나드의 얼굴이 창백해졌다. 시카가 의아한 얼굴로 물었다.

"횡령한 건 아닌데, 왜 장부가 깨끗한 건 장담을 못 하는 거죠?"

"그게…… 그, 그 녀석이 그럴 리가 없습니다. 횡령이라니, 그런……."

카서스의 눈이 가늘어졌다.

"그 녀석?"

"그게, 그러니까……."

버나드의 말이 길어지자 카서스는 혀를 찼다. 그 소리에 움찔한 그가 빠르게 대답했다.

"제가 장부 보는 게 약해서, 제 조카 녀석에게 장부를 맡겼습니다. 하지만 그 녀석이 그럴 리가 없어요. 아주 착실한 녀석이란 말입니다."

버나드의 말에 카서스가 기가 차서 말했다.

"그리고 네가 장부를 읽는 것처럼 속였단 말야?"

"죄송합니다."

버나드가 고개를 푹 숙였다가 다시 들며 말했다.

"하지만 자크가 그럴 리가 없어요."

"범인 주변 사람들은 꼭 그런 이야기를 하더라."

카서스가 다시 중얼거렸고 시카가 버나드에게 말했다.

"그러면 지금 조카분은 어디에 있나요?"

"한 달 전쯤, 이미 떠났습니다."

"어디로?"

카서스가 날카롭게 물었다. 버나드가 우물우물 그의 거처를 알려 주고는 말했다.

"형님의 하나 남은 아들입니다."

"죽은 사람들도 그랬겠지."

"자, 자크는 그런 아이가."

카서스가 손을 들어 버나드의 말을 막았다.

"됐어. 그런 사람인지 아닌지는 만나 보면 알겠지. 그리고 그때까지, 버나드 당신은 직무 해제야. 모든 업무에서 손을 떼도록."

카서스의 말에 버나드는 "알겠습니다." 하고 고개를 숙였다.

아침부터 그들은 분주하게 움직였다. 버나드는 일단 '건강상'의 이유로 쉴 거라고 말해 두고, 부관리자였던 앨리에게 전권을 위임했다.

40대 초반의 그녀는 꽤 야심만만하게, 그리고 정중하게 임시 관리자직을 받아들였다. 카서스는 마수가 아니라 사람이 한 짓이고, 그 살인자는 자신이 처리했다고 앨리에게 밝혔다. 그녀는 그 소식을 반가워하며 "이걸로 다들 사기가 오르겠네요." 하고 대답했다.

그리고 두 사람은 일꾼들과 같이 아침 식사를 했다.

앨리는 따로 식사를 마련하겠다고 했지만 둘은 괜찮다고 손사래를 쳤다. 일꾼에게 나오는 식사는 나쁘지도 않았고, 요리사를 따로 부리려면 일꾼들의 식사가 늦어진다. 그렇다고 카서스가 부엌에 들어가서 뭘 만드는 모양새도 이상해서, 둘은 그냥 함께 식사했다.

고용주가 함께 식사하는지라 요리사는 기합을 넣어 요리를 만들었고, 모처럼 맛있는 아침과 좋은 소식에 일꾼들은 즐거운 마음으로 일터로 나섰다.

일이 제대로 돌아가는지 확인하고서, 앨리에게 장부의 사본을 챙겨 달라고 부탁하고 카서스와 시카는 자크를 찾아 떠났다.

자크는 초조하게 엄지손톱을 물어뜯었다.

'왜 일이 이렇게 된 거야?'

그 여자만 죽으면 모든 일이 해결된다. 그래서 남은 돈의 대부분을 다 암살자를 고용하는 데 쓴 것이 아닌가.

처음부터 이럴 생각은 아니었다.

숙부가 장부로 고생을 하고 있다면서, 자신을 몰래 고용한 것이다. 장부를 들여다보고 어마어마한 액수에 깜짝 놀라기는 했지만 처음에는 성실하게 정리를 했다.

숙부가 챙겨 주는 월급도 쏠쏠했다.

하지만, 곧 그 월급도 장부의 숫자에 비하면 시시하게 느껴졌다.

숙부의 사무실에서 일하면서 자크는 처음에는 아주 약간, 아주 약간 자릿수를 바꿔 보았다. 들킨다면 실수라고 둘러댈 생각이었다.

하지만 숙부는 전혀 눈치채지 못했다. 살펴보니 자신이 정리한 장부를 다시 보는 것 같지도 않았다.

'그러고 보니 방랑자가 여기 주인이라고 했었지.'

마스터가 일일이 장부를 들여다보면서 확인하지는 않을 거다. 그렇게 생각하다 보니 조금씩 금액이 커져 갔다.

한 번 불어난 씀씀이는 기하급수적으로 커져 갔다.

큰돈을 쓰자 친구들도, 사람들도 자신을 보는 눈이 달라졌다. 아니, 세상이 바뀐 것 같았다. 누구나 다 자신에게 고개를 숙이고, 호의를 보냈다.

친해지려고 굽실거리는 사람들도 생겨났다.

술집에서 가장 비싼 것을 시키면서 '어때? 이런 비싼 걸 이렇게 시키는 사람은 드물겠지?' 하며 어깨를 으쓱거렸다.

옷감도 천에서 비단으로, 단추도 나무에서 금으로, 차림새도 점점 변해 갔다.

장부 조작도 대범해졌다. 아예 원석에 손을 대기도 했다.

그런데 갑자기 숙부가 장부의 사본을 달라고 얘기해 왔다. 자크는 등에서 식은땀이 나서 물었다.

"갑자기 사본은 왜 달라고 한답니까?"

"글쎄? 주인님은 아니고, 그 용주분 있지 않니? 마법사분께서 보고 싶다고 하셨다는구나. 뭐, 너무 사업을 맡기고 있다고 생각한 게 아닐까?"

허허 숙부는 사람 좋은 얼굴로 웃었다.

자크는 그 얼굴을 후려쳐 주고 싶다고 생각했다. 어떻게든 그 사람의 간섭을 막을 수는 없었던 것인가?

왜 장부를 조사하냐면서, 자신이 나쁜 짓을 하고 있다고 생각하냐고 호소할 수는 없었냐는 말이다.

억울한 생각이 들었다. 난 이렇게 고생해서 돈을 만지는데, 그 두 사람은 하는 일도 없이 그 많은 돈을 벌고 있지 않은가? 착취당하고 있는 노동자야말로 진정한 이 돈의 주인 아닌가?

물론 자크의 생각에 착취당하는 노동자는 자신이었다.

광산에서 성실하게 일하는 인부들은 그의 안중에도 없었다.

그는 수도에 와 있었다. 암살자를 고용하는 데에만도 많은 돈이 들어갔다. 일단, 그는 그런 쪽으로는 인맥이 없었던 것이다. 게다가 상대가 용주라는 이야기를 들으면 모두가 손사래를 치거나 자크를 이상한 눈으로 바라보았다.

그래도 돈이면 못 할 것이 없었다. 간신히 암살자를 구해서 지금은 결과를 기다리는 중이었다.

수도에 안가를 마련해 숨어 있는 일도 슬슬 초조해졌다. 갇혀 있는 것은 사람을 미치게 만들었다.

똑똑.

자크는 우뚝 멈춰 섰다. 정중한 노크 소리였다.

'누가⋯⋯?'

올 사람은 없었다.

똑똑똑.

다시 문을 두드리는 소리가 나서 자크는 후들후들 떨리는 다리로 슬쩍 창가로 다가가 현관을 내려다보았다.

어두운색 머리카락의 남자가 서 있었다.

'누구지?'

고용한 암살자가 경과를 보고하러 온 것인가? 하지만 내가 어디 있는지 알려 주지 않았는데―

그 순간 그 남자가 고개를 들어 이쪽을 바라보았다.

"―!"

화들짝 놀라 자크는 창문 밑으로 숨었다.

눈이 마주쳤나? 눈이 마주쳤어―! 어떻게 하지―?

그는 벌벌 떨며 안으로 들어갔다. 안가에는 다시 숨을 수 있는 공간이 마련되어 있었다.

쾅쾅쾅—!

이제 노크가 아니라 문을 부수듯이 강하게 문을 두들기는 소리가 났다.

"히익—"

자크는 숨을 삼키고는 얼른 책장을 밀고, 그 뒤쪽에 마련된 비밀 공간에 숨었다.

사방이 조용했다. 더 이상 문을 두들기는 소리가 나지 않았다. 그대로 돌아간 걸까? 아니면 다른 짓을 하는 걸까? 자크는 피가 날 때까지 엄지손톱을 물어뜯었다.

"아래층에는 아무도 없어."

목소리가 들려 자크는 흠칫했다.

"여기서 눈이 마주쳤습니다만—"

"그럼 여기에 있겠지."

두 사람이나? 자크는 턱이 저절로 따닥 부딪쳐서 얼른 이를 악물었다. 숨소리도 내지 않으려고 노력하는데, 심장이 너무 크게 뛰는 것 같았다.

손끝으로 책상을 두들기는 소리가 마치 북소리처럼 들려왔다. 자크는 자신의 손으로 입을 틀어막았다.

"레오."

"네."

"잠깐만 비켜 봐. 저쪽으로."

자크는 귀를 쫑긋 세웠다. 뭔가를 하려는 건가?

쾅―!

요란한 소리와 함께 책장이 나가떨어졌다. 자크는 펄쩍 뛰었다. 손으로 입을 막고 있지 않았다면 비명을 질렀을 거다.

"여기 있었네?"

웃음 섞인 목소리에 자크는 "으아아악!" 하고 비명을 지르며 밖으로 뛰쳐나갔다. 공포로 머릿속이 가득 차서 아무런 생각도 나지 않았다.

그저 도망가야겠다는 생각뿐이었다.

카서스는 도망가는 자크의 뒷모습을 바라보았다. 옆으로 비켜서 있던 레오가 슬쩍 자크의 발을 걸었다. 요란한 소리를 내며 자크는 구르듯이 넘어졌다. 그러고도 기어서 도망치는 것을 레오가 뒷덜미를 붙잡았다.

"아니, 그냥 도망치게 두지."

카서스가 느린 걸음으로 다가오며 말했다. 레오가 의아한 얼굴로 그를 바라보자 카서스가 피식 웃으며 "그래야 좀 맞고 그럴 거 아냐?" 하더니 검을 빼 들었다.

자크는 벌벌 떨며 양손을 모았다. 하지만 내려칠 거라는 그의 예상과 달리 카서스는 칼자루를 그에게 건넸다.

"자, 이거 들어. 난 무기 필요 없으니까."

다정하고 상냥한 목소리였다. 레오는 저런, 하고 눈을 슬쩍 돌렸다.

역시 이 사람은 제정신이 아닌 듯하다.

"예? 예에?"

자크는 벌써부터 눈물 콧물 범벅이 되어 어리둥절한 얼굴을 했다. 카서스가 그의 손에 꼭 칼자루를 쥐여 주며 말했다.

"아니, 검이라도 좀 휘두르면서 도망가야지. 그냥 도망가면 금방 잡히잖아? 응?"

레오는 자크가 검을 잡지 않기를 바랐지만, 겁에 질려서 머릿속이 텅텅 빈 건지 자크는 검자루를 꼭 쥐었다. 레오가 자크의 뒷덜미를 놓았다.

자크는 무거운 시미터를 꽉 움켜쥐고 비슬비슬 자리에서 일어났다. 얼떨떨한 얼굴이다. 카서스가 씩 웃었다.

"그럼 난 이제부터 정당방위다?"

시카는 수도 경비대장인 아무와 함께 건물 근처에 서 있었다. 그녀가 미안한 얼굴로 말했다.

"대장님이 직접 나오실 필요는 없는데요."

"아닙니다. 용주와 방랑자를 동시에 만나는 일인걸요."

아무가 싱글 웃으며 대답했다. 나이 많은 경비대장을 직접 걸음하게 해서 시카는 민망스러웠다. 이런 체포 같은 일은 경비원들이 해야 할 일이기 때문이다.

"용주라뇨, 진짜 민망한 말이에요."

"드래곤 레이디보다야 낫지 않습니까? 드래곤 마스터라니."

하하 웃으며 아무가 말했고 시카는 한숨을 내쉬었다. 어째 소문은 부풀어 가기만 했다. 그녀는 긍정적인 면만을 생각하기로 마음먹었다.

"뭐, 덕분에 용병 일은 잘 들어오는 것 같아요."

시카의 말에 아무가 웃었다.

"그야 저라도 두 분께 일을 의뢰하고 싶겠네요."

"그래도 되나요?"

시카가 눈을 동그랗게 떴다. 일단 국가 기관인데, 용병이라는 사설 단체에게 의뢰를 해도 되는 건가?

"저희가 노력해도 안 되면 도움을 청해야죠. 특히 시카 님께는 몇 개 부탁드리고 싶은 게 있습니다. 그, 전에 보여 주셨던— 유리에 비춰진 걸 다시 돌려보는 것 말입니다……."

시카가 고개를 끄덕였다.

"아무 경의 부탁이라면 당연하죠. 무료로 해 드리고 싶지만, 제가 지금 결혼 준비 자금을 모으는 중이라— 아주 저렴하게 해 드리겠습니다. 이 정도는 어떠세요?"

시카가 손가락을 슬쩍 펴 보이자 아무의 얼굴이 밝아졌다.

"그 정도면 정말로 저렴하군요. 꼭 부탁드리겠습니다."

"설마 월급에서 내시는 건 아니죠?"

"제대로 청구할 겁니다."

아무의 말에 시카의 얼굴이 밝아졌다.

"그럼 좋아요."

"최근에 살인 사건이 있었는데—"

아무가 눈썹을 찌푸리며 입을 여는데 경비원 한 명이 달려와 말했다.

"방랑자가 범인을 제압해서 데리고 나왔습니다."

"생각보다 더 오래 걸렸군. 어디 비밀 공간에라도 숨어 있었나?"

아무는 그렇게 중얼거리며 경비원에게 "체포하게." 하고 명령했다. 경비원은 경례를 붙이고는 자리를 떠났고 시카와 아무가 그 뒤를 따랐다.

"아."

범인을 본 아무의 얼굴에 한탄이 지나갔다.

왜 이렇게 시간이 걸렸는지 알 것 같았다. 카서스가 너덜너덜해진 자크를 경비원에게 넘겨주며 말했다.

"이 사람 쌌으니까, 바지를 어떻게 하는 게 좋을 것 같네요."

"네, 네에—"

경비병 두 사람은 자크를 부축해야 할지 어떻게 해야 할지 알 수 없는 표정으로 그의 양팔을 붙잡았다. 카서스의 손안에서 사시나무 떨듯이 부들부들 떨고 있던 자크는 경비병에게 인수되자 안도한 듯이 울음을 터트렸다.

카서스가 두 사람을 보고 싱긋 웃으며 가벼운 걸음걸이로 걸어왔다.

"미안, 오래 걸렸지? 추운데 기다리시느라 고생하셨습니다. 굳이 대장님께서 나오시지 않아도 됐는데요."

카서스의 말에 아무가 고개를 젓고는 말했다.

"과격한 보복 행위는 옳지 않습니다, 카서스 님."

"상대가 검을 휘둘러서 어쩔 수 없었답니다. 경비대장님."

카서스는 공손하게 대답했고 아무는 헛웃음을 삼켰다.

"마스터에게 말이죠."

"네, 아무래도 겁에 질려 이성이 날아간 게 아닐까요? 하지만 전 마스터니까, 신경 써서. 겁 없이 상대해 주었답니다."

카서스가 조근조근 이야기했고 아무는 결국 한숨을 내쉬었다. 눈 가리고 아웅이지만, 하여간 카서스는 타당하게 대답할 수 있는 모든 여지를 만들어 둔 것이다.

경비대 입장에서는 다행스러운 일이었다. 적어도 앞뒤 생각 없이 마구 일을 저지르는 것은 아니니까.

물론 사사롭게 일을 해결하려고 하는 건 마음에 들지 않지만, 적어도 경비대에 연락하지 않고 슥삭 죽여 버리지 않았으니 감사하다고 해야 할까.

적어도 마구 일을 저지르는 것보다야 낫다.

'예전 같으면 그렇게 하셨을 텐데.'

아무는 시카를 슬쩍 곁눈질했다. 시카는 카서스의 이야기를 하나도 믿지 않는다는 듯 눈을 가늘게 뜨고 있었고 카서스는 그녀 앞에서 순백한 표정을 짓고 있었다.

"알겠습니다. 그렇다면 어쩔 수 없지요. 협조해 주셔서 감사합니다."

아무의 말에 카서스가 "아닙니다." 하고 고개를 숙였다.

아무와 경비대 일행이 떠나고 나자 레오가 느릿하게 말했다.

"그럼 저도 이만 집으로 돌아가 봐도 되겠습니까?"

"응. 나중에 혹시 증인으로 서게 되면, 나는 정당방위였다고 솔직하게 말해 줘."

카서스가 손을 흔들며 하는 말에 레오는 "하." 하고 짧게 한숨을 내쉬고 "솔직하게 말하겠습니다." 하고 대꾸한 후 시카를 보았다.

"미안, 레오. 이런 일까지 하게 해서."

시카가 사과하자 레오가 빙긋 웃었다.

"아닙니다. 다치셨다고 이야기 들었습니다. 무사하셔서 다행입니다."

"고마워. 그럼 먼저 들어가 봐."

"저녁에 집에 오실 겁니까?"

"응, 그럴 것 같은데―"

시카가 카서스를 보자 그가 고개를 끄덕였다. 레오가 알겠다고 대답하고는, 낮인데도 골목의 어둠 사이로 스르륵 녹아들듯 사라졌다.

입을 헤 벌리고 그걸 보던 시카가 휙 카서스를 바라보았다. 카서스는 순진한 얼굴로 "왜?" 하고 물었고 시카가 말했다.

"그야 나도 그 사람이 한 짓을 용서할 수 없다고는 생각하지만―"

"너무했다고?"

"나도 화는 나. 하지만 그런 식으로 개인적인 처벌을 행하는 건 옳지 않아."

"처벌이라니, 정당방위라고?"

"카서스―"

시카는 그의 이름을 불렀다가 푹 한숨을 내쉬었다. 그녀가 까치발을 하고 양팔을 뻗어 그의 목을 끌어안았다.

"그래도 무사해서 다행이야."

어차피 자신이 다칠 일이야 눈곱만큼도 없지만, 이런 걱정은 항상 기분 좋다.

카서스는 허리를 숙여 그녀를 마주 끌어안으며 "응, 당연하지." 하고 속삭였다. 시카가 팔을 풀며 물었다.

"그러고 보니 지미 씨에게 할 이야기가 있다고 하지 않았어?"

"아, 맞다. 그거 말인데―"

*　　*　　*

카서스의 말에 지미는 눈을 깜박였다.

"동업 말입니까?"

"응, 동업."

카서스가 씩 웃으며 말했다.

"그동안 열심히 해 줬잖아. 십여 년간 연락하지 말아 달라는 내 부탁도 충실하게 지켜 줬고. 게다가 자기가 울프 상회를 꿀꺽할 수도 있었는데 그러지 않았어. 광산 일이라는 새로운 업무에서도 한눈팔지 않아 줬고."

카서스가 고개를 흔들었다.

"돈 앞에서 사람이 쉽게 변하는 걸 알아. 그러니까― 지미 같은 사람은 얻기 쉽지 않으니, 꼭 동업을 해 줬으면 해."

지미는 침을 꿀꺽 삼켰다. 드물게 그는 긴장한 얼굴이었다. 카서스가 진지한 얼굴로 말했다.

"물론 바로 결정해 달라는 건 아냐. 조금 더 생각해 봐도 괜찮아."

"하겠습니다."

"정말?"

"물론이지요."

지미가 희미하게 미소 지었다. 카서스가 활짝 웃었다.

"다행이다. 거절하면 어쩌나 했거든."

"주인님께 잔소리할 수 있는 권한이 생기는데 거절할 리가요."

그 말에 카서스가 "이크." 하며 어깨를 움츠렸다. 지미가 멋쩍은 듯 말했다.

"처음에 주인님이 절 찾아와서 부동산을 살 건데 맡아 달라고 했을 때도 지금 같은 기분이었습니다."

"황당하다······?"

카서스가 갸웃하며 묻자 지미가 고개를 저었다.

"그때 저는 사업을 연속으로 말아먹고 밧줄을 걸어 놓고 있었지요. 그런데 그런 저에게 일을 맡겨 준다고 해서— 정말로 이상한 기분이었습니다. 그리고 당신은 지금 또 이렇게 엄청난 사업을 지분 없는 저와 동업하자고 하시는군요."

"왜 지분이 없어? 그동안 관리해 준 것만으로도 충분한데."

카서스는 그렇게 말하며 어깨를 으쓱했다. 옆에 앉아 있던 시카가 동감하며 고개를 끄덕였다.

그렇게 새로 동업 계약서를 쓰는 것으로 일을 마무리하고 카서스와 시카는 집으로 돌아갔다.

집으로 돌아가니 레오가 마중을 나왔다.

"손님이 와 계십니다."

"손님?"

의아한 얼굴로 시카가 갸웃하자 레오가 "마리쉐즈 님이." 하고 짧게 말해서 시카는 눈을 동그랗게 뜨고 안으로 들어갔다.

거실로 들어가니 차를 마시고 있던 마리쉐즈가 "어머." 하고 자리에서 일어났다. 화려한 외출용 드레스를 입은 그녀의 모습은 이 집에 전혀 어울리지 않았다.

위화감마저 느껴지는 차림이었지만 마리쉐즈는 당당했다.

"오랜만이야."

시카가 활짝 웃으며 말하자 마리쉐즈도 가볍게 웃었다.

"여전히 이런 작은 집에서 잘도 사는구나. 도무지 얼굴을 볼수가 있어야 말이지."

"어쩐 일이야? 수도에 온 건 어떻게 알았어?"

시카가 자리를 권하며 하는 말에 마리쉐즈가 말했다.

"소문이 벌써 퍼졌던데. 암살자를 직접 잡았다고."

"아—"

"용주와 방랑자라면 지금 가장 뜨거운 소식이니 말야."

마리쉐즈가 한쪽 눈을 깜박여 윙크해 보이며 말했다. 시카가 웃으며 말했다.

"하인이라도 보내지 그랬어? 그러면 내가 직접 갔을 텐데."

"아냐, 가끔은 이런 것도 나쁘지 않지. 사실은 부탁할 게 있어서 온 거니까."

"부탁?"

시카가 고개를 갸우뚱했고 마리쉐즈가 작게 말했다.

"둘이서 이야기할 수 있을까?"

"물론이야."

시카는 자리에서 일어나 위층의 자기 방으로 그녀를 데리고 갔다. 마리쉐즈가 방을 둘러보며 신기한 듯 말했다.

"여기서 마법 연구도 하고 그러는 거야?"

"약 같은 걸 제조하고 있어. 새로 연고를 만들었는데, 좀 가져 갈래? 상처 회복에 좋거든."

"시카."

"응?"

"내 생각에는 그 연고 만드는 능력으로 주름 펴 주는 약을 만 들면 엄청나게 잘 팔릴 거야."

"그런가?"

"그래. 일단 나부터 하나 살래."

마리쉐즈의 장담에 시카는 '울프표 화장품.' 같은 걸 떠올리고 있는데 마리쉐즈가 말했다.

"그런데 혹시 마법으로 음, 그러니까― 그런 것도 가능한가?"

"그런 거?"

좀 더 구체적으로 말해 봐 하는 얼굴로 시카가 말했고 마리쉐 즈의 얼굴이 살짝 붉어졌다. 마리쉐즈가 자신의 아랫배를 만지 며 말했다.

"음, 그러니까― 음―"

"?"

여전히 알 수 없다는 얼굴을 한 시카를 보고 마리쉐즈가 한숨을 내쉬었다.

"내 생각에 시카는 시리만큼 눈치가 없는 것 같아. 같은 '시'로 시작하는 이름이라서 그런가? 난 내 아이에게는 절대로 '시'가 들어가는 이름을 지어 주지 않을 거야."

마리쉐즈가 고개를 흔들며 하는 말에 시카는 "그야 내가 눈치가 좀—"이라고 말하다가 "아." 하고 입을 다물었다.

마리쉐즈가 슬쩍 시카의 눈치를 보며 물었다.

"가능해?"

"가능해. 원리는 아주 간단해서, 생명체를 추적하는 방식을 쓰면 되거든. 물론 태아가 어느 시점부터 새로운 생명체로 간주되느냐 하는 문제가 있기는 한데, 이 추적 방식은 심장에서 나타나는 전기 자극을 추적하는 거라서 한마디로 태아의 심장이 형성되어 뛰고 있다고 하면 알아낼 수가 있는—"

"시카."

"아, 걱정하지 않아도 괜찮아— 이 방법은 인체에는 해가 없는 방식이라서—"

"시카."

마리쉐즈가 한 번 더 그녀의 이름을 불러 시카는 설명을 멈췄다. 그녀가 한숨을 내쉬었다.

"미안. 사람들에게 마법에 대한 설명을 꼭 해 줘야 한다는 생각이 항상 들어서."

시카가 그렇게 말하고는 얼른 책상 앞에 있던 의자를 빼 와서 마리쉐즈를 앉게 했다. 마리쉐즈가 긴장된 얼굴로 물었다.

"뭔가 해야 해?"

"아, 마리쉐즈는 안 해도 괜찮아. 내가 할 테니까."

시카가 지팡이를 불러왔다. 지팡이 끝의 반짝이는 거대한 다이아몬드를 바라보며 마리쉐즈는 만족스러운 얼굴을 했다. 선물을 잘 사용하고 있는 걸 보는 건 항상 기분이 좋다.

"그러면 할게?"

"응."

마리쉐즈는 긴장해서 고개를 끄덕였다. 시카는 가볍게 주문을 외웠다. 빛이 반짝이지도 않았고 뭔가 느낌도 없었다. 시카가 "좋아." 하고 말해서 마리쉐즈는 얼떨떨한 기분이었다.

"끝이야?"

"응, 끝이야."

시카가 말하고는 히죽 웃었다.

"마법이라고 다 반짝거리는 건 아냐. 음, 그리고 마리쉐즈─ 축하해. 조심해서 돌아가는 게 좋겠어."

시카의 말에 마리쉐즈가 활짝 웃으며 자리에서 벌떡 일어났다.

"정말?!"

"응."

"혹시 남자아이인지 여자아이인지도 알 수 있어?"

"아니, 아직 그런 마법은 만들어지지 않아서……."

"그렇구나. 하긴, 그것도 기다림의 즐거움이지."

마리쉐즈가 생글생글 웃었다. 시카는 그녀의 전혀 달라진 표정을 보고 신기한 기분이 되었다. 시카가 말했다.

"어때? 몸이 좀 다른 게 느껴지고 그래?"

"음, 아직 입덧이나 그런 건 없는데— 달거리가 없어서 혹시나 했지."

마리쉐즈가 "얼른 가서 알을 놀려 줘야겠다." 하고 웃었다. 시카가 조심스럽게 문을 열어 주며 말했다.

"마차 타고 왔어? 따로 사람 부를까? 아니면 마법으로—"

"마법은 됐어."

빠르게 마리쉐즈가 말했다. 그 단호함에 시카가 움찔하자 마리쉐즈가 고개를 살짝 저으며 말했다.

"하지만, 마법은 혹시 모르잖아."

마법은 아이에게 아무런 해도 끼치지 않아. 시카는 그렇게 말하고 싶었지만 그저 고개를 끄덕였다. 마리쉐즈가 작게 헛기침을 하고 말했다.

"그리고 마차 가지고 왔으니까 괜찮아."

"알았어. 그럼 마차 오라고 부를게."

"응. 아참, 다른 사람에게는 비밀로 해 줘. 내가 놀라게 해 줄 거니까."

"알았어. 아, 하지만 카서스에게는 말해도 돼?"

"그건 어쩔 수 없지."

마리쉐즈의 말에 시카는 고개를 끄덕이고 웃었다. 시카에게 알리는 게 카서스에게 알려지는 것과 마찬가지라는, 그 한 묶음으로 묶어 주는 것이 괜히 기분 좋았다.

"그리고 얼마나 모았어?"

마리쉐즈의 말에 시카는 자신의 저축액을 털어놓았다. 마리쉐즈가 고개를 끄덕였다.

"조금만 더 모으면 되네."

"응—!"

"진짜로 일 년 꽉 채워서 결혼하겠구나."

마리쉐즈가 고개를 절레절레 흔들었다. 시카가 "어쩔 수 없지. 그래도 꾸준히 모으고 있으니까." 하고 대답해서 마리쉐즈는 "맞아." 하고 고개를 끄덕였다.

"하여간 내가 많이 도와줄 테니까."

마리쉐즈의 말에 시카가 "하지만, 마리쉐즈 아이도 생겼는데……." 하고 중얼거렸고 마리쉐즈가 피식 웃었다.

"괜찮아. 좋아하는 일은 해도 돼."

시카는 "고마워." 하고 진심으로 감사했고 마리쉐즈는 "별말씀을." 하고는 싱긋 웃었다.

마리쉐즈가 금방 마차를 타고 나가자 카서스가 의아한 얼굴로 물었다.

"순식간에 가 버리네? 뭐 때문에 온 거야?"

"응, 임신했나 확인하러 온 거야."

"했어?"

"응."

"아하."

고개를 끄덕이는 그를 시카는 슬쩍 바라보았다. 다른 사람이 아이를 가진 걸 보면, 카서스도 가지고 싶어지지 않을까?

그가 혹시 자신에게 그런 요구를 하면…….

"알케르토가 기뻐하겠는데."

카서스의 말에 시카가 "그렇겠지." 하고 고개를 끄덕였다. 카서스가 대답하는 시카를 힐끗 내려다보았다.

"왜 그런 얼굴이야?"

"응?"

시카는 놀라 움찔하며 카서스를 바라보았다. 그녀가 어색하게 되물었다.

"이상한 얼굴이었어?"

"난 시카가 좋아."

"나도 카서스가 좋아."

"그리고 그거면 충분해."

그렇게 말하며 카서스가 그녀의 어깨를 감싸고 가볍게 이마에 키스해 주었다. 그것만으로도 불안했던 마음이 휙 날아가 버린다.

"그럼 밥 먹을까?"

카서스의 말에 시카가 활짝 웃었다.

"좋아."

레오까지 해서 다 함께 하는 식사는 오랜만이다. 시카는 특제 푸딩을 만들 거라고 호언하며 안으로 들어갔다.

그녀가 만든 커스타드 푸딩은 격찬을 받을 만했고, 카서스와 레오는 아낌없이 칭찬을 늘어놓았다. 시카는 만족스럽게 미소 지었다. 푸딩도 먹었으니 운동하자며 카서스와 레오는 대련을 했고, 시카는 그네 의자에 앉아 흥미진진하게 그 광경을 바라보았다.

대련을 끝내고 카서스가 투덜거렸다.

"신체 능력이 다르니까 불공평해."

"오러를 쓰는 분이 그런 말을 하시면 안 되죠."

레오가 덤덤하게 대답했다. 카서스가 머리를 쓸어 올리고 말했다.

"하여간 오랜만에 즐거웠어."

"별말씀을."

이런 것도 관리인의 일일까요, 하고 레오는 갸웃하며 웃었다. 그 역시도 싸움에 굶주려 있기는 마찬가지였다.

땀투성이가 된 두 사람이 같은 욕실을 쓸 일은 절대 없었기에 레오는 아래층을, 카서스는 위층을 사용했다.

시카가 카서스의 욕실을 빼꼼히 들여다보고 물었다.

"옷 줄까?"

"들어와도 되는데."

"그건 사양할게."

"저런."

아쉬움이 듬뿍 담긴 어조로 말하고 카서스는 "응, 서랍 위쪽에서 옷 가져다줘." 하고 아무 생각 없이 말했다.

"알았어."

시카가 대답하고 문을 닫자마자 카서스는 그 서랍 안에 마법 구속구가 있다는 사실이 떠올랐다. 그가 "시카!" 하고 화급히 그녀를 불렀고 시카의 "응?" 하는 작은 대답이 들렸다.

"옷 말고 수건 먼저 부탁할게!"

"수건은 거기 안에 있어."

시카는 대답하며 서랍을 열었다. 카서스의 민감한 귀가 그걸 포착했다. 그는 눈을 질끈 감았다. 잠시 후 가볍게 문을 똑똑 두들기는 소리와 함께 시카가 문틈으로 옷을 내밀었다.

"여기. 수건 찾았어?"

시카의 목소리가 너무 태연해서, 카서스는 그녀가 팔찌를 발견하지 못했나 싶었다.

"응, 고마워."

그는 대답하고 후다닥 씻고 욕실에서 나왔다.

나오니 침대에 시카가 정좌를 하고 앉아 있었다. 그녀의 앞에 팔찌가 놓여 있어서 카서스는 순간 말문이 막혔다.

어떻게 하지?

차라리 잘됐어.

두 가지 생각이 교차했다.

"시카, 그건—"

"나 그렇게 신뢰가 없나?"

시카가 고개를 들고 카서스를 똑바로 보며 물었다.

"그런 게—"

아니라고, 말하려다가 카서스는 그 대답이 말이 안 된다는 걸 깨달았다. 그렇지 않으면 왜 저 팔찌를 가지고 있겠는가?

시카가 팔찌를 집어 들어 그 원을 통해 카서스를 바라보았다. 그의 어쩔 줄 모르는 표정을 보고 시카는 한숨 같은 웃음을 내쉬었다.

"그렇다면 카서스가 안심할 때까지 가지고 있어."

"어—?"

그녀의 반응이 예상과 달라 카서스는 저도 모르게 되물었다. 시카가 침대에서 내려와 서랍을 열고 다시 팔찌를 원래 자리에 넣어 두며 말했다.

"카서스는 바보구나."

그가 뭐라고 답해야 할지 몰라 그녀를 바라만 보고 있자 시카가 그를 돌아보며 웃었다.

"카서스 옆이 내가 있어야 할 곳인걸. 모처럼, 다시 만났잖아요? 검사님."

그녀의 말에 카서스는 눈을 둥글게 떴다가 힘없이 웃으며 팔을 벌렸다.

"어리석은 사람이라 미안."

시카가 가볍게 달려와 그를 꼭 안아 주었다. 불안하다면, 그게 저 팔찌를 가지고 있는 걸로 해소된다면 그걸로 됐다.

"사랑해."

카서스가 낮게 말해서 시카는 대답 대신 그에게 키스했다.

*　　　*　　　*

아르카나는 카서스가 돌려준 팔찌를 바라보았다.

"이거 잃어버린 줄 알았는데요."

"그동안 보관하고 있었답니다."

카서스가 싱긋 웃으며 말했다. 밖에서는 결혼식 준비 마무리가 한창이었다.

"이걸 지금 돌려주는 이유가?"

"새것을 준비해서요."

카서스가 사이드 테이블 위에 놓인 벨벳 상자를 툭툭 두들겨 보였다. 아르카나의 눈이 가늘어졌다.

"이제 와서 말입니까?"

결혼식 직전에 와서야 안심이냐, 하는 서늘한 어조에 카서스가 웃었다.

"시카가 당신처럼 생각하지 않아서 다행이네요."

카서스의 말에 아르카나는 한 방 맞은 얼굴을 했다가 푹 한숨을 내쉬었다.

그래, 결혼하는 건 시카지 자신이 아니니까.

그는 팔찌를 빙글 돌려보았다. 마법 구속구는 흠집 하나 없이 반짝이고 있었다. 아르카나는 새삼 카서스를 바라보았다.

인간 불신에다가, 사람과 가까워지는 걸 싫어하고 감정적인 구속을 질색하는 남자가, 이제 영원을 믿는다, 라니.

"뭐, 시카의 얼굴을 봐서 봐줄까요."

아르카나는 팔찌를 주머니에 넣으며 말했다.

"그럼 전 이만 가 보도록 하죠."

"아, 시카에게는 비밀이에요?"

카서스가 툭툭 벨벳 상자를 두들기며 말해서 아르카나는 고개를 끄덕였다. 그가 파티션 밖으로 나가자 카서스는 깊게 숨을 들이마셨다.

'반지는 됐다고 했으니까.'

팔찌는 괜찮겠지.

카서스는 그렇게 생각하며 예물을 가지러 온 시종에게 상자를 건네주었다. 오케스트라의 반주가 시작되었다.

확신은 어느 순간 벼락처럼 오지 않았다.

가랑비 젖듯이 천천히, 불신이 완전히 사라질 때까지 시카는 한결같은 모습을 보여 주었다.

'그리고 우리는 끝까지 함께 있겠지.'

자신은 멋있는 할아버지가 될 게 틀림없고, 시카는 귀여운 할머니가 될 거다. 그때도 같이 모험을 다니고 있을지도 모른다.

그런 생각을 하며 카서스는 가볍게 웃었다.

시카도 같은 생각을 하면 좋겠다고 생각하면서.

2장

에메랄드 팔찌

카서스는 고개를 갸웃했다.

'내가 시간을 잘못 알았나?'

분명히 의뢰인과 이 시간에 여기서 만나기로 했는데.

다시 확인해 봤지만, 역시나 시간도 장소도 맞았다. 카서스는 30분을 멍하니 길거리 한복판에서 기다리다가 깨달았다.

'설마 나 바람맞은 건가?'

잠깐, 지금 S급 용병에게 의뢰해 놓고서 바람맞힌 거야?

어이가 없어서 카서스는 몇 번이나 종이를 확인했다.

날짜를 틀렸나? 시간을 틀렸나? 장소를 틀렸나?

하지만 모두 아니었다.

의뢰인이 나타나지 않는 것이다.

혼잡한 광장 시계탑 아래서, 나타나지 않는 의뢰인을 카서스는 좀 더 끈기를 가지고 기다렸다. 혹시 무슨 일이 생겼을지도 모른다.

그래, 설마 그 취소 수수료를 떼고 싶은 사람은 없겠지.

카서스는 30분 더 기다렸다. 하지만 역시나 의뢰인은 나타나지 않았다.

'이게 무슨 일이람.'

용병 생활을 하면서 처음 겪는 일이라 카서스는 황당했다. 옆에 시카가 있었다면 같이 황당해해 줬을 텐데.

하지만 시카는 지금 마리쉐즈를 만나러 가 있었다. 첫 아이를 낳은 마리쉐즈에게 축하 선물을 들고 찾아간 터였다.

자신은 일 때문에 여기 나와 있고 말이다.

'그런데 바람맞았어.'

시카랑 같이 갈 걸 그랬나. 했다가 카서스는 고개를 저었다. 축하하고, 아이를 보고 예쁘다고 하고― 그런 건 영 적성에 맞지 않았다.

예전만큼 선을 두는 것은 아니었지만, 그래도 어딘가 어색했다.

시카가 대신 해 준다면 감사한 일이지.

그렇게 생각하며 카서스는 마지막으로 시계를 확인했다. 정오에 만나기로 했는데 지금 시각은 한 시 십 분.

이 정도면 충분히 기다렸다.

"참나."

별일도 다 있네, 하고 카서스는 광장을 가로질러 걷기 시작했다.

쿵—

무거운 소리를 내며 지나가던 남자와 어깨를 부딪쳤다. 카서스는 "미안합니다." 하고 말하기도 전에 남자의 팔을 꺾었다.

"아악—!"

남자가 비명을 질렀다. 광장의 사람들이 놀라 둘을 바라보는데 카서스가 코웃음을 치며 말했다.

"소매치기할 상대를 잘못 골랐어."

"소, 소매치기라니—!"

"뭐, 사람 많은 곳에서 이런 팔찌를 차고 있으니 표적이 될 만하지만, 이게 나름 중요한 물건이라."

남자는 카서스에게 꺾인 팔을 어떻게든 빼려고 안간힘을 썼지만 카서스가 더 힘을 주자 소리를 지르며 동작을 멈췄다. 카서스가 남자의 팔을 완전히 부러트리기 전에 경비병이 도착했고, 카서스는 소매치기를 경비병에게 넘겼다.

'오늘은 일진이 나쁜 날인가.'

카서스는 그렇게 생각하며 광장을 빠져나왔다. 그때 저 골목에서 아이스크림을 든 아이가 달려 나왔다. 카서스는 아이를 피하려고 했지만 아이는 손을 뻗어 그의 옷에 아이스크림을 묻히고 말았다.

"죄, 죄송해요!"

아이가 울먹이며 말했고 뒤따라 나온 중년 여성이 당황하며 손수건을 꺼내 들었다.

"죄, 죄송합니다. 죄송―"

카서스는 신음을 삼키며 여자의 손을 잡아 떼어내고 속삭였다.

"그렇게 해도 팔찌는 못 가져가."

"무, 무슨 말씀을―"

그녀는 당황하며 물러났고 카서스는 한숨을 내쉬고 말했다.

"뻔히 보이는 수작은 그만두고 애새끼 데리고 꺼져."

여자는 뭐 이런 사람이 다 있어? 하고 종알거리며 아이를 데리고 사라졌다.

'대체 뭐람?'

카서스는 어이가 없었다. 여관으로 돌아온 그는 대충 점심을 때우고 방으로 돌아갔다. 그는 에메랄드 반지를 만지작거리다가 침대에 몸을 던졌다.

시카는 아마 식사 시간일 것이다.

여자들의 수다를 방해하면 안 되겠지.

그렇게 생각하며 그는 눈을 감았다. 한참 후, 조심스럽게 그의 방 창문이 열렸다. 살그머니 창문으로 들어온 남자는 카서스의 오른 손목에 손을 뻗었다.

그의 손이 뱀 모양 팔찌에 닿자마자 카서스가 눈을 뜨며 그의 팔을 낚아채어 침대에 메다꽂았다. 침대라 그렇게 아프지는 않았겠지만 그래도 당황스러워 남자가 작게 외쳤다.

"어, 어떻게?"

"어떻게 약 탄 음식을 먹고도 멀쩡하냐고? 안 먹었거든."

카서스가 짜증 섞인 어투로 말했다.

"그래서 난 지금 매우 배가 고프고, 얼마든지 널 괴롭혀 줄 용의가 있어. 그러니까, 부는 게 좋을 거야. 아까부터 왜 내 팔찌를 노리는 거지?"

"그, 그야 그렇게 값비싼 물건을 차고 있으니까아악—!"

마지막 말은 비명으로 변했다. 카서스가 탈구시킨 그의 손가락을 툭 치자 남자는 다시 비명을 질렀다.

"아프지? 손가락 탈구가 진짜 아프거든. 관절도 많아서 여러 번 탈구시킬 수 있다는 게 장점이지."

그제야 남자는 자신이 완전히 잘못 걸렸다는 것을 깨달았다.

"아니면 손톱을 뽑아 줄 수도 있지. 나 맨손으로 와인병도 따거든. 그냥 이렇게 잡고 쏙 뽑으면—"

"말해! 말할게!"

"좀 더 정중하게?"

"말하겠습니다!"

남자가 소리쳐서 카서스는 그를 놓아주었다. 남자는 탈구된 왼손을 감싸며 눈물 섞인 눈으로 카서스를 바라보았다.

"바, 방랑자라는 사람이……."

"뭐야? 내가 누군지 알면서도 덤빈 거야?"

그 배짱을 칭찬해 줘야 할지, 아니면 무모함에 혀를 내둘러야 할지.

카서스는 신기한 기분이 되었다. 그리고 히죽 웃으며 말했다.

"왜? 제국의 유명한 마스터니까 고문 같은 건 하지 않는 정의

로운 사람일 거라고 생각했어? 미안, 유감이네. 정의랑은 거리가 좀 멀거든. 내가."

나랑 관련된 그런 이야기도 많지 않아? 하고 카서스가 고개를 갸웃했다.

"그래서. 왜 이 팔찌를 노리는 건데?"

"혀, 현상금이 붙었어……요."

카서스의 눈매에 남자는 얼른 존댓말을 덧붙였다. 카서스가 "현상금?" 하고 되묻자 남자는 고개를 끄덕였다.

"카서스 리안이 차고 있는 에메랄드 팔찌를 가져오는 사람에 게는 천만 케르브."

"그 돈이면 이 팔찌를 두 개 살 돈인데?"

카서스가 의아해서 묻자 남자는 "길드에서 보증한 거니까, 틀린 말은 아닐 거예요." 하고 말했다. 길드라고 하면 도둑 길드를 말하는 거겠지.

카서스는 자신의 팔찌를 바라보았다.

자신의 친부가 남긴 유일한 유산.

고대 마법이 걸려 있다고 시카가 이야기했었다. 마법에 대해 알아봐 준다는 걸 카서스는 거절했다. 친부에 대해 알고 싶지도 않았고, 찾고 싶지도 않았다.

하지만.

'팔찌만 도로 찾아가려고 한다면 이야기는 달라지지.'

카서스는 비릿하게 웃었다.

원치 않게도, 친부의 얼굴을 보게 될 때인가 보다.

"의뢰인이 누군지 알고 있어?"

카서스의 물음에 남자는 고개를 저었다.

"모, 모릅니다. 의뢰는 그냥 길드장을 통해서 내려왔을 뿐입니다."

"그렇군. 그럼 길드장은 알고 있으려나?"

그 말에 남자는 헤, 입을 벌리고 카서스를 바라보았다. 카서스가 싱긋 웃으며 말했다.

"설마~ 마스터를 상대로 한 의뢰를 받을 때, 마스터에게 길드가 박살 날 수도 있다는 생각은 안 한 거야?"

"기, 길드는 아무도 모르는 곳에 있고―"

"그러면 네가 도와주면 되겠네."

남자의 얼굴이 창백해졌다. 그의 얼굴이 딱딱하게 굳었다.

물론 자신은 도둑이다. 범죄자다.

하지만 그렇다고 해도 길드를 배신하는 일을 한다? 그건 또 다른 차원의 문제였다.

카서스가 그를 이해한다는 듯이 고개를 몇 번 끄덕이며 말했다.

"그래, 그래. 길드를 배신하면 죽을 목숨이고, 거기서 쫓겨나면 갈 곳도 없고. 그지? 그런데, 나에게 협조를 안 해도 마찬가지인데?"

남자는 입술을 깨물었다.

카서스가 물었다.

"이름이 뭐야?"

"네, 네?"

"이름."

"수, 수와즈입니다."

"남부 이민족?"

카서스가 의아한 목소리로 물었다. 생긴 건 제국민인데?

"그쪽과 인연이 있어서……."

수와즈가 작은 목소리로 말했고 카서스는 "그렇구나." 하고 고개를 끄덕이며 말했다.

"그러니까 수와즈, 협력하든가 아니면 좀 안 좋은 꼴을 당하든가."

수와즈는 자신의 왼손을 꽉 잡았다. 그의 눈이 카서스를 살폈다.

정말로 이 사람이 자기를 죽일 수 있을까? 그래도 방랑자 카서스 리안이라면 유명 인사 아닌가? 그런 사람이 법망을 피해서 살인을 한다고?

허세가 아닐까?

"지금 허세를 부리는 게 아닐까, 생각하고 있지?"

카서스의 말에 수와즈는 흠칫했다. 카서스가 눈을 굴리고 말했다.

"그럼 몸으로 좀 배워야겠네."

카서스가 수와즈의 무릎을 걷어찼다. 우드득하는 소리와 함께 처절한 비명이 그의 입에서 흘러나왔다. 부러진 무릎 관절을 붙잡고 수와즈는 흐느꼈다.

"생각해 보니까, 너 아니어도 다른 놈 잡으면 될 것 같다. 나에게 약을 먹이려 시도했으니 이 여관에 한패거리가 있을 테고—"

카서스가 시미터를 꺼내 들었다. 그가 수와즈의 뒷덜미를 잡고 질질 카펫 위로 끌고 올라갔다. 무릎 관절이 나간 다리가 이상한 방향으로 꺾이며 질질 끌려갔다. 비명도 나오지 않는 고통에 수와즈는 허억 숨을 삼켰다.

"바닥에 피가 스며드는 건 싫으니까."

카서스가 그렇게 말하며 시미터를 내려치려는 순간 수와즈가 비명처럼 소리쳤다.

"말하겠습니다! 말하겠습니다!"

카서스의 칼날이 아슬아슬하게 그의 목에 닿은 정도에서 멈췄다. 그의 연녹색 눈을 보며 수와즈는 전신을 부들부들 떨었다.

정말로 잘못 걸렸다.

이 바닥은 이상한 인간도 많고, 스스로 고문을 즐긴다고 말하는 미친 놈들도 많다. 인간이 인간에게 고통을 주는 행위를 하는 건 제정신이라면 하지 못할 일이니까.

하지만 이 사람은 이 일을 즐기지도 않고, 싫어하지도 않는다. 인간의 인격과 생명의 가치를 생각하지 않는 것처럼. 정육점의 고기를 자르는 듯한 얼굴을 하고 있었다.

'이게 방랑자라고?'

수와즈는 침을 삼켰다.

무릎 관절이 날아갔으니, 이제 아마 이쪽 다리는 평생 못 쓸 것이다. 다리를 못 쓰면 도둑질도 하지 못한다.

더 이상 도둑 길드에 연연할 필요가 없었다.

"제, 제가 말했다고만, 하지 않으신다면ㅡ"

수와즈는 고통을 참으며 더듬더듬 이어 말했다. 카서스는 잠시 생각하는 듯했다가 싱긋 웃으며 시미터를 도로 꽂아 넣었다.

"좋아."

수와즈가 입을 열려는데 카서스가 손을 들어 막았다. 카서스는 반지를 슬쩍 돌렸다.

"응? 으응, 미안. 지금 와 줄 수 있어?"

허공에 혼잣말을 하는 카서스를 보자 수와즈는 불안해졌다.

방랑자가 미친놈이라는 말이 있었던가?

"카서스? 괜찮아?"

그때 소리도 없이 갑자기 여자가 튀어나와 수와즈는 화들짝 놀랐다. 그러나 곧 상대가 누군지 알아보았다.

연분홍색 머리카락.

용주(龍主), 소생시키는 마법사, 폭풍을 잠재우는 자.

시카 리안.

요사이, 마수의 마력이 없어진 덕분인지 그녀는 부쩍 자라고 외모도 좀 더 성숙해져 있었다. 카서스는 볼 때마다 예뻐진다고 생각하며 흐뭇하게 웃고 말했다.

"난 멀쩡해. 안 멀쩡한 건 저쪽."

카서스가 손가락으로 수와즈를 가리켰다. 수와즈를 보고 시카는 눈을 찌푸렸다. 한눈에도 다리가 멀쩡하지 않다는 걸 알아볼 수 있었다.

"카서스."

그녀의 음성이 낮아졌고 카서스가 "어쩔 수 없었어." 하고 변명조로 말했다. 시카가 그런 그를 돌아보고 말했다.

"그래서, 고쳐 주라는 거야? 아니면—"

"고쳐 주세요."

카서스가 공손하게 말했고 수와즈는 믿을 수가 없어서 눈을 크게 떴다. 시카가 지팡이를 소환해서 들고 그의 앞에 앉았다.

"일단 통증을 없앨게요."

그녀가 그렇게 말하며 지팡이로 그의 다리를 건드렸다. 상처 부위를 건드려서 수와즈는 고통을 예상하며 움찔했지만, 시원한 느낌이 퍼지며 고통이 없어졌다. 시카는 그의 다리를 똑바로 펴고 산산조각 난 무릎 관절을 복원했다.

눈으로 보면서도 수와즈는 믿을 수가 없었다. 방금까지 이상한 각도로 꺾였던 다리가 다시 원래대로 멀쩡해졌다.

"손도?"

시카의 말에 수와즈는 순순히 손을 내밀었다. 시카는 탈구된 손가락을 맞춰 넣고, 치유 마법을 걸었다. 그리고 자리에서 일어나며 그의 감각을 회복시켜 주었다.

"일어나 봐요."

시카의 말에 수와즈는 두 다리로 일어났다.

"이상하거나 위화감이 들거나 통증이 있나요?"

"아뇨, 괜찮습니다."

지극히 공손한 어조로 수와즈가 대답하며 고개를 숙였다.

좋은 경비병, 나쁜 경비병.

카서스는 속으로 그런 생각을 하며 수와즈에게 말했다.

"그럼 이제 아는 대로 다 불어."

수와즈는 두 번째로 얻은 기회를 낭비하고 싶지 않았기 때문에 아주 자세하게 길드에 대해서 털어놓았다.

듣다가 카서스가 말했다.

"그러니까 너도 들어갈 수 있는 건 중간까지밖에 안 된단 말이지?"

"네, 네. 그렇습니다."

수와즈가 굽실거리며 대답했다.

"그러면 어떻게 한다ㅡ?"

카서스가 고개를 갸웃거리는데 시카가 설명을 요구했다.

"도둑 길드는 갑자기 왜?"

"내 팔찌 말야."

카서스가 자신의 오른팔을 들어 보였다. 뱀 모양의 에메랄드 팔찌가 반짝였다. 시카가 수와즈를 바라보았다.

"설마 카서스에게서 팔찌를 훔치려고 한 거예요?"

"네."

수와즈는 고개를 끄덕였고 시카는 어처구니가 없어져서 말했다.

"상대가 마스터인데요?"

"천만 케르브는 그럴 만한 가치가 있으니까요."

수와즈의 대답에 시카는 더더욱 이상한 얼굴이 되었다.

"돈이 아무리 많아 봐야, 목숨이랑 바꿔야 한다면 그게 무슨 소용 있죠?"

죽어 버리면, 돈이 무슨 소용이란 말인가.

수와즈는 순간 할 말을 잃었고, 카서스가 웃으며 그 대신 대답했다.

"죽지 않을 거라는 가정에 거는 거지."

"마스터를 상대로?"

"사람은 원래 자기 자신을 상대로는 안이하게 생각하거든. 나만은 다를 거야, 하는 거지. 결국 누구에게나 결과는 같은데 말야. 스스로에게는 관대하달까."

카서스의 말은 차가웠다. 시카는 "그런가―" 했다가 다시 물었다.

"그런데 팔찌를 가져오면 천만 케르브를 주겠다고 했단 말이죠? 그거면 보통 금액이 아닌데―"

평범한 사람은 평생 만져 보지도 못하는 액수다.

날 때부터 지금까지 한 푼도 쓰지 않고 착실하게 일을 해서 모아도 결코 모을 수 없는 금액.

"그거면 그 팔찌를 몇 개는 만들겠다."

시카의 말에 카서스가 "그러니까." 하고 대답했고 시카는 "아." 하고 입을 꾹 다물었다. 같은 팔찌를 몇 개 만들 수 있는 금액을 걸고, 굳이 그 팔찌를 찾는다면―

"그 팔찌의 주인이 되찾으려 하는 걸까?"

카서스의 아버지가.

"그런 게 아닐까? 아니라고 해도 의뢰인이 누군지 궁금하지 않아?"

카서스는 웃으며 이야기했지만, 그의 눈은 전혀 웃고 있지 않았다. 시카는 팔짱을 끼며 고개를 끄덕였다.

"맞아. 진짜로 궁금하네."

대답하고 시카가 "하지만, 굳이 도둑 길드를 통해 가지는 않아도—" 하고 말을 흐렸다. 팔찌에 대해서라면 얼음탑에서도 조사할 수 있는데, 하는 말에 카서스는 고개를 저었다.

"아냐, 그쪽의 방식대로 이쪽도 해 주고 싶으니까."

그런가, 하고 시카는 한숨을 내쉬었다.

사실 이런 식으로 폭력적인, 피를 흘리는 방식은 싫었다. 더더군다나 카서스가 그 피를 흘리게 하는 주체라는 건 더 싫었다.

"시카는 잠깐 휴가 갈래?"

그런 그녀의 마음을 눈치챈 듯이 카서스가 물었다.

그도 그녀에게 그런 모습을 보이고 싶지 않았고, 보게 하고 싶지도 않았다. 뚜렷한 배려였지만 시카는 고개를 저었다.

"파트너잖아."

대답하고 "부부고." 하고 시카가 덧붙였다. 카서스가 "잠깐." 하고 눈을 찡그렸다.

"어째서 '부부잖아.' 다음이 '파트너고.'가 아닌 거야? 파트너인 게 부부인 것보다 더 먼저인 거야?"

"카서스, 그런 거 너무 하나하나 신경 쓰지 마. 피곤한 사람 되잖아."

"―?!"

시카의 말에 카서스는 눈을 동그랗게 떴다.

지금 내가 꼬치꼬치 따지는 예민한 사람이 된 건가요?

그런 카서스를 무시하며 시카가 수와즈에게 물었다.

"그렇다면 어떻게 의뢰를 받는 거죠? 중간까지밖에 들어가지 못한다면?"

"저야 직접 길드장의 얼굴을 보는 게 아니니까요. 부길드장에게 이야기를 들었습니다."

"그러면 부길드장은 길드장이 있는 곳을 알겠네요?"

"그렇지요."

"도둑 길드라."

시카는 팔짱을 낀 채 손가락으로 팔뚝을 가볍게 두들겼다. 카서스가 입을 비죽이며 말했다.

"범죄자들을 보호해 줄 필요는 조금도 없네요."

"그야 그렇지만."

시카가 그렇게 말하며 카서스를 돌아보자 그는 흥 하고 고개를 돌렸다.

"에이, 카서스 삐졌어?"

"안 삐졌어."

"그러지 말고~"

"안 삐졌다니까."

수와즈는 둘의 공방을 보며 자신의 무릎을 내려다보았다. 피범벅이 된 옷은 그대로였다.

저 남자가 방금까지 일상인 듯 자신을 고문하고, 무감각하게 목을 내려치려고 했던 그 남자가 맞는가?

옷이 아니었다면, 수와즈도 헷갈렸을 터였다.

"카서스, 미안해. 응?"

"왜 사과하는 거야? 뭐가 미안한데—?"

"아까 내가 말한 것 때문에 화난 거잖아."

"말한 거 뭐? 그 말 때문에 화가 났다고 생각하는 거야? 그 말 때문이 아니라, 거기에 담긴 시카의 마음 때문에 화가 난 거라고."

카서스의 말에 시카가 "카서스—" 하고 그를 부르자 카서스가 웃음기 가득한 눈으로 그녀를 돌아보았다. 시카는 그제야 그가 자신을 놀리고 있을 뿐이라는 걸 깨달았다.

"정말이지."

그녀가 허리에 손을 얹었다. 카서스가 웃으며 말했다.

"연인다운 싸움 아니었어?"

"사양이야."

시카가 고개를 저었다. 카서스가 수와즈를 바라보고 말했다.

"그러면 이제 가도 좋아."

"네?"

수와즈는 깜짝 놀라 카서스를 보았다.

설마 정말로 멀쩡하게 돌려보내 줄 거라고는 예상치 못했다. 카서스가 손을 흔들며 말했다.

"하지만 나라면 길드 쪽으로 가서 알린다든가 하는 일은 하지 않겠어. 아니, 하면 나야 재미는 있겠지만. 내 아내 덕분에 건진 목숨이면, 소중히 해야지?"

"무, 물론입니다!"

수와즈는 반색하며 고개를 끄덕였다. 정말로 자신을 보내 줄 모양인가 보다.

시카가 말했다.

"고치기는 했지만, 당분간은 무리하게 쓰지 않으시는 게 좋아요. 조직이 전부 새로 만들어진 터라서 단단해지려면 시간이 좀 걸리거든요. 한 달 정도는 최대한 큰 움직임을 피해 주세요."

"알겠습니다."

수와즈는 깊게 고개를 끄덕였다. 카서스가 손을 휘저었다.

"그럼 가."

"잠깐, 창문으로 나가면 안 돼요. 뛰면 무릎에 무리가 간다고요. 음, 그냥 문으로 나가라고 하면?"

"나가는 거 들키는 게 더 큰일일 걸? 여기 여관 놈이랑 한패여서 나에게 약 먹이려고 했거든."

카서스의 말에 시카의 눈이 가늘어졌다.

"뭐?"

"눈치채고 안 먹었지만."

"무슨 약?"

"글쎄?"

수면제나 그런 거 아닐까? 하는 카서스의 말을 무시하고 시카는 수와즈를 휙 돌아보았다. 그는 저도 모르게 흠칫했다.

"알았다면 좀 아프게 치료해 줬을 텐데요."

그냥 숨어들어서 카서스의 팔찌를 훔치려고 했다면야 '오, 멍청한 인간이여.' 하고 연민을 느꼈겠지만 만약 '약'을 먹이려고 시도했다면 완전히 다르다.

그게 독이었을 수도 있지 않은가?

시카가 그를 향해 손가락을 들었다. 연보라색눈이 타오르듯 보여 수와즈가 흠칫하는데 시카가 말했다.

"꺼져요."

수와즈의 모습이 빛무리를 남기며 사라졌다. 카서스가 눈을 깜박이고 물었다.

"어디로 보낸 거야?"

"가까운 경비대 감옥."

"저런."

카서스는 갑자기 감옥 속에 나타난 그를 보고 경비원들이 얼마나 놀랄까 생각하며 고개를 저었다. 시카가 카서스에게 말했다.

"그럼 갈 거지?"

"가야지."

카서스가 빙긋 웃었다.

*   *   *

시카는 눈을 감고 양손으로 귀를 꼭 막고 서 있었다.

"언제까지 이러고 있어야 해?"

입으로 투덜거리면서도 시카는 모범생처럼 꼭 눈을 감고 있었다. 하지만 후각은 어떻게 막을 수가 없다.

비릿한 피비린내가 진득하게 흘러들어 왔다.

카서스가 그런 시카의 양손을 잡아 귀에서 떼어 냈다. 시카가 눈을 뜨고 그를 바라보자 카서스는 싱긋 웃었다.

"끝났어."

"피 튀었어."

그녀가 소매로 그의 뺨에 튄 핏방울을 닦아 냈다. 카서스가 "아, 더러워. 하지 마." 하고 말하며 그녀의 손을 꼭 잡아 내렸다.

"봐도 별 상관없는데―"

시카의 말에 카서스가 고개를 저었다.

"내가 싫어."

"내가 그런 걸 보고 카서스를 싫어한다거나 기절할 거라고 생각한다면―"

"아니, 그게 아니라. 뭐랄까? 화장하거나 옷 입는 모습을 연인이 보는 게 싫은 그런 느낌? 좋은 것만 보여 주고 싶어요?"

카서스의 말에 시카는 "아." 하고 "그럼 어쩔 수 없지." 하며 고개를 끄덕였다. 그녀가 카서스의 손을 잡아 자신의 눈을 눌러서 가리게 하고 지팡이를 들었다.

"그래서, 이쯤이 엉망이야?"

카서스가 그녀의 팔을 잡아 슬쩍 위치를 밀어 바꿔 주었다.

"여기쯤? 왜?"

"클라런스."

시카가 주문을 외우자 모든 것이 깨끗해졌다.

"어때?"

시카의 질문에 카서스는 그녀의 눈을 가린 채로 "으으음―" 하는 소리를 냈다. 벽과 바닥에 튄 피와 오물들이 싹 사라졌다. 그뿐만 아니라 몇 년 동안 묵었던 때들이 싹 벗겨졌다.

그야말로 깨끗하다.

아주 깨끗한 장소에 시체가 누워 있는 걸 보니 무슨 인형을 가져다가 둔 것 같은, 그로테스크한 모양새였다.

"깨끗하네."

미묘한 어조로 그가 말했고 시카가 한숨을 내쉬었다.

"별로구나."

"굳이 청소할 필요가 있나?"

"혹시 증거 같은 게 남았을까 봐."

"별로 상관없는데."

오히려 도둑 길드를 치워 줬다고 하면, 이 도시 경비대에서는 감사를 표시할 거다. 시카가 그의 손을 잡아 내렸고 카서스는 순순히 손을 치워 주었다.

시카가 "어―" 하는 묘한 소리를 냈다.

반짝반짝한 복도, 방금 깐 것 같이 깨끗한 카펫, 새하얀 벽, 투명하고 깨끗해진 랜턴.

그리고 거기에 털썩털썩 쓰러져 있는 깨끗한 옷을 입은 시체들.

"진짜 좀 이상하네."

"좀인가?"

"좀이야."

"그렇다면 좀인 걸로."

카서스가 고개를 끄덕이며 수긍했다. 시카가 헛기침을 하고 말했다.

"그래서? 의뢰인은 알아냈어?"

"아니."

"못 알아낸 거야?"

"알아내기는 했는데, 이게 또 대리인을 통해서 들어온 모양이야."

"대리인이 누군데?"

"백상아리 조니."

"—?"

시카는 고개를 기울이며 그런 이명을 가진 사람을 머릿속에서 찾아보았다.

"모르겠는데—"

내가 모르는 사람이 있다니, 하며 시카가 카서스를 보자 그가 피식 웃으며 말했다.

"그렇게 유명한 악당은 아니거든. 이 동네에 양아치 같은 놈인가 봐."

"그런 놈이 물어온 천만 케르브짜리 일을 받았다고?"

"이런 걸 가져왔으니까."

카서스가 주머니에서 다이아몬드 팔찌를 꺼냈다.

"그렇군. 그러면 그 백상아리라는 사람을 찾아가 봐야겠네."

"예감이 좋지 않아."

카서스가 눈을 찌푸리며 말했다. 시카가 "무슨 예감?" 하고 묻자 카서스가 한숨을 내쉬며 말했다.

"왜인지 그 자식 이미 죽었을 것 같은 예감."

카서스는 한숨을 푹푹 내쉬었다.

그의 칼이 빠르게 감자를 토막냈다. 옆에서 커스터드(Custard)를 만들고 있던 시카가 카서스에게 말했다.

"어쩔 수 없잖아? 죽었는걸."

"진짜로 죽었을 줄이야. 어째 나쁜 예감은 꼭 맞는다니까."

중얼거리고 그는 펄펄 끓고 있는 커다란 냄비에 썬 감자를 밀어 넣었다. 소고기 스튜는 이제 먹음직스러운 향기를 뿜어내고 있었다.

"역시 내가 얼음탑에 가서 자료를 조사해 볼까?"

시카가 커스터드를 푸딩 그릇에 담으며 물었고 카서스는 고민하다가 고개를 흔들었다.

"아냐, 됐어."

"정말?"

"응."

카서스가 자신의 팔찌를 바라보았다. 짙은 녹색의 에메랄드 뱀은 살아 있는 것처럼 그의 손목을 꼭 감고 있었다.

"그 돈을 주고 찾으려는 거잖아? 뭔가 이 팔찌에 있는 게 아닐까?"

"그렇겠지. 마법도 그냥 걸려 있는 건 아닐 테니까."

카서스는 팔찌를 한참 바라보았다. 그사이 시카는 오븐팬에 푸딩 그릇을 나란히 담고 물을 부었다. 카서스가 그녀 대신 오븐팬을 들어, 오븐에 넣어 주었다.

"맞아."

카서스가 깨달아 주먹을 탁 쳤다.

"뭔가 있어?"

시카의 물음에 카서스가 웃으며 말했다.

"오늘 말야, 의뢰인 만나러 갔었잖아."

"맞아. 참 어떻게 됐어?"

"바람맞았어."

"바람? 안 나왔다고? 의뢰인이?"

"그래. 그 뒤의 일이 임팩트가 커서 잊고 있었네."

"바람이라니. 그 사람은 돈이 아깝지 않대?"

일을 의뢰하고, 취소하는 데에는 취소 수수료가 상당히 붙는다. 더군다나 카서스 같은 S급 용병을 불러 놓고 당일 취소라면, 그를 고용하는 것과 금액이 별반 다르지 않았다.

"그것도 이 일의 일부라고 하면?"

일을 미끼로 자신을 사람이 많은 광장으로 끌어낸 거라면?

카서스가 돌아서서 스튜를 저어 주며 묻는 말에 시카는 "그럴 듯한데." 하고 대꾸했다.

"그러면 용병 길드로 가서 의뢰인이 누군지 알아내면 되겠네."

시카의 말에 카서스가 고개를 끄덕였다. 카서스가 스튜에 허브를 넣는 사이, 시카는 식은 빵 틀에서 롤빵을 꺼냈다. 버터를 듬뿍 넣어 향긋한 냄새를 풍기며 윤기가 자르르 흐르는 먹음직스러운 롤빵들이 접시 위에 늘어섰다.

"그 도둑 길드에서 한 일일 수도 있지만, 어쩌면 다른 곳으로 연결될지도 모르지."

"나도 그렇게 생각해."

카서스가 그녀의 말에 동의하며 샐러드 볼에 야채를 담고 만들어 둔 드레싱을 끼얹었다. 시카는 부지런히 샐러드 볼과 롤빵 그릇을 식탁으로 옮겼고, 마지막으로 소고기 스튜를 담은 그릇을 옮겼다.

카서스가 식탁에 앉으며 "메뉴를 잘못 선택했어."라고 말해서 시카가 "왜? 완전 맛있을 것 같은데?" 하고 묻자 그가 슬픈 얼굴로 말했다.

"만드는 데 너무 오래 걸렸잖아. 점심도 못 먹어서 배고픈데."

"그럼 얼른 먹자."

시카가 히죽 웃으며 말해 카서스는 스푼을 들었다.

푹 익은 소고기와 야채의 조합은 기가 막혔고, 버터향이 듬뿍 나는 따끈한 롤빵도 훌륭했다. 상큼한 샐러드로 혀를 달래주며 두 사람은 빠르게 저녁 식사를 했다.

마지막으로 시카는 오븐에서 꺼낸 푸딩을 마법으로 슬쩍 차갑게 식혔다. 그리고 나서 틀에 옮겨 담고, 캐러멜 시럽을 뿌린 후 후식으로 내놨다.

짙고 농후한 단맛은 한 입만 먹어도 사람을 행복하게 하는 뭔가가 있었다. 시카가 "으음— 내가 만들었지만 그래도 훌륭해." 하고 고개를 끄덕이는데 카서스가 물었다.

"그래서? 아이는 어땠어?"

"아, 맞다. 귀여웠어. 남자아이인데, 이름은 브렌이야. 진짜 알케르토를 닮았더라. 그렇게 작은데도 알겠던걸? 아직 한 살 전인데 걷는다고 마리쉐즈가 자랑했어."

말하고 시카가 킥킥 웃으며 덧붙였다.

"그리고 나보고 화냈어. 어째서 혼자서 키가 크는 거냐면서."

"으음, 시카가 크기는 컸지."

"그지? 160cm까지는 컸으면 좋겠어. 제발……."

양손을 모으며 시카는 빌었다. 이 나이에 자라는 건 확실히 사기라고 하겠지만, '어차피 사기라면 좀 더 자라줘.'가 그녀의 바람이었다.

그뿐 아니라 외모도 조금씩 성숙해져서 이제는 확실히 애티는 벗었다.

"그래, 그래. 좀 더 자랄 거야. 많이 먹어."

카서스의 말에 시카는 "그래야지." 하고 주먹을 불끈 쥐었다.

"마리쉐즈 몸은 괜찮대?"

"으웅, 몸은 이제 괜찮아진 것 같아. 본격적으로 다이어트를 하겠다고 하던걸? 유모가 좋은 사람 같이 보이더라. 잘 구한 것 같아. 맞아. 눈도 파란색이었는데, 눈이 계속 그 색일지는 자라봐야 안다고 하더라고."

"파란 눈은 지나면 진한 색이 되기도 하니까."

"그렇지만 부모가 둘 다 파란 눈이니까, 아마 그대로 가지 않을까? 예쁜 파란색이었어. 머리카락은 금색이고."

시카가 킥킥거리며 말했다.

"마리쉐즈가 시그리드를 닦달하던걸. 빨리 아이를 가지라고 하면서. 로웬그린은 '시그리드가 편한 대로 해.'라고 했고— 시그리드도 이제 슬슬 가질까? 하더라고……."

"슬슬 가지면, 다들 순서대로 낳네? 마리쉐즈가 이제 일 년 정도 됐나? 로웬그린도 임신 중이라고 그랬잖아?"

"그렇지? 로웬그린은 거의 막달이고— 시그리드의 말에 막상 베라무드는 '뭐? 슬슬?'이라고 되물었지만."

그의 당혹스러운 얼굴이 생각나서 시카는 다시 웃었다. 카서스가 "하~" 한숨 쉬듯 내뱉고 "그 베라무드 루나틸이 아이라니." 하며 묘한 표정을 지었다.

그는 잠시 시카를 보다가 히죽 웃고 이어 말했다.

"그 카서스 리안이 결혼이라니."

"그러게 말이에요. '나는~ 그런 감정은 싫어. 잘 모르겠어. 그런 거 무섭지 않나.' 하는 대사를 했었는데 말이죠."

시카의 공격에 카서스가 얼른 방어했다.

"'난 탑에 들어가서 평생 나오지 않을 거야.' 했던 분은 누구신지."

"그 두 가지는 완전히 다르거든요? 그래서 오해까지 하게 만들고."

"오해?"

"두 번째라도 괜찮다고 했던 거 말야. 책임지기 싫어서 두 번째 한다는 줄 알았으니까. 내가 카서스 좋아하는 거 들키면 어쩌나 하고 얼마나 끙끙 고민했는데."

"나도 그런 고백할 때는 진짜 비참했다고? '아, 이거 진짜 괴롭구나.' 했다니까? 첫사랑이 따로 있는 사람에게 들이대는 게."

"그 첫사랑이 누구더라. 늦은 건 카서스잖아."

시카의 말에 카서스는 웃음을 터트렸다.

"그래, 맞아. 많이 늦었지. 아, 어린 시카 진짜 귀여웠는데. 내가 기저귀도 갈아 주고―"

"말도 안 돼!"

시카가 꽥 소리 질렀다. 카서스가 히죽히죽 웃으며 말했다.

"침 흘리면서 자질 않나, 나이프로 빵을 쑤시질 않나, 포크 사용법도 서툴러서―"

"뒤쪽은 사실이지만 앞쪽은 사실이 아닙니다! 화장실은 제대로 갔다고!"

시카의 항의에 카서스가 "그랬나? 기억이?" 하고 말하며 푸딩을 한 입 더 입에 넣었다. 시카가 그를 노려보자 카서스는 얼른 정정했다.

"맞아. 그런 일은 없었어. 너무 귀여워서 사실은 계속 같이 있고 싶었어. 그런데 시카가 쑥 얼음탑으로 가 버려서 솔직히 쓸쓸했다니까."

"검사님이 함께 있자고 하니까."

시카가 웃으며 대꾸했다. 카서스가 눈썹을 치켜 올렸다. 시카가 느긋한 어조로 말했다.

"카서스가 날 보내기 싫다고 해서, 그래서 기뻤어. '아 정말로 이 사람도 나랑 헤어지기 싫구나. 그러면 정말로 지금 내가 여기서 떠나도, 다시 만날 수 있겠구나.' 하는 자신감이 생겼어."

"그랬구나. 그럼, 그럼 잘한 건가—? 나 그래도 조금씩 불안해서. 그때 좀 더 내가 시카에게 사랑을 퍼 줬으면 좋았을걸, 하면서—"

시카가 웃음을 터트렸다.

"20년간 짝사랑하게 만들었으면 됐지, 더 뭘 어떻게 하려고 하는 거야?"

그 말에 카서스는 "그런가?" 하고 갸웃했다. 시카가 웃음기를 머금은 채로 푸딩을 푹 찌르며 물었다.

"카서스는 정말로 괜찮아?"

"음—?"

"아이 말야."

카서스는 시카를 똑바로 바라보았다. 그녀의 시선은 푸딩에 고정되어 있었다. 카서스는 그녀가 자신을 바라볼 때까지 기다렸다.

시카는 슬쩍 카서스를 바라보았고 눈이 마주치자 카서스가 물었다.

"내가 아이를 좋아하는 타입으로 보여?"

노골적인 질문에 시카는 말문이 막혔다. 카서스가 한숨을 내쉬고 자기 몫의 푸딩을 떠서 시카에게 내밀었다. 이런 일에 익숙해진 시카는 스스럼없이 푸딩을 받아먹었고 카서스가 느릿하게 말했다.

"시카의 의사를 무시하고, 아이를 원할 만큼 아이를 좋아하거나 목매는 사람 같이 보였다면 그건 완전히 틀린 건데."

시카는 한숨을 폭 내쉬었다.

카서스의 말이 옳다. 그런데도 왜 이런 마음이 드는 걸까?

"별로 좋아하지도 않고, 빽빽 울기만 하고, 필요 없어."

카서스는 간결하게 말했고 시카는 "그 평가는 너무하네." 하고 웃었다. 카서스가 "아, 한 가지 좋아하는 건 있다." 하고 말해 시카가 고개를 갸웃했다.

"뭔데?"

"아이가 생기려면 해야 하는 필수적인 행위."

"카서스 리안!"

노골적인 말에 시카의 얼굴이 붉어졌다. 카서스가 씩 웃으며 물었다.

"시카는 싫어?"

"그야—"

그야, 그야…… 당연히…….

싫은 건 아니지만.

시카는 시선을 슬그머니 돌렸다. 싫다고 말하기에는 양심이 찔린다. 카서스가 "그지?" 하고 웃으며 슬그머니 자리에서 일어나 시카에게 다가왔다.

시카가 그를 올려다보자 카서스가 "손." 하고 말하며 그녀에게 손을 내밀었고 시카는 순순히 손을 그의 손 위에 올렸다. 카서스가 가볍게 그녀의 손을 잡아당겨 자리에서 일으켜 세웠다.

키스에서는 캐러멜 맛이 났다.

"카서스, 식탁, 치워야—"

"나중에."

단호하게 말하며 카서스가 그녀를 안아 들었다. "아이참." 하면서도 시카는 그의 허리에 다리를 감고 그를 꼭 끌어안았다.

*　　*　　*

젠은 다리가 욱신거리는 걸 느꼈다.

몇 년 전에 없어진 다리인데도, 아픔은 사라지지 않는다.

'아니, 다리가 없어졌으니 아픈 게 당연한가?'

사실, 그날 죽을 거라고 생각했다. 수많은 시체들 사이에 끼어서 흐느끼는 자신을, 카서스가 단번에 잡아서 꺼냈을 때의 기억이 생생했다.

　—역시 아직 살아 있는 사람이 있었네.

그 새파란 머리카락과 웃고 있던 녹색 눈이 선명하게 기억났다. 지금 생각하면 그의 옷도, 얼굴도 피투성이로 더러웠는데, 기억 속에 그는 왜인지 반짝반짝하다.

전투에 방해되는, 아주 긴 머리를 가지고 있었기 때문에 그를 기억하는 사람도 많을 것이다. 전쟁터에서 그를 알아보는 일은 그래서 매우 쉬웠다.

황금색 오러를 두른, 긴 푸른 머리카락을 가진 남자란 흔하지 않으니까.

젠은 담배를 물었다. 통증이 더 심해지는 걸 보니 오늘은 비가 올 모양이었다. 늦여름의 비는 항상 그를 일찍 깨우는 원인이었다.

발코니로 나가니 우중충한 하늘이 그의 예감이 맞다는 걸 알려 주고 있었다.

"제니!"

젠의 눈썹이 팍 일그러졌다. 그는 아래를 내려다보았다. 카서스가 손을 흔들며 그를 올려다보고 있었다. 그 옆에 시카가 미안하다는 얼굴을 하며 인사해 왔다.

방금까지의 아련했던 추억이 산산이 부서지며 젠은 담배 끝을 짓이기듯 물고 휙 안으로 들어가 버렸다.

사무실 의자에 앉은 지 얼마 지나지도 않아서 문이 열리고 카서스가 들어왔다.

"너무하네, 아는 척도 안 해 주고."

"내가 그렇게 부르지 말라고 그랬지?"

"죄송해요. 카서스, 그만해."

그 뒤를 이어 들어온 시카가 카서스를 타박했다. 오랜만에 보는 그녀는 훌쩍 자라 있었다. 잘 자라고 있다, 라는 말은 분명히 그녀 나이에는 어울리지 않는 말이지만 말이다.

"왜? 젠이나 제니나."

별 차이 없잖아? 하고 말하며 카서스는 털썩 손님용 소파에 앉았다. 젠은 허벅지를 문질렀다. 어째 더 아파 오는 것 같다.

시카가 그걸 민감하게 캐치하고 물었다.

"다리가 아프신가요?"

젠은 멋쩍어져서 손을 떼며 "비가 오면요." 하고 대답했다. 시카가 "제가 봐도 될까요?"라고 물었다. 젠이 "그야……." 하면서도 느리게 말했다.

"오래된 상처는 고치지 못한다고 들었습니다."

"맞아요. 아직 마법이 거기까지는 발달하지 않았거든요."

애초에 의료 마법을 연구하는 마법사가 없어서.

자신을 빼고는.

시카는 한숨을 내쉬며 젠의 다리를 살펴보았다.

남에게 의족을 내보인다는 것이 부끄럽기는 했지만 마법사가, 그것도 용주 시카 리안이 봐주겠다는데 거절할 사람은 없었다.

"엄청 매끄럽게 잘렸네요."

시카가 눈을 동그랗게 떴다. 보통 이런 다리 상처가 아픈 이유 중에 하나는 어설픈 절단 때문이다. 젠이 히죽 웃었다.

"마스터가 잘랐으니까요."

그 말에 시카는 저도 모르게 카서스를 돌아보았고 카서스가 손을 들며 "썩는데 어쩔 수 없잖아?" 하고 대꾸했다.

"사실 의사가 함부로 자르는 것보다는 나아요."

시카가 한숨과 함께 말했다.

"그렇다면—"

시카는 지팡이를 꺼내 들었다. 그녀의 지팡이에서 따뜻한 금색 빛이 흘러나왔다. 젠은 뜨거운 기운이 퍼지면서 통증이 확 사그라지는 걸 느꼈다.

마치 온천에 들어간 것 같은 기분 좋은 뜨거움이었다.

시카는 눈을 가늘게 떴다. 보이지 않는 걸, 마력으로 더듬어서, 신경을 찾아내서, 거기에 시술을 하는 일은 고도의 집중력을 요했다.

실패할 확률도 높고.

한참 뒤에 시카는 한숨을 내쉬고 흐른 땀을 닦아 내며 물었다.

"어떤가요?"

"거의 사라졌습니다. 어떻게 하신 겁니까……?"

젠이 경이로운 눈으로 그녀를 바라보았다. 시카가 웃었다.

"다행이네요. 그래도 역시 백 퍼센트 완치는 안 되는군요."

"이 정도면 없는 거나 마찬가지입니다."

아까까지 거슬리던, 허벅지까지 타고 올라오던 통증에 비하면 이건 약간의 욱신거림이었다. 시카가 무릎을 펴며 일어났고 젠은 다시 의족을 신었다.

훨씬 편해졌다.

"감사합니다."

젠의 인사에 시카가 손을 저었다.

"카서스의 친구분인걸요. 평소에도 신세를 지고 있고."

"친구―?"

카서스가 의아한 얼굴로 되물었고 시카가 "아냐?" 하고 그를 돌아보았다. 카서스는 "친구라, 으음―" 하며 고민하는 듯 고개를 기울였고 젠은 한숨을 내쉬고 말했다.

"친구든 뭐든 상관없지. 그래서 왜 온 거야? 시카 님은 자리에 앉으시죠. 뭔가 마실 거라도 드릴까요?"

"아뇨, 괜찮습니다."

"그게, 나 저번에 의뢰받은 거 있잖냐. 의뢰인에게 바람맞았거든."

"너를 바람맞혔다고?"

"그래. 그래서 그런데 의뢰인이 누군지 알 수 있어?"

젠은 말없이 카서스를 보았다가 자리에서 일어났다. 그가 서류를 살폈다.

"의뢰인에 대한 사항은 비밀이라고 되어 있어."

"그럴 거라고 생각했어. 그래서 굳이 널 찾아온 거거든."

씩 웃으며 카서스가 대꾸했다. 젠의 눈이 가늘어졌다.

"사적인 정에 이끌려 공적인 일에서 선을 넘을 인간이라고 생각해서?"

날카로운 그의 말에 카서스는 눈을 깜박였다가 웃었다.

"그런 인간이라고는 생각해 본 적 없어. 하지만, 나 뜨거운 차가 마시고 싶은데?"

젠은 그 말에 끙 하고 신음을 흘렸다가 자리에서 일어났다.

"차 꼭 마시고 가라."

"알았어."

젠은 미덥잖은 눈으로 그를 바라보다가 사무실 밖으로 나갔다. 문이 닫히자마자 카서스는 얼른 책상의 서류를 열어 보았다.

"아, 진짜 비밀이라고 되어 있네. 하지만 용병 길드는 허위 의뢰를 막기 위해서 기본 정보는 다 기록하지요."

카서스가 시카에게 서류를 내밀었다.

"난 한 번 본다고 기억을 못 하지만."

"난 하지."

시카가 웃으며 말하고 서류를 살폈다. 생김새와 이름, 기본적인 인적 사항에 대해 기재가 되어 있었다.

"됐어."

시카가 돌려주며 말하자 카서스는 얼른 서류를 다시 원래대로 책상 위에 놓고 소파에 앉았다. 시카가 말했다.

"하지만 이걸로 어떻게 찾지."

시카는 한숨을 내쉬었다. 신체적 조건만 가지고 사람을 찾는다는 건 거의 불가능하지 않은가.

그때 사무실 문이 열리고 젠이 찻주전자와 찻잔을 쟁반에 받쳐 들고 돌아왔다. 그가 소파 테이블에 거칠게 쟁반을 내려놓으며 말했다.

"드시죠. 방랑자님."

"고마워."

젠의 짜증을 웃음으로 넘겨 버리고 카서스는 주전자를 들었다.

"내 의뢰 말야, 어디서 받았어?"

"타이튼이."

젠의 말에 카서스가 눈썹을 치켜 올렸다.

"그 사람 아직도 살아 있냐?"

"너 뒈질 때까지는 산다고 하던데."

젠의 말에 시카가 움찔했다. 카서스는 그냥 "하하—" 하고 웃었을 뿐이었다. 카서스가 잔을 들어 차를 맛보고 눈을 동그랗게 떴다.

"제대로 끓여 왔네? 난 지옥의 맛을 봐라, 하면서 엄청 쓰고 떫게 끓여 왔을 거라고 생각했는데."

"내가 너냐."

"나도 그런 짓은 안 해."

그러며 카서스는 그제야 시카의 몫까지 잔에 따랐다. 젠은 픽 웃었다. 그렇게 끓여 왔을 거라고 생각하면서도 망설임 없이 마시는 게 그답다.

꼭 마시고 가라는 자신의 말에 그러겠다고 대답했기 때문이겠지.

'정말 적도 잘 만들고.'

아군도 잘 만든다.

젠은 그렇게 생각하며 한숨을 내쉬었다.

시카는 카서스가 건네준 잔을 받으며 물었다.

"사이가 안 좋은 거야? 타이튼이라는 사람이랑?"

젠이 피식 웃으며 말했다.

"카서스의 다른 이명은 못 들어 보셨습니까? 방랑자가 가장 유명하기는 하지만, 이 정도로 유명하면 다른 별명도 붙죠. 미친 놈, 사신, 걸어 다니는 죽음—"

시카가 눈썹을 치켜 올리고 카서스를 바라보았다. 카서스가 어깨를 으쓱했다. 젠이 느긋한 어조로 말했다.

"남들은 절대로 가지 않는 곳에 들어가고, 다른 사람이 불가능하다고 하는 걸 해내고—"

죽음에 가까워지는 걸 즐기는 새끼.

젠은 그렇게 카서스를 칭하는 것도 들어 보았다. 아무도 들어가지 않을 사지로 일부러 들어가서 임무를 성공하고 돌아온다. 그렇다고 자신이 멀쩡하게 돌아오느냐면 그것도 아니었다. 본인도 죽을 고비를 넘기면서, 심각한 부상을 입고 돌아오면서 '아, 오늘도 못 죽었네.' 하는 얼굴로.

그러니 얼마나 고깝게 보였겠는가?

그 사지에서 카서스 덕분에 살아남은 사람에게야 그는 영웅이겠지만, 동종업자들에게는 '저놈 때문에 자꾸 위험한 일이 늘어난다.'라며 밉보이기도 했다.

"지금은 나아졌죠."

"아내를 잘 만나서."

카서스가 웃으며 말하자 젠이 고개를 끄덕였다. 시카는 뺨이 붉어지는 걸 얼른 잔을 들어 가리고 물었다

"그래서 그분이랑은 왜 사이가 안 좋은 거예요?"

"타이튼은 퇴각하는 용병들의 뒤를 카서스가 봐주기를 바랐

거든요. 카서스는 이미 후퇴한 전장으로 가서 살아남은 사람을 데려오기를 원했고요."

"으음—"

시카는 고개를 끄덕였다. 양쪽 다 일리가 있는 말이다.

"그러다 결국 카서스는 전장으로 간 거군요."

"네."

젠이 빙긋 웃었다.

"거기서 건져 온 게 저 하나죠."

"아—"

시카는 눈을 동그랗게 떴다.

"현장 지휘자는 타이튼이였으니, 카서스는 명령 불복종으로 활동 정지를 먹었지요. 몇 개월이었지?"

"반년. 덕분에 실컷 놀았지 뭐."

"반년이나?"

시카가 깜짝 놀라 묻자 카서스가 "타이튼이 당시에 부길드장이었나? 높았거든." 하고 대꾸했다. 카서스가 한숨을 내쉬고 말했다.

"찾아가서 의뢰인에 대해서 물어보려고 했는데 안 되겠네. 뭐, 다른 방법을 써 봐야지."

차를 다 비우고 카서스는 자리에서 일어났다.

시카가 그를 따라 일어서며 젠에게 말했다.

"고마워요. 덕분에 차도 잘 마셨습니다."

"아닙니다. 저야말로 감사하죠."

젠이 정중하게 대답하고 카서스를 보았다.

"잘은 모르지만, 조심해라."

"너도."

카서스가 툭 가볍게 젠의 어깨를 치고 사무실을 나섰다. 시카가 고개를 꾸벅 숙여 인사해 보여 젠도 얼결에 마주 인사했다.

젠은 카서스가 친 어깨를 손으로 문지르다가 픽 웃었다.

진짜로 변했다.

'이제 어디 가서 나자빠져 죽을까 걱정하지 않아도 되겠구먼.'

*　　*　　*

시카는 한밤중에 눈을 떴다.

경계 마법에 뭔가가 걸렸다.

그녀가 손을 뻗어 옆에 있는 카서스를 깨우려고 그에게 손을 얹었다가, 그도 깼다는 걸 알았다. 카서스는 소리 없이 침대에서 빠져나가 가운을 걸쳤다. 시카가 일어나려는 걸 그가 어깨를 살짝 눌러 저지하고 입가에 손가락을 세웠다.

머리맡에 놓아 둔 시미터를 카서스는 소리 없이 뽑아 들었다. 시카는 입술을 비죽이며 손을 뻗었다. 옷걸이에 걸려 있던 옷이 그녀의 손으로 날아왔다. 길고 두툼한 후드를 걸치고 시카는 침대에서 내려오며 지팡이를 불러냈다.

카서스는 '그럼 여기서 대기해.' 하는 손짓을 했고 시카는 고개를 끄덕였다.

'다섯 명이라.'

시카는 갸웃했다. 설마 다섯 명이나 되는 사람이 실수로 남의 집 담장을 넘을 일은 없겠지.

시카는 경계 마법을 결계로 전환했다. 이제 안에 있는 사람은 누구도 밖으로 나갈 수가 없다. 즉, 도망을 원천 차단한 것이다.

수도의 집은, 시카의 손바닥 안이나 마찬가지여서 시카는 다섯 명이 어떻게 나뉘어져서 움직이는지 알 수 있었다.

그리고 카서스와 레오도.

'아아, 레오 자꾸 업무 외 일을 하게 되네.'

월급을 올려 주거나 특수 수당을 줘야 하는 게 아닐까, 하는 생각을 하며 시카는 다섯 명의 침입자가 둘, 셋으로 흩어지는 걸 느꼈다.

휙, 시카는 뒤를 돌아보았다. 이 층 창문으로 올라오려는 시도를 하고 있었다. 나무 덧창으로 잠겨 있지만, 금방 열릴 테니—

시카는 자신이 먼저 창문을 열까, 아니면 상대가 열기를 기다릴까 하는데 카서스의 목소리가 들려왔다.

—시카, 소리도 새어 나가지 않게 할 수 있지?

시카는 재빠르게 반지를 돌리고 대답했다.

—했어.

—좋아.

시카의 대답에 카서스가 만족스럽게 웃는 기색이 느껴지고 곧 그가 외치는 소리가 들려왔다.

"레오, 한 놈도 안으로 들어가게 두지 마."

"기꺼이요."

레오의 즐거움 섞인 대답이 들려왔다. 시카는 눈을 깜박였다가 그냥 침대에 털썩 앉았다.

자신이 나설 일은 없을 듯했다.

짧은 비명과 고함이 들리더니, 그들은 미련 없이 탈출을 시도하려고 했다. 물론 그 시도는 통하지 않았다. 보이지 않은 벽에 가로막혀 어쩔 줄 모르다가 한 명씩 카서스와 레오에게 사로잡혔다.

좀 거칠게 사로잡기는 했지만 말이다.

모두 잡힌 걸 확인하고 시카는 덧창을 열고 이 층 발코니로 나갔다.

다섯 명을 모두 밧줄로 묶고 있던 카서스가 시카를 눈치채고 웃으며 손을 흔들었다. 시카는 높이를 가늠해 보다가 에잇, 하고 발코니에서 뛰어내렸다.

발이 땅에 닿기 직전에 한 번 공중에서 멈추고, 그다음 가볍게 착지.

"시카!"

카서스가 놀라 달려왔고 시카는 "짜잔." 하고 씩 웃어 보였다. 그는 한숨을 내쉬었다.

"진짜 놀랐잖아. 그런 기술은 언제 익혔어?"

"나도 용병 생활이 몇 년인데, 게다가 마스터 옆에서 이것저것 보고 배웠지요."

"그런데 왜 체력은 안 늘지?"

카서스가 슬프게 말해서 시카는 "많이 늘은 거거든?" 하고 입술을 비죽였다. 그녀가 몸을 살짝 갸우뚱 기울여서 카서스 위에, 잡혀 있는 사람들을 보았다.

"그래서, 어디서 온 사람들 같아?"

"어디겠어?"

"팔찌 찾으러 온 거야?"

"그런 것 같아. 이번에는 날 죽이고 팔찌를 가져가려는 것 같았지만……."

카서스는 중얼거리고 자신의 팔찌를 바라보았다.

"이게 그렇게 중요한 물건이면, 왜 이제 와서 찾는 걸까?"

자신이 아니라 모친이 가지고 있었을 때 와서 빼앗았다면, 이런 고생은 하지 않아도 됐을 거다.

"시카."

"응?"

"정신계 마법, 써 줄 수 있겠어?"

시카는 그 말에 잠시 고민하다가 고개를 끄덕였다.

"그쪽 전문이 아니라 상당히 난폭할 테지만."

차라리 카서스에게 맡기는 쪽이 더 자비로운 선택일 거다. 망가진 몸이야 자신이 고쳐 주면 되지만, 망가진 정신은 어떻게 할 수 없으니까.

"응, 그게 말이 안 통하거든."

그렇다면, 어쩔 수 없잖아? 하고 카서스가 어깨를 으쓱해서 시카는 "말이?" 하고 갸웃하고 침입자 쪽으로 다가갔다.

"너무 가까이 가지 마세요."

레오의 말에 시카는 "괜찮아." 하고 복면을 벗은 침입자를 바라보았다. 얼굴에 붉은 칠을 하고 있어서 표정을 잘 알아볼 수가 없었다.

시카는 지팡이를 그의 코앞에 가져다 댔다. 그가 뭐라 짧게 말했지만, 제국어가 아니었다.

"제국인이 아닌 건가?"

"아마도."

"광범위하게 원한을 사시는군요."

레오의 말에 카서스가 "그러게 말야." 하고 한숨을 내쉬었다. 시카는 "그럼." 하고는 작게 주문을 외웠다.

반짝거리는 금색 원형 마법진이 다이아몬드 주변에 맺혔다. 남자는 두려움에 차서 고개를 뒤로 뺐지만, 번개처럼 빛이 번쩍하자, 그의 검은 눈동자는 급속히 빛을 잃었다.

시카는 천천히 그의 머릿속을 뒤지기 시작했다.

정신계 마법에서 언어는 큰 장벽이 아니다. 이해는 언어의 너머에 있다.

최대한 정신을 건드리지 않고 보존하면서 넘겨보는 것이라 그녀의 속도는 느렸다. 게다가 쓸모없는 정보들이 너무 많다.

"후우—"

시카는 길게 숨을 내쉬었다. 아무래도 좀 더 억지로 열고 들어가야 할 것 같다.

남자의 몸이 덜덜 떨리기 시작했다.

같이 붙잡힌 침입자은 떨리는 눈으로 그걸 바라보면서도 입은 꾹 다물고 있었다. 카서스는 걱정스러운 눈으로 시카를 바라보았다.

'괜찮은 건가?'

한참 뒤 남자는 끈 떨어진 꼭두각시처럼 픽 쓰러졌고 시카는 한숨을 내쉬며 땀을 닦아 냈다.

"괜찮아?"

카서스의 물음에 시카는 고개를 끄덕였다.

"괜찮아. 그리고 재미있는 이야기도 들었어."

"다행이다."

카서스는 고개를 끄덕였고 레오가 물었다.

"그럼 남은 자들은 어떻게 할까요?"

"경비에게라도 넘길까."

"그럼 경비병을 불러오도록 하겠습니다."

레오는 대답하고 시카를 바라보았고 시카가 "아." 하고는 얼른 결계를 풀었다. 경비대가 오기 전에 카서스와 시카는 제대로 된 옷차림으로 갈아입었다. 한밤중에 경비병들이 우르르 몰려왔다. 어떻게 전한 건지 다들 단단히 무장을 하고 와서 시카는 당황했다.

꽁꽁 묶인 남자들을 호송하면서도 바싹 긴장한 모습이었다.

'하긴, 마스터의 집에 들어온 암살자라고 하면 엄청난 실력자라고 생각되겠지.'

시카는 그렇게 생각하며 고개를 끄덕였다.

카서스와 대화한 아무 경은 '경비를 붙일까요?' 하고 예의상 물었고 카서스는 감사하지만 사양한다는, 예의 바른 대답을 했다.

떠나가는 아무 경을 배웅하고 시카는 길게 하품했다. 카서스가 "들어가서 자." 하고 말해서 시카가 피식 웃으며 대꾸했다.

"안 궁금해?"

"궁금해. 하지만 졸리잖아?"

"어차피 오래 걸리는 것도 아닌걸."

시카가 반지를 슬쩍 들어 보이며 말해 카서스는 고개를 끄덕였다.

"그렇다면야."

그 역시도 궁금했기에 더 사양하지는 않았다.

"대신 안으로 들어가자. 춥겠다."

"여름이니까 춥지는 않습니다."

시카는 그렇게 말하면서도 종종걸음으로 안으로 들어갔다.

사람이 대화를 할 때 이미지를 전달하려면 그림을 그리거나 자세히 묘사를 해야겠지만, 반지를 통해서 전달할 때는 그럴 필요가 없었다.

카서스는 시카에게 이미지를 전달받았다.

"반드시 그 팔찌를 찾아와야 한다. 상대가 죽어도 상관 없다."

"그 팔찌가 있어야 '영원'의 문을 열 수 있다."

"상급 요원을 데려가라."

기억은 쭉 이어서 보이는 것이 아니라 토막토막 단편들이었다. 남자에게 명령을 내리는 사람은 대머리에 화려한 옷을 걸치고 있는 중년 남성이었다. 걸치고 있는 목걸이와 장신구가 너무 주렁주렁하고 번쩍거려서, 대머리마저 빛나는 것처럼 보였다. 그의 소시지처럼 통통한 손가락에 붉은색의 인장 반지가 뚜렷하게 보였다.

'뱀 모양?'

한 번도 본 적 없는 문양이었다.

전통 있는 조직, 우르보로스, 열쇠, 아르타 님—

단편 단편 조각들이 지나갔고 마지막으로 지나간 이미지에 카서스는 가볍게 숨을 삼켰다. 거울을 보는 것처럼 똑같다, 라고 한다면 거짓말일 테다. 하지만 자신과 형제라고 하면 믿을 수준으로 닮아 있었다.

'부친의 얼굴을 보는 건 처음이군.'

설마 저 대머리 소시지가 부친의 늙은 모습이 아니기를 바랐다. 그럼 자신도 대머리가 된다는 이야기니까.

카서스는 자신의 팔찌를 바라보았다.

"영원의 문이 뭘까?"

카서스의 질문에 시카는 고개를 저었다.

"나도 모르겠어. 하지만 뭔가 중요한 거겠지?"

"흐음."

카서스는 뱀의 꼬리 부분을 잡아당겼다. 손목에 감겨 있던 팔찌가 살아 있는 것처럼 스르륵 풀려나오며 머리를 꼿꼿하게 들었다.

그가 그걸 시카에게 내밀었다.

"여기까지 왔으니, 돌아가고 어쩌고 할 마음도 사라졌어. 부탁할게."

시카는 고개를 끄덕였다. 그녀가 손을 뻗어 카서스의 손을 잡았다. 그러자 뱀이 스르륵 그녀의 팔을 타고 올라와 손목에 감겼다.

"꼭 손을 잡아야 하는 건가?"

"그래야 하는 것 같아. 그냥 내가 저 뱀의 목을 낚아채서 내 손목에 감으면……."

시카는 자신의 손목을 내려다보며 말했다.

"좋지 않은 일이 일어날 것 같은 기분이 들어."

"그렇군."

카서스는 고개를 끄덕였다. 그리고 그가 한숨을 내쉬고 말했다.

"그럼 갈까?"

"난 얼음탑으로 돌아갈래."

"안 돼."

"어?"

"자고 가."

날 독수공방하게 할 생각은 하지 마, 하는 카서스의 말에 시카는 웃고 고개를 끄덕였다.

*　　*　　*

로레인이 시카를 보고 웃었다.

"어쩐 일이야? 신혼 생활은 즐거워? 이야, 얼음탑에서 기혼자가 나올 줄이야."

"잘 지내고 있고, 즐거워. 로레인도 여행이라는 걸 떠나 보면 어때? 그리고, 기록을 좀 찾아보려고 온 거야."

"여행은 무슨. 됐네요. 기록? 무슨 재미있는 일이라도 있어?"

시카가 용병 일을 하며 종종 재미있는 사건을 가지고 오기에, 로레인은 흥미진진한 얼굴이 되었다. 시카가 자신의 팔을 들어 팔찌를 보여 줬다.

"여기에 걸린 마법, 어떤 마법인지 누가 걸었는지 알아보려고."

로레인이 자리에서 일어났다.

그녀가 시카의 팔을 당겨 눈을 가늘게 뜨고 팔찌를 살폈다.

"엄청 정교하게 만들었네. 마력도 희미하게 느껴지는데― 오래된 마력 같은데? 기록이 남아 있으려나?"

"마법사들이 기록을 하지 않으면 뭘 하겠어?"

"그야 그렇지만, 기록물이라면 산처럼 쌓여 있잖아. 다른 방식을 쓰는 게 나은 거 아냐?"

"어떤 방식?"

"그러게—"

막상 뭔가 말하려니 꽉 막히는 로레인이었다. 시카가 피식 웃고 말했다.

"일단 기록물 보관소부터 뒤지지 뭐."

"거길?"

"괜찮아. 도와 달라고는 안 해— 요즘 하고 있는 연구는 잘 되어 가?"

"으음— 그게 지금 배양 중이라—"

"배양? 뭘 하는데?"

"마법으로 빠르게 작물을 키울 수 있을까 하는 실험. 성공하면 한겨울에도 멜론을 먹을 수 있어."

종종 시카가 과일을 들고 방문하는데, 멜론을 처음 먹어 보고 사랑에 푹 빠진 로레인이었다. 그녀는 얼음탑 안에서도 멜론을 키우기 위한 실험에 도전하는 중이었다.

'그냥 사 먹는 게 빠르지 않을까.' 싶은 것이 시카의 생각이지만, 로레인은 다른 모양이었다.

"그러니까, 질릴 때까지만 도와줄게."

"고마워."

시카는 감사를 표했다. 둘은 기록물 보관소로 이동했다.

들어서자마자 먼지와 종이 냄새가 훅 끼쳐 왔다. 오래된 책에서 책 먼지 냄새가 났고, 이내 보관소 천장에 차례대로 불이 들어왔다.

"으―음. 여전히 굉장하군."

로레인은 눈을 가늘게 떴다. 빽빽하게 꽂혀 있는 각종 논문과 실험 기록들―실패 사례도 전부 기록해 놓기 때문에―의 분량은 엄청났다. 물론 무작위는 아니고 모든 것을 종류별로 분류해 놓기 때문에 두 사람은 천천히 '마법 부가' 코너로 향했다.

다행히도 마법 부가에 대한 기록물은 많지가 않아서, 2m짜리 책장 다섯 개 정도의 분량이었다. 그렇다고 해도 다 살펴보려면 한참 걸리겠지만 말이다.

두 사람은 맨 앞쪽부터 기록물을 뽑아 들고 살피기 시작했다.

"왜 이렇게 마법 부가를 많이 해 둔 걸까?"

"영원히 작동하는 마법 도구를 만들고 싶어 하는 사람이 많아서?"

"왜 바나나에 마법을 걸려고 한 거지?"

"그건 나도 모르겠다."

"바나나가 더 많이 익지 않게 하는 마법인가……. 대체 뭐람."

"네 멜론을 빠르게 자라게 하는 마법도 여기 어딘가에 실릴 텐데 뭐."

"작물을 빠르게 자라게 하는 건 상당히 유효한 마법이야. 농사에 혁명을 가져올 수 있다고."

로레인이 발끈하며 말했다. 자신의 마법 연구가 이런 바나나 따위와 비교되는 것은 참을 수가 없다. 시카는 아차 하고 슬쩍 로레인의 눈치를 보며 말했다.

"하긴, 그건 그래. 성공한다면 세기의 발견이 될 거야."

그제야 로레인은 고개를 끄덕이며 "맞아. 그리고 멜론을 실컷 먹는 건 덤이고." 하고 말하며 다시 코끝을 책자로 돌렸다.

대여섯 시간쯤 지나가자 로렌인이 참지 못하고 외쳤다.

"이러다가는 끝이 안 나겠어!"

"생각보다 더 오래 걸리네."

로레인이 양손을 관자놀이에 가져다 대며 뭔가를 중얼거렸다. 잠시 후 그녀는 머릿속을 환기시키기 위해 질문을 던졌다.

"다른 방식, 다른 방식, 그러니까 그 팔찌에 걸린 마법이 뭔지를 알고 싶다는 거지?"

"그러고 보니, 문을 열려면 이 팔찌가 필요하다고 했어."

"그런 중요한 이야기를 왜 이제서 하는 거야? 그러면 그 팔찌의 용도는 열쇠인 거잖아? 더 알아볼 건 뭔데?"

"누가 마법 부가를 부탁했는지 알고 싶어."

처음 팔찌를 만들 때, 그걸 부탁했던 사람이 누구인지, 그걸 알아내는 게 목적이었다.

"그러니까 팔찌의 제작자가 아니라 의뢰자를 찾고 싶다는 거야? 그건 더 어려울걸. 보니까, 의뢰인에 대해서 써 놓지 않은 기록물도 많고."

자기 업적에 대해서 쓰면 썼지, 누구의 부탁을 받아서 이걸 한다는 내용은 거의 없을 거다.

"그렇지."

시카가 고개를 기울였다.

로레인이 오래 책을 읽어 건조해진 양 눈을 손바닥으로 뭉근히 마사지하며 말했다.

"그런데 이제 와서 열쇠를 찾는다는 건, 찾는 사람이 금고를 가지고 있다는 말이겠네?"

"그렇겠지?"

영원.

대체 그게 뭔지 모르겠지만, 그런 거창한 수식어로 불릴 정도로 대단한 무언가의 열쇠였다.

"그럼 그 금고를 찾자."

로레인이 손을 내리고 씩 웃었다. 시카는 눈을 동그랗게 떴다.

"열쇠에 걸린 마법과 같은 마법이 금고에도 걸려 있을 거 아냐? 추적 마법을 쓰면 바로 위치를 찾아낼 수 있어. 그야, 전 제국을 추적 마법으로 뒤지는 건 보통은 무리지."

마력이 부족해서 심장이 깨져 죽을 거다.

"하지만, 시카는―"

"난 마력량이 상상 초월이지."

"그러니까."

"그래도 전 제국을 다 뒤지는 건……. 하루만에는 무리야."

"그건 나도 바라지 않아……."

로레인은 약간 질렸다는 얼굴로 대답했다. 시카가 힐끗 아직 삼분의 이가 남은 서가를 보았다가 말했다.

"해 볼까?"

"응, 좀 더 많은 사람에게 알려도 된다고 하면 알렉스에게 물어봐."

로레인의 말에 시카는 고개를 끄덕였다.

"그러고 보니 마력 부가는 알렉스가 잘 알지. 알았어."

"나는 책을 계속 볼게. 혹시 쓸모 있는 게 나올지도 모르고."

"고마워, 로레인."

"멜론 한 박스."

"물론입니다."

멜론 한 박스가 아니라 열 박스라도 가능하다. 시카는 그렇게 대답하고는 얼른 알렉스의 연구실로 이동했다. 알렉스의 연구실에는 보석과 광물들이 가득 찬 진열장이 놓여 있었다.

일반 사람이 본다면, 마법사가 아니라 보석 세공사라고 생각할 만한 공간이었다. 그 가운데에서 고글을 쓰고 보석을 들여다보던 알렉스가 인기척에 고개를 들었다. 나이가 마흔인 그는 이제 겨우 서른 초반으로 보였다. 마법사도 마스터와 마찬가지로 노화가 느리고 수명이 긴 덕분이었다. 그가 싱긋 웃었다.

"이게 누구야? 지팡이는 잘 있어?"

"잘 있어."

시카가 얼른 자신의 지팡이를 꺼내 보였고 알렉스가 고글 같은 광학 안경을 벗고는 손을 뻗었다. 지팡이를 받아 들어서 알렉스는 꼼꼼하게 살폈다.

"잘 쓰고 있네. 그나저나 이 다이아몬드는 진짜."

그의 눈에 감탄이 서렸다.

"내포물도 없고, 투명도도 완벽하고, 커팅이야 뭐, 아르카나가

했으니 말할 것도 없지. 무엇보다도 이 크기. 어디 가서 돈을 줘도 얻을 수 없는 거지, 이런 건."

알렉스는 만족스러운 눈으로 시카에게 도로 지팡이를 건넸다.

"잘 쓰고 있는 것 같구나."

"응, 그런데 알렉스. 이것도 봐주지 않을래?"

그녀가 팔을 내밀었다. 알렉스는 "오?" 하는 짧은 감탄사를 흘리고 그녀의 팔목을 당겨 팔찌를 보았다.

"이거 세공이 굉장한데? 이런 세공을 할 수 있는 세공사는 드물어. 받침대가 전혀 보이지 않고 보석들끼리 쭉 이어 붙어 있는 것처럼 보이잖아? 이걸 인비저블 세팅이라고 하는데—"

그가 이리저리 그녀의 팔목을 돌려서 팔찌를 관찰하며 말했다.

"게다가 이거 끼기 위한 이음매도 없는데 팔에 딱 붙어 있군. 마법인가? 마력이 느껴지는데, 진짜 오래됐네? 50년? 80년?"

"문을 여는 마력이라고 하던데—"

"금고 같은—? 그렇군. 그래. 그럴 수 있겠어……."

알렉스는 중얼거리며 손끝으로 팔찌를 어루만졌다. 그가 시카를 바라보고 말했다.

"무슨 마법이 걸려 있는지 알고 싶은 거라면 좀 더 자세한 조사가 필요해."

"그게, 이거랑 쌍이 되는 금고를 추적 마법으로 찾아보고 싶은데."

"그렇군."

알렉스는 잠시 고민하는 듯 고개를 갸웃거리다가 말했다.

"이거 마법을 복제해도 되나?"

"어? 복제?"

"카피품을 만들어서 살펴보려고."

"그럴 수가 있어?"

"그대로 마력까지는 안 되지만, 구조는 옮길 수 있거든."

"모르겠어. 내 것이 아니라서."

"누구 거야?"

"카서스."

잠시 알렉스는 그게 누구지? 하는 얼굴로 멍하니 시카를 보다가 아차 하고 깨달았다.

"맞다. 너 얼마 전에 결혼했지?"

"그랬어. 기억 좀 해 줘."

"미안, 미안. 그렇군. 남편의 것이었구먼. 그래― 그렇다면 어쩔 수 없지."

"이걸 만들도록 부탁한 사람이 누군지 알고 싶거든. 그래서 기록물을 뒤져 보고 있는데―"

"기록물에 의뢰인은 안 남길걸. 누가 이걸 만들면서 의뢰인까지 기록해 두겠어? 열쇠인데."

"그런가?"

"그래. 자세한 원리를 써 두고 이건 누구누구의 열쇠다, 하면 그건 신의 문제지."

알렉스의 말에 시카는 푹 한숨을 내쉬었다.

"그러면 정말로 제국을 뒤지는 수밖에 없나?"

"그거랑, 내가 세공사를 소개해 줄게."

"어?"

"제국에 이런 세공을 할 수 있는 사람은 세 사람뿐이야. 그러니까, 그쪽으로 찾아보는 건 어때?"

"그것도 좋은 것 같아."

"좋아, 그렇다면."

알렉스가 바퀴 달린 의자를 가볍게 밀어 책상 쪽으로 미끄러져서 종이를 꺼냈다. 세 사람의 이름과 거주지를 적고 알렉스가 종이를 시카에게 건네주었다.

"됐어?"

"고마워, 알렉스."

"됐어. 그 팔찌나 더 보여 줘."

그 말에 시카는 순순히 팔을 내밀었다. 알렉스는 삼십여 분간 팔찌를 살폈고, 시카는 슬슬 다리가 아파 와서 번갈아 짝다리를 짚기 시작했다.

'의자를 내놓고 시작하라고 할걸.'

같은 마법사면서, 마법사의 배려 없음을 깜박했다.

'항상 카서스가 먼저 다 배려해 주다 보니까…….'

항상 배려 받아 별 불편 없이 지내다 보니까, 이런 일이 생겨 버렸다. '안 되겠다, 말해야지.' 하는데 알렉스가 느리게 시카의 손목을 놓아주었다.

"이거 단순한 열쇠는 아닌 것 같은데?"

"그래?"

"그래. 보호 마법 같은 것도 걸려 있어. 내가 너에게서 억지로 팔찌를 빼거나 하면, 안 좋은 일이 나에게 생길 것 같다."

"아, 그거 이렇게 하면 되더라."

시카가 알렉스의 손을 맞잡자 뱀은 고개를 들더니 스르륵 그의 손목으로 옮겨 탔다. 알렉스는 작게 감탄사를 내뱉었다. 그가 자기 손목에 차여진 팔찌를 살펴보았다가 다시 시카의 손을 잡아 넘겨주며 말했다.

"이거 복제도 안 돼."

"그래?"

"고유번호 같은 게 매겨져 있어서, 복제를 못 하게 해 놨어. 이 정도의 마법 부가를 했었던 사람이면…… 나도 한번 찾아볼게."

"고마워."

"나도 호기심인걸."

시카는 '루트가 세 개나 생겼네.' 하고 고개를 갸웃했다.

1. 자신의 마력으로 제국을 뒤져 본다— 일주일 소요 예정.
2. 세공사를 찾아서 물어본다? 소요 시간 불명.
3. 기록지에서 기록을 찾는다? 최대 일주일 정도?

'셋 다 해 보면 되지.'

시카는 그렇게 생각하고 알렉스에게 인사한 후에 로레인에게 돌아갔다. 로레인은 집중해서 책을 읽고 있었다.

"뭔가 흥미로운 이야기를 찾았어?"

"엉? 응. 이 사람이 누군지는 모르겠는데 꽤 재미있는 내용이야."

"뭔데? 뭔데?"

시카가 얼른 다가가 앉았다.

"이것 봐, 겨울에도 해바라기를 키워 냈대. 굉장하지 않아?"

"……어."

김이 단숨에 빠져 시카는 한 박자 느리게 대답했다. 로레인은 눈치채지 못하고 이어 말했다.

"이 이론이면 어떻게 멜론을 키울 수 있을지도 몰라. 특수한 배양액을 사용하는 건가?"

'그래, 이것이 마법사였지.'

자기 분야 이야기만 나오면 정신을 못 차리는 사람들!

시카는 3번이 생각보다 더 오래 걸리거나, 아니면 기대를 하지 않은 편이 낫겠다고 생각했다.

'알렉스에게 기대를 걸어 보는 게 나으려나.'

시카가 작게 한숨을 내쉬자 로레인은 그제야 아차 하고 깨달아서 말했다.

"미안, 시카 기록 찾아봐 주기로 한 거였는데. 내 것만 보고 있었네."

"깨달아 줘서 고마워."

"미안, 미안. 좀 더 찾아볼게. 알렉스는 뭐래?"

"알렉스도 찾아보겠대. 그리고 난 제국을 뒤져 볼 생각이고."

"그거 대단하네― 얼마나 걸릴 것 같아?"

"일주일 정도?"

로레인은 숨을 삼켰다. 그녀가 떨리는 목소리로 물었다.

"너 대체 마력량이……? 아냐, 됐어. 대답하지 마. 괜히 자괴감 들 것 같아."

"에이, 뭘. 아직 아르카나처럼 섬세하게는 안 되는걸."

"대신 그 지팡이가 있잖아?"

"그거야 그렇지만. 이 지팡이를 꺼내 들면 '이제부터 마법을 씁니다.' 하는 느낌이잖아."

"그 정도로 만족해. 사람이 한두 개의 약점은 있어야 사람답지."

로레인의 말에 시카는 그런가 하고 고개를 끄덕였다.

"그리고 알렉스가 세공사를 찾아가 보라고 알려 줘서, 그쪽도 찾아가 보려고."

"그것도 괜찮은 방법이네."

"응. 그러면 난 이만 가 볼게."

그 말에 로레인이 싱글벙글 웃으며 말했다.

"하루도 못 떨어져 있다니 뜨거우시군요."

"신혼이라서요."

시카는 그렇게 말하며 씩 웃고는 그대로 순간 이동으로 사라졌다.

시카는 피곤한 얼굴로 물었다.

"정말로 같이 안 가도 괜찮겠어?"

"널 이렇게까지 혹사시키고, 또 널 데리고 세공사에게 가라고? 됐네요."

카서스는 그렇게 말하며 걱정스러운 얼굴로 시카의 양 뺨을 감쌌다.

"너야말로 괜찮아? 찾는 거 이제 그만둬."

"싫어. 찾을 거야. 끝장을 봐야겠어. 게다가 우리가 그만둔다고 그쪽도 그만둘 것 같지는 않고."

시카의 말에 카서스는 한숨을 내쉬었다.

제국을 7개로 나눠서 한 조각씩 추적 마법을 쓰는 일은 아무리 시카라도 거의 대부분의 마력을 소비해야 했다. 마력을 쓸 때에는 아무래도 기본적인 체력이 필요한 터라, 시카는 지금 완전히 방전 상태였다.

시카는 자신이 죽을병에라도 걸린 것처럼 구는 카서스를 세공사에게 찾아가 보라고 등 떠밀었다.

"이제부터 계속 잘 거니까, 카서스가 없어도 괜찮아."

"알았어. 알람 마법 제대로 작동하는 거지?"

"응. 이 집 주변에 사람이 들어오면, 카서스에게 신호가 갈 거야."

시카가 몇 번이나 말한 사항을 다시 말했다. 카서스가 "알았어. 그러면." 하고 그녀를 침대에 눕히며 말했다.

"나오지 말고 자."

"응, 잘 다녀와."

"다녀올게."

인사하고 카서스는 걱정스럽게 몇 번 뒤를 돌아보다가 집을 나섰다.

수도에 있는 집은 아니었다. 아무래도 암살자가 또 나타나면 수도에서 처리하는 건 귀찮을 것 같아서, 수도는 레오에게 맡기고 둘은 동부에 와 있었다.

평지가 넓어 물산이 풍부한 동부는 중앙 귀족들만큼 콧대가 높았다. 동부 사람이라는 자부심도 강하고 말이다.

그런 곳에서 적당한 농장을 사서 별장으로 만들었다.

시골풍 별장이라고, 요즘 귀족들 사이에서 대유행이라며 마리쉐즈가 권해 준 거였지만, 마리쉐즈가 직접 와서 농장을 본다면 "아니, 난 이것보다 더 큰 걸 말한 건데. 이건 그냥 헛간 아냐?"라고 할 만한 아담한 농장이었다.

하지만 카서스도, 시카도 굳이 큰 집을 가져야 할 이유를 알 수가 없었다. 둘 다 시종이나 시녀를 두지 않고 스스로 살림을 했기에, 큰 집은 불편했다.

게다가 작은 집 쪽이 서로 딱 붙어 있기에 좋아서 두 사람 모두 큰 불만이 없었다.

물론 이 '작은 집'의 기준은 귀족에 비해서지, 서민들의 집에 비하면 큰 편이었다. 창문에 유리를 아낌없이 쓴다거나 하는 호사스러움을 봐도 그러했고, 커다랗게 보수된 부엌과 침실 역시 그랬다.

무엇보다도 한 곳에 정착하는 것보다는 이런 작은 별장을 제국 곳곳에 두는 쪽이 더 편했다. 용병 일을 하며 여기저기 돌아다니는 데다가, 카서스 역시 방랑벽을 완벽하게 버리지는 못했기 때문이었다.

만약 그에게 얌전히 한 곳에서 평생을 사세요, 라고 한다면 그는 반쯤 돌아 버릴 것이다.

괜히 방랑자라는 이명을 가지고 있는 게 아니었다.

그래도 오늘 같은 날에는 마음이 달라지는 카서스였다. 큰 도시에 큰 집을 사 두고, 시종을 잔뜩 뒀다면, 좀 더 마음이 놓였을 것 같았다.

'레오라도 부를 걸 그랬나?'

하지만 그는 수도의 집을 관리하는 업무를 하는 거지, 시카의 보모를 하고 있는 건 아니다. 카서스는 말을 타고 달리면서도 자꾸 뒤를 돌아보았다.

'아냐, 이럴 바에는 그냥 돌아가든가 아니면 일을 얼른 끝내고 돌아가자.'

그냥 돌아가면 또 시카가 눈을 찡그릴 테니 카서스는 얼른 일을 끝내는 걸로 마음을 다잡았다.

"이랴—!"

말의 옆구리를 걷어차 카서스는 속도를 높였다.

밀밭에서 일하던 사람들은 허리를 펴며 달리는 말을 의아한 눈으로 바라보았다. 바람이 불어 새파란 밀이 물결치듯 부드럽게 흔들렸다.

그런 평화로운 풍경을 배경 삼아 스치듯 달리며 카서스는 빠르게 중심부로 향했다. 도시로 다가가자 금방 사람이 많아졌다.

동부의 풍부한 산물은 도시에 사람을 많이 모이게 만들었다.

이 도시에서 가장 유명한 것이 바로 세공사들이었다. 금속세공사, 보석세공사 같은 광물을 다루는 세공사가 도시의 대부분을 차지하고 있었다.

울프 상회의 보석들도 이곳으로 많이 흘러들어 갔다. 도시의 이름은 '팔란시', 사금이라는 뜻의 고대어였다.

지금이야 금의 'ㄱ'도 찾아볼 수 없지만, 옛날에는 앞에 흐르는 강에 사금이 많았고, 그 사금을 채취하던 사람들이 모여서 만든 도시가 바로 여기였다.

카서스는 도시 입구에서 말을 맡기고 안으로 들어갔다. 거리가 워낙 혼잡해서 걷는 쪽이 더 빨랐다.

상업 지구로 들어서면 보석이나 세공품을 파는 고급스러운 상가들이 쭉 도열해 있었다. 고용된 용병들이 엄중하게 그런 상가 입구를 지키고 있었다. 그리고 좀 더 가면 싸구려 장식품을 파는 사람들이 바글바글한 곳이 있고, 거길 더 지나서 안으로 들어가면 좁고 꼬인 골목 사이로 빽빽하게 들어선 세공집들이 가득했다.

카서스는 몇 번이나 주소를 확인한 끝에 맞는 집을 찾을 수 있었다.

쾅쾅쾅.

카서스는 거칠게 노커를 두들겼다. 안에서 대답이 없었다. 설마 사람이 없는 건가? 하고 다시 노커를 붙잡는데 문이 벌컥 열렸다.

"─?"

문이 열렸는데 아무도 없어서 카서스는 순간 당황했다.

"손님?"

그때 아래에서 목소리가 들렸다. 카서스의 시선이 아래로 내려갔다. 평균보다 더 아래로.

'어린애?'

이제 열 살쯤 됐을까? 남자아이가 카서스를 올려다보고 있었다.

"일단은─?"

카서스가 저도 모르게 되묻듯이 말하자 아이는 문을 활짝 열었다.

"들어오세요."

카서스는 홀린 듯 아이의 뒤를 따라 들어갔다.

집은 세로로 긴 직사각형 구조였다. 좁고 낮은 천장에, 촛대가 벽에 붙어 있기는 하지만 어두웠다. 낡았어도 먼지가 쌓이지 않은 걸 보니 나름대로 관리는 하는 모양이었다.

"여기서 기다려요, 손님."

남자아이는 카서스를 4평쯤 되는 좁은 거실 의자에 앉히며 말했다.

설마 세공사 본인은 아니겠지. 세공사 아들이거나 도제거나 하겠지. 그런데 진짜 짜잔 제가 세공사입니다, 하는 거 아닌가? 제국의 신비?

여러 가지 마음속으로 갈등을 하고 있는데, 남자아이가 안으로 쪼르르 달려가더니 외쳤다.

"사부! 손님 왔어!"

'제자였군.'

다행이다, 하고 카서스는 속으로 가슴을 쓸어내렸다. 잠시 후 안에서 30대 후반쯤 되어 보이는 남자가 수건에 손을 닦으며 등장했다.

섬세한 작업을 하기에는 투박해 보이는 모습이었다. 밤송이처럼 짧게 자른 머리에, 작업복을 입은 남자는 카서스를 위아래로 훑어보았다. 그의 눈썹이 살짝 찡그러져서 카서스는 싱긋 웃었다.

자신의 계집애 같은 얼굴을 극도로 싫어하는 남자들도 있었다. 특히 저런 타입의 사람들은 더욱 말이다. 하지만 카서스의 키는 180 중반 정도였고, 그런 카서스의 앞에서 "계집애 같이 생긴 게─" 하고 대놓고 말하는 사람은 드물었다.

"의뢰를 하러 오셨습니까?"

뜻밖에도 세공사의 어조는 퉁명해도 말은 정중했다. 카서스가 자신의 소매를 걷어 올리고 물었다.

"이 팔찌와 같은 걸 세공하실 수 있습니까?"

세공사의 동공이 커다래졌다.

겉으로 보기에는 동요한 것처럼 보이지 않았다. 카서스는 움찔도 하지 않는 그를 보고 감탄했지만, 어두운 조명 아래서도, 마스터의 눈을 피하는 건 어렵다.

"그 팔찌는 어디서 났습니까?"

세공사의 말에 카서스는 부드럽게 말했다.

"받은 겁니다."

"누구에게 말이오?"

세공사의 말이 거칠어졌다. 카서스가 "그건 제 사정이죠." 하고 어깨를 으쓱하며 말했다. 세공사의 검은 눈이 카서스를 노려보듯 바라보았다가 말했다.

"나가."

"네?"

"그런 세공 못 하니까 나가라고."

잇새로 그가 으르렁거리듯 말했다.

'여기가 빙고인데 내가 왜 나가겠어?'

카서스는 그렇게 생각하면서 생글 웃었다. 시카가 보면 '무슨 꿍꿍이야?' 하는 그런 웃음이었다.

"싫은데요."

카서스의 대답에 세공사는 손을 뻗어 허리띠에 있는 망치를 붙잡았다. 그때 안으로 들어갔던 아까의 남자아이가 쟁반을 들고 도로 들어왔다.

"차 가져왔어요!"

"지크, 들어가라."

남자가 망치를 꺼내 들며 말했고, 지크는 놀라 눈을 깜박였다. 카서스가 자리에서 느릿하게 일어나며 말했다.

"싸우러 온 게 아닙니다."

"내 집에서 꺼져."

"이 팔찌에 대해서 뭘 알고 있습니까?"

남자는 대답 없이 망치를 휘둘렀다. 카서스는 살짝 상체를 뒤로 젖히는 거로 그걸 피하며 한숨을 내쉬었다.

"싸우고 싶은 마음이 없다고, 제가 말했는데—"

카서스는 손을 뻗어 남자의 손에서 망치를 빼앗았다. 순식간에 일어난 일이라 남자는 놀라 흠칫했다. 카서스가 손안에서 가볍게 망치를 빙그르르 돌리며 말했다.

"그냥, 질문 몇 개만 하고 싶을 뿐이에요."

그때 휙 날아온 무언가를 카서스는 망치로 쳐냈다. 쨍그랑 하는 요란한 소리가 났다. 지크가 컵을 던진 것이다.

"사부를 괴롭히지 마!"

"그러니까, 그런 거 아니래도."

카서스는 한숨을 내쉬었다. 어쩨 자신이 악당인 구도다. 이런 구도야 몇 번이나 당해 봤지만, 그래도 당할 때마다 기분이 좋지는 않다.

"우연히 이 팔찌를 손에 넣었고, 어떤 사람들이 이 팔찌를 되찾기 위해 제 목숨을 노리더군요. 그래서 알아보고 싶은 것뿐입니다."

카서스는 망치를 남자에게 내밀며 말했다.

"네놈을 어떻게 믿지?"

그의 물음에 카서스가 "어—" 하고 고개를 갸웃하며 말했다.

"제 명성을 믿어 주시면?"

"귀족 나부랭이라도 되시나?"

"방랑자 카서스 리안이라고 합니다."

카서스는 정중하게 대꾸했고 남자는 그대로 굳었다. 지크가 깜짝 놀라 물었다.

"정말로?! 드래곤을 타고 날았다는?"

"아니, 그걸 타고 날았다고 해야 하나."

매달려 있었다고 해야 옳지 않나 하며 갸웃하는데 남자가 물었다.

"정말이오?"

아까보다는 어투가 정중해져 있다. 카서스가 싱긋 웃고 자신의 손을 뻗어 오러를 보여 주었다. 누구도 흉내 낼 수 없는 금색 오러.

"……정말이군."

대답한 남자는 털썩 의자에 앉았다. 다리에 힘이 풀린 듯싶었다. 그가 '내가 마스터에게 망치를 휘두르다니.' 하고 있는 것에 비해 지크의 눈은 더욱 초롱초롱해졌다.

"그럼 정말로 용주도 형이랑 같이 있어요? 드래곤을 막 부렸다면서요?"

"응, 지금은 몸이 안 좋아서 집에 있지만."

카서스의 말에 지크는 "그렇구나. 그렇구나." 하며 카서스를 선망의 눈으로 바라보았다. 제국의 남자아이들에게 마스터란 영웅담에 나오는 영웅과 똑같았다.

"그러면 진짜로 오러로 막 쇠도 베어 내고 그래요?"

"응."

카서스가 고개를 끄덕였다.

"우와!"

지크는 감탄사를 내뱉었고, 남자가 그런 지크에게 손짓했다.

"다시 차를 가져올래?"

"아, 네네!"

지크는 다시 쪼르르 안으로 달려갔다. 카서스는 천천히 의자에 앉으며 웃었다.

"소개가 늦어서 죄송합니다."

"아닙니다. 저는 가딜이라고 합니다. 아까는 실례했습니다."

"아닙니다."

서로 아니라는 말을 반복하고, 가딜은 한숨을 푹 내쉬었다. 카서스가 물었다.

"그래서 이 팔찌에는 무슨 사연이 있는 겁니까?"

"팔찌를 자세히 볼 수 있겠습니까?"

카서스는 "물론이죠." 하고 자신의 팔을 내밀었다. 가딜은 테이블 위에 초를 가져와 가까이서 빛을 비추고 돋보기를 꼈다.

"제 스승의 스승이 만든 제품입니다. 거의 70년 전쯤 만들어진 제품인데……."

"그랬군요."

"이 기술을 개발한 최초의 사람이 만든 겁니다. 그리고 나서 같은 제품을 만들지 못하게 손가락을 전부 부러트렸다고 하더군요."

가딜의 말에 카서스는 "그런 일이." 하고 짧게 말했다. 훌륭한 기술을 가진 세공사가 손가락을 잃었을 때의 절망감은, 그로서는 짐작도 되지 않았다.

"하지만 기술은 남아 있었고, 제 스승이 그 기술을 익혔습니다. 그리고 이 팔찌에 대한 이야기는 저에게도 전해져 내려온 거죠."

"의뢰인이 누군지 아십니까?"

"기록은 남아 있지 않습니다."

가딜의 말에 카서스는 한숨을 내쉬었다. 가딜이 고개를 들고 말했다.

"구전으로 내려오죠."

그 말에 카서스의 눈이 이채를 띠었다. 가딜의 눈동자 안에서는 해묵은, 사람의 입에서 입으로, 제자에게서 제자에게로 넘어온 증오가 비춰지고 있었다.

'원한은 잊지 않는다, 인가.'

그때 지크가 차를 가지고 들어왔다. 아까 도자기 컵을 깨서 그런지, 이번에는 하나는 도자기고 하나는 나무였다.

'도자기 컵은 그 두 개가 전부였나 보군.'

가격이 비싼 것이니 손님 접대용이었겠지. 가딜은 차를 마시며 긴 이야기를 시작했다. 솔직히 말해서 카서스로서는 길고 잡다한 이야기일 뿐이었다.

의뢰인을 어떻게 만났는가, 그가 어떤 제시를 했는가, 어떻게
생겼는가, 어떤 보석을 주었는가, 보석을 세공하는 기쁨과 기타
등등 자부심, 완성본을 넘기고 부러진 손가락, 세공사의 절망,
제자의 의지, 그래서 지금까지 우리 사조는 이어져 가고 있지요.
하는 이야기.

원한에 관한 이야기라면, 용병만큼 그런 이야기를 많이 듣는
직종이 있을까?

'암살자 정도만 빼면?'

원한을 갚아 주십시오, 하는 이야기가 용병 의뢰의 절반 이상
을 차지했다. 카서스는 이야기를 들으며 필요한 핵심만 추려 냈
다.

장소. 장소. 장소.

70년 전 일이니 인물을 찾는 건 무리일 것이다. 하지만 그 자
금력이나 여러 가지를 봤을 때, 상당히 큰 조직 같았고, 큰 조직
은 어지간해서는 뿌리를 움직이지 않는다.

하여간 그렇다고 "다 됐으니까 주요 정보만 말해."라고 할 수
는 없으니 카서스는 긴 이야기를 전부 다 들었다.

"그놈들을 찾으면 꼭 제 몫까지 갚아 주십시오."

마지막으로 가딜이 무거운 어조로 말했고 카서스는 고개를
끄덕였다.

"알겠습니다. 일이 끝나면 알려 드리도록 하지요."

그 말에 가딜의 얼굴이 밝아졌다.

"꼭 부탁드립니다."

"네."

카서스는 자리에서 일어났다.

"일행이 기다리고 있어서 이만 가 봐야겠군요."

두고 온 시카 걱정에 카서스는 이야기가 끝나기 무섭게 자리에서 일어났고, 가딜과 지크의 배웅을 받으며 골목으로 나왔다.

벌써 노을이 지고 있었다.

카서스는 발걸음을 빨리했다. 시장에 들러서 시카가 좋아하는 오렌지를 잔뜩 사는 것도 잊지 않았다. 그리고 말을 찾아 그는 재빨리 집으로 돌아갔다.

*　　*　　*

시카는 카서스가 껍질을 벗겨 주는 산더미 같은 오렌지를 야금야금 먹으며 말했다.

"그랬구나. 그러면 그 장소들을 먼저 서치해 봐야겠네."

"그게 좋겠지."

자고 일어난 시카는 멀쩡해져 있었다. 몸이 아픈 게 아니라, 마력을 대량으로 소모해서 피곤했던 거라 피로가 회복되고 마력이 차오르자 몸도 나아졌다.

저녁을 좋아하는 오렌지로 때우며 시카는 고개를 흔들었다.

"그래도 범위가 좀 좁혀져서 다행이야. 이게, 의외로 상당히 힘든 일이라."

"의외는 아닌 것 같은데."

제국 전역을 수색한다, 라는 걸 만약에 사람 손으로 한다면 얼마의 인력과 시간이 들어갈지 짐작도 되지 않았다. 그런데 그걸 한 사람이, 일주일 만에 해낸다니.

시카가 그의 말에 "그런가? 맞아. 내가 좀 대단해." 하고는 얼른 오렌지 반쪽을 한 번에 입에 넣었다. 카서스가 웃으며 "입 밖으로 나오겠다." 하고 말했고 시카는 양손으로 입을 꾹 눌렀다.

한참 우적우적 씹어 삼키고 그녀는 행복해져서 말했다.

"좋아하는 걸 실컷 먹는 거 너무 좋아. 역시 돈을 열심히 벌어야 해."

시카의 다짐에 카서스는 웃으며 "오렌지 정도는 실컷 먹게 해줄 수 있어." 하고 대답했다. 그때 카서스가 고개를 돌렸다.

시카가 "어라? 손님인가?" 하며 문밖을 내다보았다. 경계 마법에 사람이 걸렸다. 카서스도 기척을 눈치챌 수 있었다.

시카는 자신의 옷차림을 내려다보았다가 의자에서 일어나며 말했다.

"옷 갈아입고 올게."

"그래."

카서스는 시카를 위층으로 보내고 잠시 기다렸다.

똑똑.

정중하고, 아주 작은 노크 소리가 들려왔다. 카서스는 문을 열었다. 후드를 눌러쓴 사람이 서 있었다.

"누구십니까?"

카서스는 비딱하게 물었다. 후드 안에서 작게 헐떡이는 소리가 났다.

"저, 정말로 아르타 님의—"

순간 카서스의 얼굴이 싹 굳었다. 그는 당장 문을 닫아 버리고 싶다는 충동을 느꼈다. 남자는 후드를 벗어 보였다. 40대 중반으로 보이는 남자의 눈가에 물기가 서렸다.

"처음 뵙겠습니다, 저는 아버님의 친우—"

그가 말을 끝내기도 전에 카서스는 손을 들며 "그만." 하고 짧게 말했다. 카서스의 눈에 짜증이 서렸다.

"내 부친의 부탁으로 왔다 어쩌고 할 셈이면—"

"아르타 님은 살해당하셨습니다."

카서스는 말을 잃었다. 문가에서 짧은 대치가 이어지는데 뒤에서 작은 발소리가 들려와 카서스는 그제야 숨을 내쉴 수 있었다.

"카서스? 손님?"

"어. 손님."

카서스는 대답하고 남자에게 들어오라고 턱짓을 했다. 남자는 정중하게 안으로 들어섰고 카서스는 주변을 둘러보고 문을 닫았다.

"다시 인사드리겠습니다. 파이슨이라고 합니다."

그는 흰빛을 띠는 금발에 아주 밝은 파란 눈을 가지고 있었다. 전형적인 북부인의 외모였다. 카서스는 "그래서?" 하고 되물었고 시카는 그가 날이 선 상태라 걸 눈치챘다.

"일단 자리에 앉아서 이야기하죠. 전 시카 리안이라고 해요."

파이슨은 시카에게도 정중하게 인사했다. 나이 든 사람에게 정중한 인사를 받는 건 좀 낯간지러운 일이라 시카는 얼른 그에게 자리를 권했다.

거실의 소파에 앉아 파이슨은 슥 내부를 둘러보았다. 폭신한 러그와 천으로 덮인, 따뜻한 느낌의 인테리어는 가정적인 느낌을 주었다.

"그래서 내 부친과 아는 사이라고?"

카서스의 물음에 시카는 눈을 동그랗게 뜨고 파이슨을 보았다.

"그렇습니다. 전 그분의 부하였지요."

추억을 회상하는 듯, 아련한 목소리였다. 카서스는 명백한 비웃음을 지으며 말했다.

"그래서, 나에게 뒈진 부친의 원수라도 갚아 달라고?"

순간 파이슨의 얼굴이 벌겋게 물들었다. 시카는 눈만 이리저리 굴렸다. 파이슨은 카서스에게 말했다.

"그분은 좋은 분이셨습니다."

"달콤한 말로 여자를 꼬셔 두고 돌아오지 않는 남자를 그렇게 부르지는 않지."

"아닙니다!"

파이슨이 고함을 질렀다.

"아닙니다. 그분은 당신의 어머님을 사랑하셨습니다. 돌아가지 못하신 건, 그분이 탄 배가 가라앉았기 때문입니다."

카서스는 침묵했다. 시카는 얼른 카서스의 옆에 바싹 붙어 앉았다. 카서스는 작게 숨을 내쉬었다. 시카는 그에게 몸을 기댔다. 카서스의 손이 그녀의 어깨를 천천히 쓸어내렸다.

카서스는 천천히 몸에서 힘을 빼고 소파에 기대며 말했다.

"그럼 이야기를 들어 보지."

파이슨은 긴 한숨을 내쉬었다. 그는 카서스를 바라보았다. 정말로 자신의 옛 주인과 꼭 닮아 있어서, 그가 살아온 듯한 기분마저 들었다.

"아르타 님은, 우르보로스의 후계자 중 한 명입니다. 우르보로스는, 오래된 조직입니다. 북부 왕국인 케 하타에서 시작되어, 지금은 정보를 수집하는 곳으로 물밑에서 활동을 하고 있습니다."

시카는 '그럼 카서스는 왕자님이야?' 하는 가벼운 말을 던지고 싶었지만, 카서스를 힐끗 보니 그런 상황이 아닌 것 같아 눌러 참았다.

"후계자에게만 대대로 내려오는 팔찌가 있습니다."

"이거?"

카서스가 팔목을 들어 보여 주었고 파이슨의 얼굴이 확 밝아졌다.

"역시! 가지고 계셨군요! 아르타 님과 함께 바다에 가라앉았다고 생각했습니다."

"그래서? 살해당했다는 이야기는?"

"저는, 오랫동안 아르타 님이 탄 배가 폭풍 때문에 침몰했다고 생각했었습니다. 자연의 일은 어쩔 수가 없다, 하고—"

파이슨의 얼굴이 딱딱하게 굳었다. 그가 침을 꿀꺽 삼켰다. 그제야 시카는 마실 것도 권하지 않았다는 생각이 들어 허리를 펴며 말했다.

"차라도 좀 드릴까요?"

"네, 송구하지만 부탁드립니다."

"아니에요."

시카는 자신을 안고 있는 카서스의 손을 힐끗 보았다가 작게 **"레르."** 하고 중얼거리며 손짓했다. 그러자 잠시 후 부엌에서 컵이 날아왔다. 시카가 말했다.

"레모네이드라도 괜찮으신가요?"

파이슨은 눈앞에 둥둥 떠 있는 유리잔을 조심스럽게 붙잡으며 "감사합니다." 하고 말했다. 파이슨은 잔을 들어 마른 목을 축였다. 그가 살짝 눈을 크게 뜨고 잔을 바라보았다.

"훌륭한 맛입니다."

"설탕을 아낌없이 쓰는 게 비법이에요."

시카는 싱긋 웃으며 답했다. 분위기가 좀 더 가벼워져서 파이슨은 잔을 만지작거리며 말했다.

"그런데 얼마 전에 총관께서 열쇠를 찾아냈다고 하셨습니다. 전 이상하게 생각했죠. 열쇠라면, 아르타 님과 함께 바닷속에 있을 텐데 열쇠라니? 그걸 찾아냈다니?"

파이슨은 다시 목을 축이고 말했다.

"그래서 전 아르타 님의 사건을 처음부터 다시 조사하기 시작했습니다. 그리고 아르타 님이 돌아가셨던 날 있었던 폭풍이, 배가 가라앉을 만큼 큰 폭풍이 아니라는 걸 알게 되었습니다. 그래서 좀 더 조사를 했고…… 아르타 님이 살해당했다는 걸 알게 되었습니다."

"누구에게?"

"두 번째 후계자인 로한 님에게 말입니다."

"그런데 왜 이제야 열쇠가 나에게 있다는 걸 안 거지?"

"아르타 님은 피렌 님과 교제하고 있다는 걸 숨기셨거든요. 아르타 님에게는 이미 약혼녀이신 레타 님이 계셨기 때문에……."

파이슨은 말끝을 흐렸다.

카서스는 "하." 하고 짧게 웃었다. 그가 팔에서 팔찌를 풀어내 테이블 위로 던졌다.

"가져가. 그리고 다시는 오지 마. 그 이상한 조직도, 다 필요 없어."

"하지만 카서스 님께서는 아르타 님의 유일한 자손입니다. 열쇠도 가지고 계시고요. 그냥 이 사태를 피할 수는 없습니다."

"필요 없—"

말하려던 카서스는 뭔가를 깨달아 멈칫했다. 눈이 차갑게 빛났다.

"그랬군. 모친과의 교제는 너 혼자만 알고 있었다는 거지. 그렇다면, 내 존재도 너 혼자 알고 있었겠지."

파이슨의 얼굴이 굳었다.

"이제 와서 나에게 공격이 들어온다는 건. 나에 대해서 흘렸다는 건가?"

파이슨은 카서스의 질문에 답하는 대신, 허리를 펴며 굳은 어조로 말했다.

"우르보로스에는 정당한 후계자가 필요합니다."

"그래?"

"그리고 '영원'의 문을 열기만 하면, 당신은 세계를 가질 수 있습니다. 당신이 원하는 건 어떤 것이라도 손에 넣을 수 있단 말입니다! 절대적인 권력을 휘두를 수 있습니다! 정통한 후계자인 당신이—!"

카서스는 피식 웃었다.

"그래, 당신이 아르타 님을 매우 좋아했다는 건 알겠어. 뭐, 좋은 사람이었을 수도 있고, 훌륭한 주군이었을 수도 있겠지. 그리고 그를 잃은 억울함과 원한? 그래, 그래. 뭐 많겠지. 그리고 아들을 찾아내서 새 주인으로 삼고 조직의 대장으로 삼는다? 새로운 목표로 삼기도 적절하네. 하지만 네 장단에 놀아 주지는 않을 거고—"

카서스는 약간 토할 것 같은 기분을 느끼며 내뱉었다.

"조직의 수장이 된다고 생각만 해도 구역질 나는데."

목줄은 시카 한 명이면 충분하다. 그 외에 다른 뭔가를 짊어질 생각도 없었고, 가질 생각도 없다.

"이미 늦었습니다. 당신의 존재를 알았으니, 절대로 포기하지 않을 겁니다."

파이슨의 눈에 광기가 번득였다.

"아무리 그래도 혼자서 조직을 상대할 수는 없지요. 저와 제 부하들은 당신에게 충성할 준비가 되어 있습니다. 죽고 싶지 않으면, 우르보로스의 수장이 되시는 수밖에요!"

카서스의 얼굴에 짜증이 가득 찼다. 그 상황에서 시카는 저도 모르게 웃어 버렸다. 시카의 웃음에 파이슨의 얼굴이 딱딱하게 굳었다.

시카가 아차 하고 손을 저었다.

"아니, 음. 미안해요. 진지한데 웃어서. 그런데 좀 웃겨서. 뭐랄까, 양자택일의 상황을 만들어 두고— 그 둘 중에 하나밖에 선택지가 없는 것처럼, 음. 뭐라고 해야 하나. 카서스와 저를 무시한다고 해야 할까."

카서스가 끙 하고 신음을 흘리고 테이블의 위의 팔찌를 집어 손목에 다시 걸었다. 파이슨의 얼굴이 밝아졌다.

"결심하신 겁니까."

"아니. 그게 아니라 시비 거는 놈들이 와서. 이거 던져 주면 돌아가나?"

그 말에 파이슨의 얼굴이 창백해졌다. 그가 자리에서 벌떡 일어나며 말했다.

"벌써—?! 어떻게— 아직 제 수하들은 도착하지 않았습니다. 먼저 여기서 몸을 피하시고—"

"너 내가 마스터인 거 모르지?"

카서스는 자리에서 일어났다. 시카가 갸웃하며 말했다.

"나 아직 마력이 덜 찼는데."

"됐어. 집 안에 있어."

카서스가 가볍게 그녀의 이마에 키스해 주고 말했다. 시카가 그의 뺨에 마주 입맞춤해 주며 말했다.

"몸조심해."

카서스는 싱긋 웃고 파이슨에게 손짓했다.

"따라 나와."

파이슨은 굳은 얼굴로 카서스를 따라 집을 나섰다. 그가 검을 빼어 들며 말했다.

"제가 지킬 테니―"

"정보 조직이라고 하지 않았어? 그런데도 그 모양이라니."

카서스는 시미터를 빼어 들었다. 그가 싱긋 웃었다.

"그리고 내 정보를 흘려 줘서 참 고맙군. 그 대가는 꼭 치르게 해 주지."

"죽음으로 갚겠습니다."

당신이 수장이 되신 후에 얼마든지, 하는 파이슨의 태도에 카서스는 다시 짜증이 올라오는 걸 느끼며 보이지 않는 적들을 향해 말했다.

"이봐, 제국어가 통하는지는 모르겠는데― 이 팔찌 줄 테니까 그냥 가지?"

카서스가 팔찌를 휙 바닥에 던졌다. 파이슨의 얼굴에서 핏기가 빠져나가 창백해졌다.

"무슨 짓을!"

그가 허둥지둥 팔찌를 주워 들었다.

"아, 이제 이놈 죽이고 가져가면 되겠지. 아냐? 싫어? 뭐라고 말 좀 해 보지. 살기만 뿜지 말고."

카서스는 숨을 길게 내쉬었다. 충분히 참았다. 짜증 게이지는 이제 폭발 직전이었다. 카서스가 눈을 가늘게 떴다.

"그럼 그냥 뒈져."

그의 모습이 밤의 어둠 속에 녹아드는 것처럼 보였다. 칼날이 한 번 번쩍하더니 피가 팍 튀었다. 집을 포위했던 스무 명 정도의 사람들이 모습을 드러냈다. 그들은 일사불란하게 대오를 갖추었다. 먼저 석궁을 쏘아 대기 시작했다.

카서스가 검을 휘둘러 날아오는 쿼렐을 다 잘라 냈다. 신기에 가까운 솜씨였다. 카서스가 대오를 갖춘 일행을 보고 픽 웃었다.

"마스터를 상대할 때는 분산이 기본이라는 걸 모르는구먼."

그의 금색 오러가 채찍처럼 길게 늘어나서 휙 한 바퀴 돌았다. 소리도, 비명도 없었다. 암살자들은 자신이 어떻게 죽었는지도 몰랐다.

기묘할 정도로 허무하고, 비참하며, 아무런 효과도 내지 못하는 죽음이었다. 체스의 폰보다 더 가벼운 죽음이었다.

짚더미가 쓰러지듯 두 개로 분리된 몸뚱이가 둔탁한 소리를 내며 쓰러졌다. 카서스가 "끙." 하고 신음을 흘렸다.

"시체가 엄청나네. 이건 시카에게 부탁해야겠다. 청소."

그렇게 말했다가 카서스는 "아니, 이걸 보여 주기는 좀 싫은

가." 하며 고개를 갸웃거렸다.

파이슨은 손이 덜덜 떨리는 걸 느꼈다.

'이게 한 인간의 힘이라고······?'

별로 힘을 들이는 것 같지도 않게, 십여 년을 훈련해서 키운 정예병을 슥삭 죽여 버렸다.

마스터에 대해서 들어 보지 못한 건 아니다. 하지만 과장된 이야기라고 생각했다. 누구나 자신의 무용담은 부풀리지 않는가?

하지만 눈앞에서 실제로 본 것은, 소문 이상. 그냥 압도적인 무언가였다.

카서스가 이를 드러내고 웃으며 파이슨을 돌아보았다.

"자, 그러면 우르보로스로 날 안내해 주지 않을래? 조직을 상대로 개인이 어떻게 이기나 보여 주지."

* * *

로한은 거칠게 숨을 몰아쉬었다. 그의 손안에서 편지가 와락 구겨졌다.

'모두 연락이 끊어지다니 어떻게 된 거지?'

아르타를 죽였을 때, 그의 팔에 팔찌가 없는 걸 눈치채고 당황했던 기억이 지금도 생생했다. 그래서 바다에 시체를 처리하고, 그가 폭풍 때문에 죽었다고 말했는데도 원로원은 자신을 후계자로 인정하지 않았다.

그 팔찌가 없으면 안 된다고 말이다.

아니, 바다에 빠진 팔찌를 어떻게 찾는단 말인가?!

몇 번이나 항의했지만 원로원은 듣지 않았다.

'영원의 문만 열 수 있으면.'

로한은 이를 갈았다.

그런데, 그 아르타에게 아들이 있다는 것을 얼마 전에 알게 되었다. 아르타의 부하였던 파이슨의 움직임이 수상해 추적해 보니 아르타에게 아들이 있었다.

아들이.

팔찌를― 열쇠를 가지고.

순간 눈앞이 시뻘겋게 물드는 기분이었다. 그 새끼는 죽어서도 내 앞길을 가로막고 있다는 생각이 들었다. 조사해 본 그 카서스라는 애새끼는 지 애비를 쏙 빼닮아 있었다.

'천박한 용병 나부랭이가.'

어미도 창녀라고 들었다.

그런 주제에 감히 케 하타의 후손이라고 주장해?

'영원'을 노려?

감히. 감히. 감히!

로한은 뿌드득 이를 갈았다. 그가 움직일 때마다 장신구들이 요란한 소리를 내며 반짝거렸다. 총관이 '열쇠'를 찾았다고 했을 때만 해도 자신에게 당연히 그 팔찌가 돌아올 거라고 생각했다. 드디어 아르타가 잃어버린 그 열쇠를 찾았다고.

그런데 어디서 나타난 애새끼에게 그 열쇠를, 우르보로스를, 영원을 넘겨줄쏘냐!

로한은 몇 번이나 그를 죽이려고 시도했다.

마지막으로 자기 밑에 있는 '검은 자칼'을 보낼 때만 해도, 애송이 상대로 너무한 게 아닌가 싶었다. 스무 명이나 되는 검은 자칼이라면, 큰 문제없이 카서스를 죽일 거라고.

하지만 그들은 싹 사라져 버렸다.

아무런 흔적도 없이 말이다. 그리고 카서스도 같이 사라져 버렸다.

어떻게 된 것인가 알아보려고 다시 사람을 풀었지만, 그 사람들도 족족 다 사라졌다. 로한은 오한이 드는 것을 느끼며 몸을 떨었다.

'대체 어떻게 된 거야?'

불길한 예감을 애써 밀어내며 로한은 소파에 앉았다. 우르보로스의 실질적인 수장은 자신이었다. 팔찌가 없어서 영원의 문을 열지 못해, 우르보로스는 느리게 죽어 가고 있었다. 그 죽어 가는 우르보로스를 이끌어 가고 있는 것은 자신이다.

'파이슨인가?'

로한은 이를 갈았다. 아르타를 죽일 때 그놈도 같이 죽였어야 했다. 파이슨까지 손을 대면, 자신이 아르타를 죽였다는 것을 원로원이 알아챌까 봐 걱정돼서 한발 물러섰던 것이 잘못이었던 걸까.

'하지만 파이슨 놈도 이걸 예상하지는 못했겠지.'

로한은 음흉한 웃음을 지었다. 파이슨은 원로원 지지의 큰 축이었다. 그가 카서스를 보호하기 위해 대부분의 병력을 빼 간 것이 기회였다.

로한은 무력으로 원로원을 장악했다.

팔찌는 없어도 상관없었다. 자신이 우르보로스를 차지하고, 새로 개혁할 것이다.

로한은 주먹을 꽉 쥐고 소파에서 벌떡 일어났다.

"가마를 대령해라!"

제국보다 훨씬 위쪽에, 케르타에서 시작한 작은 왕국들이 모여 있었다. 모두가 북부의 대왕조였던 케르타의 후손이라고 주장하고 있는 소국들이었다.

우르보로스는 그런 나라 중 하나인 '케한 왕국'에 위치해 있었다.

돌로 된 낮은 건물들을 지나, 숲 속의 비밀 성채에 도착한 로한은 이상한 낌새를 느꼈다. 문이 활짝 열려 있었다.

그리고 자신을 맞이해야 할 병사들이 한 사람도 보이지 않았다.

가마꾼들 역시 이상한 것을 눈치채고는 조심스럽게 말했다.

"로한 님, 아무래도 성채 분위기가 이상합니다."

로한은 어깨를 쭉 폈다. 그래도 수장인 자신이 약한 모습을 보이면 안 된다.

"안으로 들어가라. 흰호랑이들이 우리와 함께 있다."

그 말에 가마꾼이 고개를 꾸벅 숙여 보였다. 로한의 호위를 하는 흰호랑이단은 우르보로스에서 가장 강한 병사들만 모인

곳이었다.

그들은 무기를 꺼내 들고 바싹 모여서 가마를 호위하며 성채 안으로 들어갔다.

성 안은 텅 비어 있었다.

물건들이 흩어져 있기는 하지만, 어디서도 피나 시체는 보이지 않았다. 정말로 사람들만 싹 사라진 것 같은 모습이었다. 그것이 더욱더 불안함을 부추겼다. 성채 안으로 들어가 건물 입구에서야 로한은 가마에서 내렸다.

"주위를 수색해라. 무슨 일이 일어난 건지 알아봐야 한다."

쾅—!

그때 큰 소리를 내며 성채의 문이 닫혔다. 모두가 펄쩍 뛰어오를 만큼 놀라 뒤를 돌아보았다. 도르래로 닫아야 하는 거대한 문이 닫혀 있었다.

"이게 무슨—?!"

모두가 동요하는 가운데 로한이 배에 힘을 주고 외쳤다.

"다들 집중해라! 사술을 쓰는 자가 있는 것인지도 모른다. 흰호랑이들은 날 호위해라! 영원을 노리고 온 거겠지."

영원의 문을 사술을 부리는 자가 열려는 것이 아닐까.

갑자기 불안해져서 로한은 마른 입술을 핥고 병사들을 재촉했다. 서른 명이 되는 병사들을 사방에 두르고 로한은 건물 안으로 들어갔다.

건물 안도 텅 비어 있었다.

알현실로 들어간 로한은 거대한 왕좌에 앉아 있는 사람을 보고 숨을 삼켰다.

"……아르타 님……?"

흰호랑이 중 한 명이 자신의 마음을 대변해 중얼거렸다.

왕좌에 앉아 다리를 꼬고 있던 카서스가 히죽 웃었다.

"내가 봐도 닮기는 닮았더라."

"네, 네놈은! 카서스!"

로한이 펄쩍 뛰며 말하자 카서스는 "어라?" 하고 눈을 깜박였다.

"내 이름을 알고 있었구나. 아니, 알고 있는 게 당연하기는 한데, 그래도 뭔가 신기하네."

"무슨 짓을 한 거냐, 네놈!"

"그게, 왕국의 의뢰를 받아서─"

카서스가 길게 말꼬리를 늘리자 로한은 "뭐?" 하고 되물었다. 카서스가 피식 웃고 몸을 비틀어 팔걸이에 기대며 말했다.

"이거 모피라도 씌워 놓지 그랬냐. 차갑고 엉덩이 아프게. 뭐 얼마나 대단한 곳인가 했더니, 그냥 도적 집단이잖아? 대놓고 도둑질을 할 만큼 크다는 점만 빼면. 비밀 단체 좋아하시네."

카서스는 어이없다는 어조로 말했다.

파이슨이 하도 그럴듯하게 지껄여대기에 그렇게 대단한 곳인가 하고 두근두근했는데, 실체를 알고 나니 김이 쑥 빠져 버렸다.

그냥 작은 나라에서 오랫동안 내려온 거대한 범죄 조직.

그 이상도, 이하도 아니었다.

"네 아비와 똑같은 소리를 하는구나."

로한은 기가 차서 대꾸했다.

"케르타의 피를 이어받은 유서 깊은 우르보로스를, 도적 집단에 비유해 가며 바꾸어야 할 때라고 하지 않나—"

카서스의 눈이 동그래졌다. 그가 툭툭 팔걸이를 두들기고는 희미하게 웃었다.

"그랬군. 그래서 죽였나?"

로한은 "그래." 하고 대답했다. 물론, 그것만은 아니었다. 무엇보다도 수장의 자리가 탐이 났다. 영원이 탐이 났다.

하지만 수하들 앞에서 그걸 입에 담을 정도로 바보는 아니었다.

카서스는 자리에서 일어났다. 그는 한 걸음, 한 걸음 계단을 걸어 내려오며 천천히 시미터를 뽑아 들었다.

"그래서 이야기를 계속하자면. 왕국의 의뢰를 받아서 우르보로스를 처리하러 왔습니다, 라는 거지."

"웃기지 마라! 영원을 손에 넣으러 온 거겠지!"

로한은 저도 모르게 뒤로 물러나며 외쳤다. 카서스가 "영원?" 하고 중얼거렸다가 "아, 이거—" 하고 자신의 팔목을 들어 보였다.

"열쇠! 역시 네놈이 가지고 있었군. 그건 네까짓 게 가질 물건이 아니다! 더러운 창녀의 피가 흐르는 사생아 놈이!"

"내 앞에서 그런 소리를 지껄이는 놈은 진짜 오랜만이네."

카서스의 미소가 더욱 짙어졌다. 그가 팔목에서 팔찌를 풀어

내어 바닥에 던졌다.

"가져가."

모두가 뚫어져라 바닥에 떨어진 팔찌를 바라보았다. 아무도 움직이지 못했다.

우르보로스의 상징.

영원의 열쇠.

그걸 저렇게 함부로 다루는 사람을 보는 건 처음이었다. 로한이 허겁지겁 말했다.

"팔찌를 가져와라!"

그 말에 흰호랑이 중 한 사람이 허둥지둥 앞으로 달려가 팔찌를 집어 들었다. 아니, 집어 들려고 했다. 언제 왔는지도 모르게 카서스가 나타나 남자의 목을 베었다.

모두가 뭐가 어떻게 된 건지도 파악하지 못했다.

카서스가 하하 하고 소리 내어 경쾌하게 웃고는 눈을 찡긋했다.

"가져갈 수 있으면."

"……."

침묵이 홀을 채웠다. 지금 그 한 번으로, 실력의 차가 얼마나 대단한지 알 수 있었다. 누구도 감히 움직일 생각을 하지 못하고 있는데 로한이 소리쳤다.

"다 같이 덤벼라! 아무리 저놈이라도 여럿을 상대하기는 어려울 거다!"

흰호랑이들은 서로 눈치를 보았다. 카서스가 "아참." 하고 손을 저으며 말했다.

"항복해도 안 받아 주니까. 그렇게 알아라. 전멸이 의뢰였거든."

그 말에 병사들은 검을 뽑아 들고는 소리를 지르며 카서스에게 달려들었다. 카서스는 오러를 쓰지도 않았다. 오러를 쓰는 것도 아깝다.

그의 시미터는 차례차례 사람을 베어 나갔다. 너무 쉽게 사람이 잘려 나가 마치 종잇장을 베어 내는 듯한 모습이었다.

역설적이게도 가장 잔혹한 그 모습은 춤추듯 아름답게 보였다.

"히, 히익—"

결국 몇몇은 검을 떨어뜨리고는 뒷걸음질 치기 시작했다. 카서스가 그런 그들에게도 자비 없이 검을 내리그으며 말했다.

"자기보다 약한 자에게 검을 휘두를 때는 좋았지?"

로한은 "흐, 흐아악—!" 하고 비명을 질렀다. 도망쳐야 하지만, 코앞의 팔찌가 눈에 걸렸다. 다른 도망가는 자들을 느린 걸음으로 뒤쫓는 카서스를 보고 로한은 재빠르게 팔찌를 집어 들고, 홀 반대쪽으로 도망쳤다.

일단 영원의 문을 열고, 그 안의 것을 빼돌려서 비밀 통로로 탈출하면 된다. 카서스가 나머지 인간들을 죽이는 데 좀 더 시간이 걸릴 것이다.

'영원의 문만 열면……!'

로한이 달릴 때마다 뱃살이 출렁거렸다. 그는 헉헉거리며 홀을 지나 숨겨진 지하 통로의 문을 열었다. 그 괴물 새끼라고 해도, 이런 숨겨진 곳을 찾아내는 데에는 시간이 걸리리라.

가파른 나선형의 계단을 로한은 달려 내려가다가 발을 헛디뎠다.

"윽—!"

중간에 혀를 씹어 비명도 지르지 못하고 그는 데굴데굴 계단을 굴러 내려왔다. 멈추고서도 그는 한참 동안 몸을 웅크리고 그대로 누워 있었다. 숨조차 쉴 수 없는 격통에 몸이 떨렸다.

'움직여야 해.'

필사적인 의지로 로한은 비틀거리며 자리에서 일어났다. 온몸이 아픈 데다가, 특히 혀가 너무 아팠다.

'이 원한을 언젠가는 갚아 주리라.'

로한은 이를 악물고 고통의 눈물을 흘리며 걸어갔다. 헉헉거리며 그는 절룩절룩 문으로 향했다.

새하얀 문이 복도의 끝에 서 있었다. 반원형으로 생긴 문은 흰색칠이 되어 있었고 그 위에 다시 유리를 바른 듯 매끄럽게 반짝이고 있었다.

로한은 팔찌를 손목에 둘렀다. 팔찌를 찬 후 문에 손을 올리면—

따끔.

통증에 로한은 흠칫하고 팔찌를 바라보았다. 뱀이 자신의 손목에 이를 박고 있었다. 무슨 일이 일어난 건지 그는 순간 혼란스러워졌다. 그러나 곧, 달군 젓가락으로 쑤신 듯한 통증이 거기서부터 시작되었다.

"아악—!"

그는 소리를 지르며 팔찌를— 뱀을 잡아 뜯어 바닥에 던졌다.

"크흐흐흑!"

손목을 잡고 그는 바닥에 웅크렸다. 혈관을 타고 불이 흐르는 것처럼 느껴졌다.

"설마 기본적인 것도 모를 줄은 몰랐는데."

카서스의 느릿한 목소리가 복도를 울렸지만, 로한은 눈치채지 못했다. 카서스는 버둥거리는 그의 옆에 떨어진 팔찌를 다시 손목에 찼다.

뱀은 만족스러운 듯 다시 그의 손목에 착 감겼다.

"카서스."

시카가 복도 뒤쪽에서 총총 가볍게 다가왔다. 그녀는 얼굴이 시뻘게진 채로 이제 멱을 따듯 비명을 지르는 로한을 바라보고 눈을 찡그리고는 얼른 카서스에게 붙어 섰다.

"어떻게 된 거야?"

그녀의 질문에 카서스는 "팔찌를 손목에 찼나 봐." 하고 말했고 시카는 "아." 하고 고개를 끄덕이고는 차가운 눈으로 로한을 바라보았다.

우르보로스에 대해서 시카도, 카서스도 들을 만큼 들었다.

거대한 마피아처럼 케한 왕국에 도사리고 있는 이 암 덩어리가 저지른 범죄 목록만 해도 어마어마했다. 그들을 토벌하려 한 경비대장의 일가족을 공개 처형한 일도 유명했다.

카서스가 "그럼 그 잘난 영원이라는 게 뭔지 볼까?" 하고 문에 손을 얹었다.

쉬이익—

뱀이 고개를 들어 좌우로 춤추듯 머리를 움직이며 쉿쉿 소리를 냈다. 그러자 새하얀 문에 꼬리를 문 뱀—우르보로스가 그려지고는 소리 없이 문이 열렸다. 시카도 카서스도 쉽게 내부를 볼 수 있었다.

"하—"

카서스는 낮게 웃었다. 그리고 곧 큰 소리로 웃기 시작했다.

차갑고 공허한 웃음이었다.

카서스는 휙 발을 돌려 로한에게 다가갔다. 그는 끅끅거리며 죽어 가는 로한의 뒷덜미를 잡아 문 안으로 질질 끌고 들어갔다. 거기에는 금괴가 산더미처럼 쌓여 있었다. 그 금괴에 그의 머리를 누르며 카서스가 말했다.

"그 잘난 목숨을 어디 구해 달라고 해 보시지? 영원에게. 영원? 이따위 게 영원이라고?! 고작 이런 것 때문에—!"

아르타가 죽었다.

이런 중요한 팔찌를 줄 정도였다면, 모친을— 피렌을 사랑했다는 거겠지. 그랬다면 분명 다시 돌아왔을 거다.

그렇다면 자신은— 자신의 인생은—

어렸을 때 그렇게 바랐던 그 모든 것들은.

"켁, 케헥—"

마지막으로 피를 토하고 로한은 툭 금괴 위에 머리를 떨궜다.

매끄러운 황금빛 무기질 표면 위에 그의 부릅뜬 눈이 비쳤다.

정말로, 정말로, 정말로—

카서스는 구역질이 올라올 것 같았다.

인간 따위—

"카서스."

시카가 등 뒤에서 그를 꼭 끌어안았다.

카서스는 금괴에 로한의 머리를 짓이겨대던 걸 멈췄다. 거친 숨을 고르며 카서스는 시카의 손을 꼭 잡았다.

"시카가 원하는 만큼 집어 가도 돼."

카서스가 중얼거린 말에 시카는 "단 한 조각도 필요 없어." 하고 차갑게 내뱉었다. 그녀가 쓱쓱 그의 등에 뺨을 비비며 말했다.

"카서스의 아버지는 좋은 사람이었던 것 같아."

"그래? 이런 조직의 후계자가?"

"이 조직을 없애려고 했었잖아. 이런 조직에서 자랐으면서도, 나쁜 짓이라는 걸 인지해서."

시카는 복도에서 보았던, 아르타의 초상화를 떠올렸다.

카서스와 비슷한 외모의 젊은 그는, 상냥한 미소를 띠고 있었다.

카서스는 깊게 숨을 내쉬었다. 그가 시카의 손을 떼어 내고 돌아섰다. 그가 그녀의 얼굴을 보고 쓰게 웃으며 그녀의 얼굴을 훔쳤다.

"왜 울고 그래?"

"카서스가 안 우니까."

시카가 변명처럼, 진담처럼 말했다. 자신도 이렇게 마음이 아픈데, 카서스는 괜찮은 걸까?

카서스가 행복할 수도 있었다.

시카는 짧지만 생생하게 그 모습을 그려 볼 수 있었다. 카서스는 그녀의 젖은 볼에 키스해 주고 말했다.

"괜찮아. 시카를 만났으니까."

"나― 나 힘낼게."

시카가 눈을 깜박여 눈물을 떨쳐 냈다.

"카서스를 세상에서 가장 행복하게 만들어 줄게."

그 말에 카서스는 웃었다.

"이미 행복한데?"

"더."

시카의 다짐에 카서스는 "그거 기대할게." 하고 고개를 끄덕였다.

그때 복도 끝에서 발소리가 들려왔다.

파이슨이 창백한 얼굴로 중얼거렸다.

"정말…… 정말로 다……."

"응, 다 끝났어. 너만 빼면."

카서스는 그렇게 말하며 문밖으로 나왔다. 문이 저절로 닫히자 카서스는 팔찌를 빼서 바닥에 던지고는 밟았다.

우드득하고 팔찌가 산산조각이 났다.

파이슨은 그걸 말릴 생각도 하지 못하고 가루가 되어 버린 열쇠를 바라보았다.

"이대로 둬도 썩지 않을 테니, 이대로 둬도 되겠지. 시카, 이 산채 부술 수 있지?"

"주춧돌도 남겨두지 않을 거야."

시카는 공손하게 대답했고 카서스는 빙긋 웃었다. 그가 고개를 들어 파이슨에게 말했다.

"의뢰대로라면 너도 끝장내야 하는데, 어쩔까? 덕분에 의뢰도 받았고, 악당도 싹 없앴고. 봐줄까?"

"카서스 님!"

파이슨이 소리 질렀다.

"아니면 그냥 여기서 죽든가. 그렇게 소중한 조직이면."

"아르타 님은, 아르타 님께서 이걸 보시면—"

"그 사람도 여기가 도적 집단이라는 걸 인정했다며."

카서스의 말에 파이슨은 입을 다물었다. 카서스가 "가자." 하고 시카에게 작게 말했고 시카는 그를 데리고 그대로 순간 이동을 했다.

두 사람이 사라진 자리를 멍하니 보다가 파이슨은 영원의 앞으로 다가섰다.

"제가 잘못한 겁니까?"

파이슨은 작게 중얼거렸다.

아르타가 '우르보로스를 해체할 거야. 그리고 피렌과 소박하게 살 거야.' 하는 순진하기 짝이 없는 소리를 했을 때, 파이슨은 어이가 없었다. 그래서 로한에게 슬쩍 여지를 준 것뿐이었다. 그러면 아르타가 약한 마음을 버리고 독해질 거라고 생각했다.

그가 죽을 거라고는 생각하지 못했다.

우르릉―

건물이 흔들리기 시작했다. 파이슨은 눈을 감았다.

성채가 무너지기 시작했다.

금색의 거대한 마법진이 빙글빙글 돌며 시카의 분홍색 머리카락이 날렸다.

그녀가 말한 대로 주춧돌 하나도 남겨두지 않을 생각이었다. 마치 성이 무너지는 것을 느리게 보여 주는 것처럼 허공에서 모든 것이 분해되기 시작했다.

사람들이 보았다면 눈을 의심할 만한 경악스러운 광경이었다. 주변에 피해가 가지 않게, 시카는 조심스러우면서고 깨끗하게 성채를 분해했다.

"끝."

그녀가 지팡이를 세우며 말했다. 카서스는 가볍게 웃었다.

"왜 돌은 저렇게 쌓아둔 거야?"

"혹시 필요한 사람 있으면 가져다가 쓰라고?"

성채를 분리해서 나온 돌은 적당한 크기의 무더기로 나뉘어져 있었다. 지탱하고 있던 나무 같은 골조나 가구들은 시카가 화염으로 싹 태워서 정리했다.

한 시간 만에 커다란 성채 하나가 돌무더기만 남기고 사라진 것이다. 지하로 내려가는 입구도 깨끗하게 막혀 버렸다.

카서스가 잠시 그 터를 바라보다가 말했다.

"시카가 말한 대로, 모친을 만났어서 다행이야."

시카는 카서스를 돌아보았다. 카서스가 눈을 찡그리듯 웃고 말했다.

"거기서 그런 일이 없었으면, 지금 몇 배로 더 억울했을 것 같으니까."

시카가 그의 손을 꼭 잡았다.

"하지만 그렇다고 해서, 그 사람이 카서스에게 했던 일이 사라지는 건 아냐."

그녀가 피해자인 건 사실이지만, 그렇다고 가해자가 아닌 건 아니다.

카서스는 그 말에 "그러네." 하고 고개를 끄덕였다. 그가 한결 가벼워진 얼굴로 말했다.

"그러면 왕성으로 돌아가서 의뢰비를 받고, 맛있는 거나 사 먹자."

"좋아."

시카가 활짝 웃으며 말했다.

*　　*　　*

똑똑.

정중한 노크에 시카는 읽던 책을 덮고 자리에서 벌떡 일어났다. 사실 노크 소리에 일어났다기보다는, 마력의 흐름을 느꼈다는 말이 옳겠지만 말이다.

"내 손님인가 봐."

시카가 문 쪽으로 다가가며 하는 말에 카서스가 "그래?" 하고 소파에서 느릿하게 일어났다.

문을 열자 알렉스가 서 있었다. 그가 한숨을 내쉬며 말했다.

"오랜만에 순간 이동을 하니 기분이 썩 좋지 않군."

"어서 와."

시카가 그를 안으로 들이며 말했다. 알렉스가 카서스를 보고 모자를 벗었다.

"알렉스라고 합니다."

"카서스 리안입니다."

시카의 손님이니만큼, 카서스는 정중했다.

"앉아."

시카가 자리를 권하자 알렉스는 푹신한 패브릭 소파에 자리를 잡았다.

"외부에서도 잘 사는 것 같아서 다행이구나."

알렉스는 마치 물 밖으로 나간 물고기가 잘 산다는 듯한 어투로 말했다. 시카가 웃으며 대꾸했다.

"그야 잘 살 자신이 있으니 나온 건데. 뭐라도 마실래?"

"아무거나. 속이 안 좋아."

"알렉스는 순간 이동 멀미가 있구나."

시카는 저런, 하고는 안에서 진저에일을 가져다가 알렉스에게 건넸다. 차가운 생강 음료를 마시니 기분이 훨씬 나아진 알렉스가 "고마워." 하고 한숨을 내쉬었다. 카서스가 물었다.

"자리를 비켜 줄까?"

시카가 그 말에 알렉스를 보았고 알렉스는 고개를 살짝 저었다. 카서스는 안심하고 자리에 앉았다. 시카가 그 옆에 앉으며 물었다.

"그래서, 탑 밖까지 무슨 일이야?"

"이거."

알렉스가 가방에서 서류를 꺼냈다. 약간 기대하고 있던 카서스는 알렉스의 서류 가방이 평범한 가방 같아서 실망했다.

"너는 이제 끝나서 괜찮다고 했지만, 개인적인 흥미가 생겨서 조사를 해 봤거든. 그 뱀 모양 팔찌 말이다."

"뭔가 찾았어?"

시카가 놀라 물었다. 알렉스가 서류를 그녀 쪽으로 밀었다.

"이제 조사 안 하는 줄 알았어."

로레인에게 산더미 같은 멜론을 가져다주고, 알렉스에게는 루비 원석을 주고 이야기가 끝났다고 생각했는데—?

"개인적인 흥미니까."

알렉스는 그렇게 말하며 진저에일을 마저 마시기 시작했다. 시카는 서류를 들어 펼쳤다. 서류라고 할 것도 없는, 가장자리 색이 바랜 종이 몇 장이었다.

거기에는 팔찌의 디자인이 그려져 있었고, 걸린 마법이 몇 개 적혀 있었다. 일정한 제스처를 통해서만 팔찌를 찰 수 있다는 것과 그러지 않을 경우 내장된 독이 주입된다든가 하는 내용이었다.

시카는 조심스럽게 종이를 넘겼다. 보관 상태가 좋지 않아서 금방이라도 끝 부분이 바스라질 것 같았다. 카서스는 어깨너머로 종이를 보았다.

마법을 기록한 것일 뿐, 딱히 별다른 내용은 없는 것처럼 보였다.

"카서스."

시카가 읽다가 한 부분을 가리켰다.

열쇠가 없어지면, 금고도 자동 소멸된다는 이야기였다. 카서스가 눈을 찡그렸다가 웃었다.

"그럼 다 없어진 건가?"

"그렇지."

"왜 이런 조건을 건 거지?"

"이것 봐."

시카가 펜으로 휘갈긴 글자를 소리 내어 읽었다.

"'의뢰인도 모르는 조건', 이건 뭐라고 써 있는 거야? 제국어가 아니네?"

알렉스가 대신 답했다.

"옛날 북방 민족 언어야. 작성자가 그쪽 사람이었던 것 같더군. 처음에는 멸망한 나라를 다시 복구하려고 했었나 봐. 정말로 왕족의 후손이었던 거지. 그런데 어느 순간 그게 변질되고— 영원이라고 이름 붙이며 돈을 숭배하는 순간, 그냥 끝난 거지. 작성자도 그걸 알고 있었고. 하지만 자기가 조직을 망하게는 못하니까, 누군가가 그렇게 해 줬으면 했나 봐."

"왜 하필 돈을 영원이라고 했을까?"

시카가 갸웃거리며 중얼거리자 알렉스가 "그게 조사해 봤더니, 케르타라는 단어 자체가 '영원'이라는 뜻이더군." 하고 말해서 시카는 "아." 하고 고개를 끄덕였다.

"그럼 이 마법사도 그쪽 사람이었던 거야?"

시카의 물음에 알렉스는 고개를 끄덕였다.

"그 팔찌를 제작하고 얼마 지나지 않아서 자살한 것 같던데."

"으아~"

시카는 몸을 떨었다.

왕가를 복원한다, 왕좌를 복귀시킨다.

그런 무거운 짐을 짊어지고 마법사로 살다가, 그 팔찌를 만들 때 알았을 것이다.

우르보로스는 더 이상 왕가를 위해 일하는 게 아니라는 것을.

알렉스가 잔을 싹 비우고 몸을 일으켰다.

"그럼 난 이만 가 볼게. 그거 보여 주려고 온 것뿐이니까."

"벌써?"

"받은 루비 원석을 다듬느라 정신없어."

알렉스는 그렇게 말한 후 배웅도 사양하고는 휙 문을 나가 버렸다. 어떻게 보면 무례하기 짝이 없는 행동이었다.

"정말로 마법사는 정신없네."

카서스의 말에 시카는 "사회성이라는 게 없지." 하며 민망해 뺨을 긁적였다. 그녀가 서류를 그러모으며 말했다.

"그럼 카서스는 정말로 왕자님인 거네."

우르보로스가 왕가의 피를 이어받았다니 말이다. 카서스는 잠시 생각하는가 싶더니 자신의 손을 이리저리 뒤집어 보고 머리카락도 당겨 본 후 천연덕스럽게 말했다.

"그래도 딱히 달라지는 것 같지는 않은데."

"당연히 달라지지 않지."

"아, 역시."

카서스는 그렇게 중얼거렸다. 시카가 몸을 돌려 촉, 가볍게 그의 입술에 키스하고 말했다.

"그리고 내게 카서스는 이미 왕자님이야."

"누가 들으면 역모죄에 걸릴 소리를."

중얼거리면서도 카서스는 히죽거렸다. 그가 팔을 뻗어 서류를 조심스럽게 정리하는 시카의 허리를 휙 잡아끌어 자신의 다리 위에 올렸다.

"카서스—?!"

시카가 종이를 흘리며 당황해 그를 부르자 카서스가 그녀의 이마와 뺨에 쪽쪽 입 맞추며 말했다.

"그건 그냥 놔둬. 오늘 밤 수청은 너로 정했으니까."

"어머? 수청을 들게 할 다른 사람이 있으신가 보지요?"

시카는 그렇게 말하며 눈을 샐쭉하니 떴다. 그녀가 상체를 숙이자 둘의 입술이 가까워졌다. 카서스의 눈동자가 가늘어졌다.

"아니, 너밖에 없어."

"나도 카서스뿐이야."

둘의 입술이 부드럽게 맞닿았다. 가벼웠던 키스는, 엉키는 팔다리처럼 금세 점점 더 깊어졌다. 카서스는 바닥에 흩어진 종이를 슬쩍 바라보았다.

속이 시원했다.

그 밑의 금고에 금괴가 남아 있다고 생각하면, 계속 찜찜했을 것이다. 그 모든 게 사라져서 카서스는 앙금이 사라진 기분이었다.

시카를 만나고 나서는 인생에 즐거운 일뿐이다. 고통도 금세, 함께 이겨 나갈 무언가로 바뀔 뿐이었다.

"사랑해, 시카."

"나도 사랑해."

시카가 그를 꼭 끌어안으며 말했다.

밤이 길 것 같았다.

3장

마지막까지

가을 햇살이 거실 창문을 통해 환하게 비추고 있었다.

카서스는 소파 위에 몸을 웅크린 채로, 햇빛을 받으며 자고 있는 시카를 바라보았다. 그녀가 너무 기분이 좋아 보여서, 카서스는 그녀의 수면을 방해하고 싶지 않았다.

하지만 그런 생각을 하면 항상 그렇듯이, 똑똑 노크 소리가 들렸다.

시카는 눈을 떴고 카서스는 한숨을 내쉬었다. 시카가 눈을 비비며 말했다.

"나 설핏 잤나 봐."

"그러게. 이 시간에 누굴까."

카서스는 현관으로 걸어가 문을 열었다. 시카는 길게 하품을 했다.

"아르카나?"

카서스의 의아한 목소리에 시카는 고개를 휙 돌렸다.

"아르카나?"

문가에 서 있던 아르카나가 긴장된 목소리로 물었다.

"시카, 잠깐 와 줄 수 있어?"

그의 목소리 끝이 떨렸다. 창백한 얼굴의 아르카나를 보자 시카는 소파에서 퉁기듯 일어나 그에게로 달려갔다.

"무슨 일이야? 후작님께 무슨 일 있어?"

카서스는 아르카나를 일별하고 안에서 겉옷과 시미터를 챙겨 나왔다. 카서스가 재킷을 걸치며 물었다.

"영지에 무슨 일이라도?"

아르카나가 카서스를 보고 "아." 하고 굳은 얼굴을 풀었다.

"아뇨, 무력이 필요한 일은 아닙니다."

"그럼? 뭔데?"

시카의 물음에 아르카나가 시카의 손을 잡았다. 그의 손이 차가워 시카는 깜짝 놀랐다. 아르카나가 말했다.

"시리가 아파."

시카는 지팡이를 짚으며 미소를 지었다.

"아이는 괜찮아."

시그리드는 눈을 동그랗게 떴다.

"정말?"

"응, 정말."

시카가 고개를 끄덕였다. 옆에 앉아 있던 베라무드가 안도하며 양손으로 얼굴을 쓸어내렸다.

"갑자기 쓰러져서 놀랐어. 그런데 정말로 괜찮은 건가? 그럼 왜 쓰러진 거지?"

"쓰러진 거 아냐. 비틀거린 거라고."

옆에서 시그리드가 정정했지만, 베라무드는 무시했다.

"아이는 괜찮아요. 하지만, 본인이 무리하신 게 아닐까요."

시카의 말에 베라무드는 신음을 흘렸고 시그리드는 걸리는 게 있어 눈을 내리깔았다.

"이상하다고는 생각했지만— 컨디션 난조라고만 생각했어."

"이상하면 이야기를 해!"

베라무드가 소리를 질렀다가 푹 한숨을 내쉬었다.

"아니, 이렇게 소리치는 것도 좋지 않지. 응, 그래. 마음은 편하게 가지고. 우리 아이니까 튼튼해서 괜찮을 거야. 그럼, 그럼. 게다가 시카가 보증해 줬으니까 더욱더 확실하지. 괜찮을 테니까 걱정하지 마."

시그리드가 손을 뻗어 베라무드의 손을 잡으며 말했다.

"베르, 괜찮아. 진정해."

베라무드는 그 말에 시그리드를 보았다. 시그리드의 주홍색 눈동자가 싱긋 웃어 보여서 베라무드는 다시 한숨을 내쉬고 말했다.

"미안."

아르카나도 그제야 안도하며 길게 한숨을 내쉬었다. 방 안을 팽팽하게 잡아당겼던 공기가, 시카의 보증 한마디로 완전히 누그러졌다. 시카가 시그리드에게 물었다.

"몸이 이상하다면 어떻게? 언제부터?"

"한 달쯤?"

"그런 건 미리미리 말 좀 해 줘라."

베라무드가 양손으로 얼굴을 감싸며 한숨처럼 말했다. 시그리드가 미안한 얼굴로 말했다.

"하지만 배 속에 아이가 있으면, 원래 몸이 안 좋아지니까. 그런가 보다 했어."

게다가 일을 미룰 수도 없었으니까, 하며 시그리드는 한숨을 내쉬었다. 덕분에 영지는 이제 안정기에 들어서 있었다. 베라무드는 이를 득득 갈았다.

안주인의 몸 상태가 난조라면, 그걸 당연히 알아야 하는 게 시녀들이다. 아무리 시그리드가 관대한 주인이라고 해도— 하다가 그는 한숨을 삼켰다.

'맞아. 성에 있던 날이 별로 없었지.'

영지 시찰을 주로 다녔던 4개월이었다. 드래곤 사태 이후로, 마수가 늘어나서 그걸 처리하느라 밖으로 돌기도 했고.

임신한 시리를 어떻게든지 침대 위에 묶어 두려고 했던 베라무드였지만 번번이 실패했다. 정말로 그가 할 수 있었다면, 시그리드를 침대에 '실제적으로' 묶어 뒀을 거다.

베라무드는 불안감이 더더욱 증가하는 걸 느끼며 말했다.

"정말로 괜찮은 건가?"

"심장이 건강하게 뛰고 있으니까요."

시카는 그렇게 대답했다.

"우리 둘의 아이니까 괜찮을 거야."

시그리드의 말에 베라무드는 다시 그녀를 보았다.

"시리는?"

"난 괜찮아."

"시리의 괜찮아는 안 믿어. 선생님, 말씀해 주시죠."

베라무드가 시카에게 물어서 시카는 시그리드에게 말했다.

"정신을 잃거나 그런 건 아니지?"

"응, 그냥 핑— 돌아서 비틀거린 것뿐이야."

"마스터가 비틀거리는 건 보통 일이 아니거든."

베라무드는 강하게 말했다.

"입덧 때문에 요즘 식사를 잘 안 해서 그런 거 아냐?"

아르카나가 옆에서 물어와 시카는 "그럴 수도 있겠다." 하고 고개를 끄덕이고 말했다.

"시그리드의 체력은 오러로 적당히 채워 넣을 수 있지만, 아이는 안 되니까. 제대로 먹지 않으면 안 돼."

시카의 말에 시그리드는 "응." 하고 반성하며 고개를 끄덕였다.

"입덧도 이제 끝났으니까 괜찮아. 잘 먹을게."

"그러고 보니 시그리드는 입덧이 좀 길게 가는 편이네."

시카가 고개를 갸웃하며 말했다. 시그리드가 한숨을 내쉬었다.

"그래도 이제 끝났어."

"그럼 이제 괜찮을 거야. 하여간 난 시그리드가 임신했다는 것도 몰랐잖아? 축하해."

"고마워."

시그리드는 환하게 웃었다. 베라무드가 시카에게 말했다.

"잠시 성에 머무르면서 시리의 상태를 봐줄 수 있을까? 아무래도 걱정이 돼서."

"물론입니다."

시카는 고개를 끄덕였다.

한 달.

한 달 동안 일반적인 임산부 이상의 조심성을 강요당한 시그리드는 한계점에 도달해 있었다. 베라무드가 자신을 금이 간 도자기처럼 다루는 데에도 질렸다. 뭔가 먹고 싶지 않으냐, 먹고 싶은 걸 말하라고 하는 세리아에게도 약간의 짜증을 느꼈다.

요즘은 너무 먹어서 몸이 불편하게 느껴질 지경이었다.

하루도 빼놓지 않고 검을 휘두르던 검사가 한 달이나 검을 놓고 있었으니 그 답답함은 어마어마했다.

"오늘은 내 마음대로 할 거야!"

이불을 박차고 나오며 시그리드는 소리쳤다. 임부복 대용으로 입는, 하이웨이스트의 드레스를 휙 걸치고 시그리드는 말리는 시녀들을 다 물리면서 복도를 빠른 걸음으로 걸어 나왔다.

"시그리드?"

새파랗게 질린 시녀의 부름을 받은 시카가 종종걸음으로 달려왔다. 시그리드가 떡하니 다리를 벌리고 허리에 손을 얹은 채—친구인 마리쉐즈와 똑같은 자세라 시카는 웃음을 삼켰다—말했다.

　"더 이상은 못 참겠어."

　"좋아, 그러면— 마차라도 타러 갈까?"

　'말을 타는 건 안 되지만, 그 정도라면 타협점이지.' 하고 시카가 말했고 시그리드는 눈을 가늘게 뜨고 시카의 진의를 살피려는 듯하다가 고개를 끄덕였다.

　"좋아."

　시그리드가 뚜껑 달린 이륜 경마차를 가져오게 하자 베라무드가 허겁지겁 달려왔다.

　"시리? 내 사랑?"

　"베라무드."

　시그리드가 그를 돌아보았다. 베라무드가 입을 떡 벌린 채 마차를 보고 말했다.

　"경마차는 위험해. 적어도 사륜마차를 타 줘."

　"이 정도는 괜찮아. 할 수 있다면 에코를 타고 달리고 싶다고."

　"하지만 마차가 전복이라도 되면 어떻게 해?"

　"낙법을 하지."

　"아니, 배 속의 아이 말야."

　"난 마스터야. 배 속의 아이는 지킬 수 있어."

　"아니, 그런 문제가 아니잖아."

"그러면 나보고 계속 드레스 입고 침대에 누워 있으라고? 말도 안 돼."

"다들 그렇게 하고 지내."

"'다들'은 그럴지라도 난 아냐."

"시리!"

"베르!"

한 치의 양보도 보이지 않는 두 사람을 보고 시카가 "저기." 하고 손을 들었다. 둘의 시선이 휙 이쪽으로 돌아와 꽂혔다.

"제가 함께 갈게요. 마법으로 보호하면 되죠. 네?"

"그렇다잖아."

시그리드가 잽싸게 말했다. 그사이에, 제법 언변이 늘어난 시그리드였다. 베라무드는 이를 악물었다가 한숨을 내쉬며 어깨를 늘어트렸다.

"알았어. 하지만 조심해."

"걱정하지 마. 살살 달릴게."

시그리드가 활짝 웃었다. 그리고 베라무드에게 말했다.

"그리고 베르."

"응?"

"나 딸기가 먹고 싶어."

"어―"

베라무드는 하늘을 보았다. 하늘은 청명하고 맑고, 완연한 가을 날씨다.

가을 날씨.

가을.

베라무드가 진지하게 되물었다.

"딸기?"

"딸기."

"알았어."

비장한 표정으로 베라무드는 고개를 끄덕였다. "딸기, 딸기라." 그가 중얼거리는 사이 시그리드는 얼른 마차에 올라탔다. 시카가 이어서 마차에 올라탔고 베라무드의 걱정스러운 시선을 받으며 시그리드는 마차를 출발시켰다.

마차가 후작가를 떠나자마자 시카가 물었다.

"딸기?"

"음, 마리가 그러던데? 뭔가 불가능한 임무를 주면 좋다고."

"그게 뭐야—"

시카는 웃음을 터트렸다. 아마 오늘 베라무드는 딸기를 구하기 위해서 고생할 터였다. 아니, 아르카나도 고생하겠구나. 잠시 그 둘을 위해 묵념하고 시카가 말했다.

"몸은 괜찮아?"

"그 질문 도대체 몇 번째인 줄 알아? 괜찮아."

시그리드가 단호하게 대답해서 시카는 "그럼 됐어." 하고 말했다. 경마차는 경쾌하게 잘 닦인 도로를 달렸다. 양쪽의 밀밭은 황금색 물결을 이루어 가을바람에 파도처럼 물결치고 있었다.

"경마차는 처음이야."

시카의 말에 시그리드가 "나도 사실 탄 지 얼마 안 됐어." 하고 대답했다. 보통은 말을 타지, 경마차를 몰지는 않았던 것이다.

"답답하지 않아서 좋다."

시카의 말에 시그리드가 "그렇지?" 하고 웃었다. 시카가 물었다.

"아이가 생기니까 좋아?"

직설적인 질문이었지만, 시그리드도 직설적인 사람이었기에 곧바로 대답했다.

"응."

"그렇구나."

"사실 좀 걱정은 돼. 마법으로 몸을 돌려준다고 하기는 했지만, 만약에 돌아가지 못하면 어떻게 하지? 검은 똑같이 휘두르고 싶은데 말이야."

"괜찮아. 아르카나라면 잘할걸."

"그지?"

시그리드는 고개를 끄덕이고 시카에게 물었다.

"시카는? 아이 안 가져?"

"으음― 조금."

그녀가 말끝을 흐리자 시그리드는 "그렇구나." 하고 고개를 끄덕였다. 시카가 물었다.

"아이가 생기니까 몸이 안 좋아졌다고 그랬지?"

"응, 잠이 많이 오고. 음식도 잘 안 먹히고. 예전에 전쟁터에서 그랬던 적이 있어서, 요즘 스트레스 많이 받나 했더니만."

중얼거리던 시그리드의 얼굴이 진지해졌다.

"이건 엄마 실격인가?"

몸이 안 좋았을 때 일을 바로 그만둬야 했던 게 아닐까? 이렇게 마차를 타고 나오겠다고 고집을 부리는 것도 자신이 어머니로서 부족하기 때문일까?

"고아로 자라서, 부모에 대해서는 잘 모르니까……."

베라무드가 들었다면 그렇지 않다고 해 주겠지. 하지만 그래도 불안감은 있었다. 시카는 그 말에 가볍게 웃고 말했다.

"전혀 그렇지 않다고 생각해. 그런 고민을 하는 것 자체로 이미 훌륭한걸."

시카의 말에 시그리드는 "그렇다면 다행이고." 하며 희미하게 웃었다.

두 사람이 짧은 드라이브를 하고 저택으로 돌아갔을 때 베라무드가 마중 나와 있었다. 그가 곤란한 얼굴로 말했다.

"딸기는 조금만 더 기다려 줘."

"알았어."

시그리드는 뭐, 그 정도야 하고 고개를 끄덕였다. 베라무드가 가볍게 안아서 시그리드를 마차에서 내려주었다. 그가 아내를 내려주고 시카에게로 돌아서서 시카가 입술을 깨물고 웃음을 참으며 말했다.

"설마 저도 안아서 내려주실 건 아니겠죠?"

"손은 잡아 드릴 수 있습니다만?"

"괜찮아요."

시카가 가볍게 마차에서 뛰어내렸다.

"키가 작아서 익숙하거든요. 뛰어내리는 게."

"그래도 많이 자라셨는데요."

베라무드의 말에 시카가 히죽 웃었다.

"제가 좀 컸죠."

삐이이익─

그때 머리 위에서 들리는 소리에 셋은 고개를 들어 올렸다. 전서매가 천천히 돌고 있었다. 시카는 목에 건 새 피리를 꺼내서 힘껏 불었다.

시그리드와 베라무드가 동시에 귀를 막았다. 시카가 의아한 얼굴로 말했다.

"이거 인간은 안 들리는 건데요?"

"마스터는 귀가 좋아서."

베라무드가 짧게 말해서 시카는 '도대체 마스터란 뭘까.' 하는 생각을 하며 팔을 내밀었다. 소리를 들은 전서매가 그녀의 팔에 내려앉았다. 큰 날개를 퍼덕여 그녀의 머리카락이 가볍게 날렸다. 그녀가 매의 발에서 통을 풀어내자 마중 나왔던 시종이 매를 공손하게 받아갔다.

시카가 안의 종이를 열어 보고 "으음─" 하며 말했다.

"미안하지만, 내일쯤 떠나야 할 것 같네. 다음 일의 의뢰가 들어와서."

"드래곤 레이디를 일주일간 주치의로 썼으면 충분해."

시그리드의 말에 시카의 얼굴이 붉어졌다. 저런 이명은 아무래도 익숙하지 않았다. 베라무드가 말했다.

"일단 안으로 들어가시죠. 카서스도 내일이 되어야 올 테고요."

"네, 감사합니다."

시카는 커플의 뒤를 따라 저택 안으로 들어갔다. 베라무드는 자연스럽게 시그리드의 허리를 감고 다정하게 이야기를 건네고 있었다.

그걸 보고 있으니 카서스가 그리워지는 시카였다.

*   *   *

카서스는 피식 웃었다.

어둠 속에서 그는 시카와 시카가 꼭 안고 있는 인형을 바라보았다. 파란 털실 머리카락에 녹색 단추 눈.

'저거 아직도 가지고 있었구나.'

그가 그녀의 품에서 인형을 조심스럽게 빼자 시카가 "으응—" 하고 작은 소리를 내며 인형을 당겼다.

잠이 들었으니, 깨우면 안 된다고 생각하면서도 얼른 그녀의 눈이 보고 싶다. 어떻게 할까 하는데 시카가 슬며시 눈을 떴다.

"……카서스……?"

뭉개진 발음으로 웅얼거리며 그녀가 양팔을 뻗어서 카서스는 몸을 숙여 그녀를 안았다.

"미안, 깨워서."

그를 끌어안자 얇은 코트에 배인 차가운 공기가 기분 좋게 느껴졌다. 서늘한 그의 옷자락을 음미하며 시카가 말했다.

"일찍 왔네……?"

"보고 싶어서."

"나도 보고 싶었어."

시카의 말에 카서스가 웃으며 잠에 취한 그녀의 뺨에 키스해 주고 말했다.

"더 자."

"……응…….."

미소를 머금고 시카의 손이 스르륵 미끄러졌다. 시카의 이불을 잘 다독여 주고 카서스는 코트를 벗어 걸었다.

가볍게 씻고 옷을 갈아입은 그가 침대 안으로 미끄러져 들어가, 등 뒤에서 시카를 꼭 끌어안았다. 그녀의 정수리에 키스해 주고 그가 속삭였다.

"잘 자."

시카는 자신의 몸에 감긴 팔을 느꼈다. 그리고 얼굴에 비치는 햇살도. 눈을 뜨고 그녀는 얼른 뒤를 돌아보았다. 카서스였다.

'맞다. 어젯밤에 왔었지.'

꿈인가 아닌가 헷갈렸는데, 하며 그녀는 자신이 꼭 끌어안고 있던 인형을 슬그머니 이불 속으로 밀어 넣었다. 뭔가 창피하다. 시카는 뒤로 돌아누웠다. 카서스의 허리에 팔을 두르고 그녀는 다시 눈을 감았다.

잠들었다, 깨었다, 설핏설핏 얕은 잠을 반복하는데 카서스가 조심스럽게 팔을 빼는 게 느껴져서 눈을 떴다.

"깼어?"

카서스의 말에 시카는 고개를 저었다.

"아니, 깨 있었어. 일은 잘 끝났어?"

"당연하지. 내가 누군데."

카서스의 말에 시카는 피식 웃고 그를 꽉 끌어안았다. 이렇게 붙어 있을 때의 온기가, 카서스의 심장 소리가 들리는 게 너무 좋다.

그를 꼭 안았다가 놓아주며 시카가 말했다.

"그러고 보니 전서매 왔어. 이제 슬슬 가야 할 것 같은데."

"다행이네. 여기도 질리던 참이라."

카서스의 말에 시카는 "정말이지." 하고 웃으며 그의 어깨를 툭 치고 자리에서 일어났다. 그녀가 머리맡에 있던 종이를 카서스에게 건넸다.

그는 종이를 열어 보고 "그냥 의뢰가 왔어. 받으러 와라. 이것만 던지면 어쩌자는 거지." 하고 중얼거렸다. 시카는 "젠 씨니까." 하고 웃으며 말했고 카서스는 한숨을 내쉬며 "그 녀석이니까 봐주는 거야." 하고 말하고 종이를 접으며 몸을 일으켰다.

씻고 옷을 갈아입고, 집주인에게 '이제 떠난다.'라고 알리려고 내려간 시카는 집무실에서 딸기를 먹고 있는 시그리드를 보고 놀라 물었다.

"딸기네?"

"응. 시카도 먹어. 맛있어."

시그리드가 싱글 웃으며 유리그릇을 밀어주었다. 큼직하고 먹음직스러운 새빨간 딸기였다. 카서스가 가볍게 휘파람을 불고 말했다.

"베라무드 대단한데?"

베라무드가 싱긋 웃으며 "마법사의 힘을 좀 빌렸지." 하고 대답했다. 시카가 딸기를 입에 넣으며 아르카나를 보았고 아르카나는 약간 피곤한 얼굴로 시카에게 말했다.

"로레인."

"아~"

시카는 고개를 끄덕였다. 멜론을 빨리 자라게 하는 연구를 하는 로레인에게, 딸기를 키워 달라고 빌었나 보다. 딸기는 겨울 딸기만큼이나 크고 달콤했다.

"로레인이 잘도 자기 온실 자리를 내줬네?"

"대가를 지불하고……."

아르카나의 말에 시카는 쿡쿡 웃었다. 마법에는 마력이 필요한데, 로레인은 마력이 부족하니 아마도 아르카나가 마력을 쪽쪽 빨렸을 터였다.

카서스가 얼른 딸기를 하나 집어 먹고 말했다.

"덕분에 우리도 좋은 거 먹네. 그래서, 앙케르트나 후작 각하. 저희는 이제 가 볼까 합니다."

"이 아침부터?"

시그리드가 놀라 묻자 시카는 "아침부터 일하고 있는 시그리드가 할 말은 아닌데." 하고 놀리듯 말했다. 시그리드는 자신의 배를 보았다가 다시 시카를 보며 "스트레스를 받지 않는 게 더

중요하잖아?” 하고 변명처럼 말해서 시카는 미소 지으며 고개를 끄덕였다.

“그건 그렇지.”

베라무드도 권유했다.

“아침 식사는 하고 가지 그러십니까?”

“괜찮아. 다음 기회에.”

카서스가 시원하게 거절하자 베라무드가 “네가 말하는 ‘다음’은 진짜로 근본 없잖아.” 하고 말하고는 고개를 끄덕였다.

“그래, 다음에.”

아르카나가 시카에게 말했다.

“몸조심하고.”

“걱정하지 마.”

시카가 가볍게 웃으며 말하고 시그리드와 간단한 작별 인사를 나누었다. 그리고 나서 두 사람은 공간을 가볍게 뛰어넘어 사라졌다.

베라무드가 한탄하듯 말했다.

“진짜 저거 익숙해지면 마차 타는 시간이 아깝다니까.”

“하지만 기본은 마차와 말과 수레니까. 겨울이 되기 전에, 도로 개보수 작업에 속도를 올리는 게 좋겠어.”

시그리드의 말에 베라무드가 “그러네.” 하고 자리에 앉으며 말했다.

“몸 이상하면 바로 이야기해.”

“알았어. 알았어.”

시그리드는 손사래를 치며 서류로 눈을 돌렸고 베라무드는 한숨을 삼켰다.

가을 날씨는 선선했고, 딱 기분 좋을 정도였다.

중앙의 가을은 길었고 북부에서 올라온 시카에게는 딱 기분 좋은 날씨였다. 수도의 용병 길드는 모처럼 조용했다. 젠에게서 끈적할 정도로 진한 쇼콜라를 받아 들고 그 맛을 음미하던 시카가 그의 말에 눈을 동그랗게 떴다.

"통신 기구?"

"각 길드마다 실시간으로 연결되어 있으면 편리할 것 같다는 주장이 나와서 말입니다……."

"그야, 그렇지만. 그럼 차라리 얼음탑에 직접 의뢰를 하는 게 낫지 않나요?"

시카가 고개를 갸웃하며 묻는 말에 젠이 헛기침을 하고 말했다.

"시카와 안면이 있으니까요."

그래서 내게 부탁하기 편하다는 말인가? 하는데 카서스가 핵심을 짚어 주었다.

"지인 할인은 안 되냐는 이야기지."

"아아—"

시카가 그제야 납득해 고개를 끄덕였다. 젠이 다시 헛기침했다. 시카가 갸웃하고는 물었다.

"제국에 용병 길드가 모두 몇 개나 되죠?"

"마흔세 개입니다."

"많네요?"

"많은가? 제국은 넓잖아."

카서스의 말에 시카는 그런가? 하고 갸우뚱했다가 말했다.

"종이랑 펜 좀 빌릴까요?"

"아, 네."

젠은 얼른 필기구를 내주었다. 시카는 이미 머릿속에서 끝난 계산을 보기 편하게 종이에 옮겨 적기 시작했다. 한마디로 말해서 간이 견적표인 셈이다. 그녀가 종이를 돌려주며 말했다.

"이 정도 금액이 기본이에요."

견적표를 받아 든 젠은 헛숨을 삼켰다.

"이렇게 비싸단 말입니까?"

특히, 보석이나 세공 항목이야 그렇다고 쳐도 '인건비' 항목이 어마어마하다. 시카가 웃으며 말했다.

"하지만, 수도에 가로등 말이에요. 그건 빛만 켜지면 되니까, 통신 마법보다 간단하거든요. 그래도 가격이 이거의 열 배 정도 인걸요."

젠은 기절하고 싶은 심정이 되었다. 물론 마법 물품의 가격이 비쌀 거라고 생각은 했지만, 이 정도일 거라고는 예상 못 했다.

아니, 그거 그냥 마법으로 짠 하면 나오는 거 아닌가?

"어려운 일인가 보군요."

별거 아닌 일에 돈을 많이 받는 게 아닌가, 젠은 그걸 돌려 말했고 시카는 그걸 알아챘다.

"결코 쉬운 일은 아니죠."

별거 아닌 일이면 네가 직접 해 보렴.

시카는 그렇게 생각하며 부드럽게 대꾸했다.

그녀의 말에 젠은 푹푹 한숨을 내쉬었다. 이 견적표를 길드장에게 보여 주면 뭐라고 할까? 시카가 피식 웃으며 말했다.

"얼음탑에 직접 견적을 물어보셔도 좋아요."

"알겠습니다."

"그것 때문에 부르신 거예요?"

시카의 말에 젠이 고개를 끄덕였다.

"뭐, 길드 차원에서 용병에게 직접 하는 의뢰였던 거죠. 그래서 급하게 와 달라는 말은 하지 않았는데요. 혹시 급하게 오신 겁니까?"

"으음― 그건 아니지만요."

시카는 고개를 저었다. 시그리드의 증세도 완전히 호전되었고, 원래부터 마스터인 시그리드가 그랬던 건 정말로 잠깐의 증상일 뿐이었다.

마침 딱 좋은 때에 온 연락이었다.

"다행이군요."

젠이 고개를 끄덕였다. 시카가 따로 일하지 않는다는 걸 알고 편지를 보낸 거지만, 개인적인 사정이 있을 수도 있었으니 말이다. 그가 말했다.

"그러면 상의를 하고 다시 연락을 드리겠습니다."

"네, 연락 주세요."

인사하고 시카는 자리에서 일어났다. 길드 건물을 나서며 카서스가 말했다.

"그러고 보니 새로 밤 아이스크림이 나왔다는데 가서 먹어 볼까?"

"좋아."

시카는 싱글 웃었다. 카페에 가서 아이스크림을 먹고 시카는 눈을 찡그렸다. 카서스가 의아해져서 물었다.

"맛 이상해?"

"아니, 이상한 건 아닌데."

카서스는 자신의 몫의 아이스크림을 한 입 먹었다. 평범한 밤 맛이었다.

"네 몫이 이상한가?"

카서스는 시카의 것도 떠서 먹어 보았다. 맛은 똑같았다. 시카는 눈을 찌푸린 채로 한 입 더 입에 넣었다. 뭔가 역한 것이 확 올라오는 것처럼 먹을 수가 없어서 그녀는 억지로 아이스크림을 삼켰다.

"모르겠어. 왜 이러지?"

"다른 거 먹어. 뭐 먹을래?"

"레몬 셔벗."

"좋아."

새로 아이스크림을 주문하고 카서스는 그녀가 잘 먹는 걸 확인한 후에 안도했다. 시카가 한숨을 내쉬었다.

"이상하네, 밤 좋아하는데."

"그러게. 뭐, 사람마다 뭔가 걸릴 수도 있는 거니까. 그런데 이 아이스크림은 나한테는 너무 달다."

카서스의 말에 시카가 "밤은 그냥 먹는 게 제일 좋은 것 같아." 하고 말했고 카서스는 동의했다. 그가 의자에 기대며 말했다.

"모처럼 휴가네."

"그러네. 당분간은 푹 쉴까? 내년 여름까지 놀고 싶어."

"안 될 거야 없지. 어디로 가서 쉴까?"

카서스의 물음에 시카는 "음—" 하고 생각에 잠겼다가 웃으며 말했다.

"날씨가 점점 추워지니까, 남부로 갈까? 아라렛, 어때?"

"좋아."

카서스는 고개를 끄덕였다. 제국 여기저기에 작은 집이 있으니, 가고 싶은 때, 가고 싶은 곳에 갈 수 있는 게 좋았다. 무엇보다도 그게 가능한 것은 시카가 마법사였기 때문이고 말이다. 제국 전역에 집이 있어 봐야, 가는 데 한두 달씩 걸린다면 그게 무슨 소용인가?

새콤달콤한 마지막 셔벗 한 조각까지 음미하고, 둘은 자리에서 일어났다. 아무도 없는 골목으로 들어가 시카는 가볍게 순간이동을 했다.

그때 다리 밑이 푹 꺼졌다.

"어—!"

시카는 순간 균형을 잃었고 카서스가 그녀를 잽싸게 안아 들며 지붕 위에 착지했다. 좌표가 살짝 어긋나 지붕에서 한 50cm

위로 이동한 것이다.

"괜찮아?"

카서스의 물음에 시카는 상황을 파악하고 얼떨떨한 얼굴로 고개를 끄덕였다. 그녀가 "이상하다. 제대로 했는데 왜 이러지?" 하고 갸웃거렸다. 카서스는 그녀를 안은 채로 지붕에서 가볍게 뛰어내리며 말했다.

"사람이 그럴 때도 있는 거지. 요즘 피곤했던 거 아냐? 남의 집에서 생활하는 게 사실 썩 편한 일은 아니잖아?"

"그래서 그런가? 아닌데."

시카는 한숨을 내쉬며 "진짜 쉬기는 쉴 때인가 봐." 하고 중얼 거렸다. 아라렛의 날씨는 수도에 비하면 더웠다. 제국의 남부에 위치한 이 도시는 끝없이 이어지는 올리브, 포도나무 밭과 커다란 호수를 가지고 있었다.

시카는 집의 문을 열었다. 자물쇠는 잠겨 있지 않았다. 마법 으로 보호받고 있으니 딱히 물리적인 보호는 필요 없었다. 두 사람은 창문을 열어서 탁해진 공기를 환기시키고 가볍게 청소를 했다. 시카는 길게 하품을 했고 카서스는 그녀의 머리를 가볍게 쓰다듬으며 물었다.

"졸려?"

"응. 오랜만에 집에 와서 그런가 봐."

화려하고 시녀들이 시중을 들어주는 남의 집보다, 내가 직접 해도 내 집이 더 편했다. 시카는 소파에 몸을 던졌다.

"아, 좋다."

카서스가 창문을 닫으며 피식 웃었다.

"한숨 자."

"으응―"

시카는 대답하고 깜박 잠이 들었다.

―괴물, 이 아이는 괴물이에요! 괴물!

시카는 헛숨을 삼키며 자리에서 벌떡 일어났다. 카서스가 달려왔다.

"괜찮아? 악몽이라도 꿨어?"

"어, 어어―"

모친의 꿈을 꾼 건 정말로 오랜만이었다. 카서스와 함께 있고 나서는 꾼 적이 없는데. 시카는 아직도 두근거리는 심장을 꽉 눌렀다. 카서스는 식은땀이 흐른 시카의 이마를 닦아 주고 말했다.

"불편하게 자서 그런 거 아냐? 침대로 옮겨줄 걸 그랬나?"

"아냐, 괜찮아. 벌써 밤이야?"

"엄청 잘 자던데."

"으아, 밤에 잠 못 자겠다."

시카는 "깨우지 그랬어." 하고 카서스를 보았고, 카서스가 웃으며 "너무 잘 자서." 하고 대꾸했다. 그가 그녀를 일으켜 세워 주며 말했다.

"배 안 고파?"

"배고파."

"뭐 먹을까?"

"샌드위치?"

"좋아."

간단한 거면 난 편하지, 하고 카서스는 부엌으로 향했다. 카서스가 찬장에서 햄을 꺼내 써는데 뒤에서 구역질하는 소리가 들렸다.

"시카?!"

놀란 그가 휙 뒤를 돌아보았다. 시카가 양손으로 입을 막고 후다닥 부엌에서 달려 나갔다. 창문을 열고 그녀가 깊게 공기를 들이마셨다.

"괜찮아? 뭐야? 왜 그래?"

"아니, 햄 냄새를 맡으니까 갑자기……."

시카가 중얼거렸다. 카서스가 눈을 가늘게 떴다.

"시카, 혹시—?"

"으음, 이상하네. 병인가?"

갸웃거리는 시카를 보고 카서스는 가슴을 치며 말했다.

"아니, 그게 아니라— 혹시 아이 아냐?"

시카의 눈이 경악으로 크게 벌어졌다. 전혀, 기대했던 표정이 아니라 카서스는 저도 모르게 주춤했다. 시카가 어색하게 웃으며 말했다.

"말도 안 돼. 나 피임도 제대로……."

"저번에 날짜 헷갈린다고 먹어도 되나? 안 되나? 이랬었잖아.

그때 음, 그런 거 아냐?"

카서스의 말에 시카는 멍하니 그를 바라보았다.

"시카……?"

다시 카서스가 조심스럽게 그녀를 부르자 시카의 얼굴에서 핏기가 싹 사라졌다. 그녀가 비틀거리며 뒤로 물러섰다.

"괜찮아?"

"아니, 아니—"

"시카."

카서스가 손을 뻗자 시카가 흠칫하며 그의 손을 탁 뿌리쳤다. 뿌리치고 시카는 어쩔 줄 모르는 얼굴을 했다가 그대로 사라져 버렸다.

혼자 남은 카서스는 멍하니 텅 빈 거실을 바라보았다.

"이게 무슨……?"

그는 가볍게 숨을 삼켰다.

아니, 이건 좀 치사하지 않나? 순간 이동으로 도망가 버리면 어떻게 하라고?

'그리고 그렇게 아이 가진 게 싫은 건가?'

카서스는 자신의 모친을 떠올렸다. 물론, 그녀와 시카가 닮은 점은 조금도 없지만. 카서스는 가볍게 입술을 깨물었다.

그는 깊게 숨을 들이마시고 반지를 돌렸다.

—시카? 시카. 다 듣고 있는 거 알아. 어디로 갔어? 도망가는 거 진짜 치사한 거 알아? 게다가 달려서 도망가면 쫓아라도 가지, 그렇게 가 버리면 어쩌라는 거야? 대답 좀 해 봐.

침묵이 흘렀다.

카서스는 답답함을 느꼈다. 그녀가 영영 사라지거나 할 거라고는 생각하지 않는다. 하지만 대화가 되지 않는 상황은 화가 난다.

─시카.

불러도 대답은 돌아오지 않아 카서스는 가볍게 입술을 깨물었다.

'자, 이제 어떻게 한다?'

그가 고민하고 있을 때, 로레인은 갑자기 날아들어 온 시카를 보고 눈을 동그랗게 떴다. 마법의 흐름이 느껴져 고개를 돌리니 울 듯한 얼굴로 시카가 서 있었다. 허둥지둥 로레인은 작은 유리 온실의 문을 닫고─안에는 멜론 모종이 자라고 있었다─ 후다닥 달려갔다.

"시카? 괜찮아? 무슨 일이야?"

"나, 나─"

시카의 눈에서 눈물이 떨어졌다. 순간 로레인은 가슴이 덜컥 가라앉는 기분이었다.

"카서스에게 무슨 일이 생겼어?"

시카는 고개를 휙휙 저었다.

"그럼─"

로레인은 침을 삼켰다. 이게 책에서만 읽었던, 결혼 생활의 파탄이라는 걸까?

"카서스가 널, 음─ 괴롭혔니?"

"아냐!"

격렬하게 시카는 부정하며 고개를 마구 흔들었다.

"아냐, 카서스가 그런 게 아니라. 윽—"

"시카, 왜 그래? 무슨 일이야? 응?"

로레인이 시카의 어깨를 감싸며 테이블 옆 소파로 이끌었다. 두 사람은 소파에 나란히 앉았다. 로레인의 손이 부드럽게 시카의 등을 쓸었다. 시카는 흐느끼며 로레인에게 기댔다. 한참 울던 시카는 떨리는 손으로 자신의 에메랄드 반지를 뺐다.

반지가 나무 테이블 위에 떨어지는 소리가 달각, 꽤 크게 들렸다.

"어, 어떻게, 할지, 모르겠어—"

"뭘 말이야? 시카, 왜 그래?"

모르면 도와줄 수 없잖아? 로레인이 열심히 그녀를 달래며 물었다. 시카가 로레인을 차마 바라보지 못하고 말했다.

"나, 임신했으면 어떻게 하지……?"

로레인은 순간 움찔했다가 속삭였다.

"아이 가진 거야?"

시카가 고개를 저었다.

"아냐?"

"나도 몰라."

아직 확인해 보지 않았다.

로레인이 머뭇거리며 물었다.

"아이가 싫은 거야?"

다시 세찬 도리질이 이어졌다. 로레인은 자신의 한계를 느꼈다. 연애나 결혼 생활의 문제라면 좀 더 경험자에게 물어보는 게 낫지 않을까?

하지만 이 얼음탑에 그녀를 도울 수 있는 사람은 아무도 없었다. 전부 미혼뿐이니 말이다. 그러나 로레인은 시카를 아주 좋아했고, 애정은 항상 돌파구를 찾아내는 법이다.

"그럼 내가 없애 줄까."

로레인의 말에 시카는 화들짝 놀라 로레인을 바라보았다. 로레인의 푸른 눈동자가 똑바로 시카를 바라보고 있었다.

"그렇게 무섭고 싫으면 내가 어떻게든 해 줄게."

"로레인……."

시카는 무시무시한 말까지 하면서 절대적으로 자신의 편이 되어 주겠다는 로레인의 말에 갑자기 긴장이 툭 풀리는 걸 느꼈다.

아이를 없앤다는 말을 감히 다른 사람은 하지 못할 것이다. 하지만 마법사인―냉혹한 연구자이기도 한 로레인은 그렇게 말할 수 있었다.

"그게 아니라……."

시카는 숨을 골랐다.

"무서워."

"아이를 낳는 게?"

"아니. 나, 마수의 힘이 있었잖아."

"아."

로레인은 이해했다.

시카의 몸에는 마수의 힘이 있었다. 그건 보통 인간에게는 독이다. 물론 지금의 그녀에게는 그 힘이 없어졌지만, 그렇다 해도 몸에 흔적은 남아 있을 것이고 그게 어떻게 아이에게 영향을 끼칠지는 알 수 없었다.

"그럴 확률은 낮아."

로레인이 위로하듯이 말했다. 알코올중독자도, 마약중독자도 그 생활을 청산하고 아이를 낳는 경우엔 정상아가 대다수다. 물론 위험한 확률이야 있겠지만 그렇게 크지는 않을 터였다.

"하지만 혹시 모르잖아⋯⋯."

시카의 눈에 다시 눈물이 차올랐다. 로레인이 그녀의 등을 토닥거리며 말했다.

"카서스에게는 이야기했어? 그는 뭐래?"

"그게⋯⋯."

시카는 우물거리다가 '도망쳤다.' 하고 털어놓았고 로레인은 잠시 '얼음탑을 부수며 쳐들어오는 마스터'를 상상했다가 등에 소름이 돋는 걸 느꼈다. 로레인은 헛기침을 하고 말했다.

"일단 카서스와 이야기를 먼저 해 보는 게 좋겠어. 이렇게 도망치는 게 옳지 않다는 걸 너도 알잖아."

"하지만, 만약에— 카서스가 없애자고 하거나⋯⋯ 카서스는 애도 별로 좋아하지 않는다고 했고⋯⋯."

"시카 울프!"

소리쳤다가 로레인은 "아니, 리안이지." 하고 뒷부분을 정정하고 말했다.

"내가 아는 카서스는 절대로 그런 사람이 아냐. 네 손끝에 피라도 묻힐까 봐 벌벌 떠는 사람인데, 그가 그런다고?"

로레인의 말에 시카는 멍하니 그녀를 바라보았다가 고개를 끄덕였다.

"나도 알아."

"아는데 이건 아니죠. 가서 솔직하게 이야기하세요."

로레인은 가차 없이 말했다. 시카는 고개를 끄덕였다. 그녀는 손바닥으로 얼굴을 닦아 냈다. 숨을 가볍게 몰아쉬고 시카가 말했다.

"고마워, 로레인."

"별말씀을."

로레인은 그렇게 말하고 시카의 등을 쓸어내렸다. 로레인이 손을 뻗어 책상 위에 놓인 반지를 시카의 손에 쥐어 주었다. 시카가 그걸 로레인에게 밀어내며 말했다.

"내가 말 못 하겠어."

로레인이 해 주면 안 돼? 하는 눈으로 시카가 로레인을 올려다보았다. 로레인이 물었다.

"뭐라고 말해 주면 되는데?"

"호숫가에 있겠다고……?"

"그거라면."

로레인은 고개를 끄덕였다.

'잘은 모르지만 임산부는 감정이 멋대로 움직인다고 하니.'

이 정도는 해 줘도 되겠지.

로레인은 약간 불경한 느낌을 느끼면서 반지를 손가락에 끼고 에메랄드를 살짝 돌렸다.

잠시 후 로레인이 다시 반지를 시카에게 돌려주며 말했다.

"전했어."

"고마워."

시카는 작게 말하고 그 자리에서 휙 사라졌다. 로레인은 피식 웃고 자신의 손가락을 내려다보았다. 자신을 시카라고 착각했을 때 카서스로부터 쏟아진 그 생각과 마음.

'아, 나도 사랑하고 싶네.'

로레인은 그렇게 생각하다가 다시 자신의 연구 테이블로 돌아와 유리온실의 문을 열었다.

"지금은 멜론을 사랑하고 있지만."

그녀가 씩 웃으며 중얼거렸다.

카서스는 호숫가에서 금방 그녀를 찾을 수 있었다.

호수의 선착장에 그녀가 웅크리고 앉아 있었다. 밤의 호수에는 별과 달이 비쳐 표면은 사금파리를 뿌린 듯 반짝였다. 민물 냄새가 바람을 따라 희미하게 몰려왔다.

카서스는 선착장을 똑바로 걸어가 시카의 옆에 나란히 앉았다. 삐걱삐걱 선착장의 나무 바닥 소리가 났으니, 그가 왔다는 걸 시카도 알았을 것이다.

카서스는 웅크린 시카를 내려다보았다. 무릎 사이에 푹 얼굴을 박고 있어서 그녀의 표정이 보이지 않는다.

카서스는 툭 그녀에게 몸을 기댔다. 서로의 온기를 느끼며 한참 시간이 흐르고 시카가 입을 열었다.

"카……서스으."

그녀의 목소리에 울음이 섞여서 카서스는 어떻게든 답해 주고 싶다는 생각이 들었다. 하지만 자신들은 이미 나란히 있고, 더 이상 자신이 그녀를 도울 방법은 없다.

"그렇게 싫어?"

카서스는 자신의 목소리에 비난을 담지 않기 위해 조심했다. 실제로도 그녀를 비난하고 싶은 게 아니었다. 단지 알고 싶을 뿐이었다.

시카는 작게 고개를 흔들었다. 그녀가 작게 속삭이듯 말했다.

"나 무서워."

뭐가? 하고 묻는 대신 카서스는 다음 말을 기다렸다.

"어떠, 어떻게 하지?"

시카는 평상심을 유지하며 말하려고 했는데, 말꼬리가 벌써 흔들리기 시작했다. 울지 말고 똑바로 말해야 하는데 자꾸 울음이 섞인다.

"아, 아이가 괴물이면 어떠, 어떻게 해에―?"

그녀의 불안을 깨달은 카서스는 울컥하고 뭔가가 치미는 걸 느끼며 그녀의 어깨를 끌어안았다. 시카가 흐느끼며 그를 꽉 끌어안았다.

"나, 나, 모르겠, 무서워. 카서스, 나 무서워."

괴물이면 어떻게 하지?

그 마력이 지금은 사라졌지만, 그래도 흔적은 남아 있다.

그게 아이에게 영향을 끼쳐서 아이가 잘못되면?

죽는다면?

그리고 괴물이라면?

기형이라든가, 다른 문제가 생긴다면?

그래서 아이가 자신을 원망하면 어떻게 하지?

시카는 무서웠다. 무서워서 손발이 덜덜 떨려 왔다. 카서스가 그녀의 등을 쓸어내리며 부드럽게 말했다.

"괜찮을 거야. 괜찮아. 시카는 인간이잖아."

"하지만, 그래도—"

시카는 입술을 깨물었다.

"그래도—?"

카서스가 되물어서 시카는 올라오는 말을 내뱉었다.

"카서스가 괴롭잖아."

"어—?"

상상치도 못한 말에 카서스는 시카를 내려다보았다. 시카가 그의 품을 파고들며 말했다.

"카서스는 힘들어도 힘들다고 안 할 거잖아."

그녀는 카서스가 너무 좋고, 너무 소중해서 조금이라도 그가 상처받는 일이 없었으면 했다. 만약에 태어난 아이가 잘못되면, 카서스는 힘들 거다. 물론 자신에게는 조금도 그렇지 않다고 하겠지, 지금처럼. 하지만 어디선가는 분명 괴로울 거야.

시카는 카서스가 괴로운 게 싫었다.

그는 세상에서 가장 행복해야 하고, 그래야 하는 사람이고—

"시카 리안."

카서스의 목소리가 솜사탕처럼 푹신하고 부드러워졌다. 그가 툭툭 그녀의 어깨를 두들겨서 자신을 보게 만들었다.

"나 진짜로 안 힘들어."

"하지만—"

"게다가 나는 엄청나게 솔직한 인간이라고 생각하는데. '솔직'이라는 말을 '예의 없다'라고 할 정도로 휘두르고 있는."

그 말에 시카의 얼굴에 미소 비슷한 게 스쳐 지나갔다.

"나에게도?"

"시카에게도."

카서스는 한숨을 내쉬고 말했다.

"난 완벽한 사람이 아냐."

"알아."

"하지만 시카에게는 그렇게 보이고 싶어."

"그래?"

"당연하지? 그래서 그런 모습을 열심히 보이고 있지만, 그렇다고 해서 내가 무리하고 있다는 이야기는 아냐. 뭐, 마법 구속구까지 숨겨 두고 있었던 걸 들킨 판에?"

"그거랑은 다르지."

"아냐, 같아. 시카에게 보여 주는 면과 달리 음흉하고 음습한 면도 나에게는 있다는 거야."

"그것도 좋아해."

"그렇게 말하면서 무리하고 있는 거 아냐? 뒤에서는 힘들어하면서?"

"그럴 리가 없잖아!"

소리치고 시카는 "아……." 하고 카서스를 바라보았다. 그가 씩 웃었다. 그녀의 눈에 눈물이 또 금세 가득 차서 카서스는 웃었다.

"왜 울보가 되는 거야?"

"카서스 때문이야."

"울보 시카도 좋아."

카서스의 말에 시카는 웃었다. 웃자, 눈꼬리를 타고 눈물이 흘러내렸다.

"그러니까 그런 생각 하지 않아도 괜찮아. 겉으로는 웃으면서, 뒤에서는 힘들어서 이 악무는 그런 타입은 아니니까. 그런 건 베라무드가 잘하지……."

카서스는 친구를 생각하며 중얼거리고 얼른 분위기를 쇄신시키며 말했다.

"게다가 나랑 시카를 닮았으면 괴물이라도 미인일 테니까 걱정 없어."

그 말에 시카가 바람 빠지듯 웃으며 그의 품으로 파고들었다. 카서스가 이어서 말했다.

"그리고 아이에게는 우리가 있잖아."

시카는 품에서 고개를 들어 그를 바라보았다. 그 눈물로 얼룩진 얼굴을 천천히 닦으며 카서스가 조용히 말했다.

"우리가 있으니까. 괜찮아."

"으응."

시카가 머리를 들이박듯, 카서스를 꽉 끌어안으며 안겼다. 흐느낌이 잦아들었다. 카서스의 손이 느리게 그녀의 등을 쓸어내렸다. 들썩이던 어깨가 가라앉고, 숨이 느려진다.

불안감이 완전히 사라진 건 아니었다. 그게 짚더미 속의 바늘처럼, 잊을 만하면 시카를 콕콕 찔렀다. 하지만, 하지만 괜찮을 거다.

카서스랑 함께 있으니까. 나도, 우리 아이도 괜찮을 거다.

시카는 카서스를 안은 팔에서 힘을 뺐다.

"미안."

"뭐가?"

"나 너무 놀라서―"

"맞아. 순간 이동으로 도망치는 건 안 돼. 다음에는 그냥 두 다리로 도망쳐."

"하지만 그러면 카서스에게 잡히잖아."

"안 잡고 천천히 쫓아갈게."

카서스의 다짐에 시카는 그게 그렇게 되는 건가? 하며 고개를 갸웃했다가 끄덕였다. 하여간 순간 이동으로 날아가 버리는 건 옳지 않으니까.

"꼭이야."

카서스가 다시 다짐을 받아내어 시카는 고개를 끄덕였다. 카서스가 잠시 머뭇거리다가 물었다.

"그래서, 정말로 아이야?"

시카는 약간 뺨을 붉혔다. 그녀가 살짝 고개를 끄덕였고 카서스는 활짝 웃으며 그녀를 번쩍 안아 들어 빙글빙글 돌렸다.

"야호!"

카서스가 환호성을 질러서, 시카는 자신도 모르게 웃음을 터트렸다.

밤의 호숫가에서 그녀의 웃음소리는 호수 저편까지 넓게 퍼져 나갔다. 그가 다시 그녀를 조심스럽게 내려놓고 이마에 키스해 주었다.

"갑작스럽기는 하지만, 엄청 기쁜데."

시카는 그 말에 자신의 배를 내려다보았다가 다시 카서스를 보았다. 카서스가 조심스럽게 물었다.

"시카는?"

"사실은—"

시카가 희미하게 웃었다.

"나도 좋아."

자신과 카서스의 아이인데, 사랑에 빠지지 않을 수가 없다.

시카는 팔을 뻗어 그의 목에 두르며 앙 하고 까치발을 했다. 그래도 그의 입술에 닿지 않아, 카서스가 허리를 굽혀 그녀에게 부드럽게 키스해 주었다.

"짠맛 나."

그가 중얼거려 시카의 뺨이 붉어졌다. 카서스가 웃으며 말했다.

"나중에 분명히 이것도 놀림감이 될걸."

아이가 무사히 태어나면 놀려 줄 테야, 하는 말에 시카가 진지하게 답했다.

"그랬으면 좋겠어."

"그럴 거야."

확신을 담아 하는 말에 시카는 이상하다는 생각이 들었다. 정말로 배 속의 아이가 무사히 자랄지 알 수 없고. 괴물일지도 모른다. 아니면 손톱이 뾰족하거나, 예전의 자신처럼 동공이 길쭉하다거나 하는 이상이 있을지도 모르고. 하지만 카서스가 '괜찮을 거야.'라고 하면 믿고 싶어지고, 믿어졌다.

그리고 그렇지 않을지라도, 카서스와 함께라면 괜찮을 거다. 자신도, 아이도.

"카서스."

"응?"

"아이 이름에 '시'는 넣지 말자."

"어―?"

그의 당황스러운 목소리에 시카는 큰 소리로 웃었다.

*　　*　　*

카서스는 문 앞을 왔다 갔다 했다. 안이 조용한 게 오히려 불길했다. 아르카나는 그런 그가 신경에 거슬렸지만, 여기서 가장 초조할 사람이 그인 걸 알기에 참았다.

"카서스. 앉아."

베라무드의 말에 카서스가 털썩 대기실 의자에 앉았다가 다시 일어났다.

"원래 이렇게 조용한 거야?"

그의 물음에 대기실의 사람들 모두 입을 꾹 다물었다.

아르카나가 힐끗 시계를 바라보았다.

"게다가 백작님은 세 시간 걸렸다며?"

카서스가 추궁하듯 말하자 베라무드가 "그야, 시리는 몸이 튼튼하니까." 하고 변명 아닌 변명을 했다. 초산이었는데도 시그리드는 3시간 만에 아이를 순산했고, 모두가 빠른 편이라고 고개를 끄덕였다.

하지만 시카는 늦어져도 너무 늦어지고 있었다.

벌써 10시간째다.

"더 초조한 건 뭔지 알아? 다른 사람이 아이를 낳을 때에는 시카가 있었지. 하지만, 시카 본인이 낳을 때에는……."

카서스는 숨을 삼키고, 한 손으로 얼굴을 쓸어내렸다. 그때 문이 열렸다. 안에서 로레인이 피곤하고 창백한 얼굴로 나와서 카서스를 보았다.

카서스가 떨리는 입술로 뭔가 말을 하려다가 입술을 깨물었다.

"잠깐만 이야기할 수 있겠어요?"

카서스는 고개를 끄덕였다. 그녀의 손짓에 따라 카서스와 그녀는 대기실 한쪽으로 걸어갔다. 로레인이 빠르게 말했다.

"시간이 계속 지체되고 있는데 피는 너무 많이 흘렸어요. 시카는 정신을 잃었다가 돌아왔다가 하고 있고―"

로레인의 말을 중간에 끊고 카서스가 말했다.

"시카."

"네?"

"둘 중에 하나를 선택하라는 거 아닌가요? 그럼 전 제 아내를 선택하겠다는 겁니다."

"선택의 때가 얼마 남지 않기는 했죠. 하지만 그게 아니라, 들어와서 시카에게 정신 차리라고 하고, 힘내라고 해 달라는 거예요."

"그건 묻지 않으셔도―"

"좋아요, 그러면."

로레인이 문을 열었다.

"들어오세요."

안으로 들어가자 열기와 함께 피비린내가 훅 끼쳐 왔다. 벽난로에서 끓이고 있는 물이 김을 뿜어내고 있었다.

카서스는 이게 시카의 피 냄새라는 걸 의식하지 않으려 애썼다. 새빨갛게 피에 젖은 시트에서 의식적으로 눈을 떼고 카서스는 그녀의 머리맡으로 걸어갔다. 시트만큼이나 창백한 시카의 얼굴을 보고 카서스는 숨을 골랐다.

"시카."

작게 그가 그녀를 부르자 시카는 느리게 눈을 떴다.

"카서스."

그녀가 손을 뻗으려고 했지만, 힘없이 손이 미끄러져 카서스가 그녀의 손을 잡았다. 차가웠다.

카서스의 마음도 섬뜩해졌다.

정말로, 정말로 여기서 시카를 잃으면 어떻게 하지?

그러면 나는.

난.

그 마음을 억지로 밀어내며 카서스가 웃었다.

"이런 말 하는 거 미안하지만, 마지막으로 힘내자. 응?"

시카는 고개를 끄덕였다. 눈을 뜨고 있는 게 이렇게 피로한 일이라는 걸 그녀는 처음 알았다. 산파가 다가와 그녀의 배에 손을 얹었다.

"힘줘요. 누를 테니까. 하나, 둘, 셋—!"

"아악—!"

비명을 지르며 시카는 안간힘을 썼다. 그녀의 창백한 얼굴에 약간 분홍기가 돌 정도였다. 카서스는 자신이 대신해 줄 수 있으면 좋겠다고 생각했다.

내가 더 튼튼하고 강한데, 시카는 너무 작고 약한데.

그녀의 손을 꽉 잡으며 카서스는 이를 악물었다. 로레인이 소리쳤다.

"시카, 조금만 더! 한 번 더!"

산파가 그녀의 배를 꾹 누르자 시카는 고통에 비명을 질렀다. 왈칵하고 뭔가가 쏟아져 나오는 느낌이 들고 그녀는 그대로 시야가 검게 변하는 걸 느꼈다.

낮고 낮은 속삭이는 목소리.

푹신한 이불의 감촉이 기분 좋았다. 무엇보다도 잘 들리지 않는 낮은 목소리가 기분 좋았다.

무거운 솜이불에 눌린 것 같은 피로감이 몸을 누르고 있었다. 하지만 그것마저도 어딘가 편한 기분이었다.

지금까지의 고통에 비하면.

'고통……?'

멍하니 시카는 자신의 상태를 보았다. 아픈 곳은 한 곳도 없었다. 그냥 피로감만이 몸을 덮고 있을 뿐이었다.

'졸려.'

그녀는 다시 잠을 청했다.

시카가 다시 눈을 떴을 때는 피로감도 모두 사라지고 없었다.

"일어났어?"

옆에서 목소리가 들려 시카는 고개를 돌렸다. 카서스가 희미하게 웃으며 그녀를 바라보고 있었다. 시카가 손을 뻗었다.

"카서스."

"응."

카서스가 그녀의 손을 마주 잡았다. 시카가 머뭇머뭇 물었다.

"아이는—?"

"엄청 쿨쿨 자고 있어. 시카를 닮아서 귀여워."

"그—"

그녀가 머뭇거리는 걸 보고 카서스가 히죽 웃으며 말했다.

"손가락도, 발가락도 다섯 개 다 달려 있고, 눈은 예쁜 금녹색

이고, 머리카락은 분홍색이야. 속눈썹도 벌써 장난 아니고. 완전
미녀가 될걸."

"여자아이야—?"

"응. 그리고 멀쩡한 인간이야."

"……다행……이다……."

시카의 눈에 금방 눈물이 글썽 차올랐다. 그녀의 관자놀이를
따라 눈물이 떨어져서 카서스는 그녀의 이마에 키스해 주며 말
했다.

"볼래? 데리고 올게."

"보고 싶어. 하지만 자고 있다면서—"

"음, 그렇다면."

카서스가 그녀를 이불로 휙휙 말더니 허리와 다리 밑에 손을
넣고 가볍게 안아 들었다.

"직접 보러 가는 게 마음 편하겠지?"

카서스는 그렇게 말하고 웃고는 시카를 조심스럽게 안은 채
로 곁방으로 향했다. 아이를 보고 있던 유모가 자리에서 일어났
다. 작은 요람 위에 갓난아이가 쌕쌕 자고 있었다.

"안녕, 아가야."

속삭이고 시카는 다시 눈물을 흘렸다. 그녀가 쿡쿡 웃으며 말
했다.

"카서스를 닮았는데?"

"그래?"

"응. 꼭 닮았어. 정말로 크면 미녀가 될 것 같아."

그녀의 말에 카서스가 시카의 관자놀이에 살짝 입 맞춰 주며
말했다.

"그럼 이제 이름 생각해 봐. '시'가 들어가지 않은 걸로."

그 말에 시카가 피식 웃었다.

그때 문이 열리고 로레인이 들어왔다.

"로레인."

시카가 그녀를 부르자 로레인이 왈칵 눈물을 흘리며 달려왔다.

"시카!"

다행이야, 깨어났구나. 나 정말 걱정했어. 몸은 괜찮아? 등등
말을 쏟아내며 로레인은 울먹거렸다. 뒤에서 느릿한 목소리가
이어 들려왔다.

"내가 괜찮을 거라고 했잖아."

"아르카나도 있었어?"

시카가 물어 아르카나가 눈을 찡그렸다가 한숨을 푹푹 내쉬
었다.

"그래. 있었어. 당연히 있지. 무슨 말을 하는 거야?"

"아, 아아. 그래서 몸이 가뿐한 거구나."

회복 마법을 걸어 줬구나, 하고 시카는 고맙다는 말을 덧붙이
며 싱긋 웃었다. 아르카나가 물었다.

"몸에 이상한 곳은 없어? 통증이 느껴지거나 아픈 곳은?"

"괜찮아. 조금 피곤한가? 그 정도?"

"피가 없어서 그래. 이제 잘 먹으면 금방 회복될 거야."

"응, 고마워."

카서스가 아르카나에게 가볍게 눈인사를 하고 그녀를 다시 침실로 데려다주었다. 시카가 말했다.

"나 배고파."

"알았어. 뭐 먹고 싶어? 다 만들어 줄게."

"팬케이크랑 신선한 오렌지 주스랑 따뜻한 버섯 수프랑 감자 튀김?"

어째 메뉴가 제멋대로였지만 카서스는 고개를 끄덕였다. 시카가 드래곤 튀김과 고래구이를 먹고 싶다고 해도 구하러 다녀왔을 터였다.

"알았어. 한숨 더 자."

"응—"

"고생했어."

카서스의 말에 시카가 웃었다가 눈을 찡그리고 말했다.

"진짜 고생했어."

"맞아. 맞아."

"카서스를 혼자 두고 가면 어쩌나 했어."

이미 다 끝난 일이라, 흘러나온 그녀의 말에 카서스는 울컥하고 뭔가 올라오는 걸 누르며 떨리는 목소리로 말했다.

"나도, 혼자 남겨지면 어쩌나 했어."

"다행이야."

시카는 다시 잠으로 빠져들며 중얼거렸고 카서스는 진심을 다해 말했다.

"응. 정말로, 다행이야."

＊　　＊　　＊

리카는 열심히 모래를 쌓고 있었다. 작은 모래 삽으로 열심히 퍼서 쌓아 올리고 있지만, 크기는 그렇게 금방 커질 기미를 보이지 않았다.

"리카, 아빠가 도와줄까?"

"아냐. 내가 할래."

리카는 단호한 의지를 밝혔다. 카서스는 "이런." 하고 뒤로 물러섰다. 시카가 쿡쿡 웃으며 그에게 손짓했다.

"아빠는 이리 오세요."

카서스는 어깨를 축 늘어트리고 시카에게로 다가갔다. 그의 머리카락은 짧아져 있었다.

―육아에 긴 머리는 힘드니까.

하며 머리를 싹둑 잘라 버린 것이다. 시카는 "아까워!"라고 소리쳤지만 카서스가 "나 안 예뻐?" 하고 묻는 데에는 웃으며 "예뻐." 하고 대답해 줄 수밖에 없었다.

그래도 지금은 많이 길어서 어깨선까지는 길어져 있었다.

"우리 따님은 누굴 닮아서 저렇게 고집쟁이지?"

카서스가 시카의 옆에 앉으며 말했다. 해변가에서 넓은 타월을 펴고 파라솔 밑에 시카는 느긋한 자세로 앉아 있었다.

"누구긴 누구겠어?"

시카가 빤히 카서스를 보자 카서스는 "나야?" 했다가 "시카가 아니고?" 하고 되물어서 시카는 "카서스지." 하고 단호하게 말했다.

"아닌데, 시카를 닮은 것 같은데."

"그럼 둘 다 닮았다고 해 두자."

시카의 말에 카서스는 피식 웃으며 그녀의 허리를 안고 가볍게 관자놀이에 키스했다. 두 사람은 서로의 어깨에 기댄 채 리카가 열정적으로 모래를 쌓는 모습을 바라보았다.

"저렇게 쌓기만 해서 어쩌려는 거지?"

카서스가 중얼거렸다.

"뭔가 큰 걸 만들려는 게 아닐까?"

시카도 알 수 없어 고개를 갸웃했다. 카서스가 물었다.

"안 물어봤어?"

"물어봤는데 비밀이래."

시카가 고개를 절레절레 흔들자 카서스는 슬프게 말했다.

"이제 비밀이 생길 나이구나."

"저 애도 벌써 열 살이야."

"열 살이면 아주 아기지."

"맞아. 아기지."

시카가 동의하며 고개를 끄덕였다. 저렇게 작고, 연약한데 어떻게 세상에 내보낼까 걱정도 되었다. 카서스와 시카는 육아에 둘이 힘을 한껏 쏟았다.

처음 사오 년 정도는 일도 하지 않았다. 리카가 어느 정도 크고 나서는 같이 일을 하러 대륙 곳곳을 돌아다니기 시작했다.

같이 여행 다니는 것도 좋지 않을까 하는 시카의 의견 때문이었다.

카서스가 이제 자기 무릎 높이까지 모래를 쌓은 리카를 보며 말했다.

"뭘 만들지 우리는 지켜보는 수밖에."

"그러네."

그의 말에 시카가 가볍게 웃으며 고개를 끄덕였다.

리카는 햇살을 막기 위해 새하얀, 챙이 넓은 모자를 쓰고 있었다. 그 밑으로 분홍색 머리카락을 양쪽으로 쫑쫑 내리 땋아 등 뒤로 늘어트리고 있었다. 놀이용 드레스는 이미 모래 범벅이다. 그 상황에서 모래 삽으로 열심히 모래를 쌓고 있었다.

보통의 아이라면 모래놀이보다 바다에 더 관심이 있겠지만, 리카는 거기에 정신이 팔리지 않았다. 그녀는 원하는 뚜렷한 그림이 있었고 그걸 완성하기 전에 다른 것에는 한눈팔지 않을 생각이었다.

그걸 바라보다가 시카가 말했다.

"그래도, 집중력이 좋은 것 같아. 끈덕지게 하는 걸 보면……."

그녀가 작게 속삭인 말에 카서스는 웃음을 삼켰다. 리카가 자기 이야기를 하는 걸 알아차린 것처럼 고개를 들어 이쪽을 바라보았다.

챙 아래서, 카서스보다 더 금빛을 띠는 금색에 가까운 녹색 눈

동자가 이쪽을 바라보았다. 시카는 싱긋 웃으며 손을 흔들었고, 카서스도 손을 흔들었다. 리카는 씩 웃고 신나게 손을 흔들고는 다시 모래성으로 시선을 돌렸다.

카서스가 작게 시카에게 말했다.

"아무래도 휴가가 슬슬 끝나가는 것 같은데."

"의뢰 들어왔어?"

시카가 힐끗 그를 보며 묻자 카서스는 고개를 끄덕였다. 용병 길드에서 S급 용병은 딱 둘뿐이고, 그 둘은 한 팀이다.

두 사람에게 주어지는 임무는 가장 위험하고, 가장 아슬아슬한 것들뿐이었다. 그걸 위험하지 않게, 아슬아슬하지 않게 처리하는 것이 두 사람의 능력이고.

부부 용병으로도 유명한 두 사람은 이미 제국을 넘어 전 대륙에서 이름을 떨치고 있었다.

"바닷속을 유영하는 거대한 상급 마수라는데? 길이가 100M 정도 된다고 하고."

시카는 잠시 크기를 가늠해 보다가 "크네……." 하고 중얼거렸다.

"크지. 그런데 하필 나타나는 해역이 딱, 무역 통로라. 손해가 어마어마한 모양이더라고."

"그럼 최대한 빨리 처리해야겠는데?"

"그렇지."

"알았어. 저녁에 출발하자."

"리카가 싫다고 하면 어쩌지."

카서스가 한숨을 내쉬었다.

"잘 달래야지 뭐……. 곰 모양 팬케이크를 구워 주겠다고 해 봐."

시카의 말에 카서스는 "아직까지는 그걸로 되는 나이라 다행이야." 하고 피식 웃었다. 두 사람이 느긋하게 마지막 휴가를 즐기는 동안 리카 역시 지칠 때까지 모래를 퍼 올렸다. 그리고서 그 높은 산을 관통하는 굴을 뚫기 시작했다.

산이 무너지지 않게 조심조심 노력한 끝에 리카는 구멍을 뚫었다. 완성하고 나서 리카는 후다닥 부모님에게 달려왔다.

"봐봐! 구멍 뚫었어!"

리카의 손에 끌려 두 사람은 모래 산에 뚫린 터널을 구경했다.

부부는 열심히 "굉장하다!" 하고 칭찬해 주었고 리카는 의기양양한 얼굴을 했다가 말했다.

"나 배고파."

"배고플 만도 하지."

카서스는 상당히 높은 모래 산을 바라보며 말했다.

삽질이란 상당한 중노동인 것이다.

"자, 손이랑 옷 털자."

시카가 딸의 옷을 털어 주는 동안 카서스가 말했다.

"리카, 오늘 저녁에 다른 데로 가야 할 것 같은데."

"다른 데로? 어디로?"

"음, 파르나로. 아직 간 적 없을 거야. 남쪽에 있는 섬이란다."

"일하러 가는 거야?"

리카의 말에 카서스는 고개를 끄덕였고, 리카는 제법 어른스러운 얼굴로 말했다.

"일이면 어쩔 수 없지."

시카는 그녀의 말에 웃음을 삼키며 딸의 뺨에 키스해 주었다.

"이해해 줘서 고마워, 우리 딸."

"대신 나 곰돌이 케이크!"

"알았어. 얼마든지 구워 줄게."

카서스가 그렇게 말하고 리카의 손을 잡았다. 리카가 반대쪽 손을 뻗어 "엄마도." 하고 말해서 시카는 웃으며 손을 잡았고 셋은 나란히 걸어 집에 도착했다.

카서스가 구워 주는 곰돌이 팬케이크를 다 먹기도 전에, 리카는 졸기 시작했다.

"리카, 먹고 자야지."

시카의 말에 리카는 "으응." 하고 말하면서도 포크를 든 채로 꾸벅꾸벅 고개를 떨군다. 카서스가 말했다.

"억지로 먹이지 말고, 그냥 재우자. 어차피 이동해야 하는데 뭐."

"그래. 그게 낫겠다."

시카는 고개를 끄덕였다.

조는 리카를 안아 들고, 짐을 싹 챙겨서 셋은 그대로 순간 이동을 했다.

이동하자마자 공기가 확 바뀐다.

습기를 머금은 공기를 카서스는 깊게 들이마시며 창밖을 바라보았다.

바닷가의 집 밖은 태풍이 몰아치고 있었다.

"역시 이동할 때 날씨가 바뀌는 이 현상은 익숙해지지가 않아."

카서스가 창문을 덜컹덜컹 흔드는 바람 소리에 한숨을 내쉬며 말했다. 품속의 리카가 작게 칭얼거려서 카서스는 "그래, 그래. 답답하고 졸리지?" 하고는 얼른 아이 방으로 향했다.

그사이 시카는 오랜만에 들른 집을 간단히 마법으로 청소했다.

환기를 하고 싶었지만, 창밖에 장대비가 내리고 있었으니 그건 무리였다. 시카는 창가로 다가갔다.

새까만 밤이 거기에 있었다.

창문을 때리는 빗소리가 요란했다. 시카가 살짝 창문을 열자 비와 함께 바람이 확 몰아쳤다. 시원한 바람과 비 냄새를 한껏 들이켜고 시카는 다시 창문을 닫았다.

번쩍—!

창문 밖에 번개가 치고, 멀리서 우르릉하는 천둥소리가 들렸다. 발소리에 고개를 돌리니 카서스가 이 층에서 내려오고 있었다.

"리카는?"

"완전히 곯아떨어졌어. 하긴, 모래를 그렇게나 파서 쌓아 올렸으니 지칠 법도 하지."

"그러게 말이야."

시카가 쿡쿡 웃었다. 카서스가 슬그머니 시카에게 다가가 그녀의 허리를 끌어안았다. 둘은 부드럽게 키스했다.

아이가 있다 보니, 예전처럼 자주 애정 행각을 벌일 수가 없어서 이렇게 틈이 날 때마다 기회를 찾는 카서스였다.

혀가 부드럽게 입술 사이로 미끄러져 들어왔다. 이제 시카는 능숙하게 그 키스를 받으며 적당히 카서스를 자극할 수 있었다.

하지만 그래도 여전히 키스는 짜릿하고, 그의 손길에는 온몸이 저릿해지는 것 같았다. 카서스의 손이 그녀의 치마를 들어 올리고 안으로 들어왔다.

"싫어, 여기서—"

시카가 그의 손을 살짝 피하며 말했다. 그 말에 카서스가 그녀를 번쩍 안아 들고는 후다닥 침실로 향하며 말했다.

"언제 우리 따님이 깰지 모르니까."

1분 1초가 아깝다.

그 말에 시카는 킥킥 웃었다. 그녀가 손가락으로 그의 뒷목을 어루만지며 말했다.

"그럼 오늘은 짧게 끝내는 거야?"

카서스가 그녀를 침대에 내려놓고 속삭였다.

"내가 널 앞에 두고?"

그게 가능하면 좋을 텐데, 하며 카서스는 그녀에게 키스했다. 시카는 다시 웃고는 그에게 마주 키스했다.

폭풍우 치는 밤은 길 것 같았다.

*   *   *

리카는 창문에 찰싹 붙어 있었다.

엄마랑 아빠는 일하러 갔다.

리카도 그걸 알고 있지만, 그래도 돌아올 때까지는 여기에 있을 생각이었다.

"리카, 이쪽에 와서 앉자. 응?"

뒤에서 부르는 소리가 들렸지만 리카는 고집스럽게 유리창에 이마를 꾹 누르고 앉아 있었다.

리카도 안다.

아빠랑 엄마가 얼마나 대단한지.

엄마는 하늘을 날 수 있고, 아빠는 곰돌이 팬케이크도 만든다.

하지만 그래도 자신을 두고 가지 않고, 같이 가면 좋겠다. 일할 때도 옆에 있고 싶다.

그런 생각을 하면서 언제 두 사람이 올까, 기다리는데 뒤에서 익숙한 목소리가 들렸다.

"여기에 시카가 있습니까?"

"누구냐!"

"마법사이십니까?"

용병 길드 사람들은 순식간에 태세를 갖췄다. 여자 용병이 리카를 등 뒤로 감싸며 검을 빼 들었다. 리카가 고개를 기웃하고 말했다.

"아르카나 아저씨?"

"리카, 있구나. 그럼 여기 시카 리안도 있겠죠."

아르카나가 초조하게 말했다. 리카를 등 뒤로 숨긴 용병이 차갑게 말했다.

"마법사라고 해서 무조건 환영받는 건 아닙니다. 이렇게 이동해 온 게 무례한 일이라고 먼저 지적하고 싶군요."

그 말에 아르카나는 한숨을 내쉬고 말했다.

"죄송합니다. 마법사 아르카나라고 합니다. 앙케르트나 후작가에서 일하고 있죠."

"대마법사 아르카나……이신가요?"

용병의 목소리가 공손해졌고, 아르카나는 고개를 끄덕였다. 안쪽에서 지부장이 무장을 갖추고 튀어나왔다.

"리카의 몸에 손가락 하나라도 대면─!"

카서스와 시카가 유명세를 타는 만큼, 둘에게는 적도 많았다. 그리고 가장 약한, 딸인 리카를 가지고 협박하는 자들도 있었기에 지부장은 마음을 단단히 먹고 소리쳤다.

물론, 리카를 가지고 협박하던 자들 중에 살아남아 있는 사람은 아무도 없지만 말이다.

아르카나가 고개를 흔들고 설명했다.

"그러려고 온 게 아닙니다. 여기 리카가 있는 걸 보면 시카도 왔을 텐데. 임무를 나간 겁니까?"

"대마법사 아르카나 님이시래요."

용병이 설명을 덧붙였지만, 지부장은 긴장을 풀지 않았다. 그는 무기를 든 채로 리카의 앞으로 이동하며 말했다.

"시카와 카서스는 지금 임무 수행 중입니다."

"어디입니까?"

"바다 어딘가겠지요. 지금 태풍이 불고 있어서, 기다리시는 게 나을 겁니다. 찾으러 갔다가 괜히 엇갈릴 수도 있으니까요. 아르카나 님이시라고요?"

지부장의 말에 아르카나는 한숨을 내쉬고 고개를 끄덕였다. 그가 품에서 앙케르트나 후작가의 문장을 꺼내 보이자 그제야 지부장은 검을 내렸다.

"확인해 봐도 될까요?"

"네."

문장을 자세히 들여다보고 지부장은 고개를 끄덕였다.

"만나 뵙게 되어 영광입니다. 대마법사님. 하지만 지금은 기다려 주시면 좋겠군요."

"알겠습니다."

아르카나가 리카를 향해 돌아서며 희미하게 웃었다.

"오랜만이네, 리카. 나 기억하고 있구나."

리카는 고개를 끄덕였다. 빨강 머리는 아주 인상적이어서 기억에 남아 있었다. 지부장이 자리를 권하고 물었다.

"그런데 어쩐 일이십니까?"

"치유자의 힘이 필요해서 말입니다."

아르카나의 말에 지부장은 아아, 하고 고개를 끄덕였다. 치료 마법으로 시카 리안을 따라잡을 사람은 없었다.

오죽하면 그녀가 죽은 자를 살린다, 하는 소문까지 돌겠는가?

하지만 그건 외상에 한정된 이야기고, 병에 대해서는 달랐다. 그것 때문에 길드도 골머리를 한참 앓았었다. 죽어 가는 귀족 노친네들이 S급 용병에게 의뢰를 넣어 '수명 연장을 해 주면 돈을 얼마든지 주겠다.' 하는 말을 했던 것이다.

그걸 일일이 거절하느라 고생했었고, 지금도 그런 의뢰가 들어오지 않는 건 아니었다.

아르카나는 창밖을 바라보았다. 기다리는 게 최선이라는 걸 알지만 그래도 기다리는 건 힘든 일이었다. 지금 자신을 기다리고 있을 일행을 생각하면 더욱더.

"누가 아파요?"

리카의 물음에 아르카나가 살짝 웃고 말했다.

"진 기억하니?"

"진?"

"그래, 로웬그린 아줌마의 아들 말야. 갈색 머리의― 기억 못하겠구나."

마지막으로 본 게 일 년 전이니 기억날 리가 없었다. 어린아이에게 일 년은 어마어마하게 긴 시간이니 말이다. 아르카나는 리카가 자신을 기억하는 게 신기했다.

일리생 후작 부부는 슬하에 자식을 둘 두었는데, 한 명은 진이었고, 한 명은 캐시였다. 남매를 나란히 둔 것이다.

"알아요. 브렌이랑 진이랑, 아서랑 같이 놀았지요."

리카의 말에 아르카나는 눈을 크게 떴다가 고개를 끄덕였다.

"맞아. 기억하고 있구나."

"세레나랑, 캐시도요. 그리고, 그리고, 리오랑 엘리도요."

기억하는 게 놀랍다는 듯한 그의 말에 리카는 자랑하듯 나머지 일행도 늘어놓았다. 또래 친구들과 만나서 노는 일은 항상 즐거운 일이었다. 아서와 세레나, 리오와 엘리는 시그리드의 아이들이었다. 아르카나는 고개를 끄덕여 그녀의 말이 맞다는 걸 확인해 주고 낮게 말했다.

"진이 아프단다."

아르카나의 말에 리카는 "정말요?" 하고 되물었다.

아픈 건 괴롭다.

"그거 힘들겠네요. 그래서 엄마를 찾아오신 거군요."

엄마는 뭐든 고칠 수 있으니까.

"그래."

아르카나는 고개를 끄덕였다. 리카는 빤히 그런 아르카나를 바라보았다.

리카는 또래 아이들과 거의 어울리지 않았다. 주변의 어른들은 그녀를 어린아이로 취급했고, 리카의 말투 역시 그에 맞춰져 있었다. 하지만 그렇다고 그녀의 내용물까지 어린아이인 것은 아니다.

"하지만 용병 의뢰는 길드에 하는 거 아닌가요?"

그 말에 아르카나가 희미하게 웃고 말했다.

"우리는 친구 사이니까."

"친구."

리카는 그 단어를 작게 중얼거렸다.

아르카나가 약간 초조해질 만큼 기다렸을 때 카서스와 시카가 돌아왔다. 둘 다 홈뻑 젖어 있었지만 특히 카서스의 몰골이

볼만했다.

"아, 세상에."

용병이 중얼거렸고 리카가 빽 소리 질렀다.

"아빠!"

"어? 리카, 오지 마. 아빠, 더러워. 괜찮아, 아픈 거 아냐. 아냐. 제길, 그 문어 새끼, 머리를 부숴 버렸어야 했어."

"카서스, 애 앞이야."

시카가 그렇게 말하고 먹물을 뒤집어쓴 카서스를 바라보았다. 머리 위에서부터 누가 먹물을 부은 듯한 카서스는 바닥에 뚝뚝 검은 물을 흘리고 있었다.

"일단 옷부터 벗고 씻— 어라? 아르카나?"

카서스가 눈가를 손등으로 닦아 내며 말했다. 아르카나는 그의 모습을 보고 말했다.

"얼른 씻고 오시죠."

"미안, 시카와 이야기하고 있어."

말하고 카서스는 안으로 휙 들어가 버렸다. 시카는 흠뻑 젖은 자신의 옷을 바라보고 아르카나를 보았다.

"나도 갈아입고 와도 괜찮아? 아니면 급한 일이야?"

"지금까지 기다렸으니까 괜찮아. 하지만 최대한 빨리."

"알았어. 리카, 같이 가자."

시카가 손을 내밀자 리카는 활짝 웃으며 달려가 엄마의 손을 잡았다.

"얌전하게 잘 있었어?"

"응, 나 얌전하게 잘 있었어."

시카는 안쪽에서 얼른 옷을 갈아입고 나왔다.

"진이 아프다고?"

그녀의 말에 아르카나가 리카를 바라보았다가 시카를 보고 고개를 끄덕였다.

"어떻게 된 거야?"

"말을 타다가 떨어졌어. 그런데 등자가 발에 걸려서, 무릎 관절이 완전히 돌아갔어."

"세상에……."

시카는 입을 벌렸다. 아르카나가 리카를 슬쩍 보고 물었다.

"더 이야기해도 돼?"

시카는 얼른 리카의 귀를 막았고 리카는 입을 비죽 내밀었지만 얌전하게 있었다.

"그래서?"

"상처가 너무 심한 데다가 감염까지 돼서 의사가 잘라야 한다고 했어. 로웬그린은 의사 대신 날 찾았고. 하지만 앙케르트나 영지와 거리가 워낙 있다 보니까……."

"얼마 만에 너에게 연락이 간 거야?"

"이 주."

시카는 신음을 흘렸다.

"그래도 이 주라니 굉장하네. 파발이 미친 듯이 달렸나 본데."

"당연하지. 감염 때문에 상처 일부는 괴사하고, 고열에 시달리고 있고─ 내가 손대는 건 무리야. 저대로 내가 치유 마법을 쓰면 쟤는 평생 못 걸을걸."

"그래서 날 찾아왔구나. 하지만—"

시카는 입술을 깨물었다가 자리에서 일어났다.

"해야지."

"고마워."

"뭐가 고마워. 당연한 거지. 그나저나 고생했어. 나 찾느라고."

"아냐."

아르카나가 어깨를 으쓱했다.

"브렌도 같이 있었어. 현장에."

"저런."

시카는 눈을 찡그렸다.

브렌은 마리쉐즈와 알케르토 사이의 장남이었다. 리안 부부와 마찬가지로 그쪽도 외동이었다. 많은 형제 사이에서 치이며 자란 두 사람은 별 고민 없이 '한 명으로 충분해.' 하고 입을 모았다.

"브렌은 괜찮아? 다친 곳은 없고?"

"응."

"다행이다."

시카는 가슴을 쓸어내렸다. 그 짧은 사이 순식간에 씻고 옷을 갈아입은 카서스가 뒷방에서 나왔다. 시카는 언제나 궁금해하던 —어떻게 저렇게 빨리 씻는 걸까? 하면서도 그 습관이 반가웠다.

"진이 아프대."

시카의 말에 카서스는 고개를 끄덕였다.

"바로 갈 거지? 지부장님, 돈 달아 놓으세요. 나중에 찾으러 올게요."

"잘 해치운 거 맞지?"

지부장의 말에 카서스가 씩 웃었다.

"누구 일인데?"

"알겠네."

지부장이 고개를 끄덕이기가 무섭게 일행의 모습이 사라졌다. 지부장은 "나 참." 하고 고개를 절레절레 흔들었다. 저 이동 방식은 언제 봐도 신기했다.

폭풍이 다녀간 듯한 모양새였다.

공간을 뛰어넘자마자, 로웬그린이 달려왔다.

"시카!"

시카는 그녀가 그렇게 흐트러진 모습은 처음 봤다. 항상 침착하고 조용한 로웬그린의 모습은 어디에도 없었다.

"진을 고쳐 줘. 제발, 부탁이야."

"알았어. 진정해, 로웬그린. 응? 내가 살펴볼게."

시카가 그녀의 등을 토닥였다. 시카와 로웬그린이 방 안으로 들어가자, 피곤한 얼굴의 일리생 후작이 나타났다.

"후작님."

카서스가 가볍게 하티엔에게 예를 차리자 하티엔이 고개를 흔들었다.

"와 주셔서 감사합니다."

"아닙니다."

"좋지 않은 모습을 보여 드리는군요. 시종에게 손님을 안내하라고 하겠습니다."

하티엔은 말하고 카서스의 품에서 눈을 동그랗게 뜨고 있는 리카에게 희미하게 웃어 보였다.

"안녕, 리카."

"안녕하세요."

리카는 배운 대로 인사를 했고 하티엔은 다시 웃었다. 그가 시종을 부른 후 낮게 "이 층의 손님방으로 안내해 드리게." 하고 명령했다.

카서스는 시종을 따라 방으로 향했다. 리카가 그의 품에서 물었다.

"엄마가 진 고치는 거야?"

"응."

"그럼 금방 나을 거야. 나도 금방 나았거든."

"그래, 그럴 거야."

카서스가 리카의 이마에 가볍게 입 맞췄다.

저절스러운 생각이라고 하겠지만, 부모라면 누구나 느낄 법한 안도감이 그의 마음을 스쳤다. 내 아이가 다치지 않아서 다행이다.

그리고 곧 안타까운 마음이 올라왔다.

시카가 진을 고칠 수 있기를, 카서스는 진심으로 바랐다.

* * *

시카는 완전히 지쳐서 늘어졌다.

장장 세 시간에 걸친 마법 시술이었다. 괴사한 부분들은 제거하고, 또 약간의 회복 마법을 걸고, 끊어진 신경과 관절들을 제대로 돌리고, 또 약간의 회복 마법을 걸고.

세포를 전부 활성화시키면, 상한 곳도 같이 활성화되기 때문에 조금씩 진행해야 했다. 게다가 이미 이상하게 회복된 곳들은……

'어쩔 수 없지.'

그래도 너무 잘못된 곳은 다시 끊어서 연결하기도 했다.

하지만 모든 것이 다치지 않았을 때처럼 완벽하고 매끄럽게 될 수는 없었다. 그래도 퉁퉁 부었던 다리는 멀쩡해졌고, 고름과 염증이 가득했던 상처도 사라졌다.

자고 있는 진의 얼굴도 이제 고통에서 벗어나 있었다.

달콤한 차를 부탁해서 마시며 시카가 로웬그린에게 설명했다.

"예전과 똑같지는 않을 거야. 하지만 꾸준히 노력하면, 걷는데는 지장 없어. 아직 어리고 회복력도 좋으니까 어쩌면 달리는데에도 나중에는 무리가 없을 거야."

그 말에 로웬그린의 눈에서 눈물이 왈칵 쏟아졌다. 시카가 "미안해." 하고 작게 속삭이자 로웬그린은 고개를 저었다.

"아냐. 아니, 저 애가 걸을 수 있다는 게 기뻐서 그래."

다리를 잘라야 할 거라고 했을 때는 눈앞이 새까맣게 되는 기분이었다.

하지만 이제는 걸을 수도, 잘하면 뛸 수도 있다고 한다. 그것만으로도 세상이 밝아지는 기분이었다.

"당분간 남아서 예후를 살필게."

"고마워."

로웬그린의 말에 시카는 고개를 저었다.

"당연한 일이지. 친구 사이에."

그 말에 로웬그린이 살짝 웃었다. 눈꼬리에서 눈물이 떨어졌다.

"시그 말버릇 닮아가네."

"그러게."

시카는 쿡쿡 웃고 자리에서 일어났다. 로웬그린이 따라 일어나며 물었다.

"그럼 이제 괜찮은 거야? 물수건 갈아 주거나, 어떻게 뭐 따로 해야 할 거 없어?"

"응, 없어. 잠 푹 자고, 일어나면 맛있는 거 먹이고. 그리고 내가 살펴보러 올게."

"고마워."

다시 로웬그린이 하는 말에 시카는 고개를 젓고 밖으로 나왔다. 슬쩍 돌아보니 로웬그린이 아들 옆에 앉아 몇 번이나 그 얼굴을 어루만지는 게 보였다.

나오니 하티엔이 긴장된 얼굴로 기다리고 있었다.

시카는 같은 설명을 반복했고, 그는 길게 안도의 한숨을 내쉬었다.

"감사합니다. 고생하셨습니다."

"아니에요. 당분간 제가 머물면서 증상을 볼게요. 재활도 같이 하고요."

"얼마든지 머무셔도 좋습니다."

하티엔의 말에 시카는 희미하게 웃었다. 그녀가 웃는 것조차, 진이 잘 나을 거라는 믿음으로 보여 하티엔은 마음이 놓였다.

"그럼 저도 잠시 쉬겠습니다."

시카의 말에 하티엔은 시종을 불러 그녀를 안내하게 했다. 위층으로 올라가니 카서스와 아르카나가 기다리고 있었다.

"어떻게 잘 됐어?"

카서스의 물음에 시카는 고개를 끄덕였다.

"못 걷는 일은 없을 거야. 잘하면 평범하게 달릴 수도 있을 거고."

"다행이네."

"다행이지."

아르카나가 안도의 한숨을 내쉬고 말했다.

"시리도 들으면 기뻐할 거야. 그럼 난 이만 가 볼게."

"중간에서 엄청 고생했어."

시카의 말에 아르카나가 눈을 찌푸리고 말했다.

"알면 제발 통신 도구 좀 챙겨서 다녀."

"앞으로는 꼭 그럴게."

시카가 다짐하자 아르카나는 싱긋 웃고 그대로 사라졌다. 빛가루만이 허공을 가볍게 맴돌다가 사라졌다.

시카가 소파에 털썩 앉으며 말했다.

"피곤해. 리카는?"

"시녀들과 놀고 있어."

"시녀들을 괴롭히는 게 아니면 좋겠는데. 뭐 하고 놀아?"

"정원에서 숨바꼭질."

"아하."

시카는 고개를 끄덕였다. 평소에는 두 사람이 아이를 보다 보니, 이렇게 다른 사람이 아이를 봐주는 게 좀 생소했다. 하지만―

"좋네. 남이 애 봐주는 거."

"좋지."

카서스도 고개를 끄덕였다. 시카가 손등으로 눈을 덮으며 말했다.

"피곤해……."

"한숨 자."

"그래야겠어."

시카는 하품을 하며 자리에서 일어났다. 대충 옷을 갈아입고, 시카는 침대에 푹 쓰러지듯이 누웠다. 카서스가 그녀의 머리카락을 정리해 주며 살짝 웃었다.

"수고했어요, 드래곤 레이디."

시카는 눈을 감은 채로 피식 웃으며 그의 손등을 항의하듯 툭 쳤고, 그대로 잠들었다.

그대로 꼬박 하룻밤을 자고, 이튿날 아침에서야 시카는 눈을 떴다.

일어난 그녀는 호화스러운 아침 식사를 하고, 진을 보러 내려 갔다. 리카는 오늘 예쁜 옷과 장신구를 구경시켜 주겠다는 시녀 의 말에 완전히 흥분해서 인사도 제대로 안 하고 시녀를 따라가 버렸다.

카서스가 중얼거렸다.

"보석이라면 나도 많은데."

"애들은 광산에 관심 없잖아."

시카가 쿡쿡 웃었다. 사실 가공되지 않은 원석은 그냥 돌멩이 와 다름없어 보였다.

진의 방으로 들어가니, 진은 이미 일어나 앉아 있었다.

"안녕하세요."

공손하고 예의 바르게 인사하는 진을 보고 시카는 빙긋 웃었 다.

"안녕."

"우리 집 애도 가정교사를 붙여야 할까."

카서스가 속삭이는 말에 시카는 팔꿈치로 그의 옆구리를 쿡 찔렀고 카서스는 옆에 얌전히 섰다. 로웬그린이 자리에서 일어 나며 말했다.

"약간 통증이 있다고 하는데……."

"응, 통증이 아예 없을 수는 없을 거야. 하지만 점점 더 나아질 거고. 한번 볼까? 걸을 수는 있니?"

"네."

진은 자리에서 일어나 몇 걸음 걸어 보았다. 시카가 물었다.

"위화감이 느껴지는 곳이나 통증이 느껴지는 곳이 있다면 말해 줄래? 어떤 식으로 아픈지도."

그녀의 말에 진이 몇 걸음 더 걸어 보고는 말했다.

"무릎 여기가 쿡쿡 찌르는 것처럼 아파요."

"그렇구나."

시카는 고개를 끄덕이고 지팡이를 소환했다. 진은 눈을 휘둥그레 뜨고 그걸 바라보았다.

"정말로 마법사셨네요."

"그럼?"

시카는 쿡쿡 웃었다. 시카가 지팡이를 그의 무릎 가까이에 가져다 대자 진은 흠칫했다. 시카가 느긋하게 말했다.

"괜찮아, 아프지 않아."

"네."

진은 자기가 흠칫한 게 부끄러운지 살짝 고개를 떨궜다. 시카의 지팡이 끝에 붙은 다이아몬드에서 희미하게 금색 빛이 흘러나왔다.

그게 자신의 무릎 안으로 흘러들어 오자 약간 간지러운 기분이었다.

"다시 걸어 볼래?"

시카의 말에 진은 무릎에 금색 빛을 두른 채로 다시 걸었다.

"이제 괜찮아요."

진이 눈을 동그랗게 뜨며 말하자 시카가 고개를 끄덕이고 빛을 거둬 갔다.

"근육을 보충해 본 거야. 고치면서 조직이 많이 잘려 나갔거든. 새로운 곳은 아직 연약해서 그렇고, 계속 움직이면서 단련하면 괜찮아질 거란다."

시카의 말에 진은 진지한 얼굴로 고개를 끄덕였다.

"그럼 뛸 수도 있나요?"

"응, 노력하면. 하지만 너무 무리하지는 말고— 지팡이를 짚으면서 조금씩 힘을 늘려 나가야 해."

"지팡이……."

진의 얼굴이 어두워졌다. 아직 어린 남자애에게 지팡이를 짚으라는 말은 고역스럽게 들렸겠지. 그때 뒤쪽에서 카서스가 싱긋 웃으며 말했다.

"지팡이 검으로 해 줄게."

그 말에 진의 얼굴이 약간 밝아졌다. 그가 카서스를 올려다보고 물었다.

"방랑자님이시죠?"

"그런 별명도 있지."

"지팡이 검이요?"

"지팡이도, 지팡이 검도 제대로 다루면 훌륭한 무기지."

"그거라면……."

진은 납득하며 고개를 끄덕였다. 게다가 지팡이 검이라니, 어린 마음을 자극하는 뭔가가 있었다. 시카가 자리에서 일어나며 말했다.

"그러면 몇 가지 운동을 알려 줄게. 관절은 무리하지 않으면서 하는 운동이야."

"네."

시카는 진에게 몇 가지 운동을 알려 주었고, 로웬그린도 열심히 질문하며 귀 기울여 들었다. 종이와 펜까지 가져와 옮겨 적는 모습에 시카는 웃으며 말했다.

"일주일 정도는 같이 있을 테니까 걱정하지 마."

"일주일?"

"응. 그 정도면 충분해."

로웬그린의 말끝에서 불안감을 알아챈 시카가 얼른 그녀를 다독였다. 로웬그린은 고개를 끄덕였다.

그때 시종이 노크를 하고 안으로 들어왔다.

"브렌 도련님이 오셨습니다."

"브렌이?"

로웬그린이 갸웃하며 진을 보았고 진은 고개를 끄덕였다.

"들어오라고 하세요."

곧 문이 열리고 브렌이 꽃다발을 들고 들어왔다. 어머니와 아버지를 꼭 닮은 금발에 채도 높은 청록색 눈동자가 눈에 띄었다.

브렌은 서 있는 어른들을 보고 "안녕하세요." 하고 공손히 인사를 하고서는 진에게 다가왔다. 로웬그린이 꽃다발을 받아 들어 시종에게 건네며 말했다.

"그럼 둘이서 이야기하렴. 우리는 나가 있을게."

"네."

"네."

얌전히 대답하는 두 소년을 남겨두고 일행은 밖으로 나왔다. 마리쉐즈가 거기에 서 있었다. 로웬그린이 눈을 동그랗게 떴다.

"마리! 왔다고 이야기하지."

"이야기 끝나기를 기다렸지, 뭐. 그래서 진은? 괜찮은 거야?"

그제야 로웬그린은 경황이 없어서, 마리쉐즈에게 연락하지 못했다는 걸 깨달았다. 마리쉐즈가 두 사람을 보며 말했다.

"표정만 봐도 괜찮다는 건 알겠지만—"

"예전과 똑같지는 않지만, 그래도 계속 재활하면 괜찮을 거야."

시카의 말에 마리쉐즈는 다행이라고 해야 할지, 아니라고 해야 할지 모르겠다는 얼굴을 했고 로웬그린이 말했다.

"시카가 잘 봐줬어. 다행이야."

"진짜, 다행이다."

그제야 마리쉐즈는 가슴을 쓸어내리며 다행이라고 연발했다. 그때 복도 저편에서 가벼운 발걸음 소리가 들려왔다.

"엄마!"

리카가 다다닥 달려왔다. 귀족 여식이라면 있을 수 없는 행동이었지만, 옷차림만은 어느 영애 못지않았다.

"리카, 드레스 입었네? 세상에, 장신구도 했네? 예쁘네, 예뻐."

시카가 연신 리카를 칭찬했고 리카는 드레스를 이리저리 움직이며 헤헤 웃었다. 로웬그린이 웃으며 말했다.

"마음에 들면 리카 줄까?"

"정말요?"

리카가 눈을 동그랗게 떴다. 로웬그린이 "정말이지." 하고 웃었다. 시카가 눈을 살짝 찡그리고 뭐라고 하려는데 리카가 고개를 저었다.

"아뇨, 괜찮아요."

"정말? 아줌마는 아주 많아. 리카에게 선물해 줘도 괜찮은데."

"예쁜 건 좋은데, 이런 옷을 입고는 여행하기 어려우니까요."

또랑또랑한 목소리로 리카가 말하고 싱긋 웃었다.

"빌려주셔서 감사합니다. 아주머니. 오늘 하루 입고 있어도 될까요?"

"물론이지. 얼마든지 빌려줄게."

로웬그린의 말에 리카는 활짝 웃었다. 리카가 시카를 바라보았고, 시카는 고개를 끄덕였다.

"그럼 가서 놀다 오겠습니다. 캐시, 입고 놀아도 된대!"

후다닥 다시 달려 나가자, 뒤쪽에서 조심스럽게 상황을 엿보던 캐시가 활짝 웃으며 리카와 손을 잡고 정원으로 나갔다. 로웬그린이 "어머?" 하고 웃었고 시카는 민망해하며 말했다.

"입고 놀아도 된다고는 안 했는데, 미안."

"아냐. 상관없어. 캐시도 리카랑 놀면서 좀 더 활발해지면 좋지."

마리쉐즈가 카서스를 바라보며 말했다.

"그러면 우리는 여자끼리 차나 한잔할까?"

카서스가 슬픈 얼굴로 말했다.

"그럼 저는 빠져 드리겠습니다."

"방랑자께서는 저와 함께 하시죠."

어느 사이 왔는지 하티엔이 끼어들며 하는 말에 카서스는 "그럼 남자들끼리도 한잔할까요." 하고는 하티엔과 함께 사라졌다.

마리쉐즈가 피곤한 얼굴의 로웬그린에게 말했다.

"단 것 좀 먹고, 기운 차리자. 이제 다 괜찮을 거야."

"응."

로웬그린이 희미하게 미소 지으며 고개를 끄덕였다. 시카가 말했다.

"나 쿠키 구워 놓은 거 있어. 같이 먹자."

"그래."

셋은 나란히 볕이 잘 드는 방으로 향했다.

그사이 캐시는 눈을 동그랗게 뜨고 리카의 이야기를 듣고 있었다. 대륙의 이편에서 저편까지, 시카와 카서스가 괴물을 무찌른 이야기는 어린 캐시의 혼을 쏙 빼놓기 충분했다.

"아빠가 금색 오러를 휙 하니까 바위가 쩍—! 하고."

"정말?"

"정말이지, 그럼."

캐시의 밝은 갈색 눈이 동그래졌다. 리카는 신이 나서 금녹색 눈동자를 반짝이며 말했다.

"나 아빠 칼도 만져 본 적 있다."

"진짜?!"

"응, 엄청 무거워. 베일 뻔했어."

"리카도 검 배우는 거야?"

"으응— 조금?"

"굉장하다!"

캐시의 외침에 리카는 멋쩍어졌다. 배웠다고 해도 그냥 아빠 따라서 몇 번 나뭇가지를 휘둘러 봤을 뿐이었다.

캐시가 말했다.

"난 책에서만 들었거든. 그거 알아? 리카가 남쪽 모래사장은 돌 같다고 했잖아. 그거 돌이 아니라 산호래."

"산호?"

"응, 새하얀 산호가 부서져서 만들어지는 거래."

"그렇구나……."

리카는 갑자기 캐시가 굉장하게 보였다. 자신은 눈으로 봐도 몰랐던 사실을, 자신보다 한 살 어린 캐시는 책으로 봐서 이미 알고 있다.

"그래서 그렇게 가벼운 거래. 다음에는 가져와 줄 수 있어? 글로만 봐서 나도 보고 싶어."

"알았어."

리카는 고개를 끄덕이고 빤히 캐시를 바라보다가 물었다.

"우리 친구 할래?"

"뭐?"

캐시는 놀라 리카를 보았다가 웃으며 말했다.

"이미 친구잖아."

"그런 거야?"

"그래."

리카는 씩 웃었다.

"좋아. 그럼 나 그 책 보여 줄래?"

캐시가 활짝 웃으며 자리에서 일어났다.

"응, 지금 보러 가자!"

그렇게 일리생 후작 저택에서 일주일이 흐르고, 리안 부부는
저택을 떠났다.

리카가 엄마와 아빠의 손을 잡고 진지하게 말했다.

"나 이제 공부 열심히 할 거야."

시카가 피식 웃었다.

"그거 좋네."

"그리고 검도 배울래!"

카서스는 "검을?" 하고 고개를 갸웃했다가 끄덕였다.

호신술 정도는 몸에 익혀 두는 것도 좋겠지.

"열심히 할 거야."

리카는 다짐했고 카서스는 시카와 시선을 마주 보았다. 시카
는 어깨를 으쓱했고, 카서스는 씩 웃었다.

"그래, 아빠가 혹독하게 가르쳐 줄게."

"응!"

리카는 굳게 고개를 끄덕였다.

"혹독이라니."

시카가 나무라는 눈으로 카서스를 보자 카서스가 엄격하게
말했다.

"무기를 가르칠 때는 제대로 가르쳐야 하는 거야. 그래야지
무기를 다루다가 상처입지 않는다고."

그 말이 그럴듯해서 시카는 고개를 끄덕였다.

"하긴, 그렇겠다."

"혹독이 뭐야?"

분위기가 이상해 리카가 묻자 카서스가 싱긋 웃으며 말했다.

"아주 열심히라는 뜻이야."

"웅! 그럼 나 아주 혹독하게 할래!"

배운 단어를 얼른 써먹으며 리카가 말했다. 시카는 웃음을 참느라 입술을 깨물었고, 카서스는 웃으며 딸을 번쩍 안아 들었다.

"그래, 우리 리카 장하다."

리카는 까르륵 웃음을 터트렸다.

*   *   *

리카 리안은 한밤중에 스르륵 윗몸을 일으켰다.

왜 일어났을까?

그녀는 멍하니 어두운 천장을 바라보았다.

사방이 조용하다.

리카는 아예 자리에서 스르륵 일어났다.

'눈 오나?'

그녀는 두꺼운 커튼을 열고 창문에 코를 쿡 박았다.

'눈 온다!'

함박눈이 펑펑 내리고 있었다. 이미 두툼하게 눈이 쌓여 있어서, 사방이 고요했다. 그 고요함 때문에 눈을 뜬 모양이었다.

그녀는 조심스럽게 침대에서 내려왔다. 엄마와 아빠는 자고 있다. 그리고 그녀는 이제 열다섯 살. 뭐든 스스로 할 수 있는 나이였다.

"리카, 겨울에는 두껍게 옷을 입어야지. 네, 엄마. 리카, 모자도 꼭 써야 해. 네, 아빠."

혼자서 말하고 혼자서 대답하며 리카는 옷을 입었다.

목도리까지 칭칭 두르고 리카는 창문을 열었다. 찬바람이 휙 하고 몰아쳤다. 그 차가운 기운이 너무 좋아서 리카는 한껏 숨을 들이마시고 얼른 창문으로 나갔다. 아주 살그머니, 조심스럽게, 부모님을 깨우지 않게.

'좋아, 성공했어.'

리카는 부모님을 깨우지 않고 집을 나선 자신이 자랑스러웠다.

북부의 겨울은 사람을 그대로 얼어붙게 할 만큼 춥고, 공기는 칼날만큼 맑고 투명했다. 하늘의 별은 휘황찬란해서 리카는 입을 벌리고 그것을 바라보았다. 어둠의 여신이 오늘은 특별히 큰 다이아몬드가 박힌 옷자락을 끌고 나온 듯했다. 첫눈에 푹푹 발자국을 남기며 리카는 앞으로 앞으로 걷기 시작했다.

느리던 발걸음은 점점 더 빨라졌다. 리카의 목표는 간단했다. 저 앞의 호수를 찍고 다시 돌아오는 것.

부모님과 함께 봤던 얼음 호수는 아름다웠다. 하지만 꼭 혼자서 와 보고 싶었다. 그리고 이렇게 눈이 내려서 조용한 날은 완벽한 날처럼 느껴졌다.

한참을 걸어 리카는 호수에 도착했다.

"굉장해……."

그녀는 저도 모르게 중얼거렸다. 얼어붙은 호수 위로 눈이 쌓이는 광경은 환상적이었다. 숲 사이사이에 눈이 오는 것이 아니라, 광활한 호수 표면 위에 눈이 쌓여서 꼭 눈 평원처럼 보였다. 모든 소리가 침묵 속에 묻히고, 눈이 내리는 소리가 들리는 게 아닐까 싶을 정도로 고요한 가운데 리카는 한참을 그 풍경만 바라보았다.

'다음에 다 같이 오면 좋겠다.'

리카는 그런 생각을 하며 자신의 친구들을 떠올렸다. 브렌도 좋아하고, 아서도 좋아하겠지만, 특히 진이 좋아하겠지. 두 남자애가 눈싸움으로 금방 넘어간다면, 진은 하염없이 이 풍경을 보고 있을 것 같았다.

세레나랑 캐시랑 같이 주전자를 가져와서 코코아를 끓여 먹고 싶다.

리카는 싱글싱글 웃으며 그런 생각을 하고 걸음을 돌렸다. 하지만 채 열 걸음도 가기 전에 날씨가 급변하기 시작했다. 그녀는 깜짝 놀라 걸음을 빨리했다.

북부의 날씨가 제멋대로라는 건 알고 있었다. 눈 폭풍이 얼마나 무서운지도 알았다. 하지만, 잠깐이니까 괜찮을 줄 알았는데—

그녀는 이제 달리기 시작했지만 반도 채 가지 못해서 사방이 새하얀 눈으로 뒤덮였다. 리카는 바람 때문에 방향을 제대로 잡을 수가 없었다. 시야는 새하얀 색이었고, 발자국은 바람에 다 날아가 묻혔다.

"엄마! 아빠!"

저절로 울음 섞인 목소리가 흘러나왔다. 리카는 넘어지지 않기 위해서 안간힘을 썼지만 결국 엉덩방아를 찧고 말았다.

네 발로 리카는 엉금엉금 기어가기 시작했다. 이쪽으로 가는 게 맞는지 알 수 없었다. 하지만 이대로라면 눈에 파묻혀 죽을 거다.

"엄마! 아빠!"

리카는 다시 소리 질렀다. 얼굴이 따끔따끔했다. 얼음 조각 때문에 얼굴에 상처가 난 모양이었다. 검으로 체력을 단련했지만, 몸무게가 가벼우니 속절없었다.

"엄마! 아빠아—!"

듣지 못한다는 걸 알지만, 외칠 수밖에 없었다. 그 두 사람이라면 듣고 와 줄 것 같았다. 소리치면서 찬바람을 삼켜 리카는 몇 번이나 기침을 했다. 눈물이 나왔다가 얼어붙었다.

"어쩜 이렇게 말썽쟁이일까?"

바람이 뚝 멎으며 목소리가 들려 리카는 고개를 돌렸다. 거기에는 검은색 코트를 입은, 처음 보는 남자가 서 있었다.

"안녕, 리카."

그의 인사에 리카는 뒤로 물러났다. 부모님이 몇 번이나 경고했었다. 모르는 사람이 말 걸면 대답하지 말 것. 바로 부모님께 알릴 것.

"도망가지 마. 바로 눈 폭풍에 휩쓸리니까. 이 주변만 바람을 막아 놓은 것뿐이거든."

남자는 빙긋 웃으며 말했다. 리카는 그를 빤히 보다가 중얼거렸다.

"눈이……."

"아, 홍채가? 길쭉하지."

하하 하고 그가 명랑하게 웃었다. 눈처럼 새하얀 머리카락이 가볍게 흔들렸다.

"누구세요?"

리카의 물음에 남자는 "네 삼촌?" 하고 고개를 갸웃했다. 리카의 표정이 대번에 의심으로 굳었다.

"우리 아빠는 형제가 없어요."

"아니, 외삼촌."

"엄마도요."

"있어. 나야."

로렌스는 웃었다. 리카는 "그럼 왜 한 번도 날 만나러 안 왔어요?" 하고 물었고 로렌스는 고개를 기울이고 대답했다.

"지금 왔잖니?"

"내가 아기 때요."

"난 아주 멀리 있어서, 넘어오려면 이런 날씨가 동반되어야 하거든."

"그럼 이 폭풍도 음…… 삼촌……이 일으킨 거예요?"

"그건 아냐. 선후가 바뀌었어. 일어났기에, 올 수 있는 거야."

그렇게 말하고 로렌스가 주머니에서 돌을 꺼내어 내밀었다. 리카가 진지하게 말했다.

"모르는 사람이 주는 것도 받으면 안 되는 거랬어요."

"하지만 난 이제 아는 사람이잖아? 목숨도 구해 줬고."

그런가?

리카는 그 말에 순순히 손을 내밀었다. 로렌스가 그녀의 손에 작은 계란만 한 돌을 떨어트렸다. 푸른빛을 띠고 있는 돌이었다.

"뭐예요? 사파이어는 아닌데?"

보석에는 익숙한 리카였다. 로렌스가 싱긋 웃으며 대답했다.

"마정석이야."

"—?"

"엄마에게 보여 주면 알 거야. 자, 마중 나왔구나. 엉덩이 맞을 각오를 해야겠는데."

다음 순간 다시 눈 폭풍이 몰아닥쳤다. 리카가 눈을 찡그렸다가 다시 앞을 보았을 때는 아무도 없었다.

"어—?"

그녀는 자신의 손을 내려다보았다. 돌은 그대로 있다. 그리고 —

"리카 리안!"

고함 소리와 함께 자신의 몸이 번쩍 들어 올려졌다.

"아빠!"

리카가 반갑게 외쳤다가 아빠의 표정을 보고 얼른 웃음을 지웠다. 카서스가 이를 득득 갈며 말했다.

"너 정말이지, 어쩌려고, 이 한밤중에, 눈 폭풍에ー"

리카는 슬그머니 돌을 주머니에 넣고 울 듯한 얼굴을 하며 말했다.

"무서웠어."

"당연히 무서웠겠지! 그리고 그런다고 그냥 넘어가지는 않을 거야."

거짓말이라면 도가 튼 카서스다. 그녀의 어설픈 흉내에 넘어가지 않았다. 카서스는 리카를 단단히 끌어안고 그녀의 모자를 잡아당겨 푹 눌러 씌운 후에 걷기 시작했다.

따뜻한 집 안에 들어가니 시카가 기다리고 있었다.

"리카 리안!"

"엄마."

리카가 후다닥 그녀에게 달려가 푹 안겼다.

"나 무서웠어어ー"

그 말에 시카는 치켜 올렸던 눈썹을 내리고 그녀의 등을 쓸어내렸다.

"이제 괜찮아. 괜찮아."

카서스가 그걸 보며 한숨을 내쉬었다.

어쩜 저렇게 아이는 자신을 닮아서…….

엄마의 품에서 훌쩍훌쩍 울다 보니, 정말로 무서웠다는 생각이 들어서 리카는 진짜로 엉엉 울어 버렸다. 시카는 한숨을 내쉬며 그녀의 옷을 벗겨내고 벽난로 앞에 앉혔다. 그리고 따뜻한 우유를 가져다주며 말했다.

"대체 왜 혼자 나간 거야?"

"그냥, 혼자서 호수까지 가 보고 싶어서……."

"호수까지? 거기까지 간 거야?"

엄마의 물음에 리카는 고개를 끄덕였다. 시카는 기가 차서 한숨을 내쉬었다.

"당신 딸 좀 봐요."

카서스가 "당신 딸이기도 하거든요?" 하고는 자리에 앉았다. 카서스가 말했다.

"이제 이걸로 몰래 나가면 안 된다는 걸 잘 알았겠지?"

"네, 죄송해요."

리카는 고개를 푹 숙였다.

"하여간 다행이다. 무사해서."

"아, 그러고 보니."

리카가 고개를 갸웃하고 주머니에서 돌을 꺼내며 말했다.

"나 외삼촌을 만났어."

"어?"

"뭐?"

부모님이 동시에 튀듯이 되물어서 리카는 눈을 동그랗게 떴다. 그녀가 엄마에게 돌을 내밀며 말했다.

"이거 주면서…… 외삼촌이라고 했는데……?"

시카가 손을 까닥하자 돌이 휙 하고 날아와 그녀의 손바닥 위, 허공에서 맴돌기 시작했다. 카서스가 굳은 얼굴로 다가와 물었다.

"뭐야?"

시카는 돌을 바라보다가 한숨을 내쉬고 말했다.

"딸, 이 돌은 엄마가 잠깐 맡아 둘게."

"나에게 준 건데……."

"그 외삼촌이라는 사람 어떻게 생겼던?"

"어? 음, 눈이 토끼처럼 빨갛고— 머리카락은 하얀색이었어. 그리고 고양이처럼 이~렇게 눈이 길쭉했어."

양 집게손가락을 세워서 자신의 눈에 가져다 대며 리카가 말했다.

카서스가 신음을 흘리며 시카를 보았고, 시카는 바깥 날씨를 보고 허탈하게 웃으며 말했다.

"그래, 에테르 폭풍이네."

"이렇게 마음대로 왔다 갔다 해도 되는 거야?"

"그렇게 마음대로 왔다 갔다 하는 건 아닌 것 같은데."

"게다가 리카가 여기 있다는 건 또 어떻게 알았고?"

"그건 나도 궁금하네."

시카의 말에 카서스의 눈이 가늘어졌다. 그가 목소리를 낮췄다.

"연쇄살인마를 내 딸 옆에 두고 싶지는 않은데."

"내 딸이기도 하거든?"

시카가 팔짱을 끼고 이어 말했다.

"그리고 해를 끼치려고 그러는 것 같지는 않고. 리카 생일 선물을 빨리 만드는 게 낫겠어."

말하고 시카는 손안의 돌을 굴려 보았다.

"이것도 가공해 주고."

"뭔데?"

시카는 뭐라고 설명해야 할까 하다가 단순하게 말했다.

"마수의 오러 코어."

"—!"

카서스는 눈을 휘둥그레 떴다.

"진짜로 오러 코어는 아니겠지만, 마수의 마력이 뭉쳐 있는 거야. 마정석이라니, 이름은 그럴듯하네."

"그걸 곁에 둬도 괜찮은 거야?"

"제대로 다루는 법만 알면? 물론 그냥 빼앗을 수도 있지만……."

"리카 성격에 그건 무리지."

카서스는 한숨을 내쉬었다.

"그러니까 그냥 빛 마법 정도를 걸어 주려고."

"그건 괜찮군."

카서스는 고개를 끄덕였다. 시카가 크흠 하고 헛기침을 하고 딸에게로 돌아섰다. 리카가 눈을 굴리며 말했다.

"정말로 외삼촌이에요?"

시카와 카서스가 뭐라고 설명을 해 줘야 할까 고민하는데 리카가 진지한 얼굴로 말했다.

"나, 나, 들은 적 있어요."

그녀의 목소리가 작아졌다.

"뭘?"

시카가 되묻자 리카가 머뭇머뭇 말했다.

"음, 엄마가 마수……였다는…….'

카서스가 낮게 으르렁거렸다.

"누가 너에게 그런 얘기를 하던?"

"그냥 들은 거예요."

화급하게 리카가 대꾸했다. 시카가 그런 카서스의 등을 가볍게 치고 말했다. 그녀가 싱긋 웃었다.

"그래, 리카도 이제 제대로 알 때가 됐지. 어느 가정이나 가지고 있는 가문의 비밀이라는 녀석이야."

시카가 희미하게 웃었다.

그녀는 어렵거나 잔혹한 부분을 빼고, 자신의 딸에게 자신이 겪었던 일에 대해서 설명했다. 자식에게 약점을 드러내는 것은 상당히 어려운 일이구나, 하고 시카는 생각했다.

하지만 리카가 모르기를 원하지 않았고, 또 엉뚱하게 알기를 원하지도 않았다.

"그럼, 그 사람은 정말로 내 외삼촌인 거네요?"

"그래."

시카가 고개를 끄덕였고 리카는 "그렇구나." 하고 중얼거린 뒤 고개를 끄덕였다.

"나는 엄마가 진짜 대단한 것 같아요."

"응?"

"막, 외삼촌처럼 비뚤어질 수도 있었는데, 안 그랬잖아요."

"나는 네 아빠가 있었으니까."

"그래도요! 엄마는 대단해요."

리카의 말에 시카는 웃었다. 아이가 자신을 위로해 준다. 지금 이 마음을 뭐라고 표현할 수 있을까?

"그렇게 말해 주니 고마워."

리카가 자리에서 일어나 얼른 엄마를 꼭 끌어안았다.

"엄마, 사랑해요."

"응. 나도 우리 리카, 사랑해."

시카가 리카를 꼭 끌어안았다.

리카를 다시 잠자리로 보내고 자신의 방으로 돌아온 시카는 낮게 웃었다. 카서스가 그런 그녀에가 다가서서 머리카락을 넘겨주며 물었다.

"왜?"

"설마 딸에게 위로를 받을 거라고는 생각 못 했어."

"우리 리카도 많이 컸지."

카서스가 그렇게 말하며 허리를 숙여 시카의 이마에 키스했다. 시카가 속삭였다.

"정말로, 정말로 내 검사님이— 카서스가 없었다면 난 어떻게 됐을까?"

"그건 나도 마찬가지야. 만약에 시카가 없었다면—"

시카가 웃었다.

"만나서 다행이네."

"만나서 다행이지."

이어 카서스가 투덜거리듯 말했다.

"그리고 우리 따님은 정말 말썽꾸러기야. 아니, 한밤중에 눈 온다고 혼자 나갈 생각을 해."

"그러게 말이야."

시카가 고개를 끄덕였다.

"역시 너무 평범하지 않게 키우고 있는 걸까?"

시카는 우려했던 점을 살짝 이야기했다. 두 사람이 한 곳에 정착하지 않다 보니, 리카는 이리저리 이동하면서 자랐다.

그러다 보니 그녀의 사고방식이나 말하는 방식, 행동, 사람을 대하는 방법, 그 모든 것들이 평범하지 않았다. 사랑받고 자란 아이 특유의 대범함을 보이면서도 어리광쟁이였고, 그래서 마냥 아이 취급을 하다보면 날카로운 면모에 숨을 삼키게 되었다.

물론 최대한 기존의 지인들─시그리드나 마리쉐즈, 로웬그린 ─과 인연을 유지하기는 했지만 그래도 미흡한 점이 있을 수밖에 없을 터였다.

"글쎄, 하지만 내 딸이 불행한 것 같지는 않으니까. 행복해 보이거든."

카서스의 말에 시카는 "그건 그래." 하고 웃었다.

"다음에는 목줄이라도 채워 놔야겠어."

카서스의 말을 시카는 금방 알아듣고 동의했다. 리카가 집 밖으로 나가면 알 수 있도록, 알람 마법을 달아야겠다고 시카는 결심했다.

아서 앙케르트나는 느긋하게 정원을 걷고 있었다. 갑자기 덤불 속에서 누군가가 자신을 덮치기 전까지는 말이다. 아서는 번개처럼 반응해 상대를 잡아 눌렀다.

그리고, 상대를 확인했다.

"리카?"

그에게 잡힌 리카가 큰 소리로 웃음을 터트렸다.

"약혼자님, 안녕."

그 말에 아서의 얼굴이 붉어졌다. 그가 그녀를 일으켜 세워 주며 말했다.

"그 소문은 어떻게 알았어?"

"소문이 수도 가득 퍼졌던걸."

"진짜 오랜만이다."

"삼 년 만인가?"

"그래."

아서는 그렇게 말하고 리카를 바라보았다. 분홍색 머리카락을 트윈테일로 올려 묶고, 움직이기 편한 차림새를 하고 있었다.

"언제 온 거야?"

"십 분 전에."

"어쩐 일이야?"

"아하! 환영 인사가 아니라, 어쩐 일이야가 먼저야? 사랑스러운 약혼녀에게?"

"리카 리안……."

아서는 신음을 흘렸다.

몇 년 전에, 황실에서 청혼서가 들어와서 거절할 구실로 아이들끼리 서로서로 약혼했다고 거짓으로 정했었는데, 그때 아서가 정한 상대는 리카였다.

당시 리카는 수도에 있지 않았고 말이다.

결국 황실에서 청혼을 취소하면서 그 일이 흐지부지된 터라, 아서는 설마 리카가 그 소문을 알고 있을 거라고는 생각도 못 했다.

"미안, 본인이 없는데 정해서."

"아냐, 상관없어. 하지만 나 황녀님에게 죽는 거 아냐?"

리카가 짐짓 눈을 내리깔며 슬프게 말했다.

황실의 제1황녀가 아서를 짝사랑해서, 부모님에게 부탁해 청혼서를 넣었었다.

아서는 입을 떡 벌렸다.

"아니, 그건 또 어떻게 알았어?"

"네 어머니와 우리 엄마가 친하잖니?"

어머니 네트워크를 얕보면 안 되지, 하고 리카는 눈을 찡긋했다. 아서는 한숨을 내쉬고 양손으로 얼굴을 쓸어내렸다.

"안 죽어. 괜찮아. 그럴 일 없어."

아서가 단호하게 말했다. 그는 어머니를 닮은 은발에, 아버지를 닮은 푸른 눈을 하고 있어서, 수도에 사는 여자아이들의 마음을 설레게 만들고는 했다.

물론, 앙케르트나 후작가라는 후광도 그랬지만 말이다.

리카가 쿡쿡 웃고 고개를 끄덕였다.

"알아, 알아. 인기남은 맘고생이 심하지. 그래, 그래."

아서는 한숨을 내쉬고 리카를 바라보았다가 웃고 말했다.

"하여간, 간만에 봐서 반갑다."

"그러게. 너희야말로 무슨 일로 수도에 와 있는 거야?"

앙케르트나 후작가가 영지를 떠나지 않는 건 유명했다. 물론, 대부분의 귀족은 영지에 살고— 일 년에 두 번 있는 사교 시즌에만 올라와 수도의 저택에 머문다.

하지만 앙케르트나 후작가는 사교 시즌에도 수도에 올라오는 일이 드물었다.

"사냥 대회 때문에. 브렌이랑 진이 꼭 참가하라고 해서 말이지."

삼 년마다 한 번씩 열리는 황실 주최 사냥 대회였다.

열리는 횟수가 드문 만큼, 크게 열리는 사냥 대회였다. 게다가 열여섯은 딱 사냥 대회에 출전할 수 있는 나이의 시작이어서 겸사겸사 올라온 것이었다.

"설마 리카도?"

아서의 말에 리카가 웃으며 고개를 끄덕였다.

"모처럼 다 모인다니까, 우리도 겸사겸사."

"너희는 진짜 드물게 수도에 오니까……."

아서의 말에 리카는 "맞아. 그렇지." 하고 고개를 끄덕였다. 용병인 부모님을 따라 이리저리 돌아다니다 보니 수도에 있는 시간은 드물었다. 아서가 진지하게 말했다.

"너 늘었더라."

"그지?"

리카가 싱긋 웃었다.

"덮칠 때까지 인기척을 눈치 못 챘어……."

아서가 신음처럼 중얼거렸고 리카는 엣헴, 하고 "내가 좀 늘었어." 하고 고개를 끄덕였다. 그녀가 이어 말했다.

"그럼 난 다음으로 세레나를 덮치러 가겠어. 세레나는 어디 있어?"

자신의 여동생을 찾는 말에 아서는 갸웃하고 대답했다.

"음, 아마 자기 연무장에 있을걸?"

"고마워!"

리카가 인사하고는 그대로 총총 연무장을 가로질러 가 버렸다. 아서는 안도의 한숨을 내쉬었다. 리카는 대하기가 좀 어려웠다.

자신들 중에 가장 말괄량이라고 하는, 마스터가 꿈인 세레나조차도 결국은 귀족 영애다. 하지만 리카는 아니었다. 그래서 그게 그렇게 다른가? 하면 아닌 것 같으면서도, 그 미묘하게 다른 점은 항상 아서에게 거리를 재기 어렵게 만들었다.

'새끼 고양이처럼 생각했는데 가끔 맹수의 발톱이 드러나는 걸 보는 것 같다고 해야 하나.'

그 종잡을 수 없는 면이 그녀의 매력이긴 하지만 말이다.

잠시 후 정원 반대편의 연무장에서 여동생의 비명 소리가 들려오는 것을 듣고 아서는 웃음을 흘리며 고개를 흔들었다.

이번 사냥 대회는 상당히 떠들썩할 듯하다.

앙케르트나 후작가.

일리생 후작가.

대넘 남작가.

방랑자 부부.

이 넷이 함께 모임을 가지고 있다는 소문은 온 수도를 뜨겁게 달궜다. 음유시인들은 드래곤 레이디와 방랑자에 대한 노래를 다시 부르기 시작했다.

은기사, 흑기사, 방랑자에 얽힌 이야기도 다시 흘러나왔다.

사냥 대회에 그들이 나오느냐, 과연 누가 많은 사냥감을 잡을 것이냐, 하는 의견도 분분해서 주점에서 멱살잡이가 이어지기도 했다.

그런 가운데 마스터들은 불참을 선언했다.

"우리가 나가면, 사냥감이 불쌍하잖아."

시그리드의 의견이었다. 나머지 두 사람도 동감이었다. 카서스가 팔짱을 끼고 말했다.

"가장 큰 사냥감이라 봐야 곰일 텐데, 곰이 불쌍하다고."

"황실 사냥터인데 곰이 나올까?"

베라무드가 갸웃했다가 갑자기 떠오른 생각에 중얼거렸다.

"그러고 보니 동면 중인 곰을 잡은 적이 있어."

"뭐? 불쌍하게?"

카서스가 말했고 시그리드가 고개를 끄덕였다.

"하지만 맛있었어."

"음, 맛있었지."

"와, 동면 중인 곰의 굴에 쳐들어가서 잡아먹다니. 불쌍하다. 곰이."

카서스는 고개를 절레절레 흔들었다. 마스터 두 사람 앞에서 자고 있던 곰은 그냥 날벼락을 맞았을 것이다.

그리고 귀중한 고기가 되었겠지.

잠시 곰을 향해 애도를 하고 카서스가 웃으며 말했다.

"대신 아이들이 나가니까."

베라무드가 말했다.

"아서가 일 등 할걸."

"우리 리카를 얕보지 말아 줄래."

"그 나이에 일 년 차이는 크거든."

"일 년은 아니다?"

"아서는 벌써부터 오러도 모은다고?"

"사냥을 오러로 하나?"

두 사람 사이에 가볍게 스파크가 튀었다. 시그리드가 눈을 찌푸리고 말했다.

"둘 다 그만. 싸우는 게 아니라 선의의 경쟁이라고."

"그지, 경쟁이지?"

베라무드의 말에 시그리드가 "두 사람 다 유치하게." 하고 말을 딱 잘랐다. 그때 방 안으로 시카가 들어왔다. 그녀가 들어오자 남자들은 슬쩍 시선을 돌렸다.

"시카."

시그리드가 안도하며 그녀를 돌아보자 시카가 미소를 지어 보였다가 물었다.

"한 가지 궁금한 게 있어서……. 사냥 대회는 귀족들만 참여하는 거 아냐? 우리도 참여해도 될까?"

"후작가에서 손님으로 초대하는 거니까 상관없어."

시그리드의 말에 시카는 안도하며 "그렇구나." 하고 고개를 끄덕였다. 시그리드가 물었다.

"그런데 사냥 대회 후에 열리는 연회도 참석할 거지?"

약간의 절박함이 묻어 있는 물음이라 시카는 웃으며 말했다.

"아직도 익숙하지 않은 거야?"

"무도회는 여전히 답답해."

"나야 귀족이 아니니 빠져도 되겠지만—"

말꼬리를 끌다가 시카가 시그리드의 표정에 "참석할게. 리카에게도 좋은 경험일 테고." 하고 얼른 대답했다. 시그리드는 안도했다.

마리쉐즈와 로웬그린은 무도회에서 물 만난 물고기처럼 유연하게 헤엄치며 돌아다니기 때문에, 자신 같은 친구가 한 명 있어 줬으면 좋겠다고 생각했던 것이다.

"드레스를 맞춰야겠네."

시카가 중얼거리자 시그리드가 걱정 말라는 얼굴로 대답했다.

"마리가 도와줄 거야."

대님 남작 부인은 탁월한 패션 감각으로 사교계 패션의 선두 주자 노릇을 톡톡히 하고 있었다. 그녀가 드레스를 주문하는 제

비꽃 의상실에는 '혹시 대넘 남작 부인이 어떤 드레스를 주문했는지 알 수 있나요?' 하는 은밀한 문의가 꾸준히 들어왔다.

그러니 마리쉐즈가 도와준다면 옷 걱정은 하지 않아도 된다.

시그리드의 말에 시카는 고개를 끄덕였다.

"그래 주면 고맙지."

카서스가 한숨을 내쉬고 말했다.

"우리 리카가 너무 예뻐서 다들 리카를 노리면 어떻게 하지?"

"귀족이 아니니까 괜찮지 않을까."

시카가 냉정하게 말했다. 카서스가 입을 비죽이며 말했다.

"귀족 작위 같은 거 가지고 싶으면 얼마든지 가질 수 있거든? 그냥 내가 귀찮아서 안 가지는 것뿐이거든?"

"물론 그렇겠지."

베라무드가 고개를 끄덕였다. 시그리드가 시카에게 말했다.

"이 두 사람은 버려두고 우리끼리 이야기할까? 드레스를 맞추려면, 사실 좀 늦었을지도 몰라. 마리를 바로 찾아가는 게 좋겠어."

"그러자."

시카가 고개를 끄덕이고 두 여자는 쏙 방을 나가 버렸다. 남은 남자 두 사람은 아내가 나간 방문을 바라보았다가 힐끗 서로를 마주 보았다.

카서스가 씩 웃고 말했다.

"그럼 그사이에 녹슬지 않았나 볼까?"

"좋지."

베라무드는 고개를 끄덕였다.

두 남자는 연무장으로 내려가다가, 검이 부딪치는 소리를 들었다. 성인이라기에는 아직 가벼운 칼 소리.

"설마?"

베라무드가 눈을 찌푸리는데 카서스가 "쉿—" 하고 집게손가락을 들었다. 둘은 발소리와 기척을 없애고 조심스럽게 연무장 쪽으로 다가갔다.

리카와 세레나가 대련을 하고 있었다. 둘 사이에서 아서가 심판을 보고 있는 듯했다.

베라무드가 떨떠름한 얼굴로 물었다.

"쟤는 무기를 뭘 저런 걸 쓰는 거야?"

리카가 휘두르고 있는 것은 정글도였다. 일반적인 양날검과는 전혀 다른 외양을 가지고 있는 녀석이다.

"자기가 편한 거 쓴다는데 뭐. 아, 세레나는 어쩜 자기 엄마랑 저렇게 검술이 똑같을까."

교과서적이군.

카서스의 말에 베라무드는 눈을 가늘게 떴다.

"네 딸은 꼭 널 닮은— 저런."

세레나가 리카의 다리 걸기에 걸려 넘어지고 말았다. 리카는 묵직한 정글도를 세레나의 목에 가져다 대었고 세레나가 소리쳤다.

"검술 대련이잖아!"

"그냥 대련이지. 그리고 엄밀히 말하면 이건 전투용 검도 아닌걸."

리카가 자신의 정글도를 툭툭 치며 말했다.

"틀린 말은 아니네."

아서가 중얼거렸다.

세레나가 그 말에 불만스러운 얼굴을 했다가 한숨을 내쉬고 자리에서 벌떡 일어났다. 높이 올려 묶은 검은색 머리카락을 정리한 세레나가 진지하게 말했다.

"한 판 더 해."

"좋아."

리카의 손안에서 정글도가 빙글 돌았다. 일반적인 기사라면 절대로 하지 않는, 용병들 사이에서의 허세스러운 몸짓이다. 베라무드가 묘한 얼굴로 말했다.

"야, 네 딸 꼭……."

"불량배같군."

카서스는 웃으며 그렇게 말하고 자리에서 몸을 일으켰다.

"리카, 그만해."

"아빠."

리카가 활짝 웃었고 세레나는 베라무드를 보고 약간 부끄러운 얼굴을 했다. 방금 대련에서 진 걸 아버지가 보았을 것이다. 아서도 놀라 베라무드를 보았다. 저 두 분이 보고 있다는 걸 전혀 눈치채지 못했다.

리카는 가죽 도집에 정글도를 탁 꽂아 넣고 달려와 덥석 카서스를 안았다. 베라무드는 세레나에게 손짓했고 세레나도 총총 가벼운 걸음으로 달려왔다. 베라무드가 딸의 뺨에 키스해 주고 말했다.

"다친 곳은 없고?"

"괜찮아요."

세레나가 살짝 속눈썹을 내리깔며 대답했다. 카서스가 리카의 뺨을 가볍게 잡아당기고 말했다.

"아빠가 진검으로 대련하라고 했어, 하지 말라고 했어?"

그 말에 아차 하는 표정이 리카의 얼굴을 스쳤다.

"하지 말라고 했어요."

"그렇게 함부로 휘두르다가 어떻게 된다고 했지?"

"네 오른 다리에 박힌 검날을 보게 될 거야, 하고— 죄송해요."

"세레나, 미안하구나."

카서스의 사과에 세레나는 고개를 휙휙 저었다.

"아니에요! 그게, 리카의 무기가 신기해서 제가 먼저 대련을 청했던 거예요. 죄송합니다. 미안해, 리카."

세레나의 사과에 리카가 고개를 저었다.

"아냐, 내가 거절했어야 했어."

"분명히 신기한 무기를 보고, 저건 어떻게 쓸까 하고 눈이 반짝반짝해서 대련을 신청했겠지. 세레나, 네 그런 점은 정말 네 엄마를 쏙 빼닮았어."

베라무드는 한숨을 내쉬고 딸의 머리를 가볍게 쓰다듬어 주었다. 엄마를 닮았다는 말에 세레나는 살짝 웃었다.

"그럼 세 사람은 연무장을 잠깐 비워 줄래?"

카서스의 말에 셋의 눈이 동그랗게 커졌다.

"대련하실 거예요?"

"싸울 거야?"

"대련하세요?"

셋은 거의 동시에 말했다가 서로 마주 보았다. 멋쩍은 침묵 가운데 베라무드가 말했다.

"물러서 있으면, 보게 해 줄게."

그 말에 셋은 얼른 연무장 바깥으로 달려 나가 나란히 섰다.

카서스가 신음을 흘리며 말했다.

"나 말야, 자식들 앞에서 너와 대련하게 될 거라고는 꿈에도 생각해 본 적 없는데."

"그건 나도 마찬가지야."

베라무드가 대답하고 피식 웃었다.

"진짜로 인생은 알 수가 없다."

"그러게 말이다. 그리고— 내 상상보다도 더 괜찮은 것 같아."

카서스가 시미터를 뽑으며 말했다. 새파란 검날이 스르렁 하는 소리를 내며 뽑혀 나왔다. 베라무드가 고개를 끄덕이고 웃었다.

"나도 그렇게 생각해."

그가 검을 뽑았다. 베라다 강철 특유의 검은색 검날이 모습을 드러냈다. 딱히 신호도 필요 없었다. 두 사람은 스치듯 빠르게 격돌했다.

* * *

마리쉐즈는 요즘 한창 유행하는, 생화가 장식으로 잔뜩 올라간 모자를 쓰고 있었다. 귀한 꽃을 쓰느냐가 관건이지만, 무엇보다도 중요한 건 색 배합이다. 마리쉐즈의 색 배합은 완벽해서, 푸른빛이 도는 꽃들의 조합은 그녀의 군청색 눈동자가 더 파랗게 빛나는 것처럼 보이게 해 주고 있었다.

"리카, 움직이지 말아야지."

마리쉐즈의 말에 리카는 "네." 하고 부동자세를 취했다. 드레스를 입을 일이 별로 없는 리카는 이렇게 드레스를 맞추는 것도 꽤 즐거운 일이었다.

그 옆에서 옷감을 고르며, 시카와 시그리드는 투덜거리고 있었다. 시카가 흥분한 어조로 말했다.

"정말로, 믿을 수가 없어. 대련 중에 부상이라니!"

"대련을 하다 보면 기세가 오를 수도 있고—"

시그리드가 슬그머니 같은 검사로서 덮어 주려고 했지만 시카가 연보라색 눈을 가늘게 뜨며 "마스터의 정신력은 그것밖에 안 돼?"라고 말하자 말이 쏙 들어갔다.

'그래, 좀 심하기는 했어.'

시그리드도 인정할 수밖에 없었다. 베라무드도 카서스도 피를 뚝뚝 흘리며 돌아와 어색하게 웃으면서 "미안, 좀 격렬해졌네."라고 말할 때는 그녀조차도 입을 딱 벌리는 수밖에 없었다.

시카는 분개해서 치료 마법을 거부했고, 할 수 없이 두 사람은 붕대를 감고 삼각건을 두르는 '일반적인 치료'로 만족해야 했다. 시그리드도 베라무드가 베라다 강철로 만든 검을 날렸다는 이야기에는 얼굴이 굳어질 수밖에 없었다.

'그게 얼마짜리인데―!'

무엇보다도 아이들 앞에서 그랬다는 것이, 두 엄마의 가장 큰 분노 포인트였다. 남편들은 아내에게 근신을 명받아 얌전히 그 말에 따랐다.

마리쉐즈가 "남자들은 애 같다니까." 하고 말하고 덧붙였다.

"하여간 오늘 안에 옷감을 골라야 해. 너무 촉박한데. 시카, 너도 재야지. 승마용 드레스도 없지?"

"승마용 드레스가 따로 있어?"

"있어. 그렇게 말하는 걸 보니 옆 안장도 못 타겠군."

마리쉐즈가 한숨과 함께 말했고 시그리드는 약간 의기양양하게 "난 탈 줄 알아." 하고 말했다. 마리쉐즈가 말했다.

"자, 얼른 골라."

"사실 모르겠어. 마리에게 맡겨도 될까?"

시카가 도움을 요청하자 마리쉐즈가 빠르게 옷감 샘플을 넘기며 말했다.

"그럼 이 비둘기 빛 청회색이랑, 이쪽의 라임색, 그리고 이 크림색. 셋 중에 골라."

"그럼 청회색으로."

"좋아."

그때 의상실 안쪽으로 브렌이 들어왔다. 마리쉐즈가 싱긋 웃으며 "아들 왔어?" 하고 말했고 브렌은 고개를 끄덕이고 이어 말했다.

"아직 안 끝나셨어요?"

"안녕, 브렌."

리카가 그를 돌아보며 씩 웃었고, 브렌은 "우와." 하고 손으로 눈을 가리며 말했다.

"미안. 어, 음, 가봉 중인지 몰랐네. 그런데 왜 날 들여보내 줬지. 하여간 어머니, 아버지가 끝나면 마차를 보내 주시겠다고, 언제쯤 끝나는지 여쭈어 보라고 그러던데요."

"세 시간 뒤에."

"알겠습니다. 그럼."

브렌은 눈을 가린 채로 다시 허둥지둥 밖으로 나갔다. 커프스를 보고 있던 진이 고개를 들었다. 그의 손에는 지팡이가 들려 있었다. 이제 그에게는 지팡이가 필요 없지만, 이제 거의 그의 아이덴티티 아이템이 되어 버린 지팡이였다.

"왜 그러고 나와?"

"음, 리카가 아직 가봉 중이어서?"

"아, 저런. 리카가 놀랐겠다."

"아니, 나에게 너무 천연덕스럽게 인사하더라고."

브렌이 당혹스러움을 감추지 못하고 말하자 진은 가볍게 웃었다.

"하긴, 그편이 리카답네."

브렌이 푹 한숨을 내쉬고 팔을 뻗어 진의 목을 감았다. 진은 짧게 신음을 흘리고 고개를 들었다.

"왜 또?"

"활 연습 얼마나 했냐?"

"그냥저냥."

"이번 사냥 대회에서 수사슴 한 마리는 잡아야지."

브렌이 씩 웃으며 청록색 눈을 반짝였다. 진이 피식 웃었다. 어머니를 닮은 마호가니 빛깔의 머리카락과 눈동자에는 아버지와 같은 날카로움이 담겨 있었다.

"수사슴 하나로 되겠어?"

"오올~ 짜식, 대단한데? 맞아, 이때 아니면 언제 아서를 이겨 보겠어?"

검술로는 아서의 상대가 되지 않음을 깨끗하게 인정하는 브렌이었다. 하지만 사냥과 검술은 다르잖아?

"좋아, 내 목표는 곰이다!"

"황실 사냥터에 곰이 있을까 싶지마는."

진은 그렇게 중얼거리며 브렌의 팔에서 슬쩍 빠져나왔다. 브렌이 씩 웃었다.

"기대는 괜찮잖아, 기대는. 그래서 말은 뭐 탈 거야?"

십 대 소년다운 대화를 나누며 둘은 드레스 숍을 빠져나왔다.

＊　　　＊　　　＊

부우우웅—

뿔피리 소리가 요란하게 울렸다. 아직 시작 신호를 알리는 것은 아니고 준비 신호를 알리는 뿔피리다.

황제는 관례대로 참여하지 않기로 했다. 황제가 참여하면, 승자는 언제나 황제가 될 것이다. 황자는 참석할 수 있지만, 아직 아들은 어렸다.

황자가 참석할 나이가 되면, 우승자는 그가 될 것. 그 전에 실컷 즐기려는 귀족들로 사냥터는 북적거렸다.

가문의 문장이 박힌 커다란 천막과 휘장 수십 개가 사냥터 한쪽에 쳐졌다. 말들이 흥분해서 발굽을 구르며 푸르륵거리는 소리와 구종들이 왔다 갔다 하는 소란스러운 발소리가 들렸다.

사냥 준비를 하는 천막과 대칭되게 쳐진, 숙녀들을 위한 천막에서는 악사들까지 동원되어 연주 소리가 흘러나오고 있었다.

기사들은 정중하게 레이디에게 인사하고 그녀들의 손수건이나 띠를 받아갔다. 물론 그것만이 목적은 아니다. 가문끼리의 유세의 장이며, 동시에 사교의 장이기도 했다.

시카는 청회색 승마용 드레스를 입고 있었다. 상의는 재킷 형식으로, 다이아몬드가 박힌 두 줄의 금단추가 반짝이고 있었다. 머리카락은 전부 틀어 올렸고, 작은 모자에는 새하얀 꽃장식이 달려 있었다.

카서스가 그녀를 보고 불만스럽게 "왜 난 맨날 맨날 시카에게 새삼 반하지?" 하고 말해서 시카는 웃음을 터트리며 "나도 카서스에게 항상 반하는데?" 하고 대꾸해 주었다.

정복을 입고 망토를 두른 카서스는 관록이 붙어서 시카의 가슴을 크게 뛰게 만들었다. 옷을 입기 전에 시카가 팔을 고쳐 줬기 때문에 삼각건은 없었다.

나란히 서 있는 부부의 눈치를 보며 몇몇이 말을 걸고 싶어 안달을 하고 있었다.

그때 천막으로 앙케르트나 후작 부부가 걸어 들어왔고 시선은 그쪽으로 다시 확 쏠렸다가 두 사람이 방랑자 부부에게 말을 거는 걸 보며 다시 불타올랐다.

"왜 저렇게 우리를 바라보는 거야?"

시카가 낮게 속삭이자 카서스가 웃으며 말했다.

"말 걸고 싶어서."

베라무드가 고개를 흔들었다.

"사실은 두 사람 다 작위가 없으니까 편하게 말을 걸어도 되지만, 방랑자와 용주에게 함부로 하대하며 말을 걸 만한 사람은 없겠지."

"있다면 그 용기가 가상하다고 생각해."

시그리드는 은빛이 도는 흰 드레스를 입고 있었다.

부우우웅―

그때 두 번째 뿔피리가 불었다. 참가자들이 말에 올라타기 시작했다.

브렌은 말을 몰아 진에게 가까이 다가갔다. 브렌이 아마 이 참석자들 가운데서 가장 옷을 잘 입은 남자일 터였다. 비스듬하게 쓴 사냥 모자 아래로 금발이 햇빛에 반짝였다.

"어느 쪽으로 갈 거야?"

진이 느긋하게 말했다.

"안쪽으로 가야겠지. 아서는 어디 있어? 저기 있군. 아서!"

진이 소리를 지르자 다른 참가자들 사이에 있던 아서가 얼른 말을 몰고 다가왔다. 그가 낮게 속삭였다.

"같이 가자고 그래서 거절하느라 죽는 줄 알았네. 고맙다."

"별말씀을."

진이 싱긋 웃으며 답했다. 그때 리카가 말을 몰고 다가왔다. 그녀가 이 사냥 대회의 유일한 여성 참가자였다.

세레나는 만 나이가 모자랐던 것이다. 그래서 그녀는 자신의 쌍둥이 동생들―리오와 엘리―과 함께 불만스러운 얼굴로 천막에 앉아 있었다.

"다들 준비는 됐어?"

"물론이지."

브렌이 씩 웃어 보이고 그녀의 무장을 살폈다. 화살과 화살통, 그리고―

"석궁? 다룰 줄 알아?"

"그럼."

"석궁은 반칙 아냐?"

아서의 말에 리카가 "만일 대비용이야. 사냥은 그냥 활로 할 거야." 하고 대답했다. 어차피 사냥감에 꽂힌 화살로 구별하니 상관없다, 하는 게 그녀의 말이었다. 그건 사실인지라 소년 셋은 고개를 끄덕였다.

그때 세 번째 뿔피리가, 가장 굵고 길게 울려 퍼졌다. 망루 위에 서 있던 병사가 황실 문장이 들어간 깃발을 크게 휘둘렀다. 동시에 사방에서 사냥개가 짖으며 출발했고 몰이꾼들이 여기저기서 고함을 치기 시작했다.

"가자."

아서가 "이랴!" 하고는 말을 몰았다. 나머지 세 사람도 얼른 그 뒤를 따라 숲으로 들어갔다.

뿔피리를 불어대며 말과 사냥개를 부추기는 소리에 참가자들은 안으로, 안으로 들어갔다.

삼 년간의 평화가 끝난 사냥터에서는 몰이꾼과 사냥개에게 쫓겨 토끼니 족제비니 하는 작은 동물들이 먼저 튀어나왔다. 토끼를 사냥하는 축도 있었지만, 몇몇은 역시 더 큰 사냥감을 노렸다.

여우나 사슴 같은 것.

무리는 흩어지고 쪼개져서, 결국 아서와 리카만이 남게 되었다.

"진이랑 브렌은?"

"아까 수사슴이다! 하고 브렌이 가 버렸어. 혼자 가게 놔둘 수는 없다고 진이 쫓아갔고."

"뭐? 언제?"

"아서가 방금 흰 여우였어?! 하면서 달렸을 때."

"……."

아서 앙케르트나는 얼굴을 쓸어내렸다. 리카는 피식 웃고 말에서 뛰어내려 활과 화살을 챙겼다.

"리카? 뭐 하는 거야?"

"이쪽이 추적하기가 더 편해. 말을 타고는 보이는 것만 쫓아가게 되니까."

정글도 날을 확인한 리카가 말을 한쪽에 세우고 걷기 시작했다.

"잠깐, 리카 리안."

아서가 말을 가볍게 몰아 그녀의 뒤를 따랐다. 리카가 멈춰 서서 아서를 돌아보고 눈을 찌푸렸다.

"이런 건 안 되나? 귀족적인 사냥이 아니면 인정이 안 되는 걸까?"

몰이꾼이나 사냥개가 사냥감을 쫓아서 눈에 보이면, 그때부터 말을 타고 추격전을 벌인다. 그게 아니라 이런 식으로 '진짜 사냥꾼' 같은 방식은 보기 좋지 않은 것일 수도 있다.

리카는 그런 생각을 하며 아서를 바라보았다.

"글쎄, 귀족적인 사냥—"

이랑 일반 사냥이랑 차이가 뭔지 모르겠다, 하려던 아서의 시야에 반짝이는 뭔가가 들어왔다. 아서는 말에서 몸을 날려 리카를 덮쳤다. 얼결에 땅에 처박히게 된 리카는 헛숨을 삼켰다.

탁—!

바닥에 화살이 박혔다. 곧이어 두 번째 화살이 날아왔다. 반쯤 일어나던 아서를 리카가 안고 굴러 화살을 피했다.

세 번째, 네 번째—

속사 능력이 뛰어나거나, 수가 많거나. 하여간 계속 구를 수는 없다. 잠깐이라도 일어날 짬을 만들어야 한다.

아서는 휘파람을 불었다.

"삐익—!"

아서가 휘파람을 불자 불안해하며 한쪽에 서 있던 말이 귀를 쫑긋하고 그에게로 걸어왔다. 딱 한순간. 말이 화살과 두 사람을 가린 사이 벌떡 일어났다.

퍽—!

화살이 말에 명중했다.

"히히힝—!"

말은 푸르륵거리며 몇 걸음 달리다가 앞으로 고꾸라졌다. 말은 힘없이 허공을 앞발로 긁기 시작했다. 그 짧은 사이, 두 사람은 미친 듯이 달리기 시작했다.

뒤에서 화살이 몇 발 더 날아왔지만, 나무에 맞거나 스쳐서 땅에 떨어졌다.

"나일까 너일까?"

달리며 리카가 외쳤고 아서는 "모르겠어." 하고 대꾸했다. 둘은 나무 사이로, 지그재그로 달렸다. 그러나 그것도 뒤에서 말발굽 소리가 들리지 않았던 때의 일이었다.

'말발굽?'

리카는 돌아보지 않을 수 없었다. 힐끗 뒤를 돌아보니 말을 탄 두 명의 복면인이 자신들의 뒤를 따라오며 활을 쏘고 있었다. 아무리 빠르다고 한들 말보다는 빠를 수 없었다.

이대로 달리면 따라잡힐 테지.

리카는 머리를 빠르게 굴렸다. 하지만 그녀가 이 사냥터의 지리에 대해서 아는 거라고는 '숲 속입니다.' 정도였다.

그때 다른 한 사람이 말의 속도를 높여서 빙 돌기 시작했다.

뒤와 오른쪽으로 압박을 당해 리카와 아서는 왼쪽으로 달릴 수밖에 없었다.

한쪽으로 자신들을 몰고 있다는 걸 빤히 알면서도, 갈 수밖에 없어 아서는 입술을 깨물었다. 아서는 그들이 자신들을 어디로 몰고 가려는 것인지 가늠해 보았다.

'강가로……?'

고민하다가 아서는 그들 뜻대로 움직여 주느니, 도박을 하는 게 낫겠다고 생각했다. 그가 리카의 팔을 잡고 방향을 틀었다. 계속 직진하는 방향이다.

이대로 직진하면, 오른쪽에서 비스듬히 말을 달리는 남자와 점점 더 가까워지기만 할 뿐이다. 리카는 그걸 알았지만 대꾸 없이 아서를 따라 달렸다.

지리적으로 우세에 있는 것은 그이니 말이다.

"발밑."

아서가 외쳤고 리카는 눈앞이 뚝, 절벽이라는 것을 알았다. 아니, 절벽은 아니었다. 그냥 2m정도의 수직 단차가 있을 뿐이지.

리카는 가볍게 땅에 착지했다. 아서가 뒤로 돌아 그녀를 잡아 끌었다. 거기에는 창살이 서 있는 거대한 수로 입구가 입을 벌리고 서 있었다.

'수로? 이런 곳에?'

리카는 놀랐지만 아서를 따라 얼른 수로 안으로 들어갔다. 창살이 그렇게 넓지 않으니, 뒤에서 오는 놈들은 말을 버려야 할 것이다.

안으로, 안으로 둘은 계속 달렸다. 몇 번 수로에서 꺾어지자, 암흑이 시야를 뒤덮었다. 물비린내와 악취가 났다.

"잠깐만, 아서. 빛 좀 켜자."

리카가 숨을 고르며 말했다.

"초라도 가지고 있어?"

아서가 묻자 리카는 목걸이를 빼 들고 낮게 **"루멘."** 하고 주문을 읊조렸다. 새파란 빛이 목걸이에서 새어 나왔다. 그렇게 강한 빛은 아니지만, 어둠에 익숙해진 눈에는 그 정도 빛으로도 충분했다.

"마법 도구가 있었구나."

아서는 안도하며 말했다.

"응. 그런데 이건 어디로 통하는 수로야?"

"나도 몰라. 수로 내부 안이 어떻게 되어 있는지는."

"그런데 들어온 거야?"

"밖에서 화살을 맞는 것보다는 낫잖아."

아서의 말에 리카는 "그건 그렇지." 하고 고개를 끄덕였다. 둘은 멈추지 않고 계속 걸었다. 아래로 내려갔다가, 옆으로 꺾었다가, 다시 또 꺾고, 위로 올라갔다가, 사다리도 탔다.

하지만 그냥 더 깊이 들어가는 것만 같았다.

"왜 이런 데 수로가 있는 거지?"

"예전에 성터라고 들었어."

"신기하네."

아서가 한숨을 내쉬며 말했다.

"설마 우리 여기서 길을 잃고 못 나가는 건 아니겠지."

"들어온 길은 다 기억하고 있어."

리카의 말에 아서는 놀라 그녀를 돌아보았다.

"지금까지 온 길 전부?"

"응."

리카는 고개를 끄덕였고 아서는 "대단한데." 하고 중얼거렸다. 리카가 멈춰 섰다.

"쉬자. 더 쫓아오는 소리는 안 들려."

리카의 말에 아서는 고개를 끄덕였다. 둘은 근처 물기가 빠진 바닥에 털썩 주저앉았다. 아무리 훈련으로 단련되어 있었어도, 이렇게 달리면 다리 근육이 고통을 호소하기 마련이다. 리카는 목걸이의 불을 껐다.

어둠 속에서 침묵이 흘렀다. 서로 얼굴을 보지 못하는 정도가 아니라, 눈앞에 손바닥을 가져다 대도 모를 정도의 어둠이었다.

침묵을 깨고 아서가 입을 열었다.

"나 암살자에게 쫓기는 일은 처음 겪어 봐."

그의 신기하다는 듯한, 웃음 섞인 목소리에 리카는 피식 웃었다.

"그건 나도 마찬가지인데. 그래서 날 쫓아온 걸까, 널 쫓아온 걸까?"

"앙케르트나 후작가에 적이 없다는 건 아니지만, 황실 사냥터로 쫓아올 정도로? 역시 방랑자와 용주 쪽이 아닐까?"

아서의 말에 리카가 "역시 그런가." 하고 한숨을 내쉬었다.

"부모님 때문에 나에게 아부하는 것도 엿 같지만, 이런 일은 두 배로 더 엿 같아."

"엿······."

아서가 중얼거리자 리카가 "아니 엿 정도가 아니라, 지랄 맞다고 해야 하나." 하고 고개를 갸웃했다. 아서는 그녀의 언어생활에 대해 '그런 말은 쓰면 안 돼, 바른 단어를 써야지.' 하고 지적해 줘야 하나 하다가 자신도 중얼거렸다.

"정말로 지랄 같아."

"그지?"

"지랄, 지랄. 아, 왜 욕하는지 알겠는데. 기분이 훨씬 나아지는 걸."

아서의 말에 리카가 작게 웃음을 터트렸다. 아서가 말했다.

"그리고 맞아. 부모님 때문에 나에게 아부하는 건 진짜 엿 같아. 차기 후작에게 보내는 달콤한 언사라니."

아서의 한숨에 리카는 동의했다.

"유명한 부모님을 둔 게 좋은 것만은 아니라니까? 열심히 해서 뭔가를 해도, '역시 방랑자의 딸.'이라는 말이나 하고 말야."

"맞아! 마스터 사이에서 난 아들이니까 당연히 검술도 잘하겠지. 같은 소리를 하지 않나. 손톱이 빠질 정도로 애를 쓴 내 노력은 어디로 날아가 버린 거죠?"

"그지? 그지? 진짜로 혹독하게 다뤄졌다고."

"그래. 게다가 어머님은 특히, '핏줄이니까 차별해서는 안 된다.'라는 말로 날 오히려 역차별 하고 계신 것 같아."

"아아, 귀족가는 그런 것도 있겠구나. 난 그런 건 없어. 일단 아빠는 무조건 내 편이고."

"그건 우리 아버지도 그래. 내가 후계자가 되지 않아도 좋다고 하셨어."

"좋으신 분이네."

"맞아."

"그런데 후계자가 되지 않으면 뭐 할 거야?"

리카의 물음에 아서는 눈을 깜박였다. 그가 낮게 웃었다.

"그런 질문은 처음이야."

"그래?"

"그래. 글쎄. 딱히 뭔가 되고 싶은 게 있는지 모르겠어. 용병이나 할까? 나도. 리카는?"

"글쎄. 예전에는 나도 용병이었는데, 얼마 전에는 쿠키 가게 주인이었거든? 그런데 요즘은 말 키우는 사람 하고 싶어. 말 예쁘더라."

"하지만 말똥 치우는 건 싫을걸."

아서의 짓궂은 말에 리카가 "아, 진짜 그건 그러네. 아냐, 말구종은 따로 두면 되지?" 하고 대꾸했다.

첨벙.

그때 물소리가 났다. 즉각 두 사람은 입을 다물었다.

첨벙, 첨벙.

물소리가 점점 더 가까워졌다. 리카는 정글도를 뽑았다. 수로는 자신들이 간신히 허리를 펼 만큼 좁았다. 이렇게 좁은 곳에서 활을 쏘는 멍청이는 없을 테지. 그렇다면 저쪽도 검을 휘두를 터.

쉬익ㅡ

쉬익ㅡ 쉬익ㅡ

이상한 소리와 함께 비린내가 훅 풍겨 왔다.

첨벙 첨벙 첨벙.

발소리가 더 빨라졌다.

"리카, 빛!"

아서가 소리쳤고 리카가 외쳤다.

"루멘!"

푸르스르한 빛이 사방을 가득 채웠다. 빛을 보고 상대는 "키익ㅡ" 하고 놀라 앞발을 살짝 들었다. 수로를 꽉 채우는 크기의 거대한 거미였다.

아니, 저 정도의 크기는 보통 마수라고 봐야겠지.

"으웩."

리카가 작게 소리를 내자 아서는 갑자기 긴장이 풀리는 걸 느꼈다. 그러나 거미는 그 빛 정도로 모처럼의 먹이를 포기하고 싶지는 않은 모양이었다.

"키이이익ㅡ!"

날카로운 소리를 내며 낫 같은 앞의 한 쌍, 앞발을 휘두르며 거미는 수로를 빠르게 달려왔다. 리카는 제발 저 거미가 '오러가 아니면 베어지지 않는 종류'가 아니기를 빌며 정글도를 휘둘렀다.

퍽ㅡ!

거미 다리가 깊숙하게 파였다.

'단단해ー!'

리카는 이를 악물고 손잡이를 잡았다. 안 그러면 그대로 검이 딸려 갈 것 같았다.

"키이익ー!"

거미가 고통에 다리를 빼 들었다. 리카는 물러서지 않고 오히려 한 걸음 앞으로 나가며 다시 다리를 베었다. 리카의 목걸이에서 나온 빛이 긴 그림자를 만들었다. 그녀가 거미의 다리를 쳐서 거미의 머리가 노출된 그때, 아서가 검을 발검하며 아래에서 위로 거미의 머리를 크게 베었다. 희미한 검은빛이 그의 검을 타고 흘렀다.

오러였다.

벨 수 없는 게 없는 오러는 별다른 저항감도 없이, 거미의 머리를 베었고 진초록색의 체액이 뿜어져 나오며 거미는 빠르게 뒤로 이동했다. 절지동물 특유의, 죽어도 신경은 살아 있어 움직이는, 그런 움직임이었다. 몇 번 벽에 부딪치며 다리를 허우적거리다가 거미는 움직임을 멈췄다.

아서는 숨을 몰아쉬었다. 그는 검을 바라보았다. 미숙한, 조절되지 않은 오러를 견디지 못한 검은 산산조각이 나 버렸다.

"오러?!"

리카가 경악해서 외치자 아서가 "간신히 모으는 정도야." 하고 중얼거렸다. 리카가 신음을 흘리며 말했다.

"왜 세레나가 널 질투하는지 알겠다."

리카의 말에 아서가 희미하게 웃었다. 리카의 금녹색 눈동자가 푸른빛에 반사되어 빛났다. 그녀가 씩 웃으며 말했다.

"두고 봐, 아서 앙케르트나. 난 마법까지 배워서 양쪽에서 다 이름을 날릴 테니까."

"마검사 아웬 대공처럼?"

"아, 맞다. 아서는 마검사와 아는 사이지?"

리카가 고개를 끄덕이는데 픽 하는 작은 소리와 함께 목덜미가 따끔했다.

"뭐—"

목에 손을 가져다 대는데 그 전에 온몸에서 힘이 빠졌다. 그녀는 털썩 바닥에 무릎을 꿇었다. 목에 뭔가 바늘 같은 것이 꽂혀 있었다.

"리카!"

아서가 쓰러지는 그녀를 붙잡고 반대쪽을 경계하는데 핏 하는 소리가 들리고 아서 역시 바닥에 쓰러졌다.

"이거 참, 사람 고생하게 하는구먼."

"그나저나 이 둘이 저 마수를 해치운 건가? 십 대 둘이서? 굉장한데."

복면을 쓴 남자 둘이 이쪽으로 천천히 걸어왔다. 아서는 리카를 자신의 아래에 보호하려고 안간힘을 썼다. 리카는 일그러진 시야로 남자들을 바라보았다. 두 남자가 아서를 붙잡아 한쪽에 옮겼다.

"리……카……르……."

건들지 마! 하고 외치려는데 말이 나오지 않는다.

"어떻게 마취제를 썼는데도 말을 하지?"

"후작가 도련님이잖아. 당연히 독에 대비 정도는 하지. 면역이 있을걸."

"아하. 도련님, 당신을 해칠 생각은 없으니 걱정 마세요."

놀리는 듯한 공손한 어조로 말하며 남자는 리카의 양갈래 머리 중 하나를 붙잡아 올렸다. 그녀의 몸이 힘없이 딸려 올라왔다.

"어쭈, 봐라. 얘도 정신을 잃지 않았네? 역시 방랑자의 딸이다 — 이건가? 네가 이런 꼴을 당하는 건 다 아버지 때문이니, 원망하려면 아버지를 원망하렴."

리카의 팔이 경련하듯 움직였다. 필사적으로 만들어 낸 기호는 가운데 손가락이다. 그걸 본 남자가 피식 웃고는 철썩 그녀의 뺨을 후려쳤다. 한 방으로 코와 입에서 피가 터졌다.

"리—!"

어떻게든 아서는 일어나려고 애썼다. 두 다리에 힘을 주고, 일어나. 일어나라고 아서 앙케르트나! 하지만 갓 태어난 새끼 사슴처럼 다리가 부들부들 떨리며 자꾸 주저앉게 되었다.

리카는 자신의 고개가 휙 돌아갔다는 걸 느꼈다. 피 맛이 나서 아, 코피가 나는구나 알았지 고통은 없었다. 이놈의 마취제 때문이겠지.

사고 자체가 느리게 움직여서 빨리 생각하기가 어려웠다.

"어이, 그만하고 빨리 여기에 집어넣어."

다른 한 명이 마대 자루를 벌렸다. 리카를 때린 남자가 그녀의 목걸이를 잡아챘다.

"빛나는 목걸이라니, 어머니를 잘 둬서 온갖 사치스러운 걸 다 가지고 다니는군."

남자의 목소리가 띄엄띄엄 들렸다. 자꾸 감기려는 눈을 애써 뜨려고 하지만 노력은 약을 이길 수가 없었다.

"어머니를 잘 둔 게 아니라, 외삼촌을 잘 둔 거야."

"어─?"

갑자기 어둠 속에서 들려온 목소리에 남자가 뒤를 돌아보려는 순간 목이 그대로 360도 돌았다. 우드득하는 소리와 함께 남자는 그대로 쓰러졌고, 같이 쓰러지는 리카를 로렌스가 붙잡았다.

"안녕, 리카. 오랜만이네."

붉은 눈이 싱긋 웃는 게 보이고, 그게 리카가 기억하는 마지막이었다.

*　　*　　*

리카는 무거운 눈을 떴다.

"리카!"

외침과 동시에 푹 끌어 안겼다. 눈앞이 어질어질해서 잘 보이지 않아도, 누군지 단번에 알 수 있었다. 기분 좋은 엄마 냄새.

"엄마아……."

리카의 목소리가 약간 늘어졌다. 시카가 허둥지둥 물었다.

"괜찮아? 어디 안 좋은 곳은 없어? 응? 어지럽거나?"

"조금……? 괜찮아."

카서스가 후다닥 뛰어 들어왔다. 그는 깨어난 딸을 보고 달려와 그녀와 시카를 한 번에 끌어안았다.

"다행이다."

리카는 '좀 숨 막혀.' 하고 생각했지만 얌전하게 안겨 있었다. 그러는 사이에 서서히 정신이 돌아와서 리카가 허둥지둥 물었다.

"아서는? 괜찮아? 그 사람들은? 어떻게 된 거야?"

"아서는 괜찮아. 다친 곳도 없어."

시카가 부드럽게 말했다. 리카는 그제야 안도하며 몸에서 힘을 뺐다. 시카가 그녀를 다시 눕혀 주었다. 리카가 머뭇거리다가 말했다.

"외삼촌을 만났어……."

"응, 엄마도 만났어."

"정말?"

"응."

시카가 고개를 끄덕였다. 그녀가 부드럽게 딸의 머리카락을 넘겼다.

"좀 더 쉬어. 아니면 뭔가 먹을래?"

"나 곰돌이 팬케이크."

리카가 어리광부리듯 말하자 시카는 카서스를 바라보았다. 카서스가 미소 지으며 "만들어서 대령하겠습니다." 하고 말하고는 딸의 이마에 키스해 주었다.

"졸려……."

"더 자."

시카가 그녀의 가슴을 토닥토닥해 주며 말했고 리카는 다시 잠에 빠져들었다. 딸이 완전히 잠든 것을 확인하고 시카는 자리에서 일어났다.

그녀의 연보라색 눈은 차가웠다.

"그래서 범인은?"

"깨끗하게 쓸었어. 그리고 이게 의뢰인에 대한 단서."

카서스의 대답에 시카는 끓어오르는 분노를 삭이며 종이를 받아 들었다.

시카와 카서스가 현장에 도착한 것은 로렌스가 나타나고 나서 얼마 지나지 않아서였다.

어둠 속 푸르스름한 빛에 반사되어 로렌스의 흰 머리카락은 너무 뚜렷하게 보였다. 그는 한 손에 리카를 조심스럽게 받치고 다른 한 손으로는 남은 암살자의 머리를 쥐고 있었다.

"로렌스."

저도 모르게 시카가 중얼거리자 로렌스가 그녀를 보고 빙긋 웃었다.

"안녕, 누이. 오랜만이야."

"내 딸에게서 떨어져."

카서스가 낮고 부드러운, 하지만 날이 선 어조로 말했다. 로렌스가 피식 웃고는 "데려가." 하고 말했고 카서스는 성큼성큼 수로를 걸어가 로렌스의 팔에서 리카를 안아 들었다. 카서스는 바닥에 쓰러져 있는 복면 쓴 남자의 시체를 보고, 로렌스에게 잡혀 있는 남자를 보았다.

이미 눈이 돌아간 것이 정상적인 상태는 아니었다.

시카가 벽에 기대어 있는 아서에게 얼른 다가갔다. 아서는 그제야 긴장이 풀린 듯, 끈 떨어진 인형처럼 푹 쓰러졌고 시카는 그를 받쳤다.

"어떻게 된 거야?"

시카의 물음에 로렌스가 느긋한 어조로 대답했다.

"이 두 사람에게 쫓기고 있었던 것 같아. 다행히도 죽이는 게 목적이 아니라 납치가 목적이었던 것 같아서 마취제를 쓴 것뿐인 듯하고."

로렌스가 남자의 머리에서 손을 떼고 말했다.

"물어보면 뭐든 대답해 줄 거야. 이 사람이. 그지?"

로렌스의 말에 "네, 대답합니다. 합니다. 니다. 니다." 하고 남자는 고장 난 인형처럼 몇 번이나 대답했다.

그걸 보고 시카는 눈을 찡그렸다. 로렌스가 변명처럼 "이렇게 건드리는 게 편하잖아?" 하고 말했다. 반인륜적인 짓이야, 라고 하려다 로렌스에게는 그 말이 통하지 않을 걸 알아 시카는 한숨을 내쉬었다.

"넌 어떻게 여기에 온 거야?"

시카의 물음에 로렌스가 붉은 눈을 가늘게 뜨고 웃었다. 그가 리카의 목걸이를 가리켰다.

"마정석에 피가 떨어졌어. 그래서 무슨 일이 생겼나, 하고 온 것뿐이야."

별거 아니라는 듯 대답하더니만, 로렌스는 인사도 없이 그대로 사라져 버렸다. 동시에 강한 바람이 수로를 가득 채우고 휘몰아쳤다가 사라졌다.

에테르가 작게 일렁거리다 가라앉는다.

"정말이지, 멋대로군."

투덜거린 카서스는 한 팔로 리카를 안고 다른 팔로 아서를 안아 들었다. 시카는 넋이 나간 남자에게 물었다.

"누가 이런 일을 시킨 거지? 뭘 어떻게 하려고 한 거야?"

그러자 남자는 자기가 아는 한도 내에서 술술 대답하기 시작했다.

자세한 내막을 다 듣고 두 사람은 다시 순간 이동을 했다.

천막 안에서의 소동은 밖으로 커지지 않았고, 사냥 대회는 별 문제 없이 계속 이어졌다.

아서는 반나절 만에 벌떡 일어났다. 일어나자마자 그는 리카를 찾았고, 리카가 무사한 것을 알고 안도했다.

그에 비해서 리카는 하루 종일 일어나지 못했다. 카서스와 시카는 정말로 딸에게 독에 대한 면역을 키워 두는 게 좋은가 하고 고민했다.

리카가 약 때문에 자고 있을 뿐이라는 걸 확인하고 나서, 카서스는 바로 범인을 찾아갔다.

첫 번째는 암살자 길드였다.

어둠 속 암적인 존재지만, 동시에 필요한 존재이기에 묵인되고 있는 그런 존재였다. 그냥 싸구려 청부 살인에서부터 귀족 살해까지 다양한 일을 하는 암살자 길드는 용병 길드처럼 피라미드 구조가 아니라 점조직으로 난립해 있었다. 일부는 조직 폭력과 맞닿아 있기도 하고 일부는 정말로 고급 인력(?)만을 길러 내기도 한다.

리카를 노린 곳은 후자의 그런 곳이었다.

'그러니까 마스터의 딸을 노렸지.'

그 놀라운 자신감에 카서스는 희게 웃었다. 잡힌 암살자가 술술 분 덕분에 위치를 찾는 것은 어렵지 않았다.

달아나지 못하게, 조용히 하나씩 하나씩 카서스는 전부 깨끗하게 치웠다. 재미있었던 건, 정보를 유출하지 않기 위해 암살자에게 죽으라고 가르쳤던 가장 윗대가리가 막상 자기가 죽게 되자 의뢰인을 술술 불었다는 것?

"자기가 못하는 일을 남에게 시키면 안 되지."

카서스는 점잖게 충고하고 목을 날렸다.

의뢰인의 정체는 인신매매 단체였다.

카서스가 그 종이를 들고 고개를 갸웃하며 시카에게 다시 돌아온 것이었다. 그녀에게 종이를 건네며 카서스가 말했다.

"그런데 여기 우리가 예전에 부수지 않았었어?"

"어딘데?"

시카는 고개를 갸웃했다. 그녀는 종이를 받아 들었다.

"아, 이 의뢰 기억나."

실종된 아이의 부모가 의뢰인이었다. S급 용병에게 의뢰할 만큼 어마어마한 돈이 있어 보이지 않았지만 그들은 어떻게든 매달 이자라도 갚겠다고 말하며 아이를 찾아달라고 의뢰했었다.

그래서 시카는 정식 의뢰를 정중히 거절했다.

대신 '개인적으로' 한번 찾아보겠다고 했었고. 그래서 밝혀진 꽤 조직적인 인신매매 단체였다. 그때 분명히 다 처리했다고—

"아."

시카가 고개를 들었다.

"그때 '이 인신매매 조직의 뿌리가 거기 조직 폭력 단체였던, 블랙독이랑 연관이 있군.' 했었는데 거기까지는 안 가고 그냥 아이들을 찾고 끝났었지."

"그럼 그놈들을 찾아봐야겠네."

싱긋 웃으며 카서스가 말했고 시카가 고개를 끄덕이며 지팡이를 꺼내 들었다.

"같이 가."

그녀의 말에 카서스가 자는 리카를 힐끗 보며 "괜찮아?" 하고 물었고 시카는 차갑게 웃었다.

"리카가 깨기 전에 다 끝날 거야."

리카는 맛있는 냄새에 눈을 떴다.

달콤한 냄새.

이 냄새는 분명히—

'곰돌이 팬케이크……'

리카는 몸을 일으켰다. 익숙한 천장, 익숙한 침대, 익숙한 방.

수도에 있는 집이었다.

'좀 전에 일어났을 때는 다른 곳이었는데…… 거기는 후작가였나?'

리카는 길게 하품을 하고 침대에서 내려왔다. 약 때문에 어지럽거나 하는 기운은 완전히 빠지고 오히려 푹 자고 일어나 머릿속이 상쾌했다. 대신 오래자서인지 몸이 찌뿌드드해서 그녀는 고양이처럼 쭈욱 스트레칭을 했다.

그 후 잠옷에서 평상복으로 갈아입고 리카는 가볍게 계단을 뛰어 내려갔다.

"엄마! 아빠!"

부엌에서 요리하던 두 사람이 리카를 돌아보았다. 시카가 활짝 웃으며 팔을 벌렸다.

"일어났어?"

"응!"

리카가 다가와 엄마에게 푹 안겼다가 다시 아빠에게로 돌아서서 아빠 역시 끌어안았다. 카서스가 그녀의 정수리에 키스해 주고 물었다.

"안 좋은 곳은 없고?"

"전혀. 그보다 너무 자서 오히려 찌뿌둥한 것 같아."

"그러시다니 다행입니다."

뒤에서 들려온 목소리에 리카는 뒤를 돌아보았다. 레오가 서 있었다. 리카는 공손하게 인사했다.

"안녕하세요."

"오랜만입니다, 아가씨."

"네, 오랜만이네요."

리카가 다시 부모님 쪽으로 휙 돌아섰다. 그녀가 물었다.

"아서는? 범인은? 왜 날 노린 거야?"

"먹으면서 이야기하자. 배고프지?"

카서스의 말에 리카는 고개를 끄덕였다. 부엌에서 요리되고 있는 팬케이크와 토마토 야채수프를 보는 순간부터 배 속에서 빵을 달라며 아우성을 치고 있었다. 레오는 좀 전에 먼저 먹었다고 하며 물러났다.

리카는 얼른 찬장으로 다가서서 수프 그릇을 꺼냈다. 푸른색 줄무늬가 들어간, 예전에 야시장에서 구매한 자신이 가장 좋아하는 그릇이었다.

그릇에 수프를 넘실넘실하게 담아서 식탁으로 옮기고, 팬케이크와 차가운 오렌지주스도 옮겼다. 촉촉해지도록 메이플 시럽을 팬케이크 가장자리에 흘러넘칠 정도로 부은 후에, 리카는 식사를 시작했다.

토마토 수프를 한 입, 입에 넣자마자 행복감이 몰려왔다. 그녀는 빠르게 한 그릇을 다 비우고, 두 번째 수프를 담아서 다시 식탁으로 돌아와 물었다.

"그래서? 어떻게 된 거야?"

카서스는 간단하게 암살자가 맞다는 것과 마취제를 썼다는 것, 그리고 지금은 엄마 아빠가 다 처리했으니 걱정할 필요 없다는 것까지 전했다.

"아서는?"

"아서도 괜찮아. 그래서, 대체 어떻게 된 거야?"

반대로 시카가 물어와서 리카는 화살이 날아온 것부터 이야기를 시작했다. 둘이 달려서 도망치다가 수로로 들어가고, 그 후에 마수를 없애고, 암살자에게 당한 것까지.

"그거 외삼촌이었지?"

리카의 물음에 시카는 고개를 끄덕였다. 리카는 "어떻게 알고 나타나는 걸까." 하며 자신의 목걸이를 무의식적으로 어루만졌다.

"하여간 구해 줘서 고맙지만. 참, 사냥 대회는? 어떻게 됐어? 끝났어?!"

리카의 말에 카서스가 피식 웃으며 대답했다.

"오늘이 마지막 날이야. 일어났으니까, 연회에는 참석할 수 있겠네."

"아― 아쉽다. 내가 일 등 할 거였는데. 아서는? 아서도 참석 못 한 거야?"

"그렇지."

"그럼 누가 우승했어?"

"오늘까지 결과가 나와야 알겠지만, 큰 변수가 없는 이상 브렌인가?"

"오."

리카는 작게 감탄사를 내뱉었다. 그녀가 고개를 끄덕였다.

"뭐 내가 알지도 못하는 사람이 받는 것보다는 지인이 받는 게 더 낫지. 그런데 아서 말야. 오러까지 쓸 줄 알더라고. 나도 좀 더 힘내야겠어."

리카가 푹푹 한숨을 내쉬어서 카서스는 손을 뻗어 딸의 머리를 흐트러트리고 웃었다. 시카가 그런 딸에게 말했다.

"그럼 정말로 오늘 연회 참석할래? 좀 더 쉬어도 괜찮은데."

리카는 그 말에 고개를 휘휘 저었다. 물론, 아직도 놀란 가슴은 가라앉지 않았다. 하지만 그 자식들 때문에 자신이 누려야 할 즐거움까지 잃고 싶은 생각은 없었다.

"갈 거야. 드레스도 예쁘게 맞췄는데."

리카의 말에 시카는 고개를 끄덕였다.

"알았어. 그럼 준비하러 가자."

"응!"

리카는 고개를 끄덕였다.

부엌을 치우고 셋은 일리생 후작가로 향했다. 후작가에는 이미 시그리드와 마리쉐즈가 와 있었다. 마리쉐즈는 자신의 꾸밈시녀를 데리고 왔고, 시그리드는 몸단장을 해 주는 시녀가 없었기에 도움을 받으러 온 것이었다.

다 같이 하면 더 즐겁기도 하고 말이다.

거기에 시카와 리카도 합류했다. 둘이 고개를 내밀자마자 걱정의 소리가 쏟아졌다.

괜찮니? 몸은 아프지 않니? 세상에, 너무 무서웠겠다, 등등.

리카는 웃으며 이제 괜찮다고 답했다. 마리쉐즈가 리카의 옷을 벗기라고 명령하며 힘주어 말했다.

"사냥 대회에는 못 나갔지만, 연회에서는 힘내자꾸나."

아들이 사냥 대회에서 우승할 것 같아 기분이 하늘을 날아갈 듯 좋은 마리쉐즈였다. 리카는 시녀들이 자신의 옷을 꺼내는 틈을 타서 시그리드에게 조심스럽게 다가가 물었다.

"아서는 괜찮아요?"

"응, 아서는 괜찮아. 네 걱정을 많이 했어."

시그리드가 희미하게 웃으며 리카의 어깨를 토닥였다. 마리쉐즈가 리카에게 손짓했다.

"자, 이리 와서 코르셋부터 입자. 난 딸이 없으니까 꼭 한 번 여자아이도 꾸며 보고 싶었거든. 어렸을 때는 브렌에게 입혔는데, 열 살이 넘으니 브렌이 싫다고 하지 뭐니."

한숨을 내쉬며 마리쉐즈가 하는 말에 리카는 웃음을 삼켰다. 브렌에게 여장의 역사는 슬픈 과거나 다름없었다.

잠시 후 올라온 로웬그린은 웃음을 터트렸다.

"마리, 신났구나?"

"신났지 그럼. 안녕 캐시."

"안녕하세요. 리카! 무사해서 다행이야."

캐시가 작게 소리쳤다. 그녀가 종종걸음으로 다가와 리카의 손을 꽉 잡았다. 머리를 올리고 있던 리카는 씩 웃었다.

"그럼 당연히 괜찮지. 이 몸이 누군데."

"응, 응."

캐시는 고개를 끄덕였다. 뒤늦게 세레나가 도착해 위로 올라왔다.

"리카! 다행이다! 얼마나 걱정했는데!"

세레나가 소리치며 다가왔다.

"멀쩡해. 그래서? 누가 우승했어?"

마지막까지 사냥 대회를 보고 오느라 늦은 세레나였다.

"브렌이. 축하드려요, 마리 아주머니."

"어머나, 고맙구나."

마리쉐즈는 환하게 웃으며 대답했다. 여기저기서 축하한다는 소리에 마리쉐즈는 고마워, 하고 답하고는 싱긋 웃었다.

"좋아. 그러면 리카, 일어서 볼래?"

"네."

리카는 자리에서 일어났다. 크림색으로 된, 몸에 딱 붙는 드레스는 뒤쪽이 더 길어서 우아하게 흘러내렸다. 어깨는 보트 넥으로 넓게 파여 있었고 짧은 소매에는 정교한 레이스가 달려 있었다. 금사에 진주 장식이 달린 롱 글로브를 끼게 하고 마리쉐즈는 만족스러운 얼굴을 했다.

"좋아. 그러면 모자는 생략하고, 머리에 리본 장식을 화려하게 달자. 이번 시즌에는 이게 유행할 거야."

리본과 보석 장식.

마리쉐즈는 그렇게 말하며 모슬린에 심지를 넣어 만든 화려한 리본을 가져오게 했다. 그러며 마리쉐즈가 시카의 머리를 해주는 시녀에게 잔소리를 했다.

"아니, 그러면 안 되지. 시카는 다 틀어 올릴 거야. 그렇게 말고, 머메이드 형식으로 땋은 다음에. 다시 풀어서 해."

캐시는 키득거리며 자신의 옷을 입었다. 어렸을 때 이미 마리쉐즈의 손에서 실컷 유행의 물살을 탄 그녀였다. 그러며 캐시는 자신의 취향을 확고하게 정했다. 마리쉐즈가 보기에는 지나치게 얌전한 스타일이었지만, 캐시의 옷차림은 너무 튀는 것을 원하지 않는 레이디들에게 좋은 본보기가 되었다. 클래식함을 최대한 유지하면서 약간의 유행을 뿌리는 게 그녀가 좋아하는 형태였다.

"난 아마 마리쉐즈 아주머니처럼 패션 리더는 못 될 거야."

캐시는 종종 그렇게 이야기하고는 했다.

머리에서 발끝까지 단장을 끝냈을 때는 이미 해가 진 후였다. 리카는 마수와의 전투보다 이게 더 힘들지도 모르겠다고 생각했다.

"맙소사. 이 두 미인을 감당하기에는 내가 너무 부족한 게 아닐까?"

카서스가 아내와 딸을 보고 웃음 섞인 목소리로 말했다. 시카가 웃으며 그에게로 다가갔다.

"오늘 카서스도 너무 멋있는데?"

"오늘만?"

"평소에도 멋있지만 오늘은 더."

여름이라 새하얀 코트를 입은 그의 모습은 여전히 삽화 소설에서 뽑아낸 듯한 모양새였다. 카서스가 그녀에게 부드럽게 입맞추며 속삭였다.

"시카 때문에 눈이 멀어 버릴 것 같아."

이미 부모님의 애정 행각에는 익숙한 리카라 그녀는 슬그머니 시선을 돌리며 아빠가 엄마에게 쏟아붓는 달콤한 키스와 찬사의 말을 흘렸다.

그게 끝나고 나서, 카서스는 리카에게도 팔을 뻗었고 리카는 얼른 한달음에 달려와 섰다.

"우리 딸 진짜 다 컸네."

"예뻐?"

리카가 치맛자락을 잡으며 묻자 카서스는 "엄청." 하고 힘주어 강조했다. 그때 아래쪽에서 헛기침 소리가 들려 세 사람은 고개를 돌렸다. 아서가 거기 서 있었다.

"괜찮으면 오늘 제가 리카를 에스코트해도 될까요?"

"에스코트—?"

카서스의 눈이 가늘어졌다. 시카가 얼른 그의 팔짱을 끼며 말했다.

"당연하지. 고맙구나, 아서. 괜찮지, 리카?"

"응? 어, 응. 괜찮아."

리카는 가볍게 계단을 내려갔다. 계단 중간쯤에서 아서가 손을 뻗자 리카는 헛기침을 하고 얌전한 레이디처럼 그의 손에 자신의 손을 올렸다. 아서가 그녀의 손등에 살짝 입 맞추고 싱긋 웃으며 함께 계단을 내려가기 시작했다.

그걸 뒤에서 지켜보며 카서스는 "애 주제에 능숙한 거 봐라. 누가 베라무드 루나틸 아들내미 아니랄까 봐." 하고 중얼거렸고 시카는 쿡쿡 웃었다.

"나로 만족하세요, 카서스 리안."

"시카로는 만족이 아니지. 언제나 넌 내게 그 이상이면서도, 항상 갈증이 나게 하니까."

카서스가 그렇게 말하고 다시 아내의 입술에 키스했다. 시카가 웃으며 손을 뻗었다.

"카서스 입술에 립스틱 묻었어."

"그럼 도로 가져가."

"뭐?"

카서스가 다시 그녀에게 거듭 키스했다. 점점 키스가 깊어졌고 시카가 몽롱해질 때쯤 돼서 그는 키스를 멈췄다. 시카는 호흡을 가다듬었다.

어쩜, 이 사람은 이렇게나 오랜 시간이 지났는데도, 이렇게 기분 좋게 키스를 하는 걸까?

그런 생각을 하며 시카가 말했다.

"나 립스틱 다 지워졌을 것 같아."

"응, 그러네. 미안."

시카는 눈썹을 치켜 올렸다. 그녀가 다시 화장을 고치고 돌아왔을 때는 카서스도 자신의 입술을 지운 후였다.

"이제 자제해 줘."

한 번 더 하면 늦을 거야.

시카의 말에 카서스는 진지하게 고개를 끄덕였다.

리카는 마차 안에서 최대한 편한 자세를 찾으며 말했다.

"에스코트하러 와 줄 줄은 몰랐는데. 고마워."

"별말씀을. 같이 목숨 걸고 싸운 사이인데."

아서의 말에 리카는 피식 웃었다.

"그러네."

"몸은 괜찮아?"

"응, 괜찮아. 대체 그 질문을 몇 번째 듣는 건지 모르겠다. 너는?"

"나도 괜찮아. 나야 아무것도 못 했으니, 다친 데도 없지."

그가 자조하며 하는 말에 리카가 눈을 동그랗게 떴다. 마차의 불빛 아래서 그녀의 금녹색 눈동자가 고양이처럼 반짝였다.

"무슨 소리야? 아서는 최선을 다했어."

"난 거기서 아무것도 못 했어."

"그건 나도 마찬가지야. 우리 둘 다 그랬지."

"그래도 내가 좀 더…… 경계를 하고 있었어야 했어. 추적당하고 있을 때는 쉬는 게 아니라고 배웠으면서도."

아서는 한숨을 내쉬었고 리카가 "어허." 하고 손을 치켜들었다.

"됐어. 아서가 내 보호자인 것도 아니잖아? 우리 둘 다 실력이 부족했어. 부족한 건 사실이고, 더 열심히 해야지. 거기까지인 거야. 아서가 날 보호해야 했거나, 그런 거 아냐."

리카는 딱 잘라 말했다. 그녀가 눈을 찡그리며 덧붙였다.

"설마 날 네 아래로 본다거나 보호해 줘야 한다거나, 그런 생각하고 있었던 건 아니지?"

그 말에 아서는 푸른 눈을 깜박였다.

"어— 조금?"

"그럼 그 생각을 버리세요."

리카의 말에 아서는 피식 웃었다. 그가 고개를 끄덕였다.

"네 말이 맞아. 그리고, 리카 리안."

"응?"

"오늘 진짜 예쁘다."

"아, 정말 바람둥이 같은 멘트."

리카가 키득거리며 말했다. 보통 아서와 같은 미소년에게 그런 말을 들으면 심장이 두근거리겠지만 리카는 달랐다. 그녀는 세상에서 가장 멋진 남자—아빠—에게 태어날 때부터 '예뻐, 귀여워, 사랑스러워.'라는 말을 쏟아질 정도로 들었고, 그래서 그녀는 그런 말에 크게 동요되지 않았다.

"바람둥이라니?"

아서가 입을 떡 벌리며 말했고 리카가 웃음기 섞인 목소리로 명랑하게 말했다.

"하지만 그 정도로는 부족한데. 네가 인기 좋은 건 알겠어, 아서 앙케르트나."

"리카 리안."

"하지만 조금 더 노력해 보면?"

그 말에 아서의 눈이 가늘어졌다.

"눈이 태양 같다던가?"

"그러면 눈이 멀겠다."

리카가 눈을 찌푸리며 말했다. 아서는 한숨을 내쉬고 자리에서 일어나 리카의 옆, 벽을 짚었다.

"이러면?"

둘은 아주 가까웠고, 아서는 그녀의 눈을 똑바로 들여다볼 수 있었다.

금색으로 반짝이는 홍채.

'아, 태양이 아니라 달.'

아서는 그렇게 생각했다. 숨소리가 들릴 만큼 마차 안은 조용해졌다.

평소의 리카는 항상 양갈래 머리에 바지 차림이다. 그녀는 자주 보지 못하지만 가까운 친구였고, 자신의 친구 중에 유일하게 평민인 친구였다.

그랬는데.

'뭔가…….'

아서의 기분이 묘해지는데 순간 리카가 웃음을 터트리면서, 긴장 상태는 끝났다. 리카가 그를 밀어내며 말했다.

"좋아. 좋아. 알았어. 알았다고, 아서 앙케르트나."

"괜찮았어?"

"나쁘지 않았어."

리카는 미소를 지으며 말했고 아서는 숨을 가볍게 삼키며 자리에 앉았다. 그는 희미하게 웃으며 비딱하게 벽에 팔을 기대고 말했다.

"하여간 넌 오늘 정말 예뻐."

오늘 리카는 평소와 완전히 달랐다. 옷차림에 따라서 사람이 저렇게 달라 보일 수가 있다니, 하고 아서는 평소에 마리쉐즈 아주머니가 하는 '옷은 중요해!'라는 말을 진지하게 받아들일 수 있을 것 같았다.

리카는 숨을 모으며 싱긋 웃었다.

"너도 오늘 멋있어."

"고마워."

생글 웃으며 아서는 당연하다는 듯 대꾸했다. 아서는 여자아이들에게 인기가 많을 거라고 확신하며 리카는 고개를 설레설레 흔들었다.

"브렌이랑 진은?"

"두 사람은 이미 연회장일걸. 우승자와 부우승자라서."

"아아, 그렇구나. 진이 아쉬워하겠네."

"그렇지."

아서가 고개를 끄덕였다. 그 뒤로는 평범한 대화가 이어져서 리카는 마음을 놓았다. 마차는 곧 무도회장에 도착했다.

앙케르트나 후작가의 문장은 별문제 없이, 황궁 앞까지 두 사람을 데려다주었다. 마차에서 내려 리카는 가볍게 숨을 삼켰다. 그녀가 속삭였다.

"그러고 보니 나 황궁 무도회는 처음이야."

"걱정할 거 없어."

아서는 그렇게 말하며 그녀와 함께 무도회장으로 들어갔다. 제국의 황궁은 어마어마한 규모를 자랑하고 있었고, 리카는 자신이 촌스러워 보일 거라는 걸 알면서도 구경하지 않을 수가 없었다.

'괜히 자존심 때문에 구경 안 하면 나중에 후회할 거야.'

그런 생각을 하며 그녀는 5단 샹들리에에 감탄사를 던졌다. 온 김에 꼼꼼하게 구경하겠다는 듯 이리저리 둘러보는 리카를 위해 아서는 내부를 설명해 주었다.

"언제 다시 올지 모르니까. 기억해 뒀다가 자랑해야겠어."

리카가 진지하게 말했다.

"다음에 또 오면 되지."

아서가 웃으며 그렇게 말하고 무도회장으로 들어섰다. 둘의 이름이 호명되면서 사람들이 수군거리는 소리도 파도처럼 퍼져 나갔다.

"와, 너 인기 좋은데."

리카가 중얼거리자 아서가 "너도." 하고 마주 속삭여 줬다. 그 물결 사이로 사냥 대회 우승자의 상징인 붉은 망토와 월계수 브로치를 한 브렌이 건너왔다.

"브렌! 축하해."

"고마워. 그보다 둘 다 괜찮아?"

브렌의 밝은 청록색 눈에 걱정이 가득해서 두 사람은 "괜찮아." 하고 동시에 대답했다.

"괜찮다니 다행이다."

어느새 왔는지 진이 안도한 어조로 말했다.

"진."

"새벽에 뜨는 달 같네. 오늘 빛난다, 리카."

진은 리카의 손등에 가볍게 키스하며 인사했다.

"고마워. 진 일리샌. 너도 오늘 멋져. 그런데 세레나랑 캐시는?"

"둘이 같이 여성 휴게실로 갔어. 왜 여자애들은 항상 같이 다니는 걸까."

브렌이 중얼거려서 리카가 웃으며 말했다.

"그럼 나도 가 볼래. 그래서 여성 휴게실이 어디야?"

"그냥 기다리면 올걸."

브렌이 어깨를 으쓱하며 말했다. 진이 피식 웃으며 "내가 데려다줄게." 하고 말하고는 리카와 함께 무도회장 가장자리를 가로질러 가 버렸다.

아서가 브렌에게 말했다.

"우승 축하한다. 폐하께 상은 잘 받았냐?"

"엄청 떨렸어. 우와, 내가 폐하를 그렇게 가까이서 볼 날이 올 줄이야? 네가 나왔어야 하는데, 아서. 그래야 널 이기고 시원한 우승자가 됐을걸."

브렌이 투덜거려서 아서는 웃었다.

"삼 년 뒤에 보자고."

"그래."

시카와 카서스는 2층에서 아래 무도회장을 내려다보고 있었다. 오케스트라 음악에 맞춰 춤추는 여자들의 치마가 빙글빙글 돌아가며 화려함을 자랑했다.

무도회장은 모두 3층의 복층 구조로 되어 있어서 다들 난간에서 아래에 춤추는 사람들을 내려다볼 수 있었다. 하지만 2층까지 올라오는 사람은 많지 않아서 두 사람은 느긋하게 아래를 구경할 수 있었다.

"저러다가 리카가 결혼한다고 하면 어쩌지."

카서스가 중얼거리자 시카가 웃으며 말했다.

"하면 하는 거지."

"이상한 놈에게 걸린다거나."

"아, 리카가 누구를 보고 자랐는데. 안 걸려, 안 걸려."

시카의 말에 카서스가 한숨을 내쉬며 "아니, 나 같은 놈을 데려와도 곤란하다고." 하고 말했고 시카는 "어머?" 하고 눈썹을 치켜 올렸다.

"그게 무슨 말일까? 카서스 리안?"

카서스가 피식 웃으며 아내의 입가에 키스하고 속삭였다.

"널 만나기 전에 나는 아무래도 좋은 인간이라고는 할 수 없거든."

"그런가? 난 그때부터 좋은 사람이라고 생각했어."

"그건 시카가 이상하기 때문이지."

카서스의 말에 시카가 키득거리며 그의 팔짱을 꼈다.

"하여간 그럼 리카가 만난 건, 날 만난 이후의 카서스니까 괜찮아."

리카가 만난 것은 당연히도— 자신을 만난 이후의 카서스다. 그렇다면 괜찮은 거 아냐?

논리정연한 마법사의 말에 카서스는 "그렇군." 했다가도 못미더운 얼굴을 했다. 시카가 놀리듯 말했다.

"이러다가 리카가 결혼할 때 엉엉 우는 거 아냐?"

"안 울어. 나중에 시카 품 안에서 울어야지."

카서스는 그렇게 말하고 그녀의 허리에 팔을 감았다. 시카가 그의 어깨에 머리를 기댔다. 카서스가 물었다.

"춤은 안 출 거야?"

"그러게. 출까? 하지만, 내려가기 싫은걸."

내려가면 분명히 사람들이 다가올 거다.

"그럼 올라갈까?"

카서스가 히죽 웃으며 하는 말에 시카는 "올라가?" 했다가 아, 하고 씩 웃었다.

"좋지."

둘은 주변을 살피면서 시선이 닿지 않는 구석으로 향했고, 아무도 보고 있지 않은 걸 확인하고서 그대로 순간 이동을 했다.

탁 트인 공간으로 이동하며 상쾌한 바람이 불어왔다.

"누구냐!"

갑자기 나타난 인영에 병사가 소리쳤고 카서스가 "아차." 하고는 슬그머니 양손을 들고 말했다.

"잠깐만 옥상을 좀 써도 될까?"

병사는 금방 상대가 누군지 알아보았다. 그리고 상대방 뒤에서 고개를 빼꼼 내밀고 있는 여성의 연분홍색 머리카락을 보자 더더욱 확실해졌다.

"방랑자 카서스 리안 님이십니까?"

"그렇습니다."

카서스의 말에 병사의 눈이 반짝였다. 그는 경례를 붙이고 말했다.

"알겠습니다. 그럼 가실 때 말씀해 주십시오."

"고마워."

병사는 인사하고 힐끔힐끔 둘을 돌아보면서 가 버렸다. 카서스가 말했다.

"음, 나중에 우리가 간다고 말했을 때 분명히 악수하고 싶다고 하거나 시카에게 뭔가를 바랄 것 같은데."

"상관없어."

시카가 말하고 그의 손을 잡아끌어 난간 쪽으로 향했다. 카서스가 슬픈 어조로 말했다.

"음, 사람이 있으니 우리 추억의 장소에서 응응은 접어 둬야겠네."

"카서스 리안!"

시카가 소리치며 그의 팔을 찰싹 때렸고 카서스는 "아야." 하며 몸을 움츠렸다. 그와 함께 오래 있으면서 시카가 그를 때리는 법은 나날이 발전해서 이제 그녀의 손바닥은 제법 매서웠다.

"정말이지."

시카가 투덜거리자 카서스가 그녀의 코끝에 쪽 키스해 주고 말했다.

"하지만 어쩔 수 없잖아. 왜 이렇게 오래 지냈는데도 시카는 나에게 항상 반응을 일으키게 만드는 걸까?"

"사실 그건 카서스도 마찬가지기는 해."

시카가 고개를 끄덕이며 진지하게 말해서 카서스는 웃었다. 그가 손을 내밀며 말했다.

"그럼 한 곡 추시겠습니까? 아가씨."

"네, 기꺼이요. 이번에는 노래하지 않는다면."

대신, 하고 시카가 가볍게 주문을 외우자 작은 금색의 구체가 나타났다. 그 구체에서 무도회장의 오케스트라 소리가 뚜렷하게 들려왔다.

시카가 웃으며 그의 손을 마주 잡자, 카서스는 가볍게 스텝을 밟기 시작했다. 시카의 머리에 달린 긴 리본이 마치 금붕어 꼬리처럼 팔랑거리며 물결쳤다.

"그러고 보니, 카서스. 머리 다시 기르고 있잖아."

"응."

카서스는 이제 제법 긴 자신의 머리카락을 가볍게 흔들어 보였다. 리카가 어느 정도 자라고 나서 기르기 시작했으니 이제 7, 8년 정도 됐을 거다.

"혹시 또 소원 빌고 있어?"

"있어."

"역시. 무슨 소원?"

시카가 눈을 반짝이며 물었다.

이대로 행복하게 해 주세요? 아니면 모두 건강하게 해 주세요? 같은 걸까. 그것도 아니면 우리 가족이 화목하게 라든가?

"내가 시카보다 딱 하루 뒤에 죽게 해 주세요."

카서스가 싱긋 웃으며 하는 말에 시카는 입을 벌렸다. 그녀의 눈이 일렁거렸다. 그녀가 말했다.

"바꿔. 한날한시에 죽게 해 주세요, 로."

"으음, 그러면 혹시라도 우리의 시체가 발견되지 않고 있을까 봐."

게다가 한날한시에 죽으면 사고사가 대부분 아닐까.

묘한 곳에서 현실적인 대답이었다.

"카서스 리안!"

시카가 버럭 소리쳤고 카서스가 "알았어. 알았어." 하고 고개를 끄덕였다. 시카가 붙잡은 손을 깍지로 바꾸어 더 깊게 결합하며 말했다.

"우리가 죽을 때에는 후회가 없길, 같은 날 슬픔 없이 같이 떠나길. 어느 쪽도 기다리게 하지 않기를."

"빌게."

카서스가 낮게 속삭였고 시카가 빙긋 웃었다. 그녀가 이어 명랑하게 말했다.

"하지만 마법사도, 마스터도 수명이 기니까 말이지. 앞으로 최소 50년은 더 살 거란 말야."

"그렇겠지."

카서스가 고개를 끄덕였다. 오케스트라의 음악이 끝나고 둘은 옥상 한가운데 멈춰 섰다.

카서스가 한쪽 무릎을 꿇고 그녀의 손을 잡으며 말했다.

"그럼 리안 부인, 앞으로의 인생도 저와 함께해 주시겠습니까?"

"네, 기꺼이요."

시카가 허리를 숙여 그에게 키스했다.

영원히, 영원히, 영원히.

"계속 함께 있을 거야."

그녀가 작게 속삭였다. 카서스가 그녀를 안아 들고 빙글 돌린 후에 다시 키스하기 시작했다.

'아—'

시야 끝의 첨탑. 거기 걸린 보름달.

그때는 초승달이었지.

두근거림도, 설렘도, 그때보다 빛바래지 않았고, 줄어들지도 않았다.

애정은 날마다 더 깊어지기만 해서.

시카는 머리카락 속을 파고드는 그의 손가락을 느끼며 눈을 감았다.

결혼하길 잘했어.

하고 생각하면서. 그리고—

앞으로도 이렇게 행복할 거라고, 그때보다 더 확신했다.

〈외전 完〉

번외

괴물의 시대

트라벨 남작 부인.

로라 트라벨은 느긋하게 숲길을 걷고 있었다. 아직 만삭도 아니건만 그녀의 배는 매우 불러 있었다. 얼마 전 의사에게서 쌍둥이라는 말을 들은 터였다.

'쌍둥이라니.'

부부는 처음에는 어리둥절했지만 곧 기뻐했다. 경사가 두 배로 생기는 일이라며 말이다. 하지만 솔직히 로라는 좀 무서웠다.

쌍둥이라니. 자신이 둘을 잘 나을 수 있을까?

하지만 차마 남편에게는 그런 말을 할 수가 없었다. 그녀가 부푼 몸으로 이렇게 산책을 나온 것은 그나마 이런 숲에서 마음이 편해지기 때문이었다.

임신할 때는 다들 겪는 일인 건지, 아닌 건지. 로라의 신경은 날카로워져 있었다. 그래서 그녀는 하녀에게 히스테리를 부리기 전에, 이렇게 산책으로 마음을 가라앉히고는 했다.

초여름 햇살은 부드러웠고, 숲에서는 싱그러운 냄새가 났다. 연두색 잎사귀에 햇빛이 부서져 비취처럼 반짝였다.

완벽한 날이었다.

그래서였을까?

로라는 평소에는 보지 못한 걸 발견했다. 아지랑이가 숲 한쪽에서 피어오르고 있었다. 그 주변의 모든 것이 일그러져 보였다.

평상시의 소심한 그녀라면 그냥 '신기한 일이네.' 하고 넘어갔을 것이다. 하지만 이날은 너무 완벽했고, 그래서 그녀도 들떠 있었다. 혈관을 달리는 완연한 봄기운 때문일지도 모른다.

그녀는 아지랑이 쪽으로 다가갔다. 가까이 다가가면 사라질 줄 알았던 아지랑이는 여전히 신비롭게 흔들리고 있었다. 거울이 베일이 된 것처럼, 일그러진 유리 커튼이 펄럭이듯이.

로라는 손을 뻗어 아지랑이를 어루만졌다.

그러자 모든 것이 변했다.

"어?"

로라는 멍하니 자신의 손을 보았다. 그리고 바닥을 보았다. 땅은 검은색이었다. 숲도, 부드러운 흙도 전부 사라져 버렸다.

올려다본 하늘은 붉은색, 끝없이 펼쳐진 검은 돌밭은 마치 지옥도 같았다.

"뭐야, 이게— 쿨럭, 헉?"

공기 중에서 뭔가 역한 것이 느껴졌다. 로라는 숨을 헐떡이며 비틀비틀 걷기 시작했다. 뭐가 어떻게 된 건지 알 수 없었다.

"사람, 사람 살려! 아무도 없어요?! 이봐요!"

그녀는 필사적으로 고함을 지르며 사방을 둘러보았다. 자신이 맞게 걸어가고 있는 것인지, 아니면 제자리걸음을 하고 있는 건지도 알 수 없었다.

풍경은 똑같았다.

'악몽을 꾸고 있는 거야.'

나는 지금 악몽을 꾸고 있는 거야.

숲에서 갑자기 잠이 든 게 틀림없었다. 그때 배 속의 아이들이 발을 차기 시작했다. 로라는 정신이 번쩍 들었다.

꿈이 아니다. 이건 꿈이 아니라 현실이야.

그녀는 배를 감쌌다. 배 안의 아이들이 필사적으로 몸짓하고 있었다. 뭔가 괴로운 게 틀림없었다.

"아— 아아아— 안 돼—!"

로라는 비명을 지르며 자신의 배를 붙잡았다. 배가 단단하게 뭉쳐 고통스러웠다. 공기 중에 뭔가가, 자신의 아이들을 죽이고 있다. 죽일 것이다.

"커헉, 쿨럭— 아, 싫어. 여보, 살려 줘요. 여보, 여보."

로라는 흐느끼며 소리 질렀다.

키이이—

그때 이상한 소리가 났다. 로라는 검은 돌멩이가 퍽퍽 하고 튀어 오르는 것을 보았다. 그리고는 땅 밑에서 거대한 지네 같은 것이 솟아올랐다.

비명도 나오지 않았다. 허파에서 바람 빠지는 소리만 났다. 거대한 지네는 수많은 다리를 움직이며 이쪽으로 달려왔다. 기괴하고 징그러운 모습. 세로로 벌어진 입이 딱딱 소리를 내며 부딪치고—

로라는 눈을 감았다.

퍽—

뭔가가 강하게 부딪치는 소리가 났다. 로라는 고통이 없음에 감사했다. 자신은 즉사한 모양이다. 로라는 가쁘게 숨을 내쉬다가 살그머니 눈을 떴다. 지네의 머리가 완전히 눌려 있었다. 초록색 체액이 사방으로 튀어 있었다.

"아—"

로라는 입을 벌렸다. 한 번 소리가 나오자 비명은 쉬웠다.

"꺄아아아악!"

그녀는 비명을 지르고 경기하며 바닥에 쓰러졌다. 쓰러져서 필사적으로 몸을 뒤로 밀어대기 시작했다. 한참을 그러다가 그녀는 간신히 지네에서 눈을 뗐다.

그 옆에서 뭔가가 움직였기 때문이었다.

로라는 비명을 멈췄다.

그 옆에 서 있는 것은 거대한 늑대였다. 늑대? 아니. 그보다 더 고귀한 생물 같은. 사냥개 같은 늘씬한 아름다움과 늑대의 우아함이 공존하는 무언가였다.

그 커다란 지네를 앞발로 쳐서 끝장낼 만큼 그것은 거대했다.

새하얀 늑대는 천천히 그녀에게로 다가왔다. 어쩌나 하얀지, 이 검고 붉은 세계에서 그것은 빛을 내는 것 같았다.

늑대의 붉은 눈동자가 로라를 비췄다.

로라는 숨을 헐떡이며 그 루비 같은 눈동자에 비친 자신을 홀린 듯이 바라보았다.

이건 정상이 아니야. 이 생물은 이 모든 괴리 중에서도 가장 비틀린 것처럼 아름다웠다. 늑대의 코끝이 그녀의 얼굴에 닿을 듯이 다가왔다. 뜨거운 숨이 훅 하고 느껴졌지만, 불쾌하지는 않았다.

다음 순간 눈앞에 늑대가 사라졌다.

늑대 대신 서 있는 것은 남자였다. 새하얀 머리카락에 붉은 눈동자가 그가 방금 전의 늑대라는 걸 알려 주고 있었다.

로라는 이 상황을 도저히 머리로 따라갈 수 없었다.

놀랍도록 아름다운 남자는 희미하게 웃었다. 로라는 넋이 빠져서 그 남자를 바라보았다. 그가 손을 내밀어 그녀가 일어나도록 도와주었다. 로라는 비틀거리며 일어섰지만 곧 다시 쓰러졌다. 남자는 그녀를 붙잡았다.

로라는 헐떡이며 그를 바라보았다. 남자가 고개를 숙여 그녀에게 입을 맞췄다. 로라는 신음을 흘렸다. 뭔가 달콤한 것이 목구멍을 타고 들어왔다.

남편과의 키스와는 전혀 달랐다. 키스를 끝내고 나니 숨쉬기가 편해졌지만, 로라는 그것조차도 느끼지 못할 만큼 키스의 여운에 잠겨 있었다.

그때 마치 마지막 두들김인 듯, 배 속의 아이가 꿈틀했다. 덜컥 그녀의 가슴이 내려앉았다. 그녀는 배를 붙잡고 문질렀다.

"안 돼, 안 돼."

로라의 반응에 남자는 손을 그녀의 배에 얹었다. 그의 손에서 검은 연기 같은 것이 흘러나왔다.

"뭐, 뭘 하는 거예요!"

로라는 소리를 질렀다. 배 속이 뜨거워졌다.

"싫어, 하지 마—!"

그녀가 반항하자, 남자는 다시 그녀에게 키스했다. 로라는 반항하다가, 굴복했다. 배 속이 참을 수 없을 만큼 뜨거워졌다가 모든 것이 끝났다.

배 속에서 아이들이 다시 활발하게 놀기 시작했다.

로라는 전신이 떨렸다.

내 아이들은 죽었어.

그럼 배 속의 이건 뭐야?

남자가 그녀를 안은 손을 놓고 다시 늑대의 모습으로 변했다. 늑대는 가볍게 숨을 내뱉었다. 그러자 눈앞에 아지랑이가 나타났다.

아까 봤던 것과 같은 아지랑이.

로라가 멍하니 아지랑이를 보고 있자 늑대는 가볍게 콧등으로 그녀의 등을 밀었다. 가라는 듯이 말이다. 로라는 자신의 입술을 만졌다가, 배를 만졌다. 창백하게 질린 그녀는 자리에서 일어나 도망치듯 아지랑이 속으로 달려갔다.

                    *   *   *

싫어―!

괴물을 낳고 싶지 않아!

트라벨 남작은 방 안에서 들려오는 비명에 눈을 질끈 감았다. 숲에서 하루 동안 실종되었던 이후로 아내는 무슨 일이 있었던 건지 완전히 미쳐 버렸다.

그녀는 배 속의 아이가 괴물이라고 주장하며 죽여야 한다고 외치고 다녔다. 하녀들을 동원해서 침대에 묶어 놔야 할 정도였다. 그리고 출산일인 오늘도 저렇게 소리를 지르고 있는 것이다. 그리고 그녀의 비통한 외침과 달리 아이는 곧 태어났다.

트라벨 남작은 초조하게 산파의 소식을 기다렸다.

방 안에서 나온 산파가 곤란한 얼굴을 하고 있었다. 남작은 덜컹 가슴이 가라앉았다.

정말로 괴물이 나온 건가?

"남작님, 이걸……."

남작은 얼른 포대에 쌓인 아이를 열어 보았다.

검은 머리카락에 붉은 눈동자.

소름이 쫙 돋았다. 그가 떨리는 음성으로 물었다.

"또 한 명은?"

"이쪽입니다."

하녀가 열어 준 포대 안에는 갈색 머리를 한 평범한 아이가 들어 있었다. 남작은 두 아이를 바라보다가 말했다.

"이 아이는 태어난 적 없다. 알았지? 모두 함구해라."

"네."

남작은 검은 머리 아이를 포대로 휙 감았다. 그는 새벽에 길을 나섰다. 한참 달려, 밤의 숲 속에 남작은 포대를 휙 던져 버렸다. 퍽 하고 떨어지고 구르는 소리가 났다. 지금 충격으로 죽지 않았어도, 들짐승이 죽이리라.

남작은 찜찜함을 느끼며 뒤도 돌아보지 않고 다시 말을 달려 본가로 돌아왔다. 그리고 아들이 태어났음을 친척들에게 알렸다.

기쁘게도, 후계자는 멀쩡한 아이였다.

자랄수록 영특해서 남작은 그게 기쁘면서도 불안한 기분이 들었다. 정말로 저건 괴물이 아닌 걸까?

남작은 자신의 아내가 로렌스를 학대한다는 사실을 알았지만, 살며시 눈을 감았다.

진짜 괴물이라면, 아내가 옳게 행동하는 걸 수도 있지 않은가?

그 이후로 남작의 노력에도 불구하고, 더는 아이가 생기지 않았다.

로라는 눈앞에 작은 남자아이를 보았다. 자신의 아이를 죽이고, 아이의 껍질을 뒤집어쓴 괴물!

"어머니?"

그가 그렇게 자신을 조심스럽게 부르는 게 가증스러워서, 로라는 철썩 아이의 뺨을 때렸다. 아이는 비틀거리며 뒤로 물러났다.

"날 그렇게 부르지 마! 이 괴물!"

로렌스의 눈에 금방 눈물이 차올랐다.

"나, 남작 부인—"

"괴물! 괴물!"

로렌스는 자신을 구해 줄 유모를 찾았지만, 유모는 보이지 않았다. 로라가 그의 목덜미를 꽉 눌러 잡고는 욕실로 질질 끌고 가기 시작했다. 하녀들은 다들 "어떡해." 하는 표정이었지만, 남작 부인을 말리지는 못했다.

로렌스는 버둥거렸지만, 그래 봐야 꼬마의 힘에는 한계가 있는 법이었다. 욕조에는 차가운 물이 가득 차 있었다. 로렌스는 숨을 헐떡였다.

"제발, 제발, 용서해 주세요. 잘못했어요."

"내 아이를 내놔! 괴물!"

그렇게 말하고 로라는 놀라운 힘으로 아이를 욕조 물 안에 박았다. 첨벙이며 로렌스는 물 위로 올라가기 위해서 노력했지만, 소용없었다.

코와 입으로 물이 벌컥벌컥 넘어오고 너무 괴로웠다.

아파.

아파.

괴로워.

그리고 모든 것이 암흑으로—

떨어지기 전에 로라가 그의 목덜미를 잡아 끌어냈다. 로렌스는 전신을 떨며 격렬하게 토했다. 눈물 콧물을 쏟아 내며 그가 기침을 하는데 로라가 다시 그를 물에 처넣었다.

작은 팔다리가 버둥거리다가 이제 경련하기 시작했다.

나도 죽는 건가?

이렇게 죽는 건가?

로렌스는 이미 죽은 자신의 누이를 떠올렸다.

그녀와 배 속에 있었을 때를.

그래도, 너와 둘이면 괜찮았을 텐데.

아.

죽고 싶지 않아.

어둠 속에서 빛이 번쩍했다. 로렌스는 엄청난 힘으로 로라를 떨쳐내고 자리에서 일어났다. 로라가 소리를 지르며 엉덩방아를 찧었다. 로렌스는 숨을 몰아쉬며 자신의 손을 내려다보았다. 뾰족해진 손톱이 눈에 들어왔다.

온몸에 힘이 넘치고 있었다.

남작 부인을 바라보니, 그녀는 완전히 겁에 질려 있었다.

"아아아, 괴, 괴물─"

괴물.

로렌스는 고개를 돌려 거울을 보았다. 물에 흠뻑 젖은 자신은─

흰 머리카락에 붉은 눈동자.

아아─

로렌스는 웃음이 터져 나왔다.

그랬어. 난 괴물이었어. 진짜로 괴물이었구나.

홀가분한 해방감마저 느껴졌다. 로렌스는 남작 부인을 돌아보았다. 로라는 이제 전신을 떨며 물러서고 있었다.

"여, 역시—"

그녀는 늑대와 같은 모습의 아이를 바라보았다.

그 공포에 질린 모습을 보며 로렌스는 자신이 이겼다는 걸 알았다. 저렇게 약해빠진 인간에게 당하고 있었단 말인가?

로렌스는 깊게 숨을 내쉬었다.

날뛰는 힘을 누르고 힐끗 거울을 보자 머리색도 눈 색도 갈색으로 돌아와 있었다. 그가 욕조에서 나와서 싱긋 웃으며 말했다.

"낳아 줘서 고마워."

"아아아악—!"

로라가 비명을 지르자 하녀들이 뛰어 들어왔다.

"마님!"

"부인!"

그들은 태연히 서 있는 로렌스를 보고 흠칫 놀랐다가 발작하는 로라를 달래기 시작했다. 로렌스는 타박타박 욕실을 걸어 나왔다.

난 괴물이야.

그럼 너도 괴물이겠지. 누이.

그럼 넌 살아 있을 거야. 괴물은 죽지 않으니까.

로렌스는 웃었다.

*　　　*　　　*

열여섯 생일 날. 로렌스는 태연한 얼굴로 마차 사고로 부모님이 돌아가셨다는 부고를 들었다. 마차 축을 틀어 놓은 것도, 말에게 흥분제를 먹인 것도 잘 통한 모양이었다.

장례식이 시작되고, 그는 트라벨 남작이 되었다.

새까만 상복을 입으며 로렌스가 말했다.

"교외에 조용한 농장을 구할 수 있을까? 인적이 없을수록 좋아."

"인적 없는 농장 말입니까?"

"응. 머리 식히러 갈까 하고."

"알아보겠습니다."

집사는 조용히 대답했다. 로렌스는 싱긋 웃었다.

"고마워."

상복을 다 입고, 로렌스는 손짓해서 시중드는 사람을 전부 물렸다. 아무도 없는 방 안에서 로렌스는 거울을 바라보았다. 그의 머리색이 흰색으로, 눈이 붉은색으로 변했다.

검은색 상복에 잘 어울리는 색이다.

이제 괴물의 시대를 열자.

내 누이, 너는 어디서 괴롭게 살고 있는 게 아닐까? 괴물의 삶은 고난이니까.

그러니까 괴물들을 만들고, 불러서, 괴물들의 세상을 열자.

로렌스는 거울 속 자신을 다시 바라보았다.

발톱을 숨기듯 모든 것이 다시 평범한 빛깔로 변했다.

'이제 시작이지.'

그렇게 중얼거리고 그는 문을 나섰다.

번외

휴가

젠은 입을 떡 벌렸다.

도무지 눈앞의 광경을 믿을 수가 없었다. 저절로 입에서 욕이 튀어나왔다.

"제길, 카서스 리안!"

"왜? 불렀으면 이야기를 해."

그에 비해 카서스는 태연하기 짝이 없었다.

"왜 리카는 업고 온 거야?"

카서스의 등에는 리카가 업혀서 쌔근쌔근 자고 있었다. 이제 보니 카서스의 손에 딸랑이도 들려 있다.

"그럼 어떻게 해? 시카가 없는데."

"그럼 다른 사람에게 맡겨!"

"리카를? 미쳤어? 그보다 뭐가 급한데?"

카서스의 말에 젠이 이마를 짚고 물었다.

"너 설마 그러고 의뢰하러 갈 거 아니지? 제발 아니라고 말해 줘."

"들어 보고."

"듣기는 뭘 들어!"

젠이 소리를 지르자 카서스의 등에서 리카가 칭얼거리기 시작했다. 움찔하고 젠이 얼른 입을 다물었다. 카서스가 그녀를 어르며 딸랑이를 흔들었다.

"응, 응. 졸린데 시끄럽지? 젠 아저씨가 소리 질렀지? 괜찮아, 계속 자."

그의 등 뒤에서 후에엥 하는 소리가 들려서 카서스는 긴장했다.

우는 건가?

하지만 리카는 착하게도 다시 잠이 들어 주었다. 카서스는 가슴을 쓸어내리고 말했다.

"조용히 말해."

"카서스."

"뭐."

"가라. 가서 그냥 리카나 봐."

"정말로? 내가 이대로 가도 되는 의뢰야?"

"아니."

젠이 신음과 함께 비명을 지르듯이 토해 냈다. 아니다.

S급이 아니면 맡길 수 없는 의뢰인 데다가 급한 의뢰다. 그렇지 않으면 왜 카서스를 불렀겠는가?

"제발 리카는 다른 누구에게 맡기면 안 돼?"

젠의 말에 카서스가 피식 웃었다.

"너 나에게 적이 얼마나 많은 줄 알지?"

"알지."

"그러면 조용히 하고 말해 봐."

"시카는?"

부탁이니 시카가 근처 어디에서 평범하게 일하고 있다고 말해 줘, 하는 젠의 말에 카서스가 무표정하게 대답했다.

"연락 안 돼. 지금 대륙 끝이야."

"뭐ㅡ? 대륙 끝에는 왜?"

"마법사들 사이에서 뭔가 급한 의뢰가 들어왔나 봐. 다녀와서 이야기해 주기로 했어. 그래서 나 지금 좀 신경이 날카롭거든? 내 아내와 연락이 안 된 지가 삼 일째예요."

"그건ㅡ"

심각하군, 하고 젠은 뒷말을 삼켰다. 그의 눈이 조심스럽게 카서스를 살폈다. 확실히 까칠해 보인다. 평소의 웃음과는 전혀 다른 웃음이었다. 시카와 만나고 나서는 거의 본 적 없는 웃는 방식.

'그러고 보니 날 제니라고도 안 불렀어.'

상당히 위험 수위인 것 같아서 젠은 한숨을 내쉬고 의뢰 서류를 꺼내서 그의 앞에 툭 던졌다. 카서스는 서류를 열어 보았다.

"호위? 이게 왜 위험ㅡ 아. 뭐야? 무슨 짓을 한 거야, 이 사람."

카서스는 실실 웃으며 서류를 넘겼다.

"백작의 범죄를 폭로한 모양이야. 강간 살인."

젠이 뒷말은 입만 벙긋거렸다. 아무리 자고 있다고 해도 어린 리카에게 들려줄 만한 이야기는 아니다. 그런 점이 성실한 젠다웠다.

"그래서 암살 위협을 받고 있는 거야? 어둠의 왕자에게? 아, 할래. 이거 재미있겠네."

"리카를 업고?"

"리카를 업고."

'너 그거 시카가 알면 뭐라고 할 줄 아냐. 나는 책임 못 진다.' 같은 생각이 젠의 머릿속을 떠돌았지만 그는 슬그머니 입을 닫고 말했다.

"뭐, 애를 업은 너를 의뢰인이 받아 줄지는 모르겠다."

"나보다 잘난 사람은 없잖아?"

카서스가 싱긋 웃으며 대답했다.

"그건 그렇지……."

젠은 한숨을 푹 내쉬었다.

아미드는 기가 차서 상대를 바라보았다. 자신보다 훌쩍 큰 키, 벌어진 어깨, 단련된 몸. 거기다가 짜증 나게 잘빠진 얼굴. 그래, 다 좋다. 그런데 안고 있는 저건 뭐란 말인가?

"저는 용병을 불렀지, 베이비시터를 부른 게 아닌데요."

"제가 부르신 그 용병 맞습니다."

카서스가 씩 웃었다. 유들유들한 그 미소는 품에 아이를 안고 있어도 빛을 발했다.

"카서스 리안. 흔히 뭐, 방랑자 카서스라고 부르죠."

그 말에 아미드는 잠시 숨을 멈췄다가 내뱉었다.

"그랬군. 그렇죠. 결혼했다고 들었습니다."

"그렇습니다. 결혼했죠. 리카, 안녕해, 안녕. 내 의뢰자야."

그 말에 리카가 아미드에게 웃으며 손을 흔들었다.

"안녕."

분홍빛 머리카락에 금녹색 눈동자. 인형이라고 착각할 만큼 사랑스러운 생김새였다. 그녀의 인사에 마주 인사를 하지 않는 건 누구라도 불가능했다.

"응, 안녕."

마주 손을 흔들다가 아미드는 이를 악물었다.

"아니, 이게 도대체 무슨 짓입니까? 애가 몇 살인지는 모르겠지만—"

"세 살!"

리카가 손가락을 세 개 펴 보였다.

"리카, 세 살이에요!"

"어…… 세 살이구나……. 그래. 아니, 그게 아니라. 이렇게 어린 애를 데리고 일을 나오다니 제정신입니까? 다른 곳에다가 애를 맡겨야죠!"

"음, 맡길 곳이 없어서요."

"용주 시카는요?"

자신의 아내를 지칭하는 말에 카서스는 피식 웃었다. 그가 습관적으로 에메랄드 반지를 돌렸다. 이 반지로 연락이 닿지 않는 먼 곳에, 시카는 가 있다.

"지금 임무로 바빠서요."

카서스는 짧게 대답했다.

아미드는 이마를 문질렀다. 힐끗 리카를 바라보니, 안전한 아빠의 품 안에서 앙증맞은 여자아이는 자신을 보고 다시 싱긋 웃어 보였다. 그는 손을 저었다.

"아닙니다. 돌아가세요. 다른 사람을 부르죠."

"아무도 안 맡아요."

카서스의 말에 아미드는 "네?" 하고 고개를 들었다. 카서스가 피식 웃고 말했다.

"어둠의 왕자가 당신을 죽이러 온다고 하면, 아무도 의뢰를 맡지 않는다고요. 나 빼고는요."

"하지만……."

"우리는 돈에 목숨을 팔죠. 하지만 그렇다고 해도 진짜 죽을 일에는 얼마를 줘도 안 가거든요."

카서스의 말에 아미드의 얼굴이 새하얗게 질렸다.

"하, 하지만."

"살고 싶죠?"

아미드는 고개를 끄덕였다.

"그럼 날 고용해요."

"하지만 이 아이에게 무슨 일이 생기면요!"

아미드가 리카를 가리키며 말했다. 카서스가 리카의 이마에 쪽 하고 뽀뽀를 해 주고 웃었다.

"그런 일은 안 생길 겁니다."

아미드는 울상인 얼굴로 카서스를 보았다가, 리카를 보았다. 한참 안절부절못하던 그는 두꺼운 뿔테 안경을 벗었다가 다시 쓰고는 말했다.

"알겠습니다. 고용하겠습니다."

"좋습니다."

카서스가 활짝 웃으며 손을 내밀었다. 아미드가 한숨을 내쉬며 악수했다.

*　　　*　　　*

레오는 리카를 조심스럽게 안아 들었다. 리카가 그의 머리카락을 잡아당기며 웃었다.

"레오!"

레오는 피식 웃으며 그녀에게 말했다.

"아프니까 잡아당기는 건 안 돼."

웃고 있지만 단호한 어조라 리카는 슬그머니 그의 머리카락을 놓았다. 그녀가 손을 뻗어 레오의 머리를 쓰다듬었다.

"아팠어? 미안."

레오는 그녀의 이마에 키스하며 뚱하니 카서스에게 말했다.

"나중에 시카에게 한소리 들어도 전 모릅니다."

"그건 시카가 이 사실을 알았을 때지."

그 말에 레오의 눈썹이 슥 올라갔다. 카서스가 말했다.

"일에 애 데리고 갔어? 하고 물어보지 않는 이상은 말해 줄 의무도 없고."

"그런가요."

"그런 거야."

레오가 리카를 내려놓으며 턱짓했다.

"하지만 입이 하나 더 있는데요."

"리카, 오늘 이 일 엄마에게는 비밀이야?"

눈을 찡긋하며 카서스가 말하니 리카가 눈을 깜박이다가 진지하게 말했다.

"곰돌이 팬케이크 두 개."

"좋아."

카서스가 고개를 끄덕이자 리카도 고개를 끄덕였다. 부녀간의 협상 장면을 본 아미드가 레오를 가리키며 말했다.

"이 사람에게 리카를 맡기면 되잖아요?"

"전 집은 지키지만 리카를 지키지는 못합니다."

레오가 조용하게 대답했다. 그는 상당한 능력자고, 사람을 죽이는 데 일가견도 있다. 하지만 살아 있는 걸 지키면서 싸우는 건 전혀 다른 계통의 일이다.

"하지만 경계는 해 줄 수 있지."

카서스가 드래곤 인형을 가지고 노는 리카를 바라보며 말했다. 레오가 물었다.

"그 어둠의 왕자인지 하는 유치한 이름을 가진 암살자가 그렇게 대단합니까?"

"응."

"당신을 상대로도요?"

"거의 잡을 뻔했었는데, 놓쳤어."

카서스의 말에 레오는 놀라 그를 바라보았다.

"놓쳤다고요? 당신이?"

"그래. 암살과 용병 짓은 아주 다르니까. 그때는 내가 젊기도 했고……. 하지만 나이 들고 노련해진 건 나만이 아니겠지."

카서스는 자신의 팔을 걷어붙였다. 손끝으로 팔뚝을 쓸자 시카가 새긴 주문이 희미하게 반짝이다가 사라졌다.

"그래도 내가 이기겠지만."

"어쩌다가 놓친 겁니까?"

레오가 신기하단 어조로 물어왔다. 방랑자의 실패담을 듣는 일은 흔치 않으니, 궁금할 만도 했다.

"섬광탄에 당했어."

카서스가 소매를 내리며 짧게 말했다.

"그때만 해도 그런 게 존재하는지도 몰랐거든. 번쩍하더니 눈앞이 안 보이더군. 기척을 따라서 검을 휘둘렀는데 도망갔어. 의뢰인을 지키기는 했지만, 상대를 죽이지 못했으니 나도, 그쪽도 실패한 셈이지."

"그건 실패라고 하기도 미묘한데요."

레오가 중얼거렸다.

어쨌든 의뢰인은 지킨 거 아닌가?

카서스가 고개를 저었다.

"아니지. 화근을 제거하지 않아서 의뢰인은 그 후로도 떨면서 살아야 했으니까. 이번에는 안 놓쳐."

그가 단호하게 말하며 소파에서 굴러떨어질 뻔한 리카의 옷을 붙잡아 바로 소파에 올렸다. 아미드가 긴장한 얼굴로 물었다.

"그럼 이제부터 저는 어떻게 하면 될까요?"

"그냥 평소처럼 지내세요. 언제가 재판이라고 그랬죠?"

"내일모레요."

"그럼 그때까지만 버티면 되겠군요."

카서스가 고개를 끄덕였다. 그가 물었다.

"그나저나 어쩌다가 이런 일을 폭로하게 된 겁니까?"

아미드가 어색하게 웃었다.

"저는 백작님의 비서였습니다. 평민인 저의 재능을 인정해서 써주셨죠. 처음에는, 실수라고 하셔서…… 넘어갔습니다. 하지만 다섯 번, 여섯 번 반복되는 실수는 없지요."

아미드는 침을 삼켰다.

"그 여자아이들의 얼굴이 밤에 떠나질 않더군요. 눈을 감으면 선명하게 보였습니다. 그래서 더는 견딜 수가 없어졌지요."

"배신당했다고 난리 나겠네요."

카서스가 픽 웃으며 하는 말에 아미드 역시 어색하게 따라 웃으며 어깨를 으쓱했다.

"그렇지요. 배은망덕한 놈이라며."

"하지만 잘하신 겁니다."

카서스가 말하자 아미드의 얼굴이 약간 밝아졌다. 누군가에게 그런 말을 듣고 싶었던 것인지도 모른다. 잘했다는, 그 말.

그가 카서스의 발 앞에서 놀고 있는 리카를 바라보았다. 눈이 마주치자 리카는 다시 웃어 보였다.

"네, 잘한 일이지요."

리카가 드래곤 인형을 들고 일어나 그에게로 걸어갔다. 그녀가 인형을 아미드의 허벅지에 올리며 말했다.

"날아라, 해 줘. 날아라."

"날아라?"

"리카, 그 아저씨는 그런 거 못 해 줘."

카서스가 손을 저었다. 리카가 눈을 찡그리더니 "날아라~" 하고 다시 졸랐다. 아미드가 인형을 집어 들고 이리저리 나는 시늉을 하자 리카는 한숨을 푹 내쉬었다. 쪼그만 것이 상당한 실망이 담긴 한숨이다.

"마법사 아저씨가 아니네."

"아니야."

카서스가 웃음을 참으며 말했다.

"안경 써서 마법사 아저씨인 줄 알았는데."

아미드는 민망해져서 인형을 도로 리카에게 돌려주었다. 리카가 그의 무릎을 두들기며 말했다.

"갠차나여. 나도 마법 못 써여."

"그래, 고맙구나."

아미드의 말에 리카가 싱긋 웃고는 다시 제 아빠에게로 뒤뚱뒤뚱 달려갔다. 그녀가 카서스의 무릎을 와락 끌어안자 카서스가 그녀를 번쩍 들어 올렸다. 몇 번 공중으로 리카를 까부르자 리카는 웃음을 터트렸다.

리카와 놀다 보니 순식간에 시간이 훌쩍 흘렀다. 밤이 된 걸 보고 아미드는 묘한 기분이 되었다. 그동안 시간은 너무 흐르지 않았고, 밤이 되면 두려움에 떨었다. 하지만 오늘 낮은 즐겁게 흘러갔고, 지금 어둠이 내려왔는데도 무섭지 않았다.

곰돌이 팬케이크까지 먹고 난 리카는 피곤했는지 금방 잠이 들었다. 카서스의 품 안에서 쌔근쌔근 잠이 든 그녀는 작은 천사처럼 보였다.

아미드가 작게 말했다.

"손님방으로 안내해 드릴까요?"

"괜찮아요. 그쪽이야말로 들어가서 주무시죠. 며칠 잠을 못 주무신 것 같은데."

카서스의 말에 아미드는 고개를 끄덕였다. 그는 자신의 방으로 들어갔다. 아미드는 뿔테 안경을 벗고 눈가를 문질렀다. 오랜만에 웃은 것 같았다. 그는 블라인드를 슬쩍 내려서 밖을 보았다. 밖은 어두웠고, 뭔가 다른 움직임도 보이지 않았다. 만약에 움직임이 있다면, 거실에 있는 방랑자가 알았겠지.

방랑자 카서스 리안.

그 이름을 아미드는 입안에서 한 번 굴려 보았다.

용병을 원하기는 했지만, 설마 그가 의뢰를 받을 거라고는 생각도 못 했다. 그도 그럴 것이 그는 살아 있는 전설이나 다름없지 않은가?

어린 남자아이처럼 괜한 흥분이 밀려와서 아미드는 침대에 몸을 던졌다.

'방랑자 카서스 리안. 그리고 용주 시카 울프.'

그러고 보니 둘이 한 팀이라고 하지 않았나?

얼핏 들은 이야기로는 뭔가 사정이 있는 것 같기는 했지만 말이다. 용주를 속여도 괜찮은 걸까.

뒤척이다가 아미드는 신기한 기분이 들었다.

'저 문 너머에 진짜 방랑자가 있어.'

전설이 자신의 거실에서 묵고 있다. 아미드는 그러고 보니 자기가 들은 이야기가 진짜인지 물어볼 걸 그랬다고 생각했다.

'암살자 때문에 정신이 없었어.'

그런 생각도 잠깐, 며칠 동안 밤을 설쳤기 때문에, 그는 순식간에 잠에 빨려 들어갔다.

그래서 아미드는 큰 소리가 몇 번 나고서야 정신을 차렸다.

'시끄러……. 자게 내버려 둬…….'

그는 그렇게 생각했다가 정신이 번쩍 들었다. 문밖이 소란스러웠다. 그는 허둥지둥 협탁을 더듬어 안경을 끼고 문을 열었다. 날카로운 여성의 목소리가 울려 퍼졌다.

"맙소사! 진짜 이게 무슨 짓이야!"

"하지만— 어쩔 수 없잖아……?"

"뭐가 어쩔 수 없어!"

소리치던 여성이 아미드를 눈치챘다. 연분홍색 머리카락이 물결쳐서 내려오고, 투명한 자수정 같은 눈동자가……

"용주 시카……"

아미드가 숨 막힌 듯 중얼거리자 시카의 얼굴이 붉어졌다. 그녀가 한숨과 함께 인사했다.

"시카 리안이라고 해요. 이렇게 만나게 되어서 유감이에요."

"아, 아뇨. 아닙니다. 그런데 여기는 어쩐 일로―?"

아미드는 얼빠진 질문을 던졌다. 시카가 이마를 살짝 짚으며 말했다.

"일을 끝내고 돌아오니 여기더군요. 제 남편은 암살자랑 싸우고 있고, 제 딸은 그 옆에서 쿨쿨 자고 있고요. 게다가 우리 집 관리인은 집을 내버려 두고 여기서 뭘 하고 있는 걸까요."

"암살자요?"

시카가 고개를 끄덕이고는 한쪽에 쓰러져 있는 남자를 가리켰다.

"저거요."

아미드가 쓰러진 남자를 바라보았다가 숨을 삼켰다.

머리가 없다.

본능적으로 아미드는 머리를 찾았고, 자신의 거실 한쪽에서 곧 머리를 찾을 수 있었다. 그러자 찌르는 듯한 피비린내가 그제야 느껴졌다.

토기가 올라올 것 같은 것을 억누르는데 카서스의 목소리가 들려왔다.

"어, 음. 시카. 그게 금방 끝났어. 리카가 위험해질 일은 조금도 없었다고."

"오, 그래? 물론 그랬겠죠. 방랑자 카서스 리안 님. 하지만 우리 딸이 살인 현장을 목격한다면 어떨까요?"

시카의 말에 아미드는 깜짝 놀랐다.

'그러고 보니 리카는?'

놀란 아미드의 눈이 리카를 찾았다. 그는 곧 거실 한구석에 둥근 비눗방울 같은 것 안에서 쌔근쌔근 자고 있는 리카를 볼 수 있었다.

방울이 이리저리 움직이는데도, 안에 있는 리카는 그대로 수평을 유지하고 있었다. 아마 일종의 보호 장치 같은 것인가 보다.

아미드는 구석에 쓰러진 남자를 힐끗 보고 되물었다.

"그러니까 저 사람이 어둠의 왕자라고요."

"네, 그래요. 의뢰는 완료예요."

카서스가 웃으며 말했다. 아미드는 멍하니 중얼거렸다.

"난 아무 소리도 못 들었는데."

"푹 주무시고 계신 것 같더군요."

카서스가 눈을 찡긋했다. 시카가 관자놀이를 문질렀다. 이래서는 이야기가 진행될 것 같지 않다. 시카가 지팡이를 휘두르자 엉망이 된 거실이 순식간에 깨끗해졌다.

시체도 어디론가 사라졌다.

"그럼 의뢰가 끝난 거죠? 이제 우리는 여기를 떠도 되는 거죠?"

시카의 말에 카서스는 아미드를 바라보았다. 뭔가 도움을 청하는 눈길이다. 아미드는 "어어—" 하고 손을 쥐어짜다가 말했다.

"내일모레가 재판일인데, 그때까지 혹시 모르니 함께해 주셨으면 좋겠습니다."

시카의 보라색 눈이 가늘어졌다가 곧 한숨과 함께 감겼다.

"알겠어요."

시카가 그렇게 말하고는 리카에게로 다가갔다. 그녀가 비눗방울 안으로 손을 넣어서 리카를 안아 들자, 비눗방울이 사라졌다.

"안녕, 리카."

시카가 작게 속삭이자 리카가 눈을 비비면서 살포시 눈을 떴다.

"엄마—"

리카가 웃으며 그녀의 품에 파고들었다. 그리고 곧 다시 잠이 들었다. 카서스가 그런 리카를 보고 말했다.

"자기 엄마를 닮아서 참 착해. 그렇지?"

"그런 말로—"

시카는 한소리 하려다가 한숨을 내쉬며 카서스의 얼굴을 손바닥으로 밀었다.

"진짜, 저리 가요. 얼굴 때문에 용서해 줄 것 같으니까."

카서스가 웃으며 몸을 뒤로 살짝 뺐다.

"잘생겨서 다행이야."

"정말로 다행인 줄 알아. 카서스 리안."

시카가 그렇게 말하고는 휙 레오를 돌아보았다. 레오는 어색하게 헛기침을 하고 말했다.

"전 리카를 보러 온 것뿐입니다."

"물론 그렇겠지요."

"죄송합니다."

레오는 작게 사과했고 시카는 픽 웃었다.

"됐어요. 카서스에게 휘말린 거잖아요."

레오는 어깨를 으쓱했고, 카서스는 "엥? 쟤는 저걸로 끝이야?" 하고 불만을 표했다가 시카에게 등을 찰싹 얻어맞았다.

시카가 아미드에게 돌아서며 말했다.

"깨워서 죄송해요. 들어가서 주무세요."

아미드가 힐끗 시계를 보았다. 새벽 5시가 조금 넘은 시간이다. 다시 자러 가기에는 애매한 시간이라 그가 고개를 저었다.

"아닙니다. 일어나야 할 때인데요, 뭐. 아, 이쪽이 손님방입니다. 편한 대로 쓰시면 됩니다."

아미드가 옆방을 열며 말했다.

"고맙습니다."

시카가 인사하고 방 안으로 들어가자 카서스가 졸졸 따라 들어갔다. 그러나 곧 도로 쫓겨나서 거실로 나와 그가 한숨을 내쉬며 말했다.

"호위는 거실에서 자는 게 좋겠지요."

아미드가 피식 웃으며 물었다.

"커피라도 한 잔 드릴까요?"

"좋습니다."

아미드는 부엌으로 걸어가며 물었다.

"그럼 그, 어둠의 왕자는 죽은 건가요? 그렇게 쉽게?"

"어려운 죽음은 없지요."

카서스의 대답에 아미드가 불을 올리고는 돌아서서 물었다.

"하지만, 한 번 놓쳤다고 그랬잖습니까? 진짜로 어둠의 왕자가 맞나요?"

"맞아요. 음, 그게 제가 잡았다고 해야 할지, 시카가 잡았다고 해야 할지."

"자세히 이야기해 주시면—?"

아미드는 궁금해졌다. 그리고 아까운 생각도 들었다. 자신의 거실에서 세기의 전투(?)가 벌어졌는데 자신은 알지도 못하고 방에서 쿨쿨 잠이나 자고 있었다니. 아미드는 힐끗 시체가 있던 자리를 바라보았다.

시카의 마법이 무엇이었든지, 하여간 카펫은 새것처럼 깨끗하게 변해 있었고, 시체가 있었다는 흔적은 조금도 찾을 수 없었다. 공기 중에 떠도는 비릿한 냄새만 남아 있을 뿐이었다.

아미드가 창문을 열었다.

차가운 새벽 공기가 밀려들어 와, 그는 숨을 크게 들이마셨다.

원두를 갈아 내리고, 커피를 내리자 왜인지 살 것 같다는 기분이 들었다. 아미드가 진하게 커피를 내려 카서스에게 내밀었다. 그리곤 레오를 바라보며 물었다.

"한잔하시겠습니까?"

"괜찮습니다."

레오는 손을 들어 정중히 사양했고, 아미드는 자신의 몫을 가져왔다. 커피를 내리느라 김 서린 안경을 슥슥 셔츠로 닦아 도로 끼고 그가 물었다.

"대체 언제 들어온 겁니까?"

카서스가 커피를 한 모금 마시고 한숨을 내쉬었다. 진한 커피가 혈관을 흐르자 기분이 훨씬 나아졌다. 방 안에 있는 시카를 곧 상대해야 할 테니, 많이 마셔 두는 게 좋겠지.

"음, 아까 전에요. 동트기 직전? 그때쯤 슬그머니 기어들어 오더군요."

"오만했죠."

레오의 말에 카서스가 피식 웃었다.

"맞아. 그랬지. 그래서 상대하기가 더 편했어."

"오만했다고요?"

"당신이 아니라 절 죽이고 싶어 했으니까요."

카서스의 말에 아미드는 눈을 크게 떴다.

"당신을요?"

방랑자 카서스 리안을?

그의 경악에 카서스는 즐거운 듯 웃었다. 그의 약간 긴 푸른 머리카락이 부드럽게 흔들렸다.

"전에 붙어 본 적이 있으니까요. 아무리 암살자에게 임무가 우선이니 해도, 그런 위치일수록 과시욕은 참을 수 없는 거죠."

"자기에게 그런 유치한 이름이 붙은 걸 내버려 둘 정도니까요."

레오가 덧붙였다.

"어둠의 왕자라니."

내뱉는 듯한 어투에 담긴 경멸에 아미드는 피식 웃었다. 그래, 지금 생각하니 좀 유치하다. 하지만 처음 그 이야기를 들었을 때는 하늘이 샛노랗게 변하고 다리가 후들후들 떨렸다.

"첫 일격은 레오가 막았죠. 그리고 리카에게 보호막이 펴졌고—"

카서스가 양손으로 동그라미를 그려 보였다.

"외부의 충격이나 소음을 다 흡수해 주는 좋은 보호막이죠. 이리저리 굴러다녀도 안에서는 포근한 잠자리가 유지되는—"

"외부의 상황이 다 보이기는 하지만 말이죠."

레오의 말에 카서스가 "그건 그렇지." 하고 멋쩍게 뺨을 긁적였다. 카서스가 천장을 슬쩍 보고 말했다.

"하여간 집 안에서 벌어진 전투니까 최대한 오러를 쓰지 않고 싸웠죠. 한 두세 합 겨뤘나?"

카서스가 힐끗 레오를 돌아보자 레오가 고개를 끄덕이고 한숨을 길게 내쉬었다.

"그때 갑자기 시카가 텔레포트 해 왔죠."

"왕자는 놀랐고, 나도 놀라서, 얼결에 상대의 목을 날려 버렸지요."

카서스가 어깨를 으쓱했다. 그가 커피를 마저 마시며 이어 말했다.

"그리고 한창 시카에게 잔소리를 듣고 있는데, 아미드 씨가 나온 거예요. 적절한 타이밍이었습니다."

카서스가 목소리를 낮췄다.

"살려 주셔서 감사해요."

아미드는 그 말에 힐끗 손님 방문을 돌아보았다가 역시 낮게 말했다.

"별말씀을요."

레오가 창문가로 다가가며 말했다.

"전 이만 가 보겠습니다."

"뭐? 치사하게 혼자만 도망치는 거야?"

"관리인으로서 집을 오래 비워 둘 수는 없으니까요. 일도 끝난 것 같고."

레오가 가볍게 눈을 굴리고 말했다.

"시카와 리카에게는 안부 전해주십시오."

"너—"

카서스가 뭐라고 하기도 전에 레오는 훌쩍 창문을 뛰어넘어 사라져 버렸다. 카서스는 양손으로 얼굴을 감쌌다.

"혼자 도망가고. 치사한 자식."

아미드가 가볍게 웃었다. 어쩐지 유쾌했다. 그 카서스 리안도 결국 아내에게는 꼼짝 못 하는구나 싶은 생각도 들고.

"제 목숨의 은인이시니까, 제가 적극적으로 도와드릴게요."

아미드가 말했다. 카서스가 손을 내리며 힐끗 그를 보았다. 황금빛 도는 녹색 눈동자. 마치 고양이 눈동자 같다고 아미드는 생각했다.

"정말요?"

그의 물음에 아미드는 고개를 힘차게 끄덕였다.

"만약 당신이 의뢰를 맡아 주지 않았다면, 전 오늘 죽었겠죠. 제 목숨을 살리셨으니까, 제가 옹호해 드려야겠는데요."

아미드의 말에 카서스가 고개를 끄덕였다.

"그렇죠. 전 목숨을 구했죠. 맞아요."

카서스가 자리에서 일어나며 말했다.

"그런데 식재료가 없던걸요?"

"네?"

아미드가 의아한 얼굴을 했다. 카서스가 마지막으로 커피 잔을 비우고 씩 웃으며 말했다.

"맛있는 걸로 환심 좀 사려고요."

          *   *   *

아미드는 자신의 식탁 위에 이렇게 풍성한 음식이 올라온 건 처음이라고 생각했다. 시카가 물었다.

"샐러드 더 드시겠어요?"

"네? 네네."

아미드는 그릇을 내밀었다.

용주가 권하는, 방랑자가 만든 샐러드를 거절할 용자는 없으리라. 그리고 소스가 뭔지는 몰라도 샐러드는 끝내주게 맛있었다. 갓 구워낸 와플―자신의 집에 와플 팬이 있었다니. 스스로도 놀랐다.―과 베이컨, 샐러드의 조합은 훌륭했다.

리카는 입가에 초콜릿 소스를 범벅하고 와플을 먹었다. 그래도 손을 쓰지 않고 끈질기게 포크를 사용하는 모습에 아미드는 감탄했다.

카서스가 냅킨으로 리카의 입가를 닦아 주었다.

식사를 마치고 아미드는 다시 커피를 내렸다. 리카에게는 오렌지 주스가 돌아갔다. 시카가 슬쩍 카서스를 보고 말했다.

"잠깐 이야기 좀 해."

"어제 끝난 거 아니었어?"

"카서스."

시카의 눈이 가늘어졌다. 그때 리카가 시카의 옷을 잡아끌며 드래곤 인형을 치켜들었다.

"엄마. 날아라, 해 줘. 날아라~"

시카가 그 말에 피식 웃고 손을 휘저었다. 그제야 아미드는 왜 리카가 자신의 날아라에 실망했는지 알았다.

그녀가 손짓하자 드래곤 인형은 날갯짓을 하며 날아올랐다. 진짜로 살아 있는 것처럼 말이다. 리카는 웃으며 드래곤을 잡으려고 손짓하다가 그걸 따라 거실로 달려 나갔다.

아미드가 헛기침을 하고 말했다.

"치우는 건 제가 할게요."

그 말에 시카가 놀라 자리에서 일어나며 고개를 흔들었다.

"아니에요. 음식 하느라 고생하셨잖아요. 제가 치울게요."

"아닙니다. 만든 건 다 카서스 님인걸요."

시카가 그래도 의뢰인에게 일을 시키지는 않는다며 아미드를 내몰았다. 얼결에 같이 밀려나온 카서스는 한숨을 내쉬었다.

"살았네요."

"살았나요?"

"네."

"하지만 언제까지 피할 수는 없을 텐데요."

아미드의 정론에 카서스는 "그렇죠." 하고 싱긋 웃었다.

"사실 저도 좀 쌓여서."

카서스는 그렇게 말하고 길게 숨을 내쉬며 말했다.

"지금 싸우면 진짜로 싸울 것 같거든요. 그래서 피하는 건데―"

카서스는 뒷머리를 가볍게 긁적였다. 리카가 하늘을 나는 드래곤의 꼬리를 낚아챘다. 파닥파닥거리던 드래곤은 곧 태엽이 다 풀린 인형처럼 움직이지 않게 되었다.

"잡았어!"

"그래, 잘했네."

카서스가 리카의 머리를 쓰다듬어 주다가 꼭 끌어안으며 웃었다.

"우리 공주님, 어쩜 이렇게 귀여워? 어쩜 이리 예뻐? 세상에서 누가 제일 예뻐?"

"나!"

"맞아. 우리 리카가 세상에서 가장 귀엽고 사랑스럽고 깜찍하지."

카서스가 그렇게 말하며 리카의 뺨에 쪽 키스해 주었다. 리카가 웃으며 카서스의 뺨에 마주 키스해 주고 말했다.

"아빠도. 아빠가 세상에서 가장 멋있어."

"맞아. 그렇지."

카서스는 고개를 끄덕였다.

아미드는 우리 공주님 어쩌고 하는, 반역죄나 황실 모독죄에 아슬아슬한 단어가 지금 흘러나오지 않았나, 했지만 무시했다.

그때 부엌에서 시카가 나왔다.

"그릇은 어디가 제자리인 줄 몰라서, 일단 쌓아 뒀어요."

"괜찮습니다. 제가 정리할게요."

아미드가 소파에서 일어나며 말했다. 시카가 카서스를 바라보자 그가 어깨를 으쓱하고 말했다.

"좋아. 이야기해."

그 말에 아미드는 도로 소파에 앉으며 리카에게 손짓했다.

"음, 저는 리카와 놀고 있을게요. 저기, 옥상으로 가는 계단이 있습니다."

아미드가 위층으로 올라가는 사다리를 가리키며 말했다. 리카가 드래곤 인형을 흔들었다.

"엄마아— 다시, 다시—"

"알았어. 전투 모드."

리카가 환호성을 질렀고, 카서스는 이야기가 길어지겠다고 생각했다.

'전투 모드?'

아미드는 의아해서 인형을 바라보았다. 인형은 퍼덕퍼덕 허공으로 날아올랐고, 리카는 주먹을 꼭 쥐고 중단 자세를 취했다.

'어어—?'

제법 꼬맹이치고는 자세가— 하는데, 드래곤이 불을 뿜었다.

"으악?!"

저도 모르게 소리 지르며 아미드는 자리에서 벌떡 일어났다. 그가 리카를 보호하려 손을 뻗다가 멈칫했다. 놀라운 날렵함으로 리카가 휙 하고 그 불을 피하고는 드래곤을 향해 주먹을 내지르자 드래곤이 선회해 공격을 피했다.

'아, 뜨겁지 않구나…….'

드래곤의 불꽃은 따뜻함과 뜨거움 사이였다.

아미드는 멍하니 인형과 리카의 공방을 바라보다가 고개를 돌렸다. 이미 시카와 카서스는 사라지고 없었다.

아미드는 얌전히 소파에 앉아서 입가에 손을 대고 외쳤다.

"리카, 이겨라!"

아침의 거리에서는 활기찬 소리가 들려왔다. 카서스는 멀리 도시를 바라보았다. 굴뚝마다 아침밥 연기가 올라오고 있었다. 빵 사라고 외치는 소리와 우유 파는 목소리가 들렸다.

넌 내가 연락해도 닿지 않는 곳에 가 있었잖아.

만약 내가 이 일을 맡지 않았다면, 아미드는 죽었을 거야.

내가 대체 어떻게 하면 좋았겠어?

너도 한번 내 연락이 닿지 않는 상황에 있어 봐.

온갖 말이 목구멍까지 올라왔지만, 카서스는 내뱉지 않고 돌아섰다. 시카의 분홍색 머리카락이 아침 바람에 물결쳤다. 시카는 머리를 넘기고 카서스를 보았다.

저 보라색 눈동자.

넌 항상 나를 숨 막히게 만들어.

카서스는 그렇게 생각하며 말했다.

"말해 봐."

시카는 한숨을 내쉬고 다가오더니 그를 꽉 끌어안았다.

"엄청 보고 싶었어."

카서스는 눈을 감았다. 그가 웃으며 그녀를 끌어안았다.

"나도 엄청 보고 싶었어."

있는 힘껏 시카를 끌어안고 카서스가 투정부리듯이 말했다.

"너는 연락도 닿지 않고. 내가 진짜 걱정했단 말야. 왜 맨날 연락이 닿지 않는 곳에 가는 거야? 그럴 때마다 내가 어떤 마음인 줄 알아? 정말로 못됐어. 나빴어. 시카 리안."

"미안해. 하지만 나밖에 할 수 없는 일이 있는데, 모른 척할 수는 없잖아?"

"모른 척해. 나만 생각하라고."

카서스가 그녀의 향기를 흠뻑 빨아들이며 중얼거렸다. 오랜만에 끌어안는 시카의 몸은 자신에게 착 맞아떨어지는 것 같았다.

기분 좋은 향기, 따뜻한 몸, 달라붙는 살결.

카서스는 시카에게 키스했다. 달콤한 입술을 맛보고 그는 각도를 바꿔서 좀 더 깊이 키스했다. 그녀의 머리카락 감촉이 손가락에 엉키는 게 기분 좋았다.

시카는 가볍게 헐떡이며 입술을 뗐다. 카서스가 가볍게 그녀의 입술을 핥고 고양이처럼, 나른한 표정을 지었다. 그의 손이 그녀의 뒷머리와 목덜미를 부드럽게 쓸었다. 솜털이 오소소 일어났다.

"시카."

목소리에 꿀을 발라 둔 것 같다. 시카는 그렇게 생각하며 살짝 눈을 내리깔았다. 그걸 신호로 여기듯 카서스가 다시 키스해 왔다. 아까보다 더 열정적인 키스였다.

닿는 곳마다 세포가 저릿저릿해져 왔다.

뜨거운 혀와 입안을 탐식하듯 자신의 혀를 삼키고 핥아 올린다. 이걸로도 부족하다는 듯 혀뿌리를 빨아들였다가 카서스는 간신히 그녀를 놓아주었다.

시카는 다리에 힘이 풀리는 기분이었다.

항상 첫 키스처럼 느껴지도록, 그는 키스했다.

시카가 그의 가슴에 기댔다. 쿵쿵 심장이 울리는 소리가 들릴 때마다 안심이 된다. 항상 첫 키스 같다고 생각하는 건 나만이 아닌가 보다, 하는 그런 안도감.

"카서스."

"응?"

"이번에는 카서스가 가도 돼."

"어딜?"

"그냥, 연락 안 닿는 데로, 자유롭게?"

그렇게 말하고 시카가 힐끗 그를 올려다보았다.

방랑자.

그 별명에 걸맞지 않게, 리카를 돌보느라 딱 붙어서 생활하고 있다. 그의 방랑벽을 익히 아는 터라 그녀는 그의 답답함을 이해했다.

그러니 며칠간 훌쩍 떠나갔다 와도 괜찮으리라.

"바람 좀 쐬고?"

"뭐야, 날 쫓아내고 싶어?"

카서스의 눈이 가늘어졌다. 시카가 킥킥 웃고 말했다.

"그게 아니라, 답답하지 않아?"

"연락이 안 닿는 게 답답해."

카서스가 단호하게 대답했다.

"너와 리카가 내 손이 닿지 않는 곳에 있다는 게, 내 말이 들리지 않는 곳에 있다는 게 더 답답해. 어디로 날 쫓아내고 싶은 거야?"

"음, 나랑 리카가 안 보이는 곳?"

"지옥으로 사람을 쫓아내고 싶어 하는군."

카서스의 말에 시카가 "그래?" 하고 되물었고 "그래." 하고 그가 단호하게 대꾸했다. 시카가 그런 카서스를 바라보다가 말했다.

"그럼 이제 이런 일은 하지 마. 리카에게 카서스가 사람 죽이는 모습을 보여 주기 싫어."

"그건 나도 싫어."

"그럼 왜 이랬어?"

"안 했으면 아미드가 죽었을 거고, 그 강간 살인마인 백작은 풀려났겠지."

시카가 한숨을 내쉬고 말했다.

"카서스랑 리카를 단둘이 두면 안 되겠어."

"제발 그렇게 해 줘."

카서스가 웃으며 대답했다.

둘이 아래층으로 내려가니 리카의 손에 드래곤 인형이 붙잡혀 있었다. 잔뜩 흥분해서 리카는 아미드에게 뭔가를 열심히 말하고 있었고, 아미드는 진지한 얼굴로 들어주고 있었다.

"리카."

"엄마! 잡았어! 드래곤!"

리카가 봉제 인형을 흔들었다. 아미드가 고개를 끄덕이며 말했다.

"훌륭했다고요. 완벽한 정권 찌르기였어요."

카서스가 시카에게 속삭였다.

"난 가끔 우리 딸의 흉포함이 두려워."

"자기 아빠를 닮은 게 아닐까?"

"엄마가 아니라?"

두 사람은 서로 지그시 바라보다가 킥킥 웃었다. 아미드는 뭔지 모르겠지만, 방랑자와 용주의 부부 싸움으로 자신의 집이 무너지지 않은 것에 감사했다.

이튿날. 재판은 순조롭게 끝났고, 백작은 단두대에 세워지게 되었다.

카서스가 추천장을 써주며 말했다.

"시그리드라면 괜찮은 다른 사람도 추천해 줄 거예요."

"맞아요. 그쪽 인맥이 다 괜찮거든요."

시카가 고개를 끄덕였다. 아미드는 입이 벌어지는 걸 참았다.

그러니까 은기사 시그리드, 여후작 앙케르트나를 말하는 것이리라. 감히 상상도 해 본 적 없는 높은 급의 추천장이라 아미드는 공손하게 추천장을 챙겼다.

시카가 말했다.

"그리고 의뢰비는 받지 않을게요."

"네? 그러셔도 되나요?"

"어쩐지 중간에 제가 끼어들어서 고생하셨으니까요."

"고생이 아니었어요."

아미드가 진지하게 말했다.

"그래도요."

시카가 웃으며 "의뢰비를 다 내시면 파산하실걸요." 하며 계산해 주었다. 아미드는 입을 떡 벌렸다.

"그, 음. 감사하게 그럼 호의를 받겠습니다."

상상을 초월하는 금액이었다. 아마 자신이 후작가에서 분골쇄신해서 일하면 십 년은 일해야 갚을 수 있을까?

"그러면 길드에 수수료만 내주세요. 그쪽을 통한 의뢰니까."

시카가 줄을 찍 긋고 길드 수수료만 계산해 주었고 아미드는 가슴을 쓸어내렸다. 이거라면 지금까지 모은 재산을 몽땅 가져다 바치면 어떻게든 된다.

"저도 왕자를 뎅강 해서 기분이 좋았으니 괜찮아요."

카서스의 말에 리카가 "뎅강?" 하고 되물었고 카서스가 헛기침을 하며 말했다.

"응, 그런 게 있단다."

"아빠는 뎅강 하면 기분 좋아?"

"어─ 때때로?"

"애한테 무슨 소리를 하는 거야."

시카가 카서스의 팔을 찰싹 때렸다. 그리고 아미드에게 웃어
보였다.

"그럼 이만 가 보겠습니다."

"네, 감사합니다."

"아저씨, 안녕해, 안녕."

"안녕~"

리카가 손을 흔들었다. 아미드도 마주 손을 흔들어 보였다.

"안녕, 리카. 잘 가─"

곧 세 사람의 모습은 빛 무리와 함께 사라졌다. 순간 이동 마
법을 눈앞에서 보는 건 처음이라 아미드는 신기한 기분이었다.

'텅 빈 것 같네.'

방금까지 복작복작했던 방 안이 지금은 조용했다.

'그럼 짐을 쌀까.'

일단 재산을 처분해서 수수료를 내고, 그다음 앙케르트나 후
작가로 출발해야지.

아미드는 오랜만에 여행용 가방을 꺼내야겠다고 생각했다.

*　　　*　　　*

"리카는?"

"자."

카서스가 낮게 말하고는 시카의 옆에 털썩 앉았다. 그가 그녀의 머리카락을 손가락으로 빗어 내리다가 말했다.

"아직 젖어 있네?"

"응, 덜 말렸거든."

"마법으로 안 말리고?"

"가끔, 그냥 말리고 싶을 때가 있더라."

"난 시카가 젖은 머리를 하고 있을 때가 섹시하더라."

"그게 뭐야."

시카가 킥킥 웃으며 카서스의 가슴을 밀었지만, 그는 꿈쩍도 하지 않았다. 오히려 그에게 밀려 시카는 침대로 쓰러졌다.

"카서스는 꼭 그렇게 날 보더라."

"어떻게?"

"잡아먹을 것처럼."

시카의 말에 카서스가 씩 웃었다.

"그럴 생각이거든."

카서스의 손이 그녀의 잠옷 셔츠 아래로 미끄러져 들어왔다. 카서스가 그녀의 가슴을 움켜쥐며 말했다.

"그리고 시카가 이렇게 잠옷 아래 아무것도 안 입었을 때가 좋아."

"그야 답답— 아—"

시카의 입에서 달콤한 목소리가 흘러나왔다. 뾰족해진 돌기를 카서스가 손가락으로 문지르며 말했다.

"이렇게 소리를 내는 것도 좋고."

그런데 갑자기 시카가 웃었다. 카서스가 "뭐야?" 하고는 그녀의 어깨를 장난치듯 깨물었다. 시카가 그런 카서스의 머리를 쓰다듬듯 하며 말했다.

"앞으로 말야, 카서스가 기분이 안 좋아지면 리카가 분명히 뎅강 하라고 할 거야."

그 말에는 카서스도 웃을 수밖에 없었다. 웃으며 그녀는 시카의 잠옷 바지를 끌어내렸다.

"그럴까?"

"그럴, 웃─"

"아래 속옷도 답답해서 안 입었어?"

속삭이며 그가 키스했다. 시카가 화답하며 그의 목을 휘감았다. 그녀가 속삭였다.

"카서스는 답답하지 않아?"

"답답해."

그가 낮게 대답하고 다시 키스했다.

오랜만에 만난 부부의 밤은 상당히 격렬했다.

그리고 정말로, 카서스는 그 후로 그가 기분이 좋아 보이지 않을 때마다, 리카가 뭔가를 들고 와서 "뎅강 해. 아빠."라고 말하는 바람에 곤란해졌다.

번외

예감

아서 앙케르트나.

앙케르트나 후작가의 장남은 길게 숨을 내쉬었다.

'하여간 귀찮은 일만 맡기신다니까.'

후작 영지 끝자락에서 상당히 흉포한 마수가 나타났다는 이야기였다. 병력이 주둔하지 않는 상당한 오지이지만, 그래도 소문이 들린 이상 사태 파악을 해야 한다는 것이 후작의 중론이었다. 물론 그 먼 길을, 흉포한 마수를 만날지도 모르는 귀찮은 길에, 자신의 장남을 보내는 것은 당연한 선택이었다.

'보통 이런 건 휘하의 기사를 보내는 거라고.'

후작가의 후계자가 아니라.

아서는 그렇게 투덜거리며 발걸음을 재촉했다.

어찌나 길이 험한지, 중간에 말도 포기해야만 했다. 말을 데리고 이런 깊은 산을 올라가는 건 말에게 미안한 일이니까. 혹여 말이 다리를 다치기라도 하면 말을 업고 내려올 자신도 없다.

초여름이지만, 무성한 숲에서는 후덥지근한 열기가 느껴졌다. 남쪽의 우기는 아직이건만 그래도 습기만은 우기 못지않은 듯했다.

어느 정도 전진하고 나자, 덩굴을 베지 않고는 더 이상 전진할 수도 없었다.

'이런 곳에 정말로 마수가 있을까?'

산을 돌며 확인은 해야겠지만, 그 전에 덩굴을 베다 지쳐서 쓰러질 것 같다.

바스락.

그때 묘한 기척이 귓가를 스쳤다.

아서는 자세를 바로잡았다.

'뭐지? 동물?'

동물이라고 하기에는 너무나도 기척을 죽이고 있다.

스르륵.

보이지 않는 뭔가가 빠른 속도로 다가온다. 수풀에서 뭔가가 튀어나온 순간, 아서는 검을 휘둘렀다.

캉―!

쇠붙이가 부딪치는 소리와 함께 불꽃이 튀었다. 아서는 상대를 확인하고 눈을 크게 떴다.

리카가 씩 웃었다.

"안녕, 아서."

"리카……? 여기는 무슨 일이야?"

말하고 나니 스스로도 얼빠진 목소리라 아서는 헛기침을 했다. 그걸 느끼지 못한 것처럼 리카는 태연하게 자신의 정글도를 아래로 내리며 말했다.

"흉포한 마수가 살고 있다는 소문이 들려서."

"그래서?"

아서의 눈이 가늘어졌다. 리카가 어깨를 으쓱해 보이고는 말했다.

"그런 마수가 있으면 잡아야지, 하고 온 거랍니다. 아서는?"

"여기 후작령이야."

"아, 맞다. 그렇지."

그제야 깨달은 듯 리카가 고개를 끄덕였다. 아서는 머리가 아파오는 걸 느꼈다.

"용병으로 의뢰를 받은 거야?"

"비슷해."

리카는 그렇게 말하고 숲 속으로 성큼성큼 걷기 시작했다. 그녀의 정글도는 수월하게 길을 쳐냈다. 그 뒤를 아서가 쫓아왔다.

"부모님은?"

"부모님은 부모님대로 바쁘시지. 그쪽은? 잘 지내셔?"

"마스터인 부모님은 걱정하는 게 아냐."

아서의 말에 리카는 웃음을 터트렸다.

"그건 그러네."

여전히 분홍색 머리카락을 트윈테일로 올려 묶고 있는 리카는 전혀 변하지 않은 것처럼 보였다. 찰랑이는 머리카락이 상당히 길어 허리까지 내려오고 있었다. 리카는 힐끗 아서를 돌아보았다가 다시 정면을 보았다.

'진짜 놀랐네.'

아직도 심장이 벌렁거리는 것 같았다. 이런 정글 한복판에서 아서 앙케르트나를 만날 줄 누가 알았겠어?

전 남친을.

뭐 일 년 사귀면서 만났던 날은 채 삼 개월이 되지 않으니 그걸 남친이라고 해야 할지는 모르겠지만. 하여간 수도로 가지 않는 이상은 볼일이 없을 거라고 생각했는데, 이렇게 다시 만나게 되니 이상하다.

어색하게 인사하느니, 자신답게 먼저 인사하는 게 좋다고 생각했고 그게 썩 나쁘지는 않은 것 같았다.

"어디로 가는 거야?"

아서가 뒤따라오며 물었다.

"흔적을 찾았거든."

리카의 대답에 그는 잠시 생각하는 듯하다가 물었다.

"너 혼자 온 거야?"

"응. 사실은 미하스를 꼬시려고 했는데, 잘 안됐어."

"미하스는 견실하니까."

아서의 말에 리카는 입을 비죽였다.

"그래, 난 견실하지 않지."

"그런 말이 아니라."

"그런 말이 아니면 뭔데?"

리카가 정글도를 휘둘러 퍽 덩굴을 잘라 내며 물었다. 아서가 한숨을 내쉬었다.

아, 그래. 나 네가 그렇게 한숨 쉬는 것도 진짜 싫었어.

리카가 뒤를 돌아보며 멈춰 섰다.

"어떻게 할 거야?"

"뭘?"

"같이 일할 거야?"

리카의 말에 아서는 눈을 찌푸렸다.

"당연하지. 그럼 너 혼자 상대하게 놔둘 거라고 생각했어?"

"상대할 수 있어. 충분히."

리카가 그를 노려보며 말했다.

"그러니까 베풀듯이 같이 싸워 준다는 식의 발언은 삼가 줄래?"

"그런 식으로 말 안 했어."

아서 역시 그녀를 노려보며 대꾸했다. 리카가 어깨의 힘을 빼고 숨을 길게 내쉬었다.

"좋아, 그러면."

그녀가 다시 돌아서서 걷기 시작했다.

"좋아, 그러면. 그다음은 뭔데?"

아서가 물었다.

"같이 싸우자고."

리카의 말에 그는 고개를 끄덕였다.

얼마나 걸었을까?

리카가 멈춰 서서 손으로 나무를 가리켰다.

"저거야."

아서가 부러진 나무들을 바라보았다. 상당한 굵기의 나무들이 누가 후려친 것처럼 꺾여 부러져 있었다. 부러진 지 얼마 되지 않은 듯, 신선한 나무 냄새가 풍기고 있었다.

"확실히. 이런 짓을 할 수 있는 건 마수뿐이지."

"그렇지."

"부러트린 지 얼마 되지 않았으니, 이 근처에 있지 않을까?"

"그러기를 바라고 있어. 멀리 도망가서 민가라도 습격하면 곤란하니까."

리카가 그렇게 말하고는 자신의 목걸이를 빼어 다우징 하듯 들었다. 그 아래 달린 마정석이 요요한 빛을 발하고 있었다.

리카가 작게 주문을 외우자 마정석이 크게 회전하기 시작했다. 아서는 홀린 듯 그 광경을 바라보았다. 후작가에서 마법사가 희귀한 것은 아니지만, 이런 식으로 마법을 쓰는 건 리카뿐이었다.

세상에 존재하는 마정석은 딱 하나뿐이니까.

빙글빙글 회전하던 마정석이 휙 하고 한쪽으로 휘어졌다. 리카가 도로 목걸이를 목에 걸고는 말했다.

"이쪽으로 간 것 같아."

"가자."

아서는 리카보다 한 걸음 앞서서 걸었다. 리카는 입을 내밀었지만, 뭐라고 하지는 않았다. 대신 그녀가 덧붙였다.

"덩굴을 자르기에는 내 정글도가 더 편할걸."

결국 마수는 모습을 보이지 않았고, 밤이 왔다.

산속의 밤은 더 빨리 와서 해가 지기 시작하자 둘은 서둘러 잠 잘 곳을 찾았다. 운 좋게도 두 사람은 진득진득하지 않은, 넓고 판판한 바위를 발견해 그 위에 텐트를 쳤다.

"이럴 수가."

아서는 신음을 흘렸다. 리카가 "왜?" 하고 그의 텐트를 보았다 가 "이런." 하고 텐트에 난 구멍에 손을 쓱 집어넣었다.

"이거 언제 펴 보고 안 펴 봤어?"

"……모르겠어."

아서가 팔짱을 끼고 구멍을 노려보았다. 그가 고개를 흔들며 말했다.

"뭐, 이 정도 구멍은 괜찮겠지."

"내 텐트로 들어오지 그래?"

"뭐?"

아서가 휙 리카를 돌아보았다. 리카는 아무렇지도 않은 듯 어 깨를 으쓱했다.

"둘이 자기에도 충분히 넓거든. 그리고 같은 천막에 있는 편 이, 밖에 무슨 일이 있을 때 대처하기도 편하잖아."

"너 내가 남자라는 건 알고 있어?"

"그래서, 덮치기라도 하려고?"

리카가 픽 웃으며 되받아쳤다. 아서는 한숨을 내쉬고 말했다.

"됐다. 이슬만 피하면 되니까 이 정도로도 충분해."

"그렇다면야 뭐."

두 번은 안 권해, 하고 리카는 물러났다. 나뭇가지를 모아다가 불을 붙이고, 두 사람은 간단하게 저녁 식사를 끝냈다.

순식간에 어두워진 깊은 산속에서 벌레 우는 소리가 나지막이 들렸다. 리카가 모닥불에 올린 주전자를 바라보며 말했다.

"그래도 초여름이라 다행이야. 한여름이었으면 진짜로 쪄 죽었을걸. 벌레도 엄청 많고."

"벌레가 싫어?"

아서의 질문에 리카가 "그럼 좋아?" 하고 되물었고 아서는 가볍게 웃었다.

"여전하네."

말하고, 그는 멈칫했다. 리카가 피식 웃으며 무릎을 모아 안으며 말했다.

"여전하지."

"그런데 어떻게 이렇게 여행은 다니는 거야?"

"여행과 벌레는 상관없으니까. 한여름에 이런 숲 속은 되도록 피하고. 그리고 나에게는 이게 있잖아?"

리카가 자신의 마정석을 툭툭 건드렸다.

"마법으로?"

"벌레 쫓는 마법."

"그건—"

아서가 진지하게 말했다.

"우리 집 정원에 꼭 설치하고 싶다."

"하지만 그러면 열매가 안 맺힐걸?"

"별로, 과수원도 아니고……. 아니, 그런 나무도 있기는 하다."

"농성에 들어갈 때를 대비해서 말이지."

리카의 말에 아서가 픽 웃으며 "그럴 때를 대비해서. 우리 어머니는 뼛속까지 기사라니까." 하고 대답했다.

주전자의 물이 부글부글 끓어올라 리카는 차를 우렸다. 첫 물로 빠르게 세차를 하고, 두 번째 우린 차를 아서와 나눴다. 아서가 차를 맛보고 재미있다는 얼굴을 했다.

"제국 차가 아닌데?"

"응, 내 취향이야. 대륙 너머에서 왔다는데. 발효차라던가? 뭐 그래."

"쓴맛이 없어서 좋네. 미하스에게서 받은 거야?"

"그렇지."

리카의 대답에 아서는 마음속에 뭔가가 덜그럭거리는 기분이었다.

라인 미하스.

우툴루 미하스의 아들인 그는 자신들보다 연하였다. 게다가 그의 어머니가 이민족이어서 중앙에는 거의 모습을 보이지 않았다. 상당히 먼 곳에서 왔다는 그의 어머니는 다시 돌아갈 수 없는 만큼 멀리서 왔다고 했다. 게다가 서부는 머니 자신의 부모님과 교류가 많은 것도 아니고.

하지만 리카는 그쪽과 가까웠다. 종종 이야기하는 걸 들어봐도 그렇고.

"부모님은 어쩌고 너 혼자야?"

아서는 말을 돌렸다. 리카가 차를 마시며 어깨를 으쓱했다.

"이제 독립할 나이라고 생각해서. 아빠는 절대로 날 놔주지 않을 작정인 듯했지만, 엄마가 도와주셨어."

"하지만 용병도 둘이 한 팀이라고 들었어. 혼자 다니는 건 위험하잖아?"

"그야 그렇지만. 딱히 끌리는 사람이 없는걸."

"그거 끌려야 하는 거야?"

아서의 목소리에서 뭔가를 감지했는지 리카가 웃고 말했다.

"그야 그렇지. 그리고 일단― 내가 유명인이라서. 귀찮아. 다른 목적으로 접근하는 사람도 많고."

방랑자 카서스 리안과 용주 시카 울프의 딸.

그건 자신이 들고 흔들지 않아도 어쩔 수 없이 붙어 있는 깃발 같은 거다. 당연히 깃발을 보고 몰려드는 사람도 많았고, 리카는 그런 것에 염증을 느꼈다.

"혼자가 편해."

리카가 말을 마무리했다. 그녀가 찻잔 바닥에 남은 차 찌꺼기와 남은 물을 휙 쏟아 버리고 자리에서 일어나며 물었다.

"나? 너? 어느 쪽이 먼저?"

"네가 먼저 서."

불침번 이야기다.

리카는 고개를 끄덕였다. 그녀가 하늘을 힐끗 보고 말했다.

"4시간 후에 깨울게."

"그래."

아서도 찻잔을 비우고 자신의 텐트로 들어갔다. 띠만 느슨하게 풀고 자리에 누우니 뚫린 구멍으로 달빛이 들어왔다.

'도시로 가면 새로 사야지 원.'

한 번쯤은 펴 보고 올걸. 아서는 후회하며 눈을 감았다. 밖에서 리카가 짐을 정리하는 건지 바스락거리는 소리가 들려왔다.

'만날 줄은 몰랐는데.'

다시 만나면 어떻게 될까, 생각해 본 적은 있었지만, 이렇게 자연스럽게 ─ 아무렇지도 않게 대화할 거라는 상상은 하지 못했다.

평소처럼 장난을 치고 ─

아서는 픽 웃었다.

리카는 다른 여자들과 달랐다.

이 말을 하면 어디 구식 로맨스 소설 대사냐고 할지 모르겠지만, 정말로 달랐다. 아서의 주변에는 전부 귀족 여성들뿐이다. 그게 당연했고, 그는 사교계에서 처신하며 이야기 나누는 법을 물 흐르듯 익혔다.

하지만 리카 리안은 아니었다.

그녀는 귀족으로 자라지 않았다. 그녀는 용병의 딸이었고, 제멋대로였다.

'진짜 곤란한 적이 한두 번이 아니었지.'

다시 생각하니 눈앞이 깜깜해진 일이 여러 번이라 아서는 얼굴을 문질렀다. 나타날 때도 평범하게 나타나는 법이 없었다. 오늘처럼 느닷없이 길가나 풀숲에서 덮치고는 달라붙어서 깔깔 웃으며, '안녕, 아서. 나 왔어.'라고 말하고는 했다.

아서는 피식 웃었다.

그래서 싸웠다. 싸우고 싸우고, 결국 마지막에 "그렇게 귀족 여자가 좋으면 귀족 여자랑 사귀면 되잖아!" 그게 마지막 싸움이었다.

"아서—?"

그때 밖에서 나지막한 목소리가 들려왔다.

아서는 몸을 벌떡 일으켰다. 그가 검을 붙잡고 조심스럽게 텐트에서 나왔다. 리카의 눈이 숲의 어둠을 응시하고 있었다. 그녀는 자신의 마정석을 힐끗 내려다보았다.

작게 진동하며, 마정석은 자신의 동지가 근처에 있음을 알리고 있었다. 리카는 정글도를 빼 들었다. 어둠 속에서 새파란 날이 매끄럽게 반짝였다.

"이렇게 빨리 나타나 줘서 고맙다고 해야 할지."

아서가 그렇게 중얼거렸다. 리카가 뒤로 물러나며 말했다.

"좀 더 이쪽으로 유인해야겠어."

"이쪽으로? 어떻— 리카!"

리카가 자신의 팔을 정글도로 슥 그어서 아서는 무의식적으로 그녀의 팔을 잡았다. 피가 순식간에 솟구쳐서 그의 손이 피에 젖었다.

"리카, 제길. 무슨 짓이야!"

"피 냄새가 가장 유인하기 쉬우니까. 괜찮아, 깊은 상처 아니야."

리카는 손을 저었다. 아서는 기가 차서 그녀를 바라보다가 쯧하고 혀를 찼다.

"자, 이리 나와라. 빛 쪽으로 좀 더 나와 봐."

리카가 유혹하듯이 중얼거렸다. 마치 그녀의 말을 들은 것처럼 천천히 마수가 달빛 아래로 모습을 드러냈다. 거대한 악어처럼 생긴 마수였다. 등부터 꼬리까지 고슴도치처럼 가시가 빡빡하게 돋아 있고 크기가 엄청나다는 것만 빼면?

리카는 가볍게 자신의 왼팔을 훑뿌려서 피가 바닥에 떨어지게 만들었다.

"이리 와."

희번득거리는 눈동자가 그녀를 바라보았다. 다음 순간, 엄청난 속도로 마수가 달려들었다. 눈을 깜박 하면 바로 눈앞에 와 있는, 그런 속도였다.

리카와 아서는 양쪽으로 갈라져서 마수를 피했다. 이어 휘어오는 꼬리를 피하고 리카는 외쳤다.

"레르!"

그녀의 마정석에서 작게 마법진이 반짝이고 빛이 마수의 눈앞에서 터졌다. 강렬한 섬광에 마수는 몸을 비틀었고, 그건 아서도 마찬가지였다. 순간 눈앞이 깜깜해졌다.

"섬광을 쓰려면 말하고 써!"

아서가 그렇게 말하며 뒤로 훌쩍 물러났다. 리카가 "미안!" 하고 외치고는 전력으로 정글도를 휘둘렀다. 나무 기둥만큼 굵은 꼬리가 단번에 잘려 나갔다.

"꾸에에엑!"

마수가 비명을 지르며 몸을 흔들었다. 꼬리에서 피가 사방으로 튀었다. 리카는 빠르게 꼬리를 피하며 머리 쪽으로 다가갔다.

다시 앞다리 쪽에 한 방. 고통에 마수가 분노로 울부짖으며 리카 쪽으로 입을 벌렸다. 그때 시야를 회복한 아서가 검에 오러를 둘렀다. 검은 오러가 검을 휘감았다. 간격을 순식간에 좁혀 아서는 정면으로 마수의 눈을 찔렀다. 칼자루가 안와에 닿을 만큼 깊게 찌르자 마수는 그대로 절명했다.

리카가 "오." 하고 감탄하고 자신의 정글도를 바라보았다가 깜짝 놀랐다.

"으악! 아서!"

"뭐? 왜? 괜찮아?"

아서가 깜짝 놀라 묻자 달려온 리카가 그의 손을 잡아당겼다.

"손 괜찮아? 피 안 튀었어?"

"어? 어어―"

"검이 부식됐어. 피가 강한 산성인가 봐."

"뭐― 그런데 꼬리를 잘랐어?!"

"몰랐으니까 어쩔 수 없잖아."

"너는? 어디 안 튀었고?"

"옷에 조금? 아, 구멍 났다."

"벗어, 빨리!"

아서가 그녀의 옷을 잡아당겼다. 당황한 리카가 그를 밀어내며 말했다.

"조금 튄 거야. 괜찮아."

"리카 리안! 너 진짜 이렇게 제멋대로 굴 거야?"

아서의 외침에 리카는 뭐? 하고 아서를 바라보았다. 그의 푸른색 눈동자가 그야말로 시퍼렇게 빛나고 있었다. 아서가 그녀의 양어깨를 붙잡았다.

"멋대로 팔을 긋지 않나—"

"유인하려고—"

"상대가 어떤 상대인지 파악도 하지 않고 꼬리를 자르고!"

"그야 몰랐으니—"

"말도 안 하고 섬광을 쓰고! 내 눈까지 멀게 할 생각이야?"

"그건 미안—"

"넌 예전부터 그랬어."

이 말에는 리카 역시 눈꼬리가 저절로 올라갔다.

"예전부터?"

"그래! 약속도 잡지 않고 집에 쳐들어오지 않나, 멋대로 획 왔다가 획 가 버리고, 제대로 격식을 갖춰서 드레스를 입는 꼴을 본 적이 없어."

"아, 그러는 그쪽은 잘난 후작가의 도련님이셔서 나와는 다른가 보죠?"

"멋대로 음료를 섞어대며 맛있다고 마시라고 하질 않나, 호수에서 보트를 흔들어서 둘 다 빠지질 않나, 정말로 제멋대로에다가 예상치 못한 일만 해 대고, 안장도 매지 않은 채로 말을 타고 전력 질주를 하고, 진짜—"

리카 역시 그런 식으로 말하자면 말할 것이 한바탕이었다.

'그러니까 그런 걸 원하면 귀족 여자를 사귀라고!'

그녀가 기가 차서 한소리를 하려는데 아서가 그녀의 어깨를 붙잡은 손에서 힘을 빼고 허탈하게 웃었다.

"그런데 그게 좋았어."

리카는 입을 살짝 벌렸다. 아서는 스스로가 우스운 듯 자조하는 웃음을 지으며 말했다.

"그렇게 제멋대로인 네가 좋았어. 예상치 못하게 날 웃게 하고, 자유롭게 돌아다니는 네가 좋았어."

멋대로 섞어 준 음료는 진짜로 맛있었고, 호수에 빠져서는 미친 듯이 웃었고, 안장을 매지 않은 말을 타는 건 즐거웠다.

정말로 자신을 화나게 하고, 정말로 자신을 웃게 하는 건 리카뿐이었다.

그녀는 사교계의 스타였다.

'리카 리안'이라는 이름만 나오면 그녀에 대해서 나오는 이야기보따리도 한가득이었다.

—세상에, 일리생 후작이 연 파티에서 그 아가씨를 만났는데 이상한 색의 음료를 권하더라니까요? 샴페인에 와인에 과일 주스를 섞은 건데 맛있더라고요.

—어머, 리카 특제 음료를 마시셨네요.

─글쎄, 들으셨어요? 어젯밤에 황궁무도회에 나왔대요.

─들었어요, 검 끝에다가 와인잔을 올리고 검무를 췄다면서요? 보셨어요? 황자님이 푹 빠졌다면서요.

그녀는 예고 없이 무도회에 출몰했고, 모두가 나중에 그 이야기를 들으면 그 자리에 있었어야 했는데 하고 탄식했다. 리카와 이야기라도 섞거나, 그녀에게 끌려들어간 사람은 살롱에서 그 이야기를 푸느라 정신없었다.

누구나 '어머나, 세상에, 그럴 수가.' 하고 못마땅해 하는 듯하며 수다를 떨었지만, 아무도 리카를 진심으로 싫어하지는 않았다.

"아서."

리카가 작게 그를 불렀다. 아서가 그녀를 바라보자 리카가 갸웃하고 말했다.

"하지만 평범하게 굴라고 했잖아."

"다른 사람이 널 보는 게 싫으니까."

"친구들도 소개시켜 주지 않고."

"그 자식들이 너에게 반하면 어떻게 해?"

"드레스를 입으라며."

"제길, 그게 예쁘니까."

"말썽 좀 그만 피우라며."

"네가 다치는 게 싫어."

대답하고 아서는 한숨을 내쉬었다.

"넌 진짜 날 한없이 화나게 해."

리카는 눈썹을 슥 치켜 올렸다.

"너만큼 날 걱정하게 하고, 그래서 화나게 하는 사람은 없어."

문득 아서는 그녀가 황궁에서 가장 높은 탑 꼭대기, 지붕에 올라갔던 게 떠올랐다. 생각하니 다시 열이 받는다.

자신은 그녀가 떨어져서 다치기라도 할까 봐 손이 벌벌 떨리는데 깔깔 웃고 있는 모습이라니.

'그리고.'

그녀의 손짓에 올라가서 본 수도와 노을 지는 그 광경은 아직도 기억 속에 선명하게 남아 있다.

예쁘지? 하고 의기양양하게 웃는 그녀의 미소도.

"뭐야, 그럼. 내가 싫은 게 아니야?"

리카의 물음에 아서는 쓰게 웃었다.

"싫은 게 아냐."

"하지만 왜 내가 헤어지자는 말에는 그러자고 한 거야?"

"무서워서."

"뭐가?"

"너 하나에 휘둘리는 내가."

리카가 한 걸음 다가왔다. 그녀의 금녹색 눈동자 안의 아름다운 줄무늬가 보일 정도로 가까워졌다.

"그럼 헤어지니까 휘둘리지 않게 되었어?"

아서가 다시 웃었다.

"지금도 휘둘리고 있는 것 같네."

리카가 마치 고양이처럼 웃었다.

"아서."

"왜?"

"휘둘리는 게 싫다니까 질문 하나 할게."

"뭔데?"

"키스해도 돼?"

아서는 그녀를 끌어당겨 키스했다.

둘은 정신없이 키스했다. 굶주린 듯한 탐욕에 가득 찬 입맞춤이었다. 아서가 그녀의 옷을 잡아당겨 벗기다가 신음을 흘렸다.

"우리 텐트 다 무너졌어."

"상관없어."

야외에서 알몸도 재미있을 것 같은데, 하고 리카가 말하자 아서가 웃고는 그녀의 목덜미에 키스하고 말했다.

"내가 싫어. 아, 제길."

"왜?"

"네 팔. 이리 와."

리카는 그제야 자신의 팔을 바라보았다. 피가 아직도 줄줄 흐르고 있었다. 아서는 무너진 텐트에서 짐을 꺼내서 붕대와 약을 가지고 돌아왔다.

아서가 그녀의 팔에 붕대를 꼼꼼하게 감고는 말했다.

"진짜 큰일이다."

"이 정도는 금방 나아."

"그게 아니라 내가."

"네가?"

"앙케르트나 후작가의 장남이 여자 하나에 휘둘리고 있으니까."

"그거 큰일이네."

리카가 짐짓 심각한 얼굴을 하며 말했다. 아서가 한숨을 내쉬며 덧붙였다.

"게다가 방랑자가 날 죽일 거야."

그 말에 리카가 웃음을 터트렸다.

"미안. 그렇지 않을 거라고 보장 못 하겠어."

아서가 그녀의 손을 만지작거렸다. 늘씬하게 뻗은 손가락은 흉터와 굳은살투성이였다.

마스터를 목표로 하는 여동생의 손가락도 이것보다는 더 귀족 여성답다. 하지만 그게 사랑스러워서 아서는 마디마디에 입을 맞췄다. 리카의 양 뺨이 붉어졌다. 그녀는 반대로 이런 정중한 취급에는 약했다.

그걸 보고 아서는 미소 지었다.

너는 후작 부인은 절대로 못 되겠지. 바람을 어떻게 붙잡아서 한 곳에 가둘 수 있겠는가?

"하지만 그건 그때 가서 생각하면 되지. 안 그래?"

리카가 가벼운 어조로 말해서 아서는 고개를 들었다. 마치 자신의 마음을 꿰뚫어 보는 것 같은 말이었다.

"맞아. 그건 그때 가서 생각하면 되지."

아서는 그렇게 마주 속삭이고 그녀에게 가볍게 입 맞췄다.

　　　　　*　　　*　　　*

　　카서스가 부르르 몸을 떨었다.

　　"카서스?"

　　시카가 의아해져서 그를 바라보았다. 카서스가 침대에서 몸을 일으켰다.

　　"뭐지? 뭔가 불길한 예감이 들어."

　　시카가 키득키득 웃으며 몸을 일으켜 그의 등에 어깨를 기댔다.

　　"무슨 불길한 예감?"

　　"잘은 모르겠는데― 리카에게 무슨 일이 있는 걸까?"

　　"그러면 내가 먼저 알았을 거야."

　　시카가 리카에게 걸어 둔 마법을 떠올리며 중얼거렸다. 아직 잠에 취한 목소리였다. 실제로 카서스에게 시달리다 잠자리에 든 지 얼마 되지 않은 상황이었다.

　　카서스는 한숨을 내쉬고 몸을 돌려 시카를 끌어안았다.

　　"왜인지 모르겠지만, 후작 작위를 써먹을 상황이 올 것 같은 느낌이야."

　　시카가 웃음을 터트렸다. 그녀의 손이 그의 등을 쓸어내렸다. 달래는 듯한 동작이었지만, 그의 단단한 등 근육이 가볍게 움찔거리며 그녀의 손길에 즉각적인 반응을 아래로 전달했다.

　　"그거 영지도 없이, 작위만 받아두고. 쓸모도 없고."

　　시카의 말에 카서스가 눈을 가늘게 뜨고 말했다.

"그게 다 아서 자식 때문 아냐?"

그가 그녀의 허벅지를 잡아당겨 자신의 다리 위에 올리며 밀착시켰다. 시카는 그때를 생각하며 설핏 미소를 지었다.

아서와 리카가 잠깐 사귀었다는 건 시카만 알고 있는 사실이었다. 리카는 아빠에게는 비밀로 해 달라고 부탁하며 말했다.

"아서가 죽기를 바라지는 않는걸요."

정말로 그럴까 싶다가도, 그럴지도 몰라. 그런 생각이 든다는 점이 문제라 시카는 고개를 끄덕였다.

하지만 카서스의 촉은 날카로워서 둘 사이에 뭔가 있다며 눈을 가늘게 뜨더니만 어째서인지 후작 작위만 받아 온 것이다.

"같은 귀족이어야지 안 꿀린다며, 작위를 내놓으라고 한 거 말이지. 세상에― 나는 황제가 웃으며 작위를 준 걸 이해할 수 없어."

시카의 중얼거림에 카서스가 그녀의 허리를 붙잡아 당기며 말했다.

"마스터가 모자란데, 땅도 아니고 작위만 달라는 걸 줘야지."

"그래도, 아― 카서스."

시카가 가볍게 숨을 헐떡이며 그의 목을 끌어안았다. 카서스가 슬슬 허리를 움직이며 낮게 말했다.

"불안감을 달래줄 거지?"

"이미, 으응, 아―"

그가 허리를 얕게 쳐올릴 때마다 시카의 몸이 흔들렸다. 시카가 붉어진 얼굴로 그의 뺨을 잡아당겼다.

"하여간 핑계 대는 데는 명수예요."

"진짜로 불안감이 있다니까."

"네, 네."

시카는 그렇게 대답하며 허리를 가볍게 흔들었다. 카서스가 낮게 숨을 삼켰다. 시카가 그에게 키스하며 말했다.

"리카는 아무런 문제없을 거야."

"그래."

카서스가 낮아진 목소리로 대답하고 그녀에게 깊게 키스했다.

나중에 카서스가 '역시 그때 예감이 맞았잖아?!' 하고 생각한 건 좀 더 훗날의 일이었다.

〈번외 完〉